最果てのイレーナ

マリア・V・スナイダー
宮崎真紀 訳

FIRE STUDY
BY MARIA V. SNYDER
TRANSLATION BY MAKI MIYAZAKI

ハーパー
BOOKS

Published by K.K. HarperCollins Japan, 2016

最果てのイレーナ

前回までのあらすじ

ある殺人を犯した罪で死刑囚となった、孤児院育ちのイレーナ。ついに死刑執行の日を迎えるも、そこで思わぬ選択肢を与えられる――今すぐ絞首刑か、それとも、イクシア領最高司令官の毒見役になるか。毒見役を選んだイレーナは、敵か味方かわからぬ上官ヴァレクの監視下に置かれ、死と背中合わせの日々を送ることに。やがてイレーナには“魔力”があり、幼き頃に隣国シティア領から拉致されてきたことが明らかになる。

祖国シティアへの帰還を果たし、今や心通わすようになったヴァレクの助けを借りながら、悪しき者たちの魔の手をかわしたイレーナ。背後に蠢く策略によりイクシアとシティアの関係が悪化していく中、両国に思い入れのある自分が架け橋になれないかと考える。しかしイレーナが生まれ持つ魔力が、150年ほど前に世界を恐怖の渦に陥れた《霊魂の探しびと《ソウルファインダー》》と同じものだと判明し――。

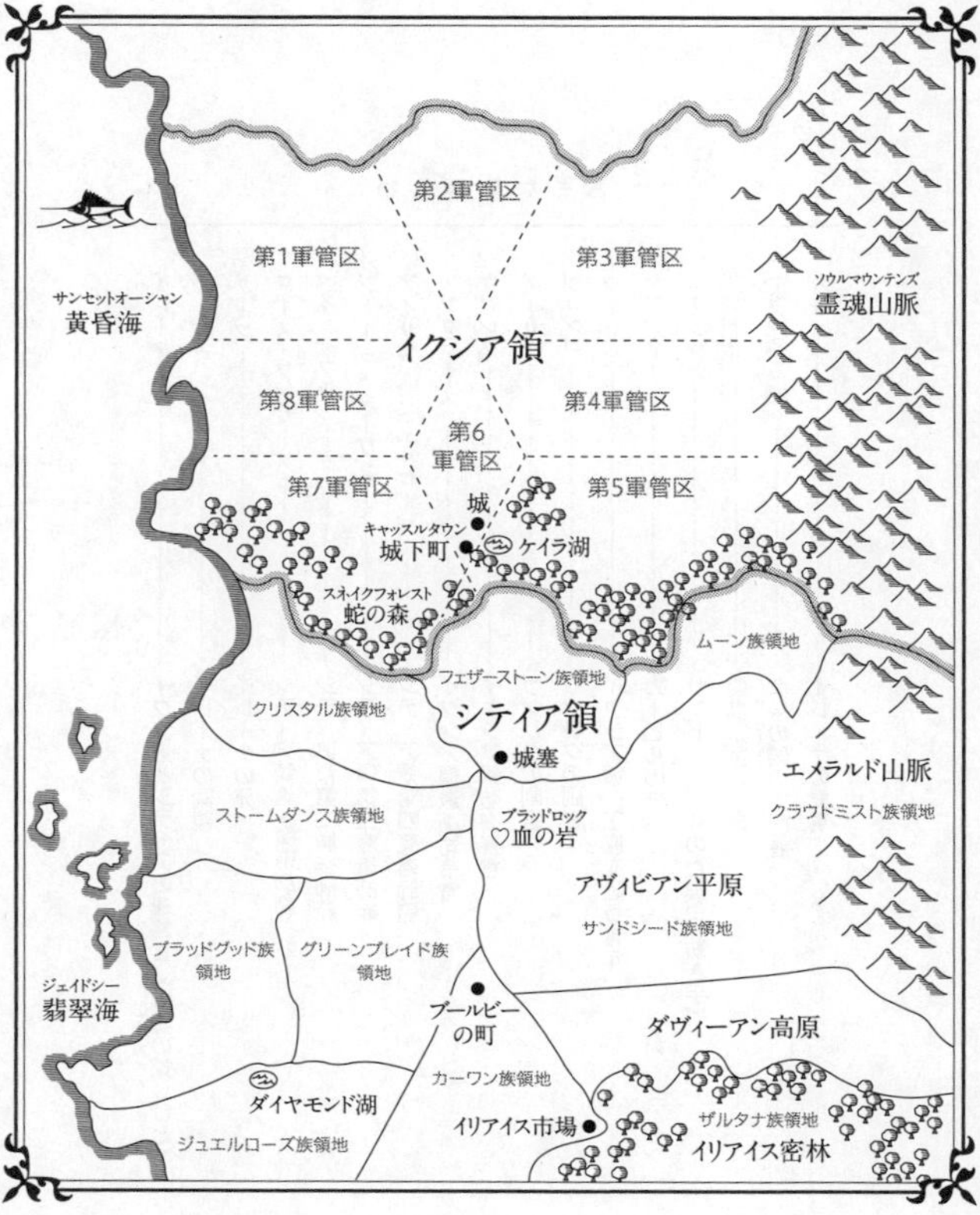
第2軍管区
第1軍管区
第3軍管区
黄昏海《サンセットオーシャン》
霊魂山脈《ソウルマウンテンズ》
イクシア領
第8軍管区
第4軍管区
第6軍管区
第7軍管区
第5軍管区
城
城下町《キャッスルタウン》
ケイラ湖
蛇の森《スネイクフォレスト》
ムーン族領地
フェザーストーン族領地
クリスタル族領地
シティア領
城塞
エメラルド山脈
ストームダンス族領地
血の岩《ブラッドロック》
クラウドミスト族領地
アヴィビアン平原
サンドシード族領地
ブラッドグッド族領地
グリーンブレイド族領地
翡翠海《ジェイドシー》
プールビーの町
ダヴィーアン高原
カーワン族領地
ダイヤモンド湖
イリアイス市場
ザルタナ族領地
イリアイス密林
ジュエルローズ族領地

おもな登場人物

イレーナ――イクシアとシティアの連絡官。《霊魂の探しびと《ソウルファインダー》》
イーザヴ、パール――イレーナの両親
リーフ――イレーナの兄
ローズ・フェザーストーン――シティア領第一魔術師範
ベイン・ブラッドグッド――シティア領第二魔術師範
ジトーラ・カーワン――シティア領第三魔術師範
アイリス・ジュエルローズ――シティア領第四魔術師範
アンブローズ――イクシア領最高司令官
ヴァレク――イクシア領防衛長官
アーリ――ヴァレクの副官
ジェンコ――ヴァレクの副官
カーヒル――イクシア領の王座を狙う青年
マロック――カーヒルの部下
ムーンマン――サンドシード族の《物語の紡ぎ手》
ファード――《霊魂の盗びと》
《炎の編み機《ワーパー》》――黄泉の国《アンダーワールド》の支配者
キキ――イレーナの愛馬

1

「惨めなもんだな、イレーナ」ダックスがぼそりと言った。「全能じゃない〝全能の《霊魂の探しびと》《ソウルファインダー》〟だなんて。笑えないよ」もどかしげに長い腕を広げてみせる。

「がっかりさせて悪いけど、〝全能〟なんて肩書、もともとついてないわ」目にかかる黒髪を払って言い返す。さっきからここ養成所にあるアイリスの塔《とう》の一階で、ダックスの力を借りて魔力を高めようとしているのだが、どうにもうまくいかない。

ダックスは魔力で物を動かす方法をわたしに伝授しようと、ビロードの肘掛け椅子を整列させたり、長椅子を横に倒したりしてみせる。でも、わたしが同じようにやろうとしてもちっとも動かず、追いかけてくるサイドテーブルを止めることもできない。努力が足りないわけではない。汗でシャツが肌に張りついているくらいなのだから。

ふいに寒気がして身震いした。暖炉にはちろちろと火が燃え、絨毯《じゅうたん》が敷かれて鎧戸《よろいど》も閉まっているのに、居間は冷えきっていた。白い大理石の壁は暑い季節にはありがたいが、寒い季節にはぬくもりを奪う。大理石に刻まれた緑の蔦模様《つたもよう》を伝って、暖気が外に逃げてしまうのかもしれない。

友人のダックス・グリーンブレイドがチュニックの裾を下に引っぱった。背が高くすらりとした身体《からだ》つきは、いかにもグリーンブレイド族らしく、まさに草の葉のようだ。「どうやら物を動かす力はないようだから、火をつけてみようか。これなら赤ん坊でもできる」ダックスはテーブルの上に蝋燭《ろうそく》を置いた。

「赤ん坊でも? 大げさね、相変わらず」魔法を使う能力は、思春期に現れるのが普通だ。「細かいことは気にしない」ダックスはハエを追い払うように手をひらひらさせた。「さあ、火をつけることに集中して」

わたしは片眉を上げげた。今のところ、無生物にいくら魔法をかけようとしても徒労に終わっている。誰かの身体の傷を治すこと、心の声を聞くこと、霊魂を見ることさえできるのに、魔力の糸を引いて椅子を動かそうとしても、ぴくりともしないのだ。

ダックスは日焼けした指を三本立ててみせた。「君ならできると思う理由は三つ。第一に能力が高い。第二に粘り強い。第三に《霊魂の盗《ぬす》びと》ファードをやっつけた」

そのファードは牢から逃げ、いつまた魂を盗み出すかわからない。「どうしてファードが関係あるの?」

「あいつのことを思い出せば気合いが入るだろうと思ってさ。いっそ、君の今までの勇敢な行いを全部挙げようか――」

「やめて。訓練を続けましょ」噂話《うわさばなし》なんて聞きたくない。わたしが《霊魂の探しびと》だという風聞は、まるで強風に運ばれるタンポポの種みたいに魔術師養成所中に広まっていた。自分が《霊魂の探しびと》なのだと思うと、今でも不安と恐怖のあまり身がすくむ。

余計なことは考えまいとして魔力の源と繋《つな》がる。魔力の毛布は世界を覆っているが、そこから魔力の糸を引けるのは魔術師だけだ。わたしは糸を蝋燭に飛ばし、火をつけようとした。

何も起こらない。

「頑張れ」ダックスが言う。

さらに力をこめて、もう一度集中する。やがて蝋燭の向こうに見えるダックスの顔が赤くなり、咳《せき》をこらえるかのように唾を吐いた。と、光がぱっと走り、蝋燭がともった。

「最低だ」ダックスの怒った表情はどこか滑稽だった。

「だって、火をつけたかったんでしょう」

「ああ。でも君につけさせたかったんだ！」いたずらっ子を叱るまいと我慢する大人のように、ダックスは部屋を見回した。「ザルタナ族持ち前の不気味な力が僕に火をつけさせたわけか」

「わたしの一族を悪く言ったら……」何かぴったりの脅し文句がないだろうか。

「言ったら？」

「ベインが本棚から古文書を取り出すたびにあなたがどこに姿を消すのか、告げ口してやる」第二魔術師範のベインはダックスの指導者《メンター》だ。ベインは古代史を愛しているが、ダックスは古文書を読むぐらいなら新しい踊りのステップを覚えたがった。

「わかったわかった。降参だ。君が正しいよ。君に火をつける力はない。僕は古代語の翻訳に励むよ」ダックスはしかめ面をした。「君も霊魂探しに励むんだな」冗談めかして言っていても、裏に隠れた本音が伝わってきた。

ダックスがわたしの力に不安を抱くのも、もっともだった。シティアに《霊魂の探しびと》が最後に誕生したのはおよそ百五十年前。彼は短い生涯の間に、敵対する者を魂の抜かれた奴隷に変え、この国を征服するという野望をもう少しで実現させるところだった。だから《霊魂の探しびと》再来の知らせにシティア人が顔をしかめるのは当然なのだ。

気まずい空気が流れたが、ダックスの深緑の目がいたずらっぽくきらめいた。「もう行くよ、勉強しないとね。明日は歴史の試験があるし。覚えてる？」

戻ったら分厚い書物が待っていることを思い出し、うめいた。

「シティアの歴史に関する君の知識も、惨めなものだからな」

「理由はふたつ」わたしは指を立てた。「第一にファード・ダヴィーアン。第二にシティア議会」ダックスがわかったよというように手を広げたので、彼が何か言う前に続けた。

「そうよね。細かいことは気にしない、よね」

ダックスは微笑《ほほえ》み、外套《がいとう》を羽織った。彼が塔を出ていくと、扉から一陣の北風が吹きこんで暖炉の炎が一瞬燃え上がり、また落ち着いた。

暖炉に近づき、手をかざして温めながら、ふたつの理由について考えてみた。ファードは、公に認められていない部族ダヴィーアン族のひとりだ。彼らはもともとサンドシード族の人間だが、アヴィビアン平原をさまよいながら物語を語るだけの人生に飽き足らなくなり、一族に反逆したのだ。権力を求めてやまないファードは、娘たちを誘拐してその霊魂を盗み、魔力を高めていった。そのファードの野望を、ヴァレクとわたしが阻止した。

ヴァレクが恋しくて胸が痛み、彼にもらった蝶《ちょう》の首飾りに触れた。ヴァレクは一カ月前にイクシアに戻ったが、会いたい気持ちは日に日に募るばかりだ。たぶん、わたしが命の危険にさらされればいいのだろう。いつだって一番必要なときに現れてくれるから。

残念ながら、そういう危機的な状況では、ふたりきりになれる時間はあまりない。できれば、退屈な外交任務でわたしをイクシアに派遣してほしかった。でも、わたしの処遇が決まらない限り、シティア議会は移動許可を出してくれないだろう。十一人の族長と四人の魔術師範から成る議会は、ここ一カ月間ずっと、わたしが《霊魂の探しびと》だと判明した件について話しあっている。魔術師範四人のうち、第四魔術師範のアイリス・ジュエルローズは最も心強い理解者だが、第一魔術師範のローズ・フェザーストーンは最も手強《てごわ》い批判者だった。

薪《まき》の火が燃える様子を見つめながら、ローズのことを考える。と、不規則に動いていた炎が、まるで演技でもするように、突然、規律正しく躍り始めた。

わたしは目をしばたたいた。炎はどんどん大きくなり、ついにはわたしの視界をすっかり塞いで、炎以外何も見えなくなった。鮮やかな色が目に突き刺さって、まぶたを閉じても残像が消えない。不安が全身に広がった。堅く築いたわたしの心の防御壁をものともせず、誰かが魔法をかけてきたのだ。

身動きもできずに、炎が等身大のわたしに変化するのをただ見つめていた。炎のわたしはうつ伏せになった誰かに覆いかぶさり、そこから抜け出した霊魂を吸いこんだ。霊魂の抜けた身体が立ち上がり、炎のわたしが別の誰かを指さす。すると、立ち上がった身体がその人物に近づき、絞め殺す。

慌てて恐ろしい情景を止めようとしたが、できない。そして、わたしが人々から霊魂を抜き、でく人形となった彼らが別の人間を虐殺する様を、無理やり見せつけられた。やがて敵軍が攻撃してきた。炎の剣がきらめき、炎の血飛沫《ちしぶき》が上がる——恐怖におののいていなければ、この劇を創り出した魔術師の芸術的才能に感心していただろう。

そうこうするうちに、でく人形の軍は壊滅し、わたしは炎の網に捕らえられた。引きずり回された炎のわたしは杭《くい》に鎖で繋がれ、身体に油をかけられた——。

はっとして現実に戻った。周囲には依然として、魔力の網が張り巡らされている。その網が全身を締めつけてきたかと思うと、服に小さく炎が上がり、たちまち広がった。

火の広がりを止められず、炎を操る力がないことを呪い、なぜその力がないのかと嘆く。

その答えが心に響いた。〝おまえを殺す手段が必要だからだ〟

よろめきながら炎から逃げようとした。背中に汗が伝い、血流の音が耳にこだまする。

口の中が乾き、心臓が燃える。熱気が喉を焦がす。焼ける肉の匂いが鼻を満たし、胃がうねる。叫ぼうにも空気がない。床を転げ回り、火を揉《も》み消そうとする。全身が燃えている。

ふと魔力の攻撃がやみ、拷問のような苦しみから突然解き放たれた。

わたしは床に崩れ落ち、冷えた空気を吸いこんだ。

「イレーナ、何があった?」ひんやりした手が額に触れた。「大丈夫か?」

指導者であり友人でもあるアイリスが、こちらを見下ろしていた。その顔は心配そうに歪《ゆが》み、翡翠《ひすい》色《いろ》の目も陰っている。

「大丈夫」声がしゃがれ、思わず咳《せ》きこんだ。アイリスが上体を起こしてくれた。

「どうしたんだ、この服は。自分に火をつけたのか?」

黒い煤《すす》が服に筋を作り、袖やスカート風ズボンの方々に穴が開いている。もう直すのは無理だ。いとこのナッティにまた新しい服を作ってもらわなければ。そう考えてため息をついた。ついでに綿のチュニックやスカート風ズボンを百着くらい作ってもらおう——魔法攻撃やら何やらで、わたしの人生は楽しいことの連続なのだから。

「魔術師の誰かが、火でメッセージを送ってきたんです」シティアで一番強い魔力を操り、わたしの心の防御壁を突破できる人物といえばローズだが、証拠もなく非難したくない。

「議会はどうでした？」また質問される前に尋ねた。わたしは議会への出席を許されていない。雨の日に議事堂まで歩くのは楽ではないが、それでも蚊帳の外に置かれるのは辛《つら》い。

議会は、イクシアとの連絡官になる訓練の一環として、わたしがすべての日常業務をきちんと理解するよう望んでいた。でも《霊魂の探しびと》としての訓練については、議会の中でも意見が割れたままだった。アイリスによれば、わたしが当初、魔術師の訓練を渋ったことが理由だという。でも本当は、もしわたしが自分の魔力の強さを知ったらはるか昔の《霊魂の探しびと》と同じ道を歩むのではと、彼らが危惧しているせいではないか。

アイリスは苦笑した。「いい知らせも悪い知らせもある。まず、議会はおまえの訓練を支援することで意見が一致した」そこでアイリスが言葉を切ったので、次にどんな知らせが続くのかと身構えた。「だがローズはこの決定に……動転した」

「動転？」

「猛反対したんだ」

炎のメッセージを送る動機がローズにあったことは、少なくともこれでわかった。

「あいつはまだおまえを脅威と考えている。だから議会は、ローズにおまえの指導を任せた」

　思わず立ち上がった。「そんな」

「そうするしかなかった」

　唇を噛《か》んで反論を押し殺した。ほかにもやり方はあるはずなのに。魔術師養成所にはさまざまな魔力を持つ魔術師がいて、指導してくれそうな人はいくらでもいるのだから。

「あなたやベインではだめなんですか？」

「議会は中立な立場の指導者を求めた。そうなると、四人の師範ではローズしかいない」

「でも、ローズは――」

「承知している。だがこれが吉と出て、おまえにはこの国を支配する気などないと、ローズを納得させられるかもしれない。望みはシティアとイクシア両国に貢献することだと」

　わたしはまだ半信半疑だった。

「確かにローズはおまえを嫌っている。だが、シティアの平和と自由を守りたいという思いは、そういった個人的な感情よりも強いはずだ」

　皮肉を言おうかと思ったけれど、その前にアイリスに巻物を渡された。

「議会の最中に、これが届いた」

　巻物を広げた。丁寧な字で書かれた文書は、ムーンマンからの伝言だった。

《イレーナ、おまえの探し物を見つけた。こちらに来てくれ》

2

いかにもムーンマンらしい伝言だった。謎めいていて、曖昧。彼はわたしの人生を案内する《物語の紡ぎ手》で、わたしにたくさんの探し物があることを知っている。穏やかな休暇のお誘いならうれしいけれど、探し物とはファードのことに違いない。

十一人の娘を殺した《霊魂の盗びと》ファード・ダヴィーアンは、カーヒル・イクシアの協力のもと魔術師養成所の牢屋から脱け出した。議会はファードをいまだ捕まえられず、その方法を巡って丸一カ月も議論を続けていた。

問題が遅々として解決しないことについ苛立《いらだ》ってしまう。わたしが戦いの最中に霊魂たちを取り返したせいで、今のファードは弱っている。だが、別の娘を殺せばまた力を取り戻すだろう。今のところ犠牲者が出たという報告はないが、ファードが自由の身だという事実は心に引っかかったままだ。

手元の伝言にもう一度目を通す。ひとりで来いとは書かれていないが、議会に知らせるという選択肢は端《はな》から却下した。議会が決定を下すのを待っていたら、ファードは逃げおおせてしまう。議会には知らせずに行こう。この〝当たって砕けろ〟のやり方でときには不運にも見舞われたが、今までのところうまくいっている。特に今回は急いだほうがいい。

わたしが伝言に目を通す間、アイリスはずいぶんおとなしかったが、興味津々なのがわかった。そこで手紙の内容をアイリスにも伝えた。

「議会に報告したほうがいい」アイリスが言う。

「そうしてまた一カ月間、ありとあらゆる問題を検討するんですか？　ここには、わたしに来てくれと書いてあります。あなたに助けてほしいときは、ちゃんと知らせますから」

アイリスの態度が揺らいだ。「それでも、ひとりで行くのはまずい」

「では、リーフを連れていきます」

一瞬ためらったあと、アイリスは同意した。議会の一員である身としては納得がいかない様子だったが、これまでの経緯から、わたしの判断は信用できると思ってくれたのだ。

兄のリーフも、養成所や城塞から出られるとわかれば、きっと喜ぶはずだ。ローズ・フェザーストーンがわたしへの敵意を募らせるにつれ、兄も難しい立場に立たされていた。魔術師養成所で訓練を受けるにあたってローズに弟子入りしたリーフは、訓練終了後すぐに側近になった。魔力で人の感情を読むリーフの能力は、犯罪加害者が有罪かどうか判断を下したり、被害者が事件の細部を思い出したりするときに役立った。

リーフは、十四年ぶりにシティアに戻ってきたわたしを一目見て嫌悪感を露《あら》わにした。

わたしがイクシア領に連れ去られたまま戻ってこなかったのは彼を懲らしめるためで、イクシアの命によりシティアで密偵として働くために帰還したのだと思いこんでいたからだ。

「だが、せめて魔術師範たちにはムーンマンの伝言を伝えないと」アイリスが言う。「ローズも、おまえの訓練をいつ始められるか知りたいだろうし」

わたしは眉をひそめ、ローズから攻撃を受けたことをアイリスに話すべきかどうか考えた。いや、言わないほうがいい。ローズの件は自分でなんとかしよう。不幸にも、ローズと過ごす時間はこれからたっぷりあるのだから。

「午後に管理棟で魔術師範の会議がある。おまえの計画を話すのにちょうどいい」

顔をしかめてみせたが、アイリスに譲る気はないらしい。

「よし。ではのちほど」抗議する間もなく、アイリスは塔を出ていった。

だが、アイリスとは心で話ができる。わたしたちはいつも、まるで同じ部屋にいるかのように繋がっているのだ。〝話しかけ〟さえすれば、心に声が届く。ただ、相手の心の深層や記憶を探ろうとすれば、それは魔術師の『倫理規範』に反する行為と見なされる。

愛馬のキキとの関係もそれと似ていた。心の中でキキを呼べば、わたしの声が〝届く〟のだ。リーフや友人のダックスとの意思の疎通はもっと難しく、意識的に魔力を使って彼らの心を探さなければならない。探し当てても、心の防御壁を越えて思考を覗いてもかまわないか、まずは許してもらう必要がある。

とはいえ、わたしには霊魂を通して直接、人の思考や感情を探る能力がある。そしてシティア人はそれを、『倫理規範』に反するものと見なす。わたしが自分の身を守るためにその能力を使ったとき、ローズはひどく怯《おび》えた。ローズほどの魔術師が力をかき集めても、わたしの侵入を止められなかったのだ。

ふと不安に襲われた。やはり《霊魂の探しびと》という新たな称号には、どうにも違和感が拭えない。あれこれ考えるのをやめて外套を羽織り、塔を出た。

養成所内を歩きながら、心の繋がりについてまた考えた。ヴァレクとわたしの繋がりは魔力によるものではなさそうだ。わたしからヴァレクの心に繋がることはできないけれど、彼にはわたしが必要としているときがわかるし、繋がることもできる。おかげで何度も命を救ってもらった。

手首にはめた蛇の腕輪をもてあそびながら、ヴァレクとの関係に思いを巡らせていると、身を切るように冷たい風が吹き、彼への温かな感情をそっくり奪っていった。寒い季節が、敵討ちをするかのようにシティア北部まで降りてきていた。足元のぬかるみをよけて歩きながら、みぞれで濡《ぬ》れないように顔を隠す。白い大理石でできた養成所の外壁に泥が撥《は》ね、弱い光の下だと灰色に見える。この惨めな一日を象徴するかのようだった。

二十一年間の人生の大半をイクシアで過ごしたため、こういう天気は、涼しい季節に数日経験したことがある程度だ。あちらでは冷気がすぐに湿気を追い払ってしまう。だがアイリスの話では、この忌まわしい天候は寒い季節のシティアではごく普通で、一晩以上雪が降り続くことはめったにないという。

重い足取りで養成所の管理棟に向かい、授業の合間に慌ただしく移動する学生たちの敵意に満ちた視線を気にしないようにした。ファードを捕らえたことで、わたしは養成所の実習生から一気に魔術師範補佐官となった。今では部屋も、アイリスの塔の三階分を貸してもらっている。おかげでほかの学生たちの冷たい目から逃れられ、ほっとしていた。

だが、魔術師範の集まる会議室に入るなりローズが向けてきた怒りに比べれば、学生たちの態度などかわいいものだった。身構えるわたしに代わり、長机にいたアイリスが即座に立ち上がってわたしが来た理由を説明した。「サンドシード族の《物語の紡ぎ手》からイレーナ宛てに書状が届いた。ファードとカーヒルを平原で見つけたのかもしれない」

ローズは小馬鹿にするように口の端を歪めた。「まさか。アヴィビアン平原を通ってダヴィーアン高原の一族のもとに戻るなんて、自殺行為だ。それに、わかりやすすぎる。カーヒルなら、ファードをストームダンス族かブラッドグッド族の領地に連れていくだろう。そこならやつの支援者がたくさんいるからな」

ローズはずっと議会でカーヒルを援護してきた。カーヒルはイクシアの政変から逃れてきた兵士たちに育てられ、〝あなたは死んだイクシア王の甥《おい》で、王位継承者だ〟と言い聞かされてきた。だから必死に支援者を集め、イクシアの最高司令官を倒す軍隊を作ろうとした。だが本当は兵卒の子だったと知ると、ファードを逃がして一緒に姿を消したのだ。ローズがカーヒルを支持し続けたのはひとえに、カーヒル同様、アンブローズ最高司令官がシティア征伐に乗り出すのは時間の問題だと考えていたからだ。

「カーヒルは平原を迂回《うかい》して、高原に行ったのかも」第三魔術師範のジトーラ・カーワンが言った。明るい茶色の目は心配そうだ。四人の魔術師範の中で最年少のため、ジトーラの発言はほかの師範に無視されることもしばしばだ。

「なら、なぜムーンマンがやつを見つけられる？　サンドシード族は差し迫った理由がない限り、決して平原から出ないのに」ローズが指摘する。

「いずれにせよ」第二魔術師範のベイン・ブラッドグッドが言う。「あらゆる可能性を考慮せねば。カーヒルとファードが本当に平原にいないのか、誰かが確かめてこないと」白髪頭でゆったりとした服をまとったベインは、わたしが想像する昔ながらの魔術師のイメージそのものだ。皺《しわ》の刻まれた顔からは知性があふれている。

「わたしが行きます」と名乗り出た。

「兵士をつけなければ」ジトーラが指摘する。

「リーフがいい」ベインが言った。「サンドシード族の親類筋にあたるイレーナとリーフなら、平原でも歓迎されるはずだ」

ローズは白髪まじりの短髪を細い指で撫《な》でながら、顔をしかめた。一心に何かを考えているようだ。寒くなり、いつもの袖なし服をやめて長袖のドレスを着るようになっていた。濃紺の生地がまわりの光を吸収し、濃い肌とほぼ同じ色合いだ。ムーンマンも肌の色はローズと同じだが、もし剃《そ》り上げていなければ、髪は何色なのだろう。

「わたしは誰も行かせたくない」しばらくしてローズが言った。「時間と労力の無駄だ」

「あなたの許可はいりません」わたしは立ち上がって出ていこうとした。

「養成所を出るならわたしの許可が必要だ。ここはわたしの管轄だし、わたしは魔術師を統括する立場にある。おまえも含めてな」ローズは両手で椅子の肘をぴしゃりと叩《たた》いた。

「わたしが議長なら、おまえを養成所の牢に閉じこめて処刑するものを。《霊魂の探しびと》がいてはろくなことにならない。歴史を見ろ。《霊魂の探しびと》は力を求める。魔力。権力。人々の霊魂を操る力。おまえも例外ではない。確かに今は連絡官になりたがるふりをして、わたしの指導を受けることにも同意した。だが時間の問題だ。すでに……」

ローズはドアのほうを指さした。「一回目の訓練を受ける前から逃げ出そうとしている」

辛辣な言葉が、静まり返った室内に響き渡った。呆気《あっけ》にとられているほかの師範たちを見回すと、ローズはドレスの皺を伸ばした。

ローズがわたしを嫌っていることは周知の事実だ。でも、これはあまりにひどすぎる。

「ローズ、それはまたずいぶん――」

ローズはベインを手で制した。「あなたも歴史を知っているだろう。今までにも何度となく警告されてきたことだから、これ以上は言わないでおくが」ローズが席を立った。優に二十センチは背が高い彼女が見下ろしてくる。「行け。リーフを連れて。これが一回目の訓練だ。無駄な訓練だがな。戻ってきたら、わたしに従え」

ローズが出ていこうとしたとき、わたしは心の中で彼女の思考の糸を一本だけ捉えた。

〝……あいつをほかのことに集中させて、邪魔をさせないようにしなければ〟

ローズが一瞬立ち止まった。それからこちらを振り返り、睨《にら》みつけてきた。

〝シティアの問題に首をつっこむな。そうすれば、二十五歳を超えて生きられた史上初の《霊魂の探しびと》になれるぞ〟

〝もう一度歴史書を読んでみたらどうですか。《霊魂の探しびと》が滅びるときには、魔術師範も必ず死んでいるようですよ〟

ローズはわたしの言葉を無視して部屋を出ていき、会議は終わった。

リーフが住む魔術師棟は、養成所東側の実習生棟の近くにあった。養成所を卒業したあと、学生に教えたり魔術師範の補佐をしたりする者がそこで暮らす。

ほかの魔術師は役人として、各地で一般市民のために働いている。議会はすべての町に治療師《ヒーラー》を置こうとしているが、そういう稀《まれ》な能力――古代言語を読んだり、なくし物を見つけたりといった能力もそうだ――を持つ魔術師は、必要に応じて町を移動している。

魔力が特に強い魔術師は、養成所を出る前に師範試験を受ける。ここ二十年で試験に合格したのはジトーラただひとりで、師範はそれで四人になった。シティア史上、師範が四人より多くなったことはない。

アイリスは《霊魂の探しびと》なら師範試験を受ける資格は十分だと考えているようだが、とてもそうは思えなかった。師範の魔力は頂点を極めているべきなのに、わたしは火をつけたり物を動かしたりといった、基本的な魔法すら使えない。それに、《霊魂の探しびと》というだけでも辛いのに、厳しい試験をわざわざ受けたあげくに落ちたりしたら目も当てられない。噂の域を出ないけれど、師範試験については怖い話ばかり耳にする。

戸口にたどりつくより早く、いきなり大きくドアが開いて、リーフが顔を出した。兄の短い黒髪がたちまち雨に濡れる。わたしは兄を室内に追い返しながら急いで居間に入り、きれいな床に泥まじりの水たまりを作った。

リーフの部屋は整然としていて、家具もわずかしかない。住む者の人となりを窺《うかが》わせるものは数枚の絵だけだ。密林特産の珍しいイランイランの花の精密画や、マホガニーの木に絡みつく絞め殺しイチジクの絵、木の枝でうずくまる森豹《もりひょう》の絵が壁にかかっている。

リーフは濡れネズミになったわたしを一瞥《いちべつ》して、あきらめたような顔をした。わたしと似ているのは翡翠色の目くらいで、がっしりした体格や角ばった顎は、卵形の顔で痩せているわたしとはまるで正反対だった。

「いい知らせじゃないな。こんな悪天候の中、ご機嫌伺いのために来るとは思えない」

「ノックする前にドアを開けたけど、わたしの気配を感じたの？」

リーフは顔についた雨粒を拭った。「おまえの匂いがした」

「匂い？」

「ラベンダーの匂いだ。母さんの香水を垂らした風呂に入っているのか？　それとも、香水で外套を洗っているとか？」リーフはからかった。

「なんだ、つまんない。もっと魔術師らしい技を使っているかと思ったのに」

「その必要もないときに、なんでわざわざ使わなきゃいけないんだ？　まあ、でも……」

リーフの目が遠くなり、わたしは魔力の糸がかすかに引っぱられるのを感じた。

「不安。興奮。苛立ち。怒り。議会はおまえをまだシティアの女王に選んでいないようだな？」答えずにいると兄は続けた。「心配するな。おまえが一族の姫君であることに変わりはない。母さんも父さんも、おまえを一番に愛している」

言葉に棘《とげ》があった。つい最近まで、兄とわたしの間には軋轢《あつれき》があったのだ。

「父さんも母さんも、わたしたちを分け隔てなく愛してくれてるわ。本当に、わたしがいないと誤解しっぱなしね。前にもわたしが間違いを正したわよね。また証明する？」

リーフは腰に両手を当てて片眉を上げると、何のことかと問いかけた。

「わたしが養成所に戻るのを怖がってるって言っていたけど、でも見て」両手を大きく広げてみせると、リーフの緑のチュニックに雨粒が飛んだ。「こうしてここにいる」

「確かにそれは認める。だが、本当に怖くないのかな?」

「とにかく、今は口喧嘩《くちげんか》をしている場合じゃないの。これを見て」外套のポケットからムーンマンの書状を出して渡した。

リーフは濡れた書状を広げて読んだ。「ファードのことだな」わたしと同じ結論に達したようだ。「議会には話したのか?」

「いいえ。師範たちは知ってるけど」リーフには会議室でのことは話したが、ローズ・フェザーストーンとの〝やり取り〟については伏せておいた。

リーフは広い肩を落とした。長い間をおいてから口を開いた。「ローズは、ファードとカーヒルが平原を抜けてダヴィーアン高原に向かったとは考えないだろうな。彼女はもう僕を信じてないんだ」

「それはわからない――」

「カーヒルは別の方角に行ったと思っている。いつもなら僕にやつを見つけさせ、連行させ、それからふたりで尋問するはずだ。なのに、これじゃヴァルマー狩りだ」

「ヴァルマー?」密林に住む尻尾の長い動物のことだと気づくまでに少し時間がかかった。

「覚えてるだろ? 昔よく森で追いかけ回したじゃないか。すごくすばしっこくて、ちっとも捕まえられなかった。でも樹液キャンディを持って座っていれば、膝の上にのっかってきて、一日中まつわりついてきたよな」

答えを返せずにいると、リーフは申し訳なさそうに身をすくめた。

「ごめん、あのあとのことだったな」

つまり、わたしがイクシアに連れ去られたあとの話なのだ。幼いリーフが俊足のヴァルマーを追って密林の天蓋を飛び回る様子がありありと目に浮かんだ。ザルタナ族の住居は高木の上にあり、子供たちは歩くことより木に登るほうを先に覚えると父がよく冗談で言っていたものだ。

「ローズが間違っているかもしれないわ。樹液キャンディを持っていきましょう。必要になるかも」

リーフはぶるっと震えた。「少なくとも平原はここより暖かい。高原はさらに南だしな」

リーフの部屋を出て、荷造りをするためにアイリスの塔に向かった。みぞれまじりの横殴りの風が吹き、小さな氷が棘のように顔を刺す中を足早に歩く。アイリスは、塔の大きな入口を入ってすぐのところにある応接間でわたしを待っていた。戸口から入りこんだ冷たい風で暖炉の火が揺れ、わたしは強風に抗《あらが》いながらなんとかドアを閉めた。

暖炉に駆け寄って両手をかざした。こんな天候の中で出発するのは、気が進まない。

「リーフは火のつけ方を知っているんですか？」とアイリスに尋ねた。

「たぶん。だが、どんなに火をつけるのがうまくても、湿った木では無理だ」

「すてき」わたしはつぶやいた。濡れた外套を椅子にかけ、暖炉のそばに引き寄せた。

「いつ発《た》つ?」アイリスが尋ねる。

「今すぐに」お腹《なか》が鳴り、昼食を食べ損なったことに気づいた。夕食は冷たいチーズ一切れと形の崩れたパンかと思うと、ため息が出る。「厩舎《きゅうしゃ》でリーフと落ちあうことになってるんです。そうだ!」そこで予定をいくつか思い出した。「アイリス、ゲルシーとダックスに、訓練は戻ってきてからにしてほしいと伝えてくれますか?」

「何の訓練だ? まさか魔術では――」

「違います、護身術の訓練です」わたしは自分の弓杖《ボウ》を指した。黒檀製《こくたんせい》の長さ百五十センチのそれは、背嚢《はいのう》のホルダーに入れたままだ。表面が雨粒できらきら光っている。ボウを抜き、ずっしりとした重みを両手で確かめた。表面は黒檀だが、その下は金色の木でできていて、子供のころのわたしや密林、家族の絵が彫刻されている。キキの愛らしい瞳さえ、わたしの人生の一部として刻まれていた。ボウはわたしの手の中で滑らかに動いた。キキを育てた、サンドシード族の熟練の女職人からの贈り物だ。

「ベインは、おまえが朝の授業にしばらく出られないと承知している。だが――」

「まさか課題を出したなんて言わないでくださいね」わたしは泣きついた。重い歴史書を持っていくと考えただけで背中が痛くなる。

アイリスは微笑んだ。「戻ったら遅れを取り戻せるようにしてやると言っていた」

わたしはほっとして背嚢を持ち、中身を確かめてほかに必要なものがないか確認した。

「足りないものは？」アイリスが尋ねた。

「ありません。それより、議会にはどう話すんですか？」

「《物語の紡ぎ手》から魔術を教われと、ローズがおまえに命じたことにする。記録に残るシティア最初の《霊魂の探しびと》はサンドシード族の人間だったんだ。知っていたか？」

「いいえ」驚いたが、それも仕方がない。結局、わたしが《霊魂の探しびと》について知っていることなど、ベイン師範の歴史書の一ページ分にも満たないくらいなのだから。

荷造りを終えるとアイリスに別れを告げ、向かい風の中を食堂に向かった。厨房《ちゅうぼう》の料理人たちは、魔術師が旅に出るときのために糧食を常時用意してくれている。そこで一週間分としては十分な食料を調達した。

厩舎に近づくと、何頭かの馬が馬房から頭を突き出すのが見えた。茶色と白色のキキの顔は、薄暗い中でも見間違えることはない。キキが挨拶代わりにいなないた。

〝行く？〟キキが尋ねた。

〝ええ。こんなひどい天気の中、連れ出してごめんね〟

〝ラベンダーレディ、悪くない〟

ラベンダーレディとは、馬たちがわたしにつけた呼び名だ。馬は、人間がペットを名づけるように、人間にも名前をつける。でも、ラベンダーの風呂にでも入っているのかというリーフの言葉を思い出し、思わず笑ってしまった。

〝ラベンダーの匂い〟キキは自分の感情を表す言葉を持っていない。代わりにキキの心の中に、紫の花が群れ咲く青灰色のラベンダー畑のイメージが浮かび上がった。そのイメージには満足感と安心感が漂っていた。

厩舎中央の通路のそばには飼い葉袋が山と積まれているのに、まるで虚空のように音がこだまする。小屋を支える太い柱が衛兵さながらに馬房の間に立ち、奥は暗闇に溶けこんでいた。〝リーフは？〟キキに尋ねた。

〝悲しい男《サッドマン》は馬具庫〟

〝ありがとう〟

慣れ親しんだ革と鞍用《くらよう》クリーナーの匂いを嗅ぎながら、小屋の裏手に回った。乾燥した藁《わら》の匂いが鼻腔《びこう》をかすめる。肥料の土臭さが強い。

〝追跡者《トラッカー》もいる〟

〝誰？〟

だが、キキが答える前に、馬具庫でリーフと一緒にいるマロック大尉の姿が目に入った。鋭い剣先が、リーフの胸元に突きつけられていた。

3

「さあ、リーフ、答えてもらおうか」
わたしに問いかける。
痛々しい。骨折した頬骨はへ
に尋ねた。

「下がれ、イレーナ」マロックが命じた。「さあ、リーフ、答えてもらおうか」

リーフの顔は青ざめていた。その目が、どういうことだとわたしに問いかける。

「何が望みなの？」わたしはマロックに尋ねた。

マロックの顔の痣《あざ》は消えていたが、右目はまだ腫れていて痛々しい。骨折した頬骨はヘイズ治療師がなんとか手当てしたようだ。

「カーヒルを見つけたい」マロックが答えた。

「みんなそう思っているわ。でも、なぜわたしの兄を脅しているの？」兄ではなくわたしが相手になると、厳しい口調で思い知らせる。こういうときは評判が悪いほうが得だ。

「リーフは、カーヒルの捜索を指揮している第一魔術師範の側近だ。何か手がかりを掴《つか》んだら、師範はリーフを送るはず」マロックはリーフが持っている手綱を指さした。「今日みたいな日に、市場に行ったり、ただのお楽しみで馬に乗ったりするはずがない。だが尋ねても、リーフは行先を言おうとしない」

養成所の衛兵の間で噂が広まる速さには、いつも驚かされる。

「あなたが質問したのは、剣を抜く前？　あと？」

マロックの剣先がかすかに揺れた。「なぜそんなことを訊《き》く？」

「剣を突きつけられなかったら、たいていの人は協力するものよ」だが、そもそもマロックは言葉ではなく剣で言い分を通す職業軍人なのだと気づき、作戦を変えた。「なぜリーフを尾行しようと思わなかったの？」マロックの追跡能力には馬たちも感心するくらいで、彼に〝追跡者《トラッカー》〟という名前をつけたほどだ。

マロックが頬を触って顔をしかめた。彼の気持ちは想像がつく。マロックはカーヒルに心から忠誠を誓っていた。だがカーヒルは自分の血筋について訊きだすため彼に激しい暴行を加え、瀕死《ひんし》の状態で置き去りにしたのだ。マロックは心を決めたように剣をすばやく鞘《さや》に納めた。「尾行はできない。魔術で気づかれて、思考を混乱させられるだろうから」

「僕にそんな力はないよ」リーフが言った。

「本当か？」マロックは半信半疑の様子だ。

「ねえマロック、あなたは旅に出られる状態じゃないわ。それに、カーヒルを殺させるわけにもいかない。シティア議会はまずカーヒルから話を聞きたがっているの」わたし自身、カーヒルと話がしたかった。

「復讐《ふくしゅう》しようとは思っていない」

「なら、何のために?」

「助けるためだ」マロックは剣の柄を握った。

「えっ?」リーフとわたしは同時に言った。

「シティアにはカーヒルが必要だ。カーヒルが王家の血を引いていないと知っているのは議会と魔術師範だけ。イクシアがいつシティアに攻めてきてもおかしくない今、民衆が結集するための名目上のリーダーが必要なんだ。民衆の先頭に立って戦う人間が」

「でも、カーヒルはファードの逃亡を助けたのよ? こうして話している間も、ファードはどこかでまた少女を拷問したりレイプしたりしているかもしれない」

「カーヒルは己の出自を知って混乱しているだけだ。育ててきたわたしにはわかる。今頃は自分の軽率さを反省しているだろう。ファードは死んだ可能性が高い。カーヒルと話をさせてくれれば穏便に連れ戻す自信があるし、議会とともにこの問題に対処できる」

魔力が肌をかすめ、リーフが力を使ったのがわかった。

「彼の言葉は本心だ」リーフが請けあう。

だが、カーヒルはどうなのだろう? 軍隊を創設するためなら野蛮なことをしたり、人を簡単に裏切ったりするのをこの目で見てきたが、彼が軽率だったことは一度もない。とはいえ、カーヒルと知りあってからまだ季節がふたつ経《た》っただけだ。

魔力でカーヒルにまつわるマロックの記憶を探ろうかと考えたが、それはマロックが同意しない限り『倫理規範』に反する行為とされる。そこで、探ってもいいか訊いてみた。

「どうぞ」マロックはわたしの目を見据えて言った。

素直に応じたのはマロックに誠意がある何よりの証拠だ。だが、彼が軍を組織してイクシアを攻撃したいと考えていることは事実で、その考えはわたしとは相容《あいい》れない。イクシアとシティアはお互いに理解を深め、協力しあう必要がある。戦争は誰の得にもならない。

マロックをここに残し、イクシアへの攻撃を議会に持ちかけるのを許すか、それとも一緒に連れていくか。追跡者としての彼の能力は役に立ちそうだ。「一緒に来るなら、わたしの命令には必ず従ってもらう。それでもいい？」

マロックは軍の隊列にいるかのように気をつけの姿勢を取った。「承知した」

「馬に乗るだけの体力はある？」

「ああ、だが馬がない」

「大丈夫。サンドシード族の馬を探すから。あなたは手綱を握っていればいい」キキならではのあの疾風走を思い浮かべ、わたしは微笑んだ。

リーフも笑い、安堵《あんど》したように緊張を解いた。「厩舎長をうまく言いくるめて馬を借りられればいいけどな。厩舎に残っているサンドシード族の馬は、もうガーネットだけだ」

頑固で偏屈な厩舎長のことを考えただけでげっそりした。それなら、どうする？　同じように走れる馬はほかにいないのだ。

〝蜂蜜〟キキが話しかけてきた。〝アヴィビアンの蜂蜜。チーフマン、好き〟

つまり、アヴィビアン蜂蜜をお土産にすると言えば、厩舎長から馬を借りられるわけだ。

わたしたちは城塞の南門から出て、谷間を下った。農地のあちこちにトウモロコシの刈り株が見え、道の右手に向かって荷馬車の轍《わだち》が延びている。左手に広がるのはアヴィビアン平原。平原に生い茂る背の高い草は、この寒さで黄色や赤から茶色に変わった。雨が巨大な水たまりを作って起伏のある土地を湿地に変え、あたりにはじめじめした土の匂いが漂っている。リーフはルサルカに乗り、マロックはガーネットの手綱にしがみついていた。乗り手の不安が伝わるようで、何か物音がするたびにガーネットはびくっとした。

キキの歩みを緩めてマロックの隣に行き、話しかける。「マロック、安心して。アヴィビアンの蜂蜜を持ち帰って馬具の掃除を三週間やると厩舎長に約束したのは、わたしよ」

マロックは笑ったが、手綱は握りしめたままだ。

よし、作戦を変えよう。わたしは世界を覆う魔力の毛布から魔法の糸をたぐり寄せ、ガーネットの心と繋がった。ガーネットはチーフマンを恋しがり、背中にいる見知らぬ男を嫌っていたが、行先を教えてやると落ち着いた。

〝故郷〟ガーネットは承諾した。やはり家に帰りたいのだ。〝痛い〟

マロックが手綱を強く引いているせいで、口が痛いのだ。置き去りにすると脅したところで、マロックは手綱を緩めないだろう。そこで、彼の心に少しだけ触れてみた。彼は自分よりカーヒルのことを心配していた。不安の原因は、乗っている馬を制御できていないという思いだった。自分が馬に命令される立場で、主導権を握っていないことも一因だ。加えて、わたしのことをじつは快く思っていないとわかり、頭の中で警報が鳴り響いた。マロックの心をもっと探りたくなる。だが、カーヒルとの思い出を探ることについて許しを得たからといって、心の中を自由に探索していいことにはならない。

代わりに、心が落ち着きそうな考えをマロックに送った。わたしの声は聞こえなくとも、慰める口調に何かしら反応してくれるはずだ。

しばらくすると、マロックの身体の緊張が解け、ガーネットの動きに合わせられるようになった。ガーネットも気持ちよく走れるようになったところで、キキは東に向きを変えて平原に入った。キキが足を速め、蹄《ひづめ》から泥が跳ね上がる。わたしはリーフとマロックに、馬の好きなように走らせてと合図を送った。

〝お願い、ムーンマンを見つけて。早く〟とキキに言う。

キキは小さく飛び跳ねると、疾風走法を始めた。ルサルカとガーネットもキキに続く。まるで風に運ばれているようだった。全速力の襲歩《ギャロップ》より二倍は速く、キキの足元の平原がかすんで見える。ここまで速く走れるのはサンドシード族の馬だけで、それもアヴィビアン平原を走るときに限られた。魔法のなせる技なのだろうが、キキが魔力をたぐり寄せているかどうかはわからない。ムーンマンを見つけたら訊いてみよう。

アヴィビアン平原はシティア東部の大部分を占めていた。城塞の南東に広がり、東はエメラルド山脈の麓、南はダヴィーアン高原まで続いている。普通の馬なら、平原を越えるには五日から七日かかる。そこに住むのはサンドシード族のみで、一族の《物語の紡ぎ手》が強力な防御魔法でこの土地を守ってきた。一族の許可なく平原に足を踏み入れた者は必ず迷子になる。魔法で頭が混乱し、同じ場所を堂々巡りしたのちに命からがら平原を脱出するか、飲み水を切らして死ぬかのどちらかだ。強力な魔術師なら惑わされずに平原を移動できるし、サンドシードの親類筋にあたるザルタナ族も問題なく平原を通れるけれど、それ以外の部族はみな平原を避けていた。

マロックはサンドシード族の馬に乗っているので攻撃を受けずにすみ、わたしたちは一晩中移動を続けた。キキがようやく足を止めたときには、すでに日が昇ろうとしていた。

岩地のそばの小高い場所で野営することにした。リーフが薪を集める間、わたしは馬たちにブラシをかけて餌をやった。マロックはリーフを手伝っていたが、青白い顔には疲労が滲《にじ》んでいる。みぞれまじりの雨は夜の間に弱くなったものの、灰色の雲が相変わらず空を覆っていた。野営地には馬の食用となる草がたくさん生え、近くには低木が何本か立っている。地面は硬く、立っても足首まで泥に浸《つ》かるようなことはない。

外套がみな濡れていたので、二本の木の間にロープを渡してかけた。リーフとマロックが乾いた枝を何本か見つけてきて、リーフがその枝をテント形に集めてじっと見つめると、小さな火がともった。

「またそうやって自慢する」兄に文句を言う。

リーフが微笑み、お茶を淹《い》れる用の水を鍋に入れた。「羨ましいだろ」

「うん、羨ましい」わたしは唸《うな》った。同じ親から生まれたのに、兄とわたしは使える魔法がまったく違う。父のイーザウはわかりやすい魔力は持っておらず、密林で食べ物や薬、発明の材料になりそうな草花や木を見つける才能があるのみだ。母のパールも、その人に魔力があるかどうか見分けられるだけだった。

では、火をつけたり生命力を感じたりする魔力を、リーフはどうやって身につけたのか。わたしは他人の霊魂を操る魔力をどうやって身につけたのだろう。魔法と生みの親との関係を研究した人は、これまでシティアにいたのだろうか。第二魔術師範のベイン・ブラッドグッドなら知っているかもしれない。なにしろ、シティアに存在するほぼすべての書物を持っているのだから。

マロックはパンとチーズの朝食を食べ終えると、すぐに眠ってしまった。リーフとわたしはもうしばらく火のそばにいた。

「お茶に何か入れたの？」わたしは尋ねた。

「傷がよくなるように、バイオリンノキの皮を少しね」

マロックの顔には皺と傷跡が刻まれている。顎の黄色い痣の中に白い無精髭《ぶしょうひげ》がぽつぽつ見え、腫れ上がった目には血と涙が滲んでいた。右の頬には赤い切り傷。ヘイズ治療師は、わたしにマロックの手当てをさせなかった。わたしが手伝えるのは小さな怪我《けが》の治療だけ。ヘイズ治療師もまた、わたしの力を恐れているのだ。

マロックの額に触れてみると、肌が火照り、かさついていた。腐肉の嫌な匂いが彼の身体から漂ってくる。わたしは魔力を集めてマロックに糸を繋ぎ、皮膚の下の筋肉や骨を露わにした。負傷した部分が赤く光っていた。頬骨は粉々に砕け、その破片が目に刺さっているせいで視力が衰えている。あちこちにある黒い小さな感染部が徐々に広がっていた。

負傷している部分に意識を集中させ、マロックの痛みを自分の顔に移動させた。右目に針を刺すような鋭い痛みが走り、視界がぼやけて涙があふれた。わたしは身体を丸めて痛みと闘い、魔力の源から引き出した力を全身に巡らせた。流れがどっと押し寄せ、全身に力をこめる。と、魔力の流れがふと緩やかになり、ビーバーが作ったダムが取り払われたかのように、痛みが押し流された。安堵感に包まれてほっと一息つく。

「そんなことをして、よかったのかな」わたしが目を開けると、リーフが訊いた。

「傷口が感染症を起こしていたの」

「おかげで、力を使い果たしたじゃないか」

「でも」上体を起こした。疲れてはいても、力はまだ残っている。「わたしは――」

「彼を助けた」どこからともなく声がした。

　リーフはぎくっとしたが、わたしにはその低い声が誰のものかすぐにわかった。立ちのぼる熱と灰が形になったかのように、ムーンマンが焚き火《たび》の横に現れた。坊主頭が朝日を受けて光っている。さすがに寒いせいか、肌と同じ褐色の長袖のチュニックと焦げ茶のズボンをまとっていたが、靴は履いていない。

「もう肌を染めないの？」わたしはムーンマンに尋ねた。初めて会ったとき、月光から姿を現した彼の身体を覆っていたのは、紺色の染料だけだったからだ。彼はわたしの《物語の紡ぎ手》となって人生の物語を見せ、子供時代の記憶の封印を解いてくれた。両親や兄と過ごした六年間は、魔術師ムグカンに誘拐されたあと、家族を恋しがらないようにと記憶から消されていたのだ。

　ムーンマンが微笑んだ。「時間がなくてね。だがおかげで、ちょうどいいときに来られた」非難がましい声で言う。「さもなくば、おまえは力を使い果たしていただろう」

「そんなことないわ」反抗的な子供のように言い返す。

「もう全能の《霊魂の探しびと》になったつもりか？」ムーンマンはわざと目を丸くした。

「御前にひれ伏そう、偉大なるお方よ」深々とお辞儀をする。

「わかったから、やめて」わたしは笑った。「マロックを治療する前によく考えるべきだった。そう言えば満足？」

ムーンマンは大げさにため息をついてみせた。「おまえがこれを教訓に二度と同じことをしないなら満足だが。しかしこれからも、後先を考えずに行動するのだろう。おまえの人生はそう紡がれている。救いようがない」

「そのためにわたしを呼び寄せたの？　救いようがないと伝えるために？」

ムーンマンが真顔になった。「そうであればよかったのだが。《霊魂の盗びと》がカーヒルの協力で魔術師養成所から脱走したことは知っている。ダヴィーアン高原を偵察中の《物語の紡ぎ手》のひとりが、ダニと移動している不審者の存在に気づいたのだ」

「カーヒルとファードはダヴィーアン高原にいるのか？」リーフが尋ねた。

「おそらく。だがまずは《霊魂の盗びと》をイレーナに確認してほしい」

「どうして？」ムーンマンに尋ねる。サンドシード族は裁判や投獄に時間を費やさない。罪人は処刑するだけだ。

だがダニを見つけるのは難しく、中には強力な魔術師もいる。ダニは、ほかの部族との交流を避けて自らの殻にこもる一族の暮らしに不満を持つ、サンドシード族の若者たちの一団だ。彼らはサンドシード族の《物語の紡ぎ手》としての偉大な力を、平原の住人だけでなく、シティア全土を導くために利用したいと考えていた。

そこで一族から分かれてダヴィーアン高原に移住し、ダヴィーアン族となった。高原の乾燥した不毛地帯は農業にはまったく向かず、サンドシード族から食料を盗んで暮らすため、〝ダニ〟と呼ばれているのだ。また、利己的な目的で魔術を使っているという理由から、ダニの魔術師は《物語の紡ぎ手》ではなく《編み機《ワーパー》》と呼ばれた。

「やつがすでに新たな霊魂を取りこんでいるかもしれないからだ。やつを殺す前にその霊魂を解放できるのは、おまえしかいない」ムーンマンが抑揚のない冷淡な口調で言う。

わたしはムーンマンの腕を掴んだ。「もう死体が見つかったの？」

「いや。だが、やつらの野営地を急襲すれば見つかるかもしれない」

ここふたつの季節で起こった忌まわしい出来事を思い出し、呆然《ぼうぜん》となる。ファードは十一人の娘をレイプして惨殺し、彼女たちの霊魂を盗んで魔力を高めた。ファードが最後の霊魂を盗む前にヴァレクとわたしがその計画を阻止したが、もし娘たちの霊魂を空に解放できずファードの計画どおりになっていたら、今頃シティアとイクシアは彼の支配下になっていただろう。ファードが同じことをまた始めたかもしれないと思うと、許せなかった。

「野営地は見つかったのか？」リーフが尋ねた。

「ああ。まだ何もせず、様子を見ているだけだが。一族の戦士たちが高原をくまなく捜索し、南端のイリアイス密林のそばに大きな野営地を見つけたんだ」

ザルタナ族の領地に近い。息をのむ音が聞こえたのか、ムーンマンがわたしの肩を掴んだ。「一族のことは心配無用だ。サンドシード族の戦士は全員、ダニが出発する気配に気づいたら即座に臨戦態勢に入る。馬を休ませたら、すぐに出発しよう」

わたしは焚き火のまわりを歩き回った。少しでも寝ておかなければいけないとわかってはいたが、さまざまな感情が駆け巡るのを止められない。リーフは馬の手入れをし、マロックは眠っている。ムーンマンは火のそばで横になり、空を見つめていた。

空が暗くなるころマロックが目覚めた。目に滲んでいた血は止まり、腫れも引いている。マロックは指で自分の頬をつついて目を丸くし、それから隣にムーンマンが立っていることに気づくと、飛び起きて剣を鞘から抜き、身構えた。剣を持っていても、二十センチ上から彼を見下ろす筋骨隆々としたムーンマンと比べると、やはり弱々しく見える。

ムーンマンは高らかに笑った。「元気になったようだな。来い。今後の計画を立てよう」

四人で焚き火を囲んで座り、リーフが夕食の支度をした。わたしの隣にはマロックが座った。マロックが頬に触れるたびに畏怖の目でムーンマンを見るのが、視界の端に垣間見えた。彼の右手が剣の柄から離れることは決してなかった。

「夜明けに発とう」ムーンマンが言った。

「どうしていつも夜明けなの？」わたしは尋ねた。「馬は夜でも目が利くのに」

「夜に動くと、馬が体力を回復するまでに丸一日かかる。わたしはおまえとキキに乗る。一番体力があるのはキキだからな。高原に着いたら、仲間と合流するまで休憩はなしだ」

「そのあとは？」

「ダニたちを攻撃する。おまえはわたしやほかの《物語の紡ぎ手》から離れないこと。フアードは《編み機》が守っている。外側の衛兵を倒してからが、難しい戦いの始まりだ」

「《編み機》と戦うことになるから」わたしがつぶやくと、ムーンマンが頷《うなず》いた。

「また《無》《ヴォイド》を移動させることはできないのか?」リーフが訊いた。

《無》とは魔力の毛布にある穴のことで、魔力が存在しない場所だ。前回サンドシード族がダニの潜伏場所を突き止めたとき、そこは幻影を作りだす魔力の帳《とばり》で守られていた。そのため野営地には数人の兵士しかいないように見えたが、サンドシード族が《無》をダニの上に移動させたとたん、幻影が消えた。野営地にいた兵士の数は見かけより四倍も多く、わたしたちは数の面で圧倒的に不利になったのだ。

「やつらも《無》のことをすでに知っている以上、魔力の毛布を動かせば警戒するだろう」

「じゃあ、どうやって《編み機》を倒すの?」急に不安になった。ダニが魔法を使えるなら、厳しい戦いになるはずだ。

「サンドシード族の《物語の紡ぎ手》が全員繋がって強力な魔力の網を作り、《編み機》を捕らえて魔法を使えないようにする。その間におまえがファードを捜すんだ」

マロックが沈黙を破った。「カーヒルはどうする?」

「やつはファードを逃亡させた。罰を受けてもらう」ムーンマンが言った。

「議会はカーヒルから話を聞きたがっているわ」わたしは指摘した。

「そのあと、彼らがやつの処遇を決めることになる」リーフが付け加える。

ムーンマンは肩をすくめた。「やつはダニではない。殺すなと指示は出すが、大きな戦いになると難しいかもしれない」

「カーヒルはダヴィーアンの指揮官と一緒にいるのだろう」マロックが言った。

「マロック、あなたとリーフでカーヒルを見つけて北で待って。戦いのあと合流しましょう」

「わかった」

リーフも頷いたが、何か訊きたいことがあるような目つきをしている。

〝何か問題でも？〟わたしは心の中で訊いた。

〝もしカーヒルがマロックに、議会には連れていくなと命じたら？　ふたりが結託して僕の敵に回ったらどうする？〟

〝確かに。じゃあ、わたしからムーンマンに――〟

〝兵士をひとりリーフにつけよう〟突然、ムーンマンの声が割って入った。

わたしはぎくっとした。ムーンマンが魔力を引き出してわたしたちと繋がったことに気づかなかったからだ。

〝あなた、ほかに何ができるの？〟わたしは尋ねた。

〝それは言えない。《物語の紡ぎ手》は常に謎めいていないと〟

翌朝、馬で南方の高原に向かった。ふたり乗せていてもキキの足取りは軽く、温かい夕食と睡眠をとるために一度休んだだけで、二日で領境にたどりついた。二日目の夕暮れ時、わたしたちは馬を休ませるために平原の端で休憩することにした。

平坦《へいたん》な高原が地平線まで続いていた。乾ききった大地に、茶色い草の茂みがしがみついている。平原には樹木や、起伏のある丘や岩、地面から突き出た砂岩などがあったが、高原地帯には、茨の茂みと荒砂、棘を持つ低木が数えるほどしか見えない。

寒い曇りがちな天候ともお別れした。午後になると日差しが大地を暖め、外套もいらないほどになったが、日が沈み闇が訪れると冷たい風が吹いた。

ムーンマンは斥候を捜しに出かけた。ダニの野営地からかなり離れているとはいえ火を焚くのは危険なため、残ったわたしたちは寒さに震えながら固いチーズとパンを食べた。

やがてムーンマンが、ひとりのサンドシード人を連れて戻ってきた。

「タウノだ。高原の道案内をしてくれる」

タウノは弓矢を持った小柄な男で、背はわたしより三センチほど高いだけ。寒いのに短いズボンを穿《は》いていた。肌を染色しているようだが、この暗がりでは何色かわからない。

「月が空の四分の一に達したら出発しましょう」タウノが言った。「サ
夜に移動するのはいいが、戦士たちは日中どうしているのだろうと疑問に思った。

ンドシード人は高原でどうやって身を隠すの？」と訊いてみた。

タウノは自分の肌を指さした。「風景に溶けこむんです。心は《物語の紡ぎ手》が創り出す零の盾に隠しておきます」

「零の盾は魔法を遮断するんだ」とムーンマンが説明した。「魔法で高原を見渡しても、盾の陰に隠れている生き物は察知できない」

「でも、盾を作るために魔法を使ったら、ダニに気づかれるんじゃない？」

「正しい手順を踏めば平気だ。《物語の紡ぎ手》が平原を去る前に盾を作っておいた」

「盾に隠れている《物語の紡ぎ手》は？　魔法を使えるのか？」リーフが尋ねた。

「盾は魔力を通さない。とはいえ視力や聴力は遮断しない。魔力による発見を防ぐだけだ」

旅の準備をしながら、わたしはムーンマンに聞かされた話をじっくり考えた。魔法については知らないことがまだたくさんある。とてもたくさん。それをこれからローズと学んでいくのかと思うと、好奇心もしぼんでしまう。

月が暗い空を四分の一ほど昇ると、タウノが口を開いた。「出発の時間です」

不安で背筋がこわばった。キキに跨《また》がるわたしの後ろに、ムーンマンも跨がる。

魔法について無知なせいで、今回の任務が果たせなかったら？　とはいえ今は心配しても仕方がない。深呼吸して気持ちを落ち着かせ、みんなを見やる。タウノはマロックとガーネットに乗っていた。マロックの渋い顔からすると、サンドシード族の戦士と同じ馬に乗るのは不本意なのだろう。しかもタウノはガーネットの手綱を握ると言い張ったのだ。

零の盾から出ないようにするには、決まった道から少しでもそれてはならない。道案内はタウノがしてくれた。聞こえるのは、馬の蹄が固い砂を踏む音だけだ。

月はゆっくりと空を昇っていた。途中、いっそキキに大声で合図して襲歩させ、一行に漂う緊張感をほぐしたいと思うこともあった。

暗い夜空の東の彼方《かなた》が白むと、タウノが馬を止めた。朝食を手短にすませ、馬に餌をやる。あたりが明るくなると、タウノが高原の風景にうまく溶けこんでいるのがよくわかった。身体を灰色と褐色に塗り、周囲の色合いに姿をなじませている。

「ここからは歩きです」タウノが言った。「馬は置いていきます。必要最低限のものだけ持っていきましょう」

この晴天なら暖かくなりそうだったので、外套を脱いで背嚢に詰めた。細かい砂まじりの乾風が吹き、喉の奥がちくちくする。右の太腿に飛び出しナイフがついているのを確認した。刃先にはキュレアを塗ってある。筋肉を麻痺《まひ》させる作用があるので、カーヒルが協力を拒んだときに役に立つだろう。それから長い黒髪を団子状に結い、鍵をこじ開けるためのピンで留め、最後にボウを持った。

武装したからといって、戦う心構えができたわけではない。願わくはカーヒルとファードを見つけ、誰も殺さずに城塞まで連れて帰りたい。でも、身を守るために人を殺さざるを得なくなる暗い予感がして、喉元がこわばった。

タウノがわたしたちの服と武器をざっと確認した。リーフは緑のチュニックとズボンという格好で、腰には山刀がぶら下がっている。マロックはベルトに剣を下げていて、焦げ茶色の鞘はズボンと同色だ。みんな周囲の風景と同系色のものを身に着けているので、タウノほどうまく溶けこめなくても、景色から浮いて目立つこともないだろう。

わたしたちは持ち物が入った背嚢を鞍に結び、わずかながら草のある場所に馬を放してから、徒歩で南に向かった。高原にはまるで人気がない。魔法で一帯を捜索したくてうずうずしたが、なんとかこらえた。最近では近くの生き物と、ほとんど本能的に繋がろうとしてしまう。だからそばに何が生息しているか知らずにいると、ひどく無防備に思えて落ち着かない。

遠回りするようにしばらく歩いたあと、タウノがようやく歩みを止めた。棘のある木々のほうを指さす。「あの林の向こうが野営地です」と囁《ささや》いた。

わたしは高原を見渡した。サンドシード族の戦士たちはどこだろう？　と、砂が液体になったかのように大地が揺れ、しだいにうねりが大きくなった。声をあげまいとして手で口を塞ぐ。そこには何列ものサンドシード族の戦士たちが並んでいた。砂に擬態しているので、目の前に横たわっていることに気づかなかったのだ。

うろたえるわたしを見て、ムーンマンが微笑んだ。「魔力に頼りすぎて、五感の使い方を忘れてしまったようだな」

言い返す前に、四人のサンドシード人が現れた。姿こそ兵士と同じだが、独特の威厳がある。《物語の紡ぎ手》だ。

ひとりの《物語の紡ぎ手》がムーンマンに偃月刀《えんげつとう》を手渡した。人を射抜くような鋭い目で、わたしをじろじろと見る。「これが《霊魂の探しびと》か？」半信半疑ながらも穏やかな口調だ。「想像とは違うな」

「どんな人を想像していたんですか？」わたしは尋ねた。

「大柄で浅黒い肌の女を。こんなんでは霊魂を見つけて解放するどころか、砂嵐にも耐えられなそうだ」

「あなたがわたしの《物語の紡ぎ手》でなくてよかった。服の模様に惑わされて、糸の質まで見抜けなそうだもの」

「その辺にしておけ」ムーンマンが割って入った。「リード、野営地へ案内してくれ」

リードと呼ばれた《物語の紡ぎ手》が先頭に立って木立に近づいた。枝の棘越しにダヴィーアン族の野営地が見える。

地表から熱が逃げられずにいるかのように、野営地の周辺の空気はきらきらと光っていた。中央で調理用の大きな火が焚かれ、大勢の人が朝食の支度をしたり、食べたりしている。そこからいくつものテントが扇状に並び、高原の端にまで続いていた。

日差しに目を細めながら、野営地の先に目を凝らす。イリアイス密林の緑の天蓋がかろうじて見えた。密林の一番高い木の頂上にある台座に立ち、広い高原を初めて見渡したときのことをふと思い出す。密林へ続く断崖絶壁は、とても下りられるとは思えない。では、なぜここで野営することにしたのだろう？

ムーンマンが隣に来た。「この野営地は幻影だ」

「戦士の数は足りるの？」幻影の裏に、もっと多くのダニがいるのでは？

「ひとり残らず集めてきた」

「行くぞ――」サンドシード人が鬨《とき》の声《こえ》をあげながら、野営地に向かって走り出した。

ムーンマンがわたしの腕を掴んで引き寄せる。「わたしと一緒にいろ」

リーフとマロックを従えて、わたしたちふたりはサンドシード族の戦士たちに続いた。

だが最前列の兵士が幻影に足を踏み入れるや、一瞬、姿が見えなくなった。押し寄せる水の音が聞こえて、幻影が消え去った。

何度か瞬《まばた》きして目を凝らし、ダヴィーアン族が隠していたものを見ようとした。

中央の焚き火はまだ燃えている。だが火のまわりにいた大勢のダニは消え、代わりに男がひとり、ぽつんと立っていた。野営地には、彼以外に誰もいなかった。

4

膨大な数のテントもダヴィーアン族も、すべてが消え失《う》せた。

火のそばにいたたったひとりの男は、サンドシードの戦士たちが駆けつける前にその場に倒れた。自ら毒を飲んだらしく、近寄ったときにはすでに息絶えていた。

「《編み機》だな」ムーンマンは裸足《はだし》で死体を軽く蹴った。「この男が幻影を作り出し、それが崩されたと同時に自害したんだ」

「痕跡を調べればやつらの行先がわかるかもしれない」マロックが言う。

野営地を検分するため、サンドシードの戦士たちはいったん林に引き上げた。わたしとムーンマンは焚き火のそばに残り、マロックとリーフが野営地をくまなく調べる。マロックはまだ残っている痕跡を探し、リーフは魔力でダヴィーアン族の思惑を探ろうとした。

わたしはできるだけ遠くまで意識を飛ばした。特定の人を捜す場合はどんなに遠くても見つけられるが、漠然と捜索する場合には二十キロくらいまでしか魔力が届かない。高原に人の気配はなく、密林は生き物が多すぎて意識を探るのは難しかった。

マロックとリーフが野営地を一巡して戻ってきた。その表情は暗く、朗報はなさそうだ。

「やつらが去ってからもう何日も経っているな。足跡の大半は東と西に向かっている」マロックが報告した。「だが高原の端の崖近くで、ロープの繊維がわずかに残った鉄釘《てつくぎ》が落ちているのを見つけた。崖を下りて密林に入ったダニが何人かいるのかもしれない」

思わずリーフの腕に触れた。「ザルタナ族の領地に?」

「大丈夫、もしダニに見つかったとしても居住地は厳重に守られている」リーフが言う。

「相手が《編み機》でも?」

リーフが青ざめた。

「ロープは残っていた?」わたしはマロックに尋ねた。

「いや。残った人間がロープを切ったか、持ち去ったんだろう」

「何人下りたかわかるか?」ムーンマンが尋ねる。

「わからない」

リーフが言う。「無数の匂いと感情が入りまじっていた。特に強く感じたのは、隠密《おんみつ》かつ速やかに行動しようとする意思だ。明確な目的があり、決意に満ちていた。だが人数が多いのは東に向かった集団で、彼らは……」リーフは目を閉じて風の匂いを嗅いだ。「よくわからない。しばらく足取りをたどらないと」

マロックはリーフと一緒に東に続く足跡をたどり、わたしはキキやほかの馬に集合をかけた。待つ間、ムーンマンと《物語の紡ぎ手》たちが戦士をふたつの集団に分け、ふたりの斥候をそれぞれ西と東に遣《や》った。

でも、ロープを使って密林に入った連中は？　カーヒルとファードは？　そもそもあのふたりはダヴィーアン族と一緒なの？　もしそうなら、どっちの方向に向かった？

馬たちが到着すると、わたしはキキの鞍から背嚢を下ろしてロープを取りだし、高原の端に行った。マロックが言っていた鉄釘を見つけて、ロープの端を結びつける。それから腹這《はらば》いになり、ゆっくりと崖の縁に近づいて密林を見下ろした。

崖の側面は滑らかで、掴まれるところはまったくなさそうだ。ロープを投げ下ろしたが下にははるかに届かず、ロープの端は崖の四分の一ほどのところで止まった。これより長いロープを使ったとしても、下りるのは危険だろう。崖の中央あたりの岩の割れ目から水が噴き出しており、その下の岩肌が濡れて光っている。

本当に人がここを下りるだろうか？　切羽詰まっていれば試すかもしれないけれど、リーフの観察からすると、ダニは切羽詰まっていたようには思えない。

ムーンマンは馬のそばで待っていた。「斥候が戻ったら出発する」

ずっと頭につきまとっていた疑問が口をついて出た。「あなたたちは高原中をくまなく捜索し、野営地も見張っていた。なのに、なぜダニは気づかれずに逃げられたの？」

「《編み機》の中には《物語の紡ぎ手》だった者がいる。やつらが零の盾の作り方を学んだに違いない」

「盾は魔法を使った捜索から隠れられるだけでしょう。じかに見ればどうなの？」

ムーンマンが答える前に叫び声が聞こえた。リーフとマロックと斥候が駆け寄ってきた。

「轍を見つけたぞ」マロックの息は荒かった。

「東に行ってから北に向かっています」斥候が身ぶりで示す。

北にはアヴィビアン平原がある。つまり連中は、無防備なサンドシード族の土地に向かったのだ──戦士たちがひとり残らず高原に来ている、今を狙って。

ムーンマンは雑念を払って考えようとするように、手で顔を覆った。

ふたり目の斥候が砂煙をあげて西から戻ってきた。

「そっちにも轍があったのか？」マロックが尋ねる。

「いいえ、跡が切れていました。引き返したんです」ふたり目の斥候が報告する。

ムーンマンは両手を下ろすと、すぐさま北東に向かうよう大声で戦士たちに命じた。

《物語の紡ぎ手》たちには、平原に残っているサンドシード人と連絡を取れと指示を出す。

「よし、われわれも行こう」戦士たち一行に加わるため、ムーンマンがきびすを返す。

「いいえ、行けません」わたしは動かずに言った。

ムーンマンは立ち止まって振り返った。「何だと？」

「カーヒルとファードがダニたちと一緒に平原へ行ったとは思えない。ダヴィーアンのほとんどは北東に行ったけれど、少人数の集団は西か南へ行ったと思う」

「わが一族が危険にさらされているんだ」ムーンマンが言う。

「わたしの一族だって。ムーンマン、あなたは戦士たちと一緒に行って。もしわたしの考えが間違っていたら、すぐにあとを追いかけるから」

「もしおまえが正しかったら？」

確かにそうだ。リーフとマロックとわたしの、たった三人しかいない。

「わたしも一緒に行こう」そう言うと、ムーンマンは《物語の紡ぎ手》のひとりを呼んだ。

ふたりの心が繋がると、魔法の気配がわたしの肌をちくりと刺した。

ふたりの会話に割りこみたくなかったので、わたしは高原の端に意識を向け、崖を調べた。密林の木の枝が一本、崖に向かって伸びている。鈎《かぎ》とロープをあそこに掛ければ――。

〝だめだ〟リーフの声がふいに頭に響いた。〝自殺行為だ〟

わたしは顔をしかめてみせたが、しぶしぶあきらめた。確かに、どうにか木に飛び移れても、ほかの人がそのあとに続けるとは思えない。そうなったらひとりぼっちだ。ひとりになることを心配するなんて――シティアでの暮らしがわたしを弱くした。

〝いや、賢くなったんだ〟リーフが言う。〝これからもっと賢くなるかもしれない〟

「どこに行きますか？」タウノが輪に加わった。

わたしが目を向けると、ムーンマンは肩をすくめた。「タウノは戦いより偵察に長《た》けている。これから必要な人材だろう」

これからのことをほのめかされ、ため息をついた。「西へ」

そうすればもっと簡単に密林に通じる道が見つかるかもしれない。たとえ見つからなくても、高原の端沿いに西へ進んでカーワン族の土地に行き、そこから南の森に入って、東に迂回しながらイリアイス密林にたどりつける。手遅れにならなければいいのだが。

タウノとマロックを先頭に、馬を西へと走らせた。ダヴィーアンが方向を変えた場所は、わたしの目にも明らかだった。彼らが止まったところで硬い砂地が削れており、その西側に続く平らな砂地には人の通った跡がまったくない。

タウノが馬を止めて指示を待つ。

「罠《わな》だ。嘘と自惚《うぬぼ》れの匂いがする」リーフが言った。

「自惚れ？」わたしは尋ねた。「違う方向にわざと足跡を残すのはよくある手でしょう」

「カーヒルの仕業かもしれない」マロックが言った。「彼は自分のことを誰よりも賢いと思っている。こうすれば追っ手の半数が違う方向に向かうと考えたんじゃないか」

わたしは滑らかな砂地に意識を投げた。数匹のネズミが走り出てきて、餌を探している。蛇が一匹、温かな岩の上でとぐろを巻き、午後の日光浴をしていた。と、誰のものかわからない暗い心につきあたった。

意識を身体に戻して、高原を眺めた。一メートルほど先に、砂地が軟らかそうなところがある。まるで誰かがそこを掘り起こしてから、また砂を戻したようだ。

キキから降りてその場所に近づいた。踏んでみると、ふかふかしている。

「ダニが何か埋めたに違いない」マロックが言った。

タウノがうんざりしたように鼻を鳴らす。「どうせゴミ捨て場でしょう」

キキがムーンマンを背中に乗せたまま近づいてきた。〝湿っぽい匂い〟

〝いい湿り気？　悪い湿り気？〟とキキに訊く。

〝ただ湿っぽい〟

わたしは背嚢から鈎を取り出して、砂地を掘り始めた。それを見守るみなの表情は、面白がっていたり、不快そうだったり、興味津々だったりとさまざまだ。

三十センチほど掘ったところで何か硬いものに当たった。「砂をどけるのを手伝って」

見物人たちはしぶしぶ加わった。やがて、平らな木板が現れた。

マロックはそれを指の関節で叩き、箱の蓋だろうと言った。さらに急いで砂をどけていくと、箱の縁が見えてきた。円形で、直径は六十センチほどだ。ダニがなぜこんな場所に丸い箱を埋めたのかとタウノとムーンマンが話している横で、わたしは蓋をこじ開けた。

そのとたん、空気が下に吸いこまれる勢いで、蓋が閉まりそうになった。

一同は驚いて静まり返った。蓋は地面の穴を覆っていた。

空気が吸いこまれる強さからすると、穴はとても深そうだった。

5

日差しが穴の一メートルほど奥まで照らしていた。穴の縁から砂岩を無造作に削ってできた階段が二段続いている。「下に人の気配は？」リーフが尋ねた。

魔力の糸をたぐり寄せ、暗闇に意識を飛ばした。たくさんの悪意に触れたけれど、人間はいない。「コウモリがいるみたい。それも、たくさん。そっちは？　何か感じる？」

「ひとりよがりな満足感だけ」

「これも偽の足跡である可能性は？」マロックが訊く。

「あるいは罠か」タウノは警戒するように、急いであたりを見回した。

「誰か中に入って様子を教えてほしい」ムーンマンはタウノを見た。「案の定、斥候が必要だったな」

タウノは、熱した石炭に足が触れたかのようにびくりとした。顔から汗が滴り落ちる。息をのんでから言った。「灯《あか》りが必要です」

リーフが鞍袋の中から料理用の棒を取り出した。「あまり長くは燃えないが」そう言って、棒の先に火をつけてタウノに渡した。

棒の松明《たいまつ》を頼りに、タウノは頭から穴に這い下りていった。タウノの心と繋がって穴の中を見たい誘惑に駆られ、無理に足元の地面に意識を集中し、生き物の気配を探ろうとした。気配のあるところが穴の出口のはずだ。密林の鼓動を感じたが、それが穴の出口から来るものか、それとも高原と密林がすぐそばだからなのか、わからない。

待つのは苦痛だった。タウノを待ち受けるありとあらゆる危険が思い浮かび、転んで足を骨折したか、もっとひどい怪我をしたかもと思っていると、彼が穴から顔を出した。

「階段の先は大きな洞穴になっていて、たくさんの地下道や突き出た岩があります。いくつか足跡も見つけましたが、火が消えてはまずいので仕方なく戻ってきました。近くで水がごぼごぼと出る音もしました」

やっぱり。ダニはこの洞窟を通っていったのだ。

「リーフ、火をもっと長くともしておくには何が必要？」わたしは尋ねた。

「まさか、穴に下りるつもりじゃないだろうな？」マロックがびっくりしたように言う。

「もちろん、そのつもりよ。カーヒルを見つけたいんじゃないの？」

「ここを通ったと確信する理由は？」

リーフと目を合わせ、ふたり同時に言った。「ひとりよがりな満足感が残ってるから」

リーフとタウノが薪を取りにダヴィーアン族の野営地に戻る間、ムーンマンとわたしは馬をどうするか話しあった。洞窟で迷わないためには、マロックの追跡能力もタウノの鋭い方向感覚も必要だ。リーフとわたしはカーヒルを議会に連れ戻さなければならない。となると、残るはムーンマンしかいない。

「わたしも一緒に行く」ムーンマンが言った。

「でも、誰かが馬に餌や水をやらなくちゃ」

そのとき、キキがわたしに鼻を鳴らした。〝必要ない。ここで待つし、行ける〟

〝行けるって、どこに？〟

〝市場〟イリアイス市場の風景が頭に浮かんだ。シティア南部の一大交易所であるイリアイス市場は、イリアイス密林の西端とカーワン族の領地の境目にある。

〝どうして市場のことを知ってるの？〟わたしは訊いた。

〝草を知るのとその土地を知るのは、一緒〟

わたしは微笑んだ。キキの物事を見通す力にはいつも驚かされるし、そのたびにいろいろと考えさせられる。キキのように世界を見ることができたら、もっと人生も楽だろうに。

ムーンマンはずっとわたしを見ていた。「キキがおまえの指導者になるべきだな」

「何の指導者に？《霊魂の探しびと》になるための？」

「いや、おまえは《霊魂の探しびと》だ。キキは、おまえが《霊魂の探しびと》になるように力を貸してくれるだろう」

「いかにも《物語の紡ぎ手》が好きそうな謎の助言ね」

「いや、明々白々だ」ムーンマンは深呼吸してにやりとした。「さて、馬の準備をするか」

わたしたちは馬勒《ばろく》や手綱をはずし、馬具一式を鞍袋に入れた。リーフとタウノが戻ると、備品を手分けしてそれぞれの背嚢に入れ、残りは鞍袋に戻した。鞍はつけたままにしたが、鞍袋が下がったり、馬の動きを妨げたりしないよう、しっかりくくりつけた。背嚢がいつもより重くなったが、一部の持ち物はきっと必要になりそうだという嫌な予感があった。

全員の支度ができると、リーフは、ルサルカの鞍袋に入れてあった植物油に薪の先を浸して火をつけた。彼は、必要なものはすべて密林で調達できると自信たっぷりに言い、自作の怪しげな調合物や薬をほとんど置いていくことにした。

「もしやつらの足取りが掴めても、地下で道に迷ったらどうする？」マロックが言った。

「それはない」ムーンマンが請け合った。「道には塗料で印をつけていく。迷ったら、来た道を引き返して高原に戻ればいい。馬たちもイレーナの指示があるまで待っている」

ムーンマンはマロックの肩に腕を回した。殴られるとでも思ったのか、マロックが身を硬くする。「己を信じろ、追跡者よ。君は一度だって迷ったことがない」

「だが、洞窟に入るのは初めてだ」

「ならば、わたしたちふたりにとって新たな経験となるだろう」ムーンマンは期待に目をきらめかせたが、マロックは自信なさげに背を丸めた。

「密林にもいくつか洞窟がある」リーフが言う。「大半は森豹のねぐらになっていて近寄るなと言われているけど、何度か入ったことがあるんだ」リーフとわたしの目が合った。その悲しげな笑みを見て、わたしを捜しに入ったのだと悟った。

タウノとマロックがそれぞれ松明を持つ。タウノが先頭で、わたしが続き、小さな穴の入口に頭から潜った。すぐ後ろにリーフ、次にマロック、しんがりがムーンマンだ。

松明が照らしたのは幅一メートルの地下道だった。ごつごつした壁にはシャベルの跡が残り、掘削して作った道だとわかる。階段はでこぼこの地面に続いていた。流れてくる湿った冷気に足元から上がる土埃《つちぼこり》がまざり、わたしは思わず咳きこんだ。

洞穴に着くと、緊張感が解けた。タウノの灯りが、歯に似た岩々を照らし出す。天井からも地面からも突き出ていて、まるで巨獣の口の中にいるようだ。

「動かないで」マロックが地面を調べながら言った。

マロックが足跡を探す間、でこぼこの壁面に影が躍った。闇の深さからすると地下道はほかにもありそうで、地面のあちこちに小さな水たまりができている。水の滴り落ちる心地よい音がこだまし、金臭い湿った匂いと鼻をつく動物の悪臭の不快さをやわらげた。

ふいに、背を丸めているムーンマンの呼吸が荒くなった。

「どうしたの？」ムーンマンに尋ねる。

「壁が迫ってくる。圧迫される感じだ。気のせいだろうが」そう言いながら赤い塗料で印をつけていく。

「こっちだ」マロックが、下に向かってがくんと落ちる、ごつごつした岩肌が続く道を示した。石壁のせいか恐怖のせいか、いつもより大声に聞こえる。

つんとする悪臭がたちのぼってきて、思わず吐きそうになった。壁には岩がいくつも突き出し、積み重なっている。壁の岩に掴まって下りていくタウノに、わたしたちも続いた。

タウノは、目に見える最後の岩の上で待っていた。その下には黒い穴がぽっかりと口を開けている。タウノが穴に松明を落とすと、松明ははるか下の岩の地面に着地した。

「飛び降りるには距離がありすぎますね」タウノが言った。

わたしはすかさず背嚢から鉤を取り出し、岩の割れ目に打ちこんだ。鉤にロープを結び、引っぱってはずれないかどうか確認した。タウノが穴の縁からぶら下がって下り始めると、ムーンマンは自分を鼓舞するようにロープを掴んで支えた。

空気は冷たかったが、ムーンマンの額には汗が滲んでいた。彼の乱れた呼吸が岩肌にこだまする。タウノはジャンプして底に下り立つと、松明を拾い上げてあたりを確かめてから、問題なしと合図を送ってきた。それからひとりずつ穴を下りた。万が一戻ることになったときのことを考えて、鉤はそのままにしておいた。

「いい知らせと悪い知らせがあります」タウノが言う。

「何だ」マロックが噛みついた。

「ここから続く道が一本だけありますが、ムーンマンやリーフが通れるかどうか」タウノは小さな開口部を指し示した。松明の炎が微風に煽《あお》られて揺らめいている。

わたしはリーフを見た。マロックのほうが背は高いが、リーフは肩幅が広い。カーヒルとファードはどうやって通り抜けたのか？　それとも別の道を通ったのか？

「まずあの道を見てきて。先に何があるのか確かめましょう」わたしは提案した。

タウノはすばやく穴の中に消えた。リーフはしゃがみ、穴の入口を丹念に確認している。

「植物油がまだある。肌に塗れば通れるんじゃないか？」

戻ってきたタウノの松明で道が明るくなり、リーフは後ろに下がった。

「三メートルほど行くと広くなっていて、その先に別の洞穴があります」タウノの足は悪臭のする黒い泥まみれだった。それは何だとみなに訊かれて、タウノは爪先を小刻みに振ってみせた。「悪臭の出所ですよ。コウモリの糞《ふん》です。大量にある」

結局、わずか三メートルの道を通り抜けるのが、行程で一番大変だった。ふたりの大の男が狭い通路を抜けるまでに恐ろしいほどの時間が費やされ、カーヒルの一行に追いつくのは無理かもしれないと思えた。しかも、ムーンマンはほんのつかのま身動きが取れなくなっただけでパニックを起こし、全員が苛立った。

くるぶしまでコウモリの糞に浸かったわたしたちの惨めなことといったら。しかも鼻をつく悪臭のせいばかりでなく、リーフの両肩は傷だらけで血が滲み、ムーンマンの腕はあちこち裂けて手から血が垂れていた。

ムーンマンの息が荒くなった。「戻ろう。とにかく……戻るんだ」あえぎながら言う。

「まずい、これはまずい。とにかくまずい」

わたしは魔力の源と繋がり、ムーンマンの心を探った。ムーンマンは閉所恐怖症のせいで、理性が働かなくなっていた。彼の心をさらに深く探り、決して動じない強い《物語の紡ぎ手》を見つけて、わたしたちの旅がどんなに重要なものか思い出させた。サンドシード族の《物語の紡ぎ手》ならパニックになど負けないはずだ、と。

ムーンマンが冷静さを取り戻すと、呼吸も落ち着いた。わたしは意識を引いた。

「すまない。この洞穴が好きになれなくて」ムーンマンがかぶりを振った。

「好きなやつなんていないさ」リーフがつぶやく。

魔法の糸を持ったまま、わたしはムーンマンの腕に意識を向けた。その腕には大きな傷がいくつもできていて、傷に集中すると、自分の上腕に焼けるような痛みを感じた。もう耐えられないと思ったそのとき、ようやく魔法で身体から痛みを押し出せた。ほっとして身体がふらつき、リーフが腕を掴んでくれなければ、地面に倒れていただろう。

ムーンマンが自分の腕を調べた。「今回はまったくおまえに力を貸せなかったな」

「これは?」リーフがわたしの腕を取り、灯りにかざす。

肌に血が伝っていたが、傷はどこにもない。ファードの犠牲者のひとり、オパールの姉トゥーラを助けたとき、わたしがまず彼女の怪我を肩代わりし、それを自力で治したのだろうとアイリスは推理した。マロックの骨折した頬骨にも、同じことをしたのかもしれない。今その証拠を目の当たりにして、アイリスの推理が正しかったことがわかる。

「面白いな」リーフが言った。

「いい意味で？　悪い意味で？」わたしは訊いた。

「わからない。こんなことをする人間は今までいなかった」

わたしはムーンマンに目で問いかけた。

「《物語の紡ぎ手》の中にも治療師が何人かいるが、やり方が違う。おそらく《霊魂の探しびと》だけが持つ能力だろう」

「おそらく？　あなたにもわからないの？　わたしのことなら何でも知っているのかと思った」

ムーンマンは治ったばかりの腕をさすった。「わたしはおまえの《物語の紡ぎ手》だ。おまえのことは何でも知っている。だが、《霊魂の探しびと》のことをすべて知っているわけでない。自分は《霊魂の探しびと》だとはっきり名乗るつもりか？」

「まさか」わたしはその肩書を拒んできたのだ。

「なら、いいだろう」それで話は終わりと言わんばかりだ。

「行こう」マロックがくぐもった声で言った。シャツで鼻と口を覆い、匂いを遮断している。「これだけ糞が積もっていれば、ダヴィーアン族の足跡をたどるのは簡単だ」

今度はマロックを先頭に、わたしたちは慎重に歩を進めた。コウモリの洞穴の途中まで来たところでふと何かを感じ、細い魔力の糸を送って、頭上にある無数の暗い心と繋がる。たちまち餌を求めるコウモリたちの欲求が押し寄せてきて、わたしはそこから、コウモリ、壁、出口、岩、床のでこぼこ、それぞれの場所を悟った。

ふいに、コウモリがいっせいに飛び立った。

「かがんで！」そう叫ぶと同時に、たちまちコウモリの大群が舞い降りてきた。

黒い飛行物体がわたしたちのまわりを飛び回り、羽音が最高潮に達した。飛び交うコウモリで周囲が埋め尽くされる。コウモリはわたしたちやお互いを巧みに避《よ》けながら出口に向かい、密林の昆虫や木の実を求めて洞窟から出ていった。

わたしの心も、コウモリとともに飛んでいた。無数のコウモリが本能に導かれて狭い洞穴から出ていく様は整然としており、軍隊演習を思わせる。そして、よく練られた軍事行動がそうであるように、すべてのコウモリが出ていくまでにはかなり時間がかかった。

ようやく身体を起こすと、足がひりひり痛んだ。コウモリの羽音が洞穴内にこだまし、やがて消えた。仲間たちを見ると、誰も怪我はしていないようだったが、糞を引っかけられた者が何人かいた。

マロックは松明を取り落とし、両腕で顔を覆っていた。怯えて息が乱れている。

「マロック大尉」彼を落ち着かせようとした。「松明を貸して」

わたしの言葉が、動揺したマロックの胸にも届いたらしい。彼は消えた松明を拾った。

「なぜだ?」

「コウモリが出口を教えてくれたから」糞まみれの松明を掴んだときは、さすがに身がすくんだ。「リーフ、もう一度火をつけてくれる?」

リーフが頷き、やがて松明にまた火がともった。「密林まで、あとどれくらいだ?」

「そう遠くないわ」わたしは先頭に立ち、足早に進んだ。誰も文句は言わない。わたしと同様、みんなこの洞穴を早く出たくてたまらないのだ。

水が流れる音と新鮮な空気だけが、目指す場所にたどりついた証《あかし》だった。洞窟を歩く間に、すっかり夜になっていた。

洞穴の出口から水が流れ出し、六メートルほど下の密林に向かって落下していることも、コウモリから教わっていた。滝は岩にぶつかって飛沫を上げている。

後続のみなも流れのそばに来た。松明を消し、出口から差しこむ弱い月明かりに目が慣れるまで待つ。魔力で下の密林を調べ、待ち伏せをする者や森豹がいないか確かめた。首飾り蛇も危険だが、感じ取れたのは下生えの中を走り回る小動物の存在だけだ。

「濡れるから、そのつもりで」わたしはくるぶしまで浸かる冷たい水の中を進んだ。

ブーツはすっかり水浸しになった。出口にたどりつき、崖の下を見る。

眼下には足がかりになりそうな岩がたくさんあるが、どれも水の下にあるか濡れていた。わたしは背嚢を肩から下ろすと、乾いた岩目がけて投げ下ろした。

「慎重にね」と、みなに言う。

身体の向きを変えて身をかがめ、強い流れに足を踏み入れる。足場を探りながら下にたどりつくころには、全身ずぶ濡れになっていた。おかげでコウモリの臭い糞が洗い流されたのは、せめてもの救いだ。

やがて全員が下に降りた。岸に立つわたしたちは水浸しで、寒さに震えていた。

「それで、どうする?」リーフが尋ねた。

「足跡を探すにはもう暗すぎる」マロックが言った。「松明をもっと焚かない限りな」

わたしは濡れネズミになった一行を見た。わたしの着替えは背嚢の中にあるが、タウノやムーンマンは着替えを持っていない。岸は、火が焚けるほどの広さがあった。

「ここで身体を乾かして少し休みましょう」

そのときだった。ふいに、密林から大きな声がした。「いや、ここで死んでもらおう」

6

矢が雨のように降ってきた。一本がタウノの肩に突き刺さり、悲鳴があがる。

「身を隠す場所を探せ！」そう命じるマロックの太腿にも、矢が一本刺さっている。

わたしたちは慌てて藪《やぶ》に走った。ムーンマンがタウノを引きずり、マロックはその場に倒れた。耳元をかすめていった矢が木の幹に刺さり、藪に飛びこむ直前、別の矢がわたしの背嚢を貫いた。魔力で樹上を探ったが、人の気配は感じられない。

「零の盾だ」ムーンマンが叫んだ。「魔法は通じない」

マロックは藪の外で倒れたまま動かない。なおも矢が飛んでくるが、幸いどれも彼には当たらなかった。マロックはぼんやり虚空を見つめたままだ。

「キュレアよ！」わたしは叫んだ。「矢にキュレアが塗ってある」

奇襲者はわたしたちを殺すのではなく、麻痺させたいのだ。少なくとも、今はまだ。毒矢のせいで手も足も出なくなったときの記憶が蘇《よみがえ》る。あのとき、アレア・ダヴィーアンは兄の恨みを晴らそうと、わたしにキュレアを注入し、高原に運んで殺そうとした。

近くでリーフが悲鳴をあげた。矢が頬をかすめたのだ。「テオブロマは？」すでに顔がこわばっている。

そうだ！　父が持たせてくれた解毒剤テオブロマのおかげで、あのときはアレアの手から逃れられたのだ。背嚢を開けてテオブロマを探す。矢の雨が弱まり、木の葉のこすれる音が頭上から聞こえるということは、敵が降りてきているのだろう。たぶん狙いを定めるために。ようやく茶色い錠剤を見つけると、ひとつ口に入れてすぐに飲みこんだ。

ムーンマンの悪態が聞こえたので、藪から飛び出して駆け寄った。だがそのとき、ついに背中に矢が刺さり、わたしは地面に倒れこんだ。痛みが身体を引き裂く。

「イレーナ」ムーンマンがわたしの腕を掴んで引き寄せる。

「これを」キュレアのせいで腰が痺《しび》れだし、息が切れた。「のんで」

ムーンマンは一瞬もためらわずにテオブロマの錠剤を口に放りこんだ。矢が彼のチュニックを木に釘づけにしている。

足の感覚がなくなってきた。「やられたの？」

ムーンマンはシャツを引き裂き、身体の右側を確かめた。「いや」

「やられたふりをして、わたしの合図を待って」と囁く。

わかったというように暗褐色の目を輝かせると、ムーンマンは矢を折ってわたしの背中の血をすくった。それから横になり、左手の二本の指で折れた矢を腹部に当てがうと、腹に刺さったように見せかける。右手には偃月刀を握った。

地上に降り立った男たちが叫びだす。彼らに見つけられる前に、右手をズボンのポケットに入れて飛び出しナイフの柄を掴んだ。痺れが広がっていたが、テオブロマのおかげで多少は動ける。それでもじっと横たわって動けないふりをした。

「ひとり見つけたぞ」近くから男の声がした。

「あそこにもうひとりいる」

「こっちにもふたり」わたしのすぐ上でしゃがれ声が聞こえた。

「これで残り全員捕まえた。動けないことを確認してから引きずっていけ。空き地に寝かせている仲間のそばに置くんだ」四人目の声がした。

しゃがれ声の男に蹴られ、胸と腹部に痛みが走った。うめくまいと歯を食いしばる。男はわたしの両足首を掴むと、藪やでこぼこの岩の上を引きずっていった。キュレアが全身に回っていて幸いだった。顔の左側と耳が擦りむけても、あまり痛みを感じない。

キュレアは感情も鈍らせるため、怖くて仕方ないはずなのに、ぼんやりと不安なだけだ。テオブロマはキュレアの解毒剤だが、副作用もある。飲むと心の防御壁が機能しなくなるのだ。魔法は使えても、相手の魔術から身を守れなくなる。

マロックは倒れた場所からぴくりとも動かない。ムーンマンの偃月刀が地面に擦れる大きな音がしたかと思うと、わたしの横に彼が運ばれてきた。

ない。

「こいつの指ときたら、柄を掴んで離さない」ひとりの男が言う。

「これからさぞ役に立つだろうよ」別の男がからかった。

声からすると敵は五人のようだ。ふたり対五人。足が痺れてさえいなければ、分は悪くない。

リーフとタウノが運ばれてくると、奇襲者の頭領が零の盾を下ろした。まるでカーテンが開くように、盾の後ろに隠れていたものが現れた。今は五人の思考がはっきりとわかる。しゃがれ声の男が言う。「キラカワの儀式に使う準備をしましょう」

「いや、こいつらを生贄《いけにえ》として捧《ささ》げてはならない」頭領が命じた。「血を使うのはかまわんが」

わたしはムーンマンと目配せした。すぐに行動を起こさなければ。ムーンマンと心を繋げたいが、我慢する。あれだけ巧妙な零の盾を作れるということは、頭領はかなり強力な《編み機》なのだろう。わたしたちの声が〝聞かれて〟しまうかもしれない。

ブーツが砂利を踏む音が近づいてきた。胃がきゅっと縮む。

「この女をジャルのところへ連れていくように命じられている」頭上で頭領の声がする。

「ジャルには、何か考えがあるらしい」

いきなり背中の矢が抜かれた。舌を噛み、うめき声をこらえる。頭領がそばでひざまずいた。手にしている矢をじっと見ている。金属の滑らかな先端がわたしの血で染まっている。先端に返しはついていないようだ。今更そんなことを心配するのもおかしな話だが。

「残念ですね」しゃがれ声の男が言う。「この女で儀式をしたら、どれだけの力が手に入ることか。指揮官のジャルより強くなるかもしれませんよ。一族を導けるくらいに」

腰が痛くてずきずきする。テオブロマが効いてきたのだ。もう少しすれば立てるはずだ。

「確かにこの女は強い」頭領が相槌《あいづち》を打った。「だが、俺は結合の儀式の方法をまだ知らないんだ。こいつをジャルのところに連れていけば、褒美として力を一段階上げてもらえるかもしれない」

頭領がわたしの顔にかかる髪に触れた。男の指が頬を伝い、身を縮めないよう我慢する。

「噂は本当か？　おまえは本当に《霊魂の探しびと》なのか？」頭領は囁き、わが物顔でわたしの腕をなぞった。「ジャルのもとに連れていく前に血をコップ一杯いただくとするか」そう言ってベルトに下げたナイフに手を伸ばす。

次の瞬間、わたしはポケットから飛び出しナイフを抜き、転がって頭領の腹部を切りつけた。だが、相手は驚いてのけぞる代わりに、わたしに覆いかぶさって両手を首にかけた。

隣のムーンマンもすばやく立ち上がり、しゃがれ声の男に偃月刀を勢いよく振り下ろす。

わたしは頭領と戦った。頭領の身体の重みで両腕が動かない。太い両手の親指が喉に食いこむ。頭領はわたしの心と繋がろうとした。飛び出しナイフの刃に塗ったキュレアがすぐに効いて身体を麻痺させなければ、彼の魔法攻撃はまんまと成功しただろう。

だがまだ問題があった。今度は麻痺で動かなくなった頭領の下敷きになって、息ができないのだ。

〝ムーンマン、助けて！〟わたしは叫んだ。

〝すぐに行く〟偃月刀の甲高い音が響く。

〝この男をどかして〟

鋼と鋼がぶつかりあう音がしたかと思うと、静かになった。のしかかっていた頭領が横に転がり、わたしは自由になった手で、首から男の手を引き剥がした。

ムーンマンはまた戦いだした。彼は四人の男を相手にしていた。ひとりの首が切り落とされ、そばに飛んできた。

わたしも加勢し、《編み機》でない男を眠らせることに成功した。残る敵はふたりとなり、ムーンマンはあっという間に両方の首を切り落とした。続いてわたしの足元で眠っている男に近づき、偃月刀を振り上げる。

「待って」ムーンマンを止めた。「目が覚めたら、カーヒルの企《たくら》みについて訊きたい」

「もうひとりは？」

「キュレアで麻痺しているわ」

ムーンマンは頭領に近づき、その身体を転がした。腹から流れ出た血が、岩の上に血だまりを作っている。頭領の首と顔を触ったあと、ムーンマンはかぶりを振った。「死んでいる」

傷は思った以上に深かったのだ。頭領の遺骸を睨みながらも、少しだけ罪の意識を感じる。それに、頭領ならほかの男よりいろいろ知っていただろうに。

「これでよかったんだ。こいつは《編み機》だ。生かしておいても面倒しか起こさない」

あたりに散乱するいくつもの死体を見回す。首のない身体が青白い月光を浴びて、地面に影を落としていた。頬と背中の傷がずきずきと痛むうえ、濡れた服を着ていると、冷たい夜気が氷のように感じられた。タウノとマロックは手当が必要だし、キュレアの効き目が切れるまでは、ここから動けない。死体に囲まれて一晩を過ごすかと思うと……。

「わたしが始末する」ムーンマンはわたしの考えを読んだ。「火を熾《おこ》そう。おまえは怪我人の手当をしろ。自分も含めてな」

マロックの太腿とタウノの肩から矢を抜いたあと魔力を集めたが、怪我を肩代わりできない。おそらくふたりの体内に残っているキュレアのせいで、魔力が通じないのだ。これは興味深い発見だった。キュレアが効いているときは魔力が使えないばかりか、それを受けつけなくなるらしい。

新たな発見について考えながら背嚢を探った。テオブロマを見つけてムーンマンに渡し、麻痺した仲間たちにも火で溶かして飲ませることにした。これまでの経験から、キュレアが効いていても、物を飲みこんだり呼吸をしたり音を聞いたりすることはできることがわかっている。だから、これからテオブロマを飲ませるとふたりに耳打ちした。

自分の傷を治すと精根尽き果てた。わたしは地面の上で身体を丸め、眠りに落ちた。

目が覚めると、空はすでに淡い水色を帯びていた。ムーンマンは火のそばで胡坐《あぐら》をかき、すばらしくいい匂いがする肉の塊を調理していた。期待のあまりお腹が鳴った。

仲間の様子を見る。マロック、リーフ、タウノはまだ眠っていた。リーフの傷はかさぶたになっていたが、マロックとタウノの傷は手当が必要だ。ダヴィーアン族の捕虜はまだ意識を失ったままだが、ムーンマンが腕と足を密林の蔓《つる》で縛っていた。

ムーンマンが手招きした。「治療を始める前に、まず食べろ」

差し出された串刺し肉の匂いをわたしが嗅ぐと、ムーンマンは続けた。「考えるな。熱くて栄養満点。それだけわかっていれば十分だ」

「わたしが何を知っているべきか、どうしてあなたが決めるの？　質問にただ答えることはできないの？」苛立ちのあまり、肉の正体についてはどうでもよくなった。

「それではあまりに安易だろう」

「安易で何が悪いの？　人の命がかかっているのよ。ファードがまた霊魂を盗んでいるかもしれない。わたしなら彼を止められる」

「何が望みだ？　これをやれ、あれをやれと指図してほしいのか？　はっ！」ムーンマンはこれ見よがしに片手を振ってみせた。「そうすればすぐに大成功というわけか」

「ええ、そうよ。お願い、教えて」

ムーンマンが思慮深い顔になった。「最高司令官の毒見役の訓練を受けていたとき、ヴァレクの説明だけで《マイ・ラブ》の味がわかったか？」

「わかったわ」あの酸っぱい林檎《りんご》の味は間違えようがない。

「聞きかじった知識に、自分の人生を委ねるのか？　あるいは、まわりの人の人生を？」

答えようとしたところで、思い直した。実際に毒見したり匂いを嗅いだりしなかった毒のことは思い出せなかったからだ。代わりに、口の中に広がった《マイ・ラブ》の酸っぱい林檎の味や《蝶の塵《バタフライズ・ダスト》》の腐ったオレンジの味、《白い恐怖《ホワイト・フライト》》の強い苦みを忘れることはできない。

「今は魔力の話をしているのよ。毒見の話とは違う」

「そうなのか？」

わたしは拳を地面に打ちつけた。「《物語の紡ぎ手》はみんなこんなふうに、気難し屋で頑固で腹立たしいの？」

ムーンマンの顔に穏やかな笑みが広がった。「いや。われわれは案内の方法を選ぶことができる。よく考えるんだな、イレーナ。おまえは命令にあまり従わない。さあ、冷める前に肉を食べるんだ」

肉を火に投げつけて、頭に来るほど居丈高な彼の言い分が正しいことを証明してやりたかったが、ぐっとこらえて、厚切り肉をがぶりと噛みちぎった。

脂分の多い肉は胡椒《こしょう》がきいていて、鴨肉《かもにく》に似た味だ。お代わりを二切れもらってから、眠っている男たちの手当をした。それが終わると疲れきってしまい、火のそばでうとうとと居眠りする。

全員が起きると、焚き火を囲んで次の策を話しあった。

「密林にもっと伏兵がいると思う?」わたしはムーンマンに尋ねた。

ムーンマンは考えこんだ。「その可能性はある。野営地にひとり残っていた男は自ら捨て石になったが、あの男もあとで合流する予定だったのだろう。斥候によれば、ダニの中には十人ほど《編み機》がいるという話だった——今は八人になったが。そのうちふたりは強力な魔力の持ち主で、残りはもっと弱く、能力にばらつきもあるらしい」

「さっきの奇襲部隊の頭領は、零の盾を作れるだけの魔力を持っていたわ」

ムーンマンは火にかざした肉を引っくり返した。「注目すべき点だな。つまり、彼らはもうキラカワを行っているのかもしれない」

「キラカワって?」リーフが尋ねる。

「古代の儀式だ。多くの手順と様式が必要で、正しく行えば人の命のエネルギーを別の人間に移すことができる。すべての生き物は魔力を操る能力を備えているが、ほとんどは魔力の源と繋がることができない。キラカワの儀式を行えば、魔力が高まるか、魔力の源に触れる能力を獲得し、《編み機》になれる」

「頭領は、段階とか、結合の儀式とか言っていたわ。キラカワを利用して一族の人間が魔力を与えたり、《編み機》の魔力を高めたりしているのかも。とはいえ、一族全員が等しく魔力を持つことは望まれていないようね」

「ファードがしていたエフェの儀式とキラカワはどう違うんだ?」リーフが頬の傷を撫でた。

「エフェの儀式は、人の霊魂を実践者が取りこみ魔力を高める。その際に血が必要だが、血は魔力を運ぶ媒介物ではない。霊魂が魔力を運ぶ。儀式を司《つかさど》るのは魔術師と決まっている」

「つまりキラカワの儀式なら、誰でも魔力が獲得できるわけか」

「正しい手順を知っていればな。キラカワでは、犠牲者の霊魂を血に閉じこめる。ぞっとする儀式なのだ。犠牲者がまだ生きているうちに胸を切り開き、心臓を取り出す。それにエフェの儀式より複雑だよ」

「魔術師だったら誰でもエフェの儀式ができるの?　それとも《霊魂の盗びと》だけ?」わたしは尋ねた。

「《霊魂の探しびと》にもできるが、それ以外の者はできない。ほら、おまえの質問にずばりと答えたぞ、イレーナ？」

反応する代わりに、アレアの兄のムグカンのことを訊いてみた。ムグカンはシティアで三十人以上を誘拐し、考える力をなくした奴隷にして彼らの魔力を吸い上げ、己の魔力を高めた。ムグカンがイクシアで権力を握るのをヴァレクとわたしで阻止したため、妹のアレアはわたしへの復讐を誓ったのだ。

「ムグカンは捕らえた人々を肉体的にも精神的にも拷問し、心を閉ざさせた。自分の殻に引きこもるようになった奴隷たちは、ムグカンに都合よく利用される道具になってしまったのだ。だが彼らの身体にはまだ魔力が残っていた」

人それぞれが持つ力を悪用する方法はいくつもあるのだ。「キラカワの話に戻りましょう。もしダヴィーアン族がキラカワを行っているとしたら、《編み機》の数は八人より多くなっているはずよ」

ムーンマンは頷いた。「はるかに多くなっているだろう」

不安で背筋が寒くなる。わたしたちが今、《編み機》に取り囲まれているのは確かだ。兄たちを安全な高地に帰したいという思いに、胸が押しつぶされそうになる。

だが、もしダヴィーアン族が儀式の生贄を求めているとすれば、ザルタナ族は人材の宝庫だ。《編み機》が零の盾を使えば、人々が警戒心を抱くこともないだろう。父や母の身体が切り刻まれている場面が思い浮かび、わたしは恐怖に胃を鷲掴《わしづか》みされた。

7

「零の盾に対抗するにはどうすれば？」ムーンマンに尋ねる声に、おのずと動揺が滲む。

密林は暗く、どの木や茂みの陰に伏兵が潜んでいるかわからない。唯一の灯りは、わたしたちが囲む小さな焚き火だけだ。

「盾は魔力を通さないが、端から回りこめばいい」

「盾の大きさはどれくらい？」

「作った者の力による。わたしたちが高原で作った盾は、馬に人が乗ったくらいの高さで、幅は三十人分ほどだった。しかし、あれは四人の《物語の紡ぎ手》が力を合わせて作ったものだ。《編み機》ひとりならもっと小さくなる」

木々を見上げて考えた。さっきの伏兵たちは樹上から現れた。ほかの伏兵も同じ戦法で来るだろうか？　いや、最初の試みが失敗したのだから、別の手を使うだろう。相手より高い場所にいたほうが何かと有利だ。緑の天蓋に登れば、盾を回りこんで伏兵の潜伏場所を見つけられるかもしれない。

それに、動いていれば不安もやわらぐ。わたしは高原にいるキキに意識を飛ばした。

〝問題はない？〟と訊く。

〝うん。退屈〟キキが答える。〝出発？〟

〝ええ。イリアイス市場の約束の場所で落ちあいましょう〟

それから、計画をみんなに伝えた。

「僕も一緒に行く。何と言っても密林で育ったからな。どんな葉も木も知り尽くしてる」

リーフは言い、覚悟を決めたように身をこわばらせた。

「だからこそ、兄さんはここに残ってみんなの道案内をして。伏兵を避けるためにも」

リーフは広い胸の前で腕組みした。不本意ではあるが、反論できないようだ。

「出発する前にこの男を尋問しないと。ザルタナ族が狙われていない可能性もゼロじゃないわ」

深い眠りから覚醒させると、男はうめき、目をしばたたいてわたしを見た。ムーンマンが男の腕を縛っておいたのは正解だった。飛び出しナイフには、相手を麻痺させられるほどのキュレアはもう残っていない。

ムーンマンは男のチュニックの右袖を破り捨て、腕の刺青《いれずみ》を指さした。「キラカワの儀式に備えて、すでに生贄が捧げられたようだ。染料に血が混ぜられている」ムーンマンは肩を落とした。「このような儀式は、やはり廃止して賢明だった」

「そのせいでおまえたちは道を誤り、愚かにもガイヤンの教えに従った」捕虜が言う。「賢明なのではなく弱虫なのだ。魔力を放棄し、従順で哀れな《物語の紡ぎ手》になり──」

ムーンマンが男の襟元を掴んで持ち上げた。弱虫や従順という表現は、ムーンマンにはまったく当てはまらない。「指南書をどこで手に入れた？」ムーンマンが男を揺さぶる。

男は笑った。「教えない」

「指南書？」わたしは尋ねた。

「古《いにしえ》の儀式の詳しい内容は、時とともに失われた。ある時期までは、魔力を高めるさまざまな儀式の方法が知られていた。わが一族は、物語を語り継ぐことで子孫にいろいろなことを伝えたんだ。だが、ガイヤンという男が一族の指導者になると、必要な手順を知っている悪人たちは粛清された。彼らとともに知識も絶えたはずだった」

ファードが娘たちをレイプして殺した理由を知るため彼の刺青の意味を調べていたとき、ダックスが古文書を読《よ》み漁《あさ》っていたことを思い出した。

「魔術師養成所に何冊か本があるわ。サンドシード族の誰かが、死ぬ前に手順やシンボルのことを書き残したのかもしれない。その写しをダニが持っているのかも」わたしは男に向き直った。「あなたたちが何を企んでいるかも、教えるつもりはないのよね？」

わたしと目を合わせると、男は鼻で笑った。それで十分だった。両親が、一族のみんなが危ない。すかさず魔力を使って男の心をくまなく探り、必要な情報を引き出そうとした。罪悪感と、ローズ・フェザーストーンが同じようにわたしの心を探ったときの記憶を抑えつけながら。ローズはわたしをイクシアの密偵ではないかと勘ぐっていた。『倫理規範』は密偵や犯罪者には適用されない。わたしもそれを自分自身への言い訳にできた。

つまりわたしもローズと同類なのだろうか？　そう考えると、落ち着かなかった。

男には、初期段階のキラカワの儀式を眺める不快な記憶がいくつかあるだけで、ほとんど何も知らなかった。彼をはじめとする奇襲部隊は洞穴から出てきた人間をことごとく襲うように命じられ、あとで大隊と合流することになっていた。だが、いつどこで合流するかは知らされていないようだ。そのうえ計画の全容についても把握していなかった。

とはいえ断片的な情報はいくつか持っていた。カーヒルとファードはわたしたちと同じ道を通り、十二人のダヴィーアン族と行動をともにしているらしい。

「十四人でザルタナを攻撃しても、やつらに勝ち目はない」リーフの言葉には一族の誇りが滲んでいた。

わたしも相槌を打った。「でも、勝つことがすべてじゃないわ」

すぐに出発したいという思いは募るばかりだった。一族がダヴィーアン族の集団に襲われているかもしれないのだ。父と母が捕らえられ、杭に縛られる様子が何度も頭に浮かんだ。いとこのナッティが何の気なしに木に登って罠にはまったらと思うと、出発の支度をする手が嫌でも早くなる。

背嚢を背負い、ホルダーにボウを収めた。「捕虜はどうするの？」ムーンマンに訊く。

「わたしが対処する」

「どうやって？」

「知りたくないだろう」

「いいえ、知りたい。何でも教えて」

ムーンマンはため息をついた。「ダニは昔、サンドシード族の一員だった。いわば、道をはずれた親類だ。その者たちがシティアのほかの部族に迷惑をかけているのだから、処遇はわれわれの法に基づいて決める」

「つまり？」

「駆除する」

言葉巧みに誤った方向に導かれてしまった人々はどうなるのか？　だが、この疑問は声にならないままだった。今は罪や罰について論じるときではない。

そうする代わりに高い木々に目を凝らし、緑の天蓋に登るルートを探した。鈎とロープを洞穴に置いてきたことが悔やまれた。長い蔓を見つけ、それを伝って枝に登る。そのあと自分の位置を確認してから、隣の木に飛び移った――ザルタナ族の居住地は西の方角だ。

魔力を使って周囲に生き物やダヴィーアン族や潜伏者がいないか確かめつつ、家を目指す。だが、網目のように茂る枝や木のせいで、なかなか思うように進めない。数時間後には、汗で濡れた服のあちこちが裂け、無数の切り傷や虫刺されで肌が焼けるように痛んだ。人の気配はまったくなかったので、ムーンマンとの間に広がる地帯を魔力で探った。

サンザシの木の枝で休憩がてら、ムーンマンとリーフの心と繋がった。

〝このあたりまでは来ても安全みたい〟眼下の小さな空き地を脳裏に描いてみせる。〝もう一度繋がるときまで、そこで待機して〟

ふたりとも、わかったと答えた。

休憩を終えると、ダヴィーアン族がいないかどうか警戒しながら、また密林の天蓋を分け進んでいった。木から木へと飛び移る音が、密林の規則正しい息づかいと重なる。

そのとき、ふと違和感を覚えた。かすかな波紋に意識を集中させ、必死に違和感の正体を突き止めようとする。

緑の天蓋の中に男がいた。それが味方か敵か判断する間もなく、左手が滑らかで柔軟な枝を掴んだ。木の葉がかさかさと揺れ、周囲から、シュッというぞっとする音が聞こえた。

首飾り蛇だ。足下の大枝が急に柔らかくなり、急いで掴めそうな枝を探したが、蛇の乾いた皮膚に触れるばかりだ。首飾り蛇の色は密林の緑色とまるで見分けがつかない。

目を閉じて、蛇の心に意識を投げた。蛇は二本の枝をまたぐように身体を巻きつけて、枝の間に網を作っており、その網がじりじりとこちらに迫ってくる。ポケットから飛び出しナイフを抜いて刃を出した。

蛇の重い身体が肩にのしかかってきた。数秒もしないうちに、名前のごとく首飾りのように喉に巻きつかれ、絞め殺されてしまうだろう。徐々に締めつけがきつくなり、蛇の満足げな感情が伝わってくる。

蛇の太い身体に、思いきりナイフを突き刺す。刃に塗ったキュレアが効くだろうか？蛇は多少の痛みを感じているようだが、たいした傷ではないと思っている。

蛇の締めつけがさらにきつくなり、気がつけば身体を高く持ち上げられていた。蛇を切断しても、地面に叩きつけられるだけだ。それでも、絞め殺されるよりは落ちたほうが助かる確率は高いはず。わたしは突き刺したナイフで蛇の身体を断ち切ろうとした。さらに力をこめようとしたとき、蛇が動きを止めた。

たぶんキュレアが効いて身体が麻痺したのだろう。そう思ってナイフを抜くと、蛇はまた締めつけてきた。キュレアは効いていないらしい。だがもう一度刺すと、また動かなくなる。変だ。きっと蛇の急所を見つけたに違いない。戦いは膠着《こうちゃく》状態となった。

心の繋がりから、蛇が空腹と生きたいという思いとの狭間《はざま》で葛藤しているのがわかった。蛇の心を操ろうとしたが、どうも相性が悪いらしい。向こうの意図は感じ取れるのに、動きは制御できないのだ。蛇を殺したくはなかったが、ほかに方法が見つからない。蛇が死んだら、急いで樹上に戻ろう。

「やあ。誰かいるのか?」男の声がした。

蛇との格闘にすっかり気を取られて、男の存在を忘れていた。慌てて緑の天蓋に意識を向けると、固い防御壁で守られた魔術師の心に触れた。だが、相手が《編み機》なのか《物語の紡ぎ手》なのかはわからない。

「蛇に舌でも抜かれたのか?」男は自分の冗談に笑った。「そこにいることはわかっているんだ。魔力を感じる。密林の住人でないなら、おまえを蛇どもの夕食に差し出すぞ」

「蛇ども?」男の話し方には聞き覚えがあった。ダヴィーアン族でもサンドシード族でもない。ザルタナ人であることを祈った。

「その首飾り蛇が助けを求めてきたんだ。そいつを殺してほどいても、すぐに仲間の蛇がやってくるだろうよ」

密林の天蓋を見渡すと、確かに、五匹の蛇がこちらに向かってきている。

「わたしが密林の住人だったら?」と尋ねる。

「それなら助けてやる。だが確かな証拠が必要だ。最近、不審な出来事が多くてね」

「わたしはイレーナ・リアナ・ザルタナ。イーザウとパールの娘で、リーフの妹よ」

「ありきたりだな。もうちょっと頭を働かせろ」

ザルタナ人しか知らないことをなんとか思い出そうとした。問題は、イクシアで育ったため、ザルタナ族についてあまり詳しくないことだ。「野生のヴァルマー狩りに行くときは樹液キャンディをあげること。狩りがずっと楽になるから」そう言い、息を詰めて待った。

仲間の蛇がやってくる前に急いで逃げなくては、と思った瞬間、低い太鼓の音が鳴り響いた。音はどんどん大きくなっていき、その振動が蛇の身体に伝わった。

蛇の締めつけが緩んだ。頭上に隙間ができ、見上げると、緑色に塗られた顔がこちらを見下ろしていた。男が、擬装のために木の葉をつけた手を差し出す。「掴まって」

その手首をしっかり握ると、男は蛇の網からわたしを引き抜き、頑丈な枝の上に乗せてくれた。安堵感で両膝から力が抜け、へたりこんだ。

男の服は密林の色や風景を模していた。男が枝の上に革の太鼓を置いて別の音楽を奏で始めると、蛇は身体をほどき、たちまち密林の中に姿を消した。

「これでしばらく近づいてこないだろう」

服装やオリーブ色に染めた髪からすると、ザルタナ人のはずだ。わたしは助けてくれた礼を言った。

男の頷く姿は、誰かに似ていた。「あなたは？」と尋ねる。

「いとこのチェスナット。前に君が帰郷したときは、巡回中でたまたま会えなかった」

イクシアで十四年間を過ごしたあと、わたしはその存在さえ知らなかったわが家にこようやく帰った。泣いたり笑ったり忙しかったし、たくさんのいとこやおじ、おばに会ったので、たとえ彼を紹介されていたとしても、覚えていなかっただろう。

わたしがぽかんとしているのを見て、男は続けた。「ナッティの兄貴のひとりだよ」

ナッティのきょうだいの話はとても面白かったし、誘拐される前に、ナッティとそのきょうだいたちと一緒によくやっていた遊びのことも、今は思い出せる。

「どうやって蛇を操るの？」と訊いてみた。

「僕は蛇使いなんだ」その肩書でわかるはずだと言わんばかりだった。でも、やはりわたしがぽかんとしているのを見て、付け加えた。「魔術のひとつさ。首飾り蛇はすごく見つけにくい。密林に溶けこんでいるだけでなく、生命エネルギーを隠せるからね。密林に棲《す》むほかの生き物の気配は感じ取れても、蛇はそうはいかない。気づいたときにはもう手遅れだ」すごいよなというように両手をこすりあわせる。「蛇は普段、単独で狩りをするけど、いざとなると僕らの耳には聞こえない低音で仲間を呼ぶ。この太鼓は蛇と会話する手段だ。ほかの動物相手には使えない」肩をすくめてみせた。「とにかく、僕は一族の居住地を蛇から守っているのさ」

「さっき、わたしの蛇の声を聞きつけたときは巡回中だったの？」自分を絞め殺して食べようとした生き物を〝わたしの〟呼ばわりするなんて、われながらおかしかった。

「ああ。とはいえ今朝出発したときは、蛇以上のものが見つからないか期待していたけど」怪訝《けげん》そうな顔をした。「それが見つかったようだ。なぜここにいる、イレーナ？」

「高原に住む集団を追っているの。誰か見かけなかった？」でも本当に訊きたかったのは、彼らが一族を襲ったか、母や父は無事なのか、ということだった。

「いや、密林によそ者が入りこんでいるのは確かだが、まだ見つかってない。それに……」言葉を切った。どこまで情報を明かしたらいいか思案しているのだろう。「たぶん、長老たちと話をするのが一番いいと思う。ひとりで来たのか？」

「いいえ。兄と数人のサンドシード人と一緒に」

「木の上にいる？」

「下よ」伏兵に襲われたことや、一行の偵察要員としてここに来たことも話した。

チェスナットはザルタナの居住地までわたしに付き添った。一族の居住地はたくさんの居間や寝室や台所が吊り橋で繋がれた、まさに空中楼閣だ。鬱蒼《うっそう》とした木々に隠れて見つけにくいが、中に入るたびに、こんな大きな住まいが木の上にあることに驚かされる。

住居は木造で、床は大きな枝に固定されている。外壁はすべて蔓で覆われていた。家具もほとんどが木製で、縄のハンモックは寝心地がいい。種子や小枝など密林ならではの材料で作られた工芸品が部屋を飾り、色とりどりの小石を貼りあわせた動物の置物もあった。

居住地一広い通路は、みなの共有スペースとして使われている。そこから各家族の居間や寝室に続いていた。居住地は広いだけでなく、防御も固かった。ザルタナの魔術師が、部外者に対して常に見張りの目を光らせているからだ。

到着すると、チェスナットは急いで長老を捜しに行き、わたしはムーンマンのいる場所までの道をざっと確認した。安全だとわかると、ムーンマンの心と繋がった。

〝こっちに来て。急いで〟

〝もう向かっている〟ムーンマンが答えた。

足早に両親の部屋に向かう途中、驚いた顔で見られたり、どうしたと呼びかけられたりしたが、無視した。母のパールは居間の中を行ったり来たりしていた。生姜《しょうが》とシナモンの匂いがするのに、奥の壁のそばの長机に置かれた香水の抽出器は空っぽのようだ。

「イレーナ！」

母がわたしに気づき、腕に飛びこんできた。小柄でほっそりした母は、今にも倒れそうだった。

「母さん、何があったの？」わたしは尋ねた。

「イーザウが」母が泣きだした。

はやる気持ちを抑えて、母の涙が落ち着くのを待った。それから身体を離し、淡い緑の目を覗《のぞ》きこむ。「父さんがどうしたの？」

「いなくなったのよ」

8

魔法で母を落ち着かせたいところだけど、こらえた。頭の中に恐ろしい筋書きがいくつも浮かぶ。やがて、冷静さを取り戻した母が詳しいことを教えてくれた。捜索に出かけた父は、昨日戻ってくるはずだったのに、まだ戻ってきていないのだという。

「部族会議があってね」パールがしゃくり上げながら話す。「斥候がふたり行方不明になったから、捜しに出かけたの」

「行方不明？」

パールは涙まじりに微笑んだ。「新米の斥候はよく道に迷うのよ。そういう人を見つけるのはいつもイーザウなの。誰よりも密林のことを知っているから」

「斥候が怪我をしたのかも」そう思えば母の慰めにもなるし、父がキラカワの儀式の生贄になっているところを想像しないですむ。「どうして昨日帰ることになっていたの？」

「また部族会議が開かれる予定だったから。密林の生き物たちがどうも落ち着きがなくて何かに怯えているけれど、理由がわからなくてね。ふたりの斥候が戻ってこなかったから、みんな居住地からあまり離れないようにしているの。毎晩談話室に集まって、全員の無事を確認しているわ。イーザウだって数時間で戻る予定だったのに」涙が母の頬を伝った。母の顔を見れば、長いこと心配と恐怖に苛《さいな》まれていたことが窺えた。母をひとりにしておきたくないけれど、情報を集めなければならない。

「長老たちと話をしなくちゃ。取り乱さないって約束できるなら、一緒に来て」

母は頷き、覚悟を決めたように身を硬くした。「待ってて」と言って昇降機に駆け出す。母がロープを引いて二階に上がっていくのを見るうちに、胸は不安でいっぱいになった。密林の蔓と滑車装置を使ってこの昇降機を作ったのは父だ。もし父の身に何かあったら、自分を許せないだろう。

じりじりして待っていると、昇降機が降りてきた。母は顔を洗い、髪を後ろでまとめていた。首には炎のお守り《アミュレット》を着けている。わたしは微笑んだ。

「しっかりしなくちゃね」母の目には今や固い決意が漲《みなぎ》っていた。「行きましょう」

談話室に向かいながら、アミュレットに思いを馳せた。イクシアの火祭で行われた曲芸の競技会に優勝し、もらったものだ。あの瞬間は、地獄の真っただ中にいたというのに心からうれしかった。レヤード——わたしを拉致した一味のひとりで、わたしが初めて殺した人——には競技会に出るのを禁じられていて、言いつけに従わなかったためひどい罰を受けた。けれど、もしまた同じ選択を迫られたとしても、わたしは競技会に出るだろう。

両親から強情な血を受け継いだからこそ、思いどおりに操ろうとしてくるムグカンとレヤードに抵抗し続けられたのだと、今になってわかる。

一族の名前はザルタナだが、わたしの家族は、古いイリアイス語で〝蔓〟を意味するリアナという苗字《みようじ》だった。密林のいたるところに生えている蔓は、日光を求めて木を倒してしまうほどの生命力を持っている。そして、切って乾燥させると石のように固くなる。

母の頑《かたく》なな背中を見つめ、思った。母が感情に流されることはもうないし、父を見つけるために必要なことは何だってやるだろう、と。


談話室は居住地で一番広い場所だった。一族全員を収容できるだけの余裕があり、円形の空間の真ん中には石の暖炉が据えられ、暖炉の黒い灰が、木の天井の排煙口から差しこむ陽光の中を漂っていた。暖炉を囲んでいるのは木や固い蔓でできたベンチだ。さまざまな香水の匂いが漂っており、わたしは初めてここに来たときのことを思い出した。

あのときは、一族全員がこの部屋に集まっていた。死んだはずの子供が戻ってきたとあって誰もが興味津々だったが、わたしを眺める目には希望と喜びと疑いがまじりあっていた。騒ぎ立てられずにすめばいいと思っていたのに、血の匂いがすると兄に言われたことで、その期待は脆《もろ》くも崩れ去った。

そんなことを思い出していると、チェスナットが長老たちの紹介を始めた。「オラン・

シンチョナ・ザルタナと、ヴァイオレット・ランブタン・ザルタナだよ」

長老たちの浅黒い顔には不安げに皺が寄っていた。ふたりは族長のバヴォルが城塞にいる間、日々の問題解決にあたっていた。斥候が行方不明になっているうえに予期せぬ客が来たとなれば、由々《ゆゆ》しき事態だろう。

「あなたの連れが《パームの梯子《はしご》》に到着したわ」ヴァイオレットが言う。「上がってきたら、ここに案内されることになっている」その顔にかすかな笑みが浮かんだ。

みなが無事に着いたと知ってほっとし、リーフに意識を投げて、早く上がってきてと伝えた。心を開いたリーフから、苛立ちがはっきりと伝わってきた。

〝やっぱり僕も捜索に連れていくべきだったな〟一日中密林の中を歩いたため、全身が痛むらしい。最近の蒸し暑い天気のせいで、ここに来るまでの道に草木が生い茂り、山刀で道を切り開きながら進むはめになったのだ。

〝その話はあとにして、早くこっちに来て〟

〝タウノを置いていけない〟

兄の目を通して、タウノが梯子の中ほどでロープをぎゅっと掴んだまま固まっているのが見えた。タウノの心に話しかけることはできないが、意識を投げて落ち着かせ、洞穴の暗闇では岩の崖を上手に下りられたことを思い出させた。タウノの記憶をたどっていくと、彼があのときは怖がらなかった理由がわかった。

〝目を閉じて〟と、念じる。

タウノはそのとおりに目を閉じた。ロープを掴む手から余計な力が抜け、やがて梯子を上り切った。

意識を引いて、もう一度リーフの心と繋がる。〝急いで〟

リーフたちが談話室に着くころには、もう居ても立ってもいられなくなっていた。こちらからは長老たちに情報を伝えたけれど、彼らから新たに知らされたことといえば、行方不明の斥候たちが偵察を命じられた方角だけ。南と東の方角で、父はまず東に向かったという。

「ダヴィーアン族の仕業に違いありません」わたしは断言した。「彼らが儀式を始める前に助け出さないと」

「行こう」山刀を握りしめたリーフのいかつい顔が険しくなる。

「ダニが父上を捕まえたかどうかはっきりしない」ムーンマンが割って入った。「やつらがどこにいるかも。何人かも。やつらの防御態勢についても」眉根を寄せて、矢継ぎ早に言った。壁に囲まれているせいで、見るからに落ち着きがない。

「わかったわ。なら、どうやって探るの？」

「マロックとタウノにやつらの通った跡をたどらせ、知らせてもらう」

「それで、父のように伏兵にでくわす？　捕まって殺されるだけよ。人を送るのは危険だわ。密林は伏兵にとって、またとない場所だもの。もし……」ある考えがふと浮かんだ。計画に穴がないかどうか、じっくり考える。ダヴィーアンが零の盾に隠れているとすれば魔力は通じないけれど、視覚や聴覚といった普通の感覚器官は使えるはずだ。

「もし？」リーフが促した。

「もし鳥の目で俯瞰《ふかん》できたら、話は別だけど」

「木の上はやつらが待ち伏せているはずだ」マロックが言う。「だから斥候も捕まったんじゃないか？」

「つまり、実際の鳥のことを言っているの。木の上に登って探すのではなく、密林の鳥と繋がって、鳥の目を使って探す」

「日中にやってもあまり意味がないな」ムーンマンが指摘する。「ダニは擬装がうまい。だが夜なら、キラカワの儀式のさわりだけやるにしても、多少の火と月明かりが必要だ」

恐怖が全身を駆け抜けた。「昨夜は月が出ていた」

「いや、まだ早い。きちんと準備をするには時間がかかる」

「昔の儀式は失われたと言うわりには詳しいな」マロックの声には非難がこもっていた。

「細部は忘れられてしまったが、伝承にある程度は出てくるからな」ムーンマンはマロックの目を見据えた。「おかげで、何度も何度も同じ過ちを犯すことはなかった」

それがマロックへの警告なのか、彼独特のもったいぶった助言なのかはわからない。マロックは治ったばかりの頬を撫でた。彼は動揺や恐怖を感じると、よくそこを撫でる。カーヒルにつけられた傷は、見かけより深かったようだ。砕けた信頼は、骨より直すのが難しい。ムーンマンが治療を手伝ったと知ったら、彼への見方を変えるだろうか。

「鳥は夜でも目がきくのか？」リーフが目先の問題にみんなの意識を戻した。

「篝火《かがりび》があるから明るいだろう」マロックが言う。

「でも、炎の明かりが届かないところや木陰に見張りがいたら？」タウノが尋ねる。「ダニの人数を確かめる必要があります」

問題について思案するうちに、答えが浮かんだ。「コウモリ」

タウノが身を乗り出す。「え？」

「わたしがコウモリと繋がって、ダニを見つける。伏兵の篝火にはコウモリが好きな虫が集まるから」

「暗くなるまで待ってる余裕があるのか？」リーフが言う。「コウモリを使っても見つけられなかったら？　父さんを捜す時間をただ無駄にすることになるんだぞ」

「イレーナなら見つけられるわ」母が言った。わたしたちが話しあっている間、母は約束どおり取り乱さなかった。

母が信じてくれるのはうれしい。それでも、やはり不安だった。三人の命が自分に懸かっているのだから。

「ダニを見つけたらどうする？」マロックが尋ねた。

「ザルタナ一族が捕まえるよ」リーフが応じる。

「うまくいくかもしれないし、いかないかもしれない」ムーンマンが言う。「《編み機》の人数によるな」

「いや、それはあまりにも危険だ」議論の間、沈黙を守っていたオラン・ザルタナが口を開いた。「敵の正体をきちんと把握するまで、一族の者を送りこみたくない」

床に目をやった。天井から陽光が射しこんでいるが、先ほどと日の当たる位置が変わっている。あと数時間で夕暮れだろう。「まずダニを捜し出し、敵の兵力を確かめましょう。みんなは食事をとって休んで。長い夜になるだろうから」

談話室を出ると、チェスナットが腕にそっと触れてきた。話し合いの間、彼は少し離れた場所にいた。焦げ茶色の目が不安そうだ。「イーザウは大好きなおじさんだ。何か手伝えることがあったら教えてくれ」

「わかった」

わたしはリーフと母に続いて家に戻った。母は、父お手製の蔦の長椅子にわたしたちを座らせた。お尻の下でクッションに詰まった葉の乾いた音がする。それから母は台所に行き、料理とお茶をのせた盆を持ってきた。

わたしたちが食事をする間、母はあたりをうろうろしていた。わたしは果物と冷肉を、味わいもせずひたすら口に押しこんだ。

やがて旅の疲れが出て、長椅子の上で仮眠をとった。身体に蛇が巻きついてくる悪夢にうなされていると、耳元で囁き声がした。

「――起きろ。暗くなってきたぞ」リーフが小声で言った。

灰色の光の中、目をしばたたく。母は肘掛け椅子で丸くなって眠っていた。ムーンマンが部屋の戸口近くに立っている。

わたしは母を起こした。「長老たちを連れてきてくれる？　父さんが見つかったら、すぐに計画を立てないと」

母は急いで長老たちのもとに向かった。

「どこに行く？」リーフが訊いてきた。

「二階。昔、わたしが使っていた部屋」わたしは昇降機のところに行った。

衣装簞笥《だんす》ほどの大きさの昇降機に、リーフとムーンマンも乗りこんだ。二本の太いロープが昇降機の天井から床まで通っている。ムーンマンは長身をかがめなければならず、すぐに息が荒くなり、サンドシード族のこと、平原のこと、息が苦しいなど、ぶつぶつとつぶやきだした。

リーフとわたしがロープを引っぱると、昇降機が動きだした。二階に上がり、廊下を進む。わたしの部屋は右手にあった。綿のカーテンを引いて、物であふれ返った狭い部屋の中にリーフとムーンマンを招き入れた。

わたしが誘拐されて何年か経つと、父はこの部屋を物置として使うようになったそうだ。十四年の間に密林の品々を大量に集め、今では、ありとあらゆる大きさと形のガラス瓶でいっぱいの棚が、いくつも並んでいる。わたしが好きに使える場所は、小さなベッドと木製の机くらいだ。

コウモリと繋がることにエネルギーを集中させたくて、ベッドに横になった。「わたしの気が散らないようにして。何かあったら助けてね」

リーフとムーンマンはわかったという顔をした。ふたりとも十分な魔力を持っているので、いざとなれば力を借りられるだろう。洞穴の入口に意識を投げる間、こうしている今も父が恐ろしい目に遭っているのではないかという思いをなんとか振り払う。コウモリは、もうすぐ食べ物を探しにねぐらを出るはずだった。

コウモリの意識とぶつかった。コウモリは、目ではなく、周囲の物体や動きを感じ取ることで世界を見ていた。思いどおりの方向に誘導することができず、わたしは彼らと一緒に空を飛び、あちこちのコウモリに自分の意識を移動させながら、密林での現在位置を確認しようとした。コウモリの翼の音と虫たちの唸りが、夜のしじまを切り開いていく。

コウモリの群れは列が数キロに及んでも互いに連携を取り続け、やがて密林の景色がわたしの心にくっきりと見えてきた。それは色のない鳥瞰図で、物の形と大きさと動きだけがわかる。コウモリの意識の中では木や岩は見えておらず、音の形で存在していた。ザルタナ族の居住地の垂直な壁はコウモリにとっては不気味で、そこを避けて飛んでいたが、わたしは居住地の東側を飛ぶコウモリに自分の感覚を移した。

コウモリの動きを制御できず苛立ちが募ったが、我慢するうちに、ようやく一匹のコウモリが小さな焚き火を見つけた。立ちのぼる熱気の中に飛びこんで、炎に引き寄せられた虫を捕まえだしたそのコウモリに、意識を繋げてみた。

コウモリは上空に留《とど》まったまま、下にいる生き物たちを本能的に避けていた。わたしはコウモリの感覚を頼りにダニの数を確認した。焚き火のまわりに三人、木の中にふたり、野営地の周囲に見張りが四人。火のそばにテントがふたつ立っている。そしてテントの近くの地面には、動かない身体が三つ横たわっていた。

はっとして、その身体に意識を集中させた――三人とも呼吸している。

ダニの野営地の正確な位置を確認し、コウモリから意識を引っこめた。

「九人いる」リーフとムーンマンに言う。「でも、そのうちの何人が《編み機》かまではわからない」

「ザルタナの魔術師をやつらより多く集めないと」リーフが言う。「奇襲できれば、こちらに有利になる。零の盾を作ることはできるか？」ムーンマンに尋ねた。

「できない。わたしにその技術はない」

わたしは上体を起こした。激しい眩暈《めまい》に襲われて、収まるまでじっとうずくまる。コウモリと繋がって体力を消耗したらしい。ムーンマンが励ますようにわたしの肘に触れると、彼の力が流れこんできた。

リーフの計画について考えてみた。大人数で攻撃しようとすれば、ダニはわたしたちが接近するのを察知して、逃げてまた身を隠すか、反撃してくるだろう。どちらにせよ、彼らに捕虜を殺す時間を与えることになる。敵の意表をつくことが肝心だが、ではどうすればいいのか？

「タウノがキュレアを塗った矢を放って、見張りを麻痺させるのはどうだろう？」リーフが提案した。「あるいは、毒の吹き矢を使うとか」

「木が多すぎるな」ムーンマンが言った。

「それに、暗闇だと難しいわ」わたしも相槌を打った。「そばまで近づく手もあるけど」

「でも、木の中の見張りはどうする？　やつらに気づかれずに近づくのは、不可能ではないにせよ、かなり難しいぞ」リーフが言う。

コウモリを操れれば、彼らの気をそらすこともできるのに。相手を撹乱《かくらん》させる別の方法が必要だ。わたしはあれこれ考えた末に、ある答えを見つけた。

それを悟ったらしく、リーフが微笑んだ。「いったい何を企んでいるのかな、わが妹よ」

9

ぼやぼやしている暇はなかった。両親の居間に走って戻ると、母がオランとヴァイオレットをすでに連れてきていた。

「見つかった?」母が訊いた。

「ここから南東に、五キロくらい離れたところよ」

「魔術師と兵士が必要です」リーフがオランに言う。

「敵は何人で、やつらは何を計画しているんだ?」オランがわたしに尋ねる。

「九人です。相手の計画は問題ではありません。父と斥候が捕まっているんです。早く助けないと!」

オランは咳払いし、口ごもった。「まずはバヴォル族長に相談を――」

「バヴォルは城塞にいるんです。返事が来るまでに何週間もかかります」オランの細い首を絞め上げてやりたかったが、どうにかこらえた。

「でも、居住地を無防備な状態にはできないわ」ヴァイオレットが言う。「会議を開いて志願兵を募りましょう」

シティア人め！　相談しないと何にもできないんだから。「わかりました。会議を開いてください。どうぞお好きなように」わたしは長老たちを部屋から追い払った。

「イレーナ——」母が口を開く。

「叱るのはあとにして。もう行くから」それからリーフとムーンマンに声をかけた。「タウノとマロックを呼んできて。梯子の下で集合しましょう」

「おまえはどこに？」リーフが尋ねた。

「ちょっと寄りたいところがあるの」

ふたりは部屋を出ていき、わたしも続こうとしたところで、母に腕を掴まれた。

「待って。あなたたち五人でどうするつもり？　教えないと、わたしも行くわよ」

リアナ家伝来の頑固さが母の身体から伝わってきて、本気だとわかる。わたしは計画をかいつまんで説明した。

「あなたたちだけで行くなら、もっと計画の足しになるものが必要ね。いい考えがあるの」母の案を聞いて、わたしは目を丸くした。「あとで梯子の下で会いましょう」そう言うと、母は駆け出ていった。

大急ぎで部屋から必要なものを調達して梯子を下りると、わたし以外は全員揃《そろ》っていた。闇に閉ざされた密林に月光がいく筋か差しこみ、木の幹を見分けられる程度には明るい。

タウノとマロックにダニの野営地や見張りに近づく方法を説明し、待機場所を指示した。

「絶対に音はたてないで、離れておいてね。わたしの合図を待って攻撃して」

「合図？」マロックが訊く。

「そう。大きくて不快な音」

マロックが眉根を寄せた。「今は冗談を言っている場合じゃない」

「冗談じゃないわ」

一瞬のためらいのあと、マロックとタウノは出発した。

ムーンマンはふたりの背中を見送った。「で、わたしたちはどうする？」

上からかすかな音が聞こえてきた。誰かが縄梯子を掴んでいる。まもなくチェスナットが地上に下り立った。黒っぽいチュニックとズボン姿で、ベルトに太鼓を結びつけている。髪の緑の塗料は落とされていた。

「力になれてうれしいよ」チェスナットが言う。「ただし、こういうの一度もやったことがないんだけどね」

「こういうのって？」リーフが訊いた。「イレーナ、どういうことだ？」

「チェスナットに首飾り蛇を呼んでもらって、ダニを襲わせるの」チェスナットに向き直って尋ねる。「どれくらいダニに近づく必要がある？」

「二キロ以内には。だが蛇を何匹集められるかによる」彼はためらった。「いつもは蛇を呼ぶんじゃなく、追い払うほうだからね。うまくいかなかったらどうする?」

その質問を見計らったかのように、縄梯子からもうひとり下りてきた。母だ。その動きは水のように滑らかで、歩くより先に木登りを覚えて両親を震え上がらせたザルタナ族の子供は、ナッティだけではなかったのだろうと思わせる。

「これを」母はブドウ大の小さな容器を十個と、数本のピンを渡してきた。「作戦その一が失敗したときのために」

「作戦その二も失敗したら?」リーフがわたしに訊く。

「野営地に乗りこんで最善を尽くすだけ。行きましょ」

容器をポケットに入れ、身体に刺さらないようピンをシャツに通してから、背嚢の紐《ひも》を調節してボウを持つ。そして母を抱きしめてから出発した。マロックとタウノには迂回して近づくように指示し、残りのみんなでまっすぐダニのところに向かう。もう一度、頭上を飛ぶコウモリと心を繋ぐ。木の天蓋のせいで朧《おぼろ》な月の光さえところどころ遮られているが、コウモリが感じ取っている密林の形状図に従って、狭い道を順調に進んでいった。

密林の夜のさざめきが、湿った空気にこだましていた。コウモリが甲高い声で小刻みに鳴き、ヴァルマーが木々の中を軽快に移動している。枝や茂みが揺れる音で、姿は見えない夜行性動物たちが活動していることが伝わってくる。

わたしたちはダニの野営地から二キロほど離れたところで立ち止まった。チェスナットが近くの木に額をつける。

「近くにいる蛇は一匹だけだ——木の中の男たちが罠にかかるのを待っている。首飾り蛇は積極的な狩人じゃない。じっと待って、相手の隙をつくのを好むんだ」

「どうする？」リーフがわたしに尋ねる。

「今、考えてる」

一匹では足りない。母の作戦を試すときだ。わたしは全員に小容器二個とピンを一本ずつ渡した。「できるだけ見張りのそばに近づいてから容器に穴を開けて、中の液体を撒《ま》いて。自分にはかけないように」

「どうして？」リーフが訊く。

「蛇が、交尾しようと近づいてくるから」

「まったく。おまえが帰ってきて本当によかったよ」リーフが文句を言う。「母さんが暇を見つけてはこんな代物を作っていたのがわかったんだから」

「おまえの母上は香水を作っているものとばかり思っていた」ムーンマンが言う。

「それは見方によるだろう」とチェスナット。「雄の首飾り蛇にとっては香水さ」

「見張りは六人いる。ムーンマンとリーフとわたしでそれぞれふたりずつに香水をかけましょう」背嚢を下ろし、木の後ろに隠した。「チェスナット、あなたはここにいて。蛇が来たら、わたしたちを襲わないようにできる？」

「やってみるよ。蛇の嗅覚は鋭いから、香水をかけたらすぐに離れて」

わたしたち三人はそれぞれの見張りに近づくために散った。チェスナットは後方に残り、わたしたちが所定の位置に着く間、蛇と意思を通わせる。見張りが香水でうっとりとなった蛇を必死に追い払う間に、リーフとムーンマンがマロックとタウノと合流してわたしの合図を待つという手筈《てはず》だ。そして、わたしが野営地のダニの様子を偵察する。

木々の間を縫って、見張りを探した。コウモリとの繋がりを断ち、ダニを見つけるために意識を飛ばす。

見張りの背後に野営地があり、そこに三人のダヴィーアン人と三人のザルタナ人、計六人がいることがわかっている。だが、彼らの気配は察知できない。零の盾が築かれたのだろう。少なくともダニのひとりは《編み機》で、わたしたちがこうして暗闇をひそかに動き回る間にも、キラカワの儀式を行っているかもしれない。

そのときふいに、密林の音がすべて消えた。

心臓が早鐘を打ち、恐怖で胃が痙攣《けいれん》する。ふと人の気配を感じ、わたしは下方にある枝に隠れているその男と繋がった。男は侵入者を警戒して身構えていたが、わたしのことはまだ見つけられていない。容器に穴を開け、木の幹に液体を伝わせてから、そっと逃げた。

五分後、ふたり目の見張りを見つけた。今度は女だ。近づいていることに気づかれないうちに、母の香水を近くの茂みにかける。だが、その場から立ち去ろうとしたとき、むき出しの木の根につまずいて倒れてしまった。顔を上げると、女の矢先に狙われていた。

「動くな」女が叫ぶ。「手を上げろ」

心の中で悪態をつきながら、おとなしく両手を上げた。

女はもうひとりの見張りを呼んでから、「ゆっくり立て」と命じた。「武器を置け」

言われるままにボウを近くの地面に置く。近づいてきた女が薄暗がりの中でわたしの顔を覗きこみ、息をのんだ。「《霊魂の探しびと》か」

その隙を狙ってくるりと身体を回転させ、女が放った弓矢をよけながら、さっき置いたボウを掴んだ。矢が地面に突き刺さる。それから跳ね起きて、ボウを大きく振りかぶった。ボウの先が女の足首を背後から捉え、そのまま足をすくう。女は大きく悪態をついて倒れた。駆けつけた仲間の黒い影が迫ってきた。最高だ。

そのとき、木箱からロープを勢いよく引き抜いたような、シュッという奇妙な音があたりにあふれた。音はどんどん大きくなり、あちこちから聞こえてくる。わたしも敵のふたりも、動きを止めた。音の正体を探るうちに、戦っていることも忘れてしまった。

一匹の首飾り蛇が、わたしの足元をすっと通り過ぎた。蛇の目当ては女の見張りだった。目にも留まらぬ速さで女の身体に巻きつく。首飾り蛇の動きは遅いという今までの思いこみはみごとに打ち砕かれた。

もうひとりの見張りは、相棒のその様子を見て慌てて逃げ出した。別の蛇が男を追いかける。首飾り蛇の動きと、チェスナットの太鼓の振動がわたしの胸に轟《とどろ》いた。

チェスナットに意識を飛ばし、状況を探る。彼は蛇が見張りを殺さないようにしていたが、いつまで制御できるか自信がないようだ。

〝早ければ早いほどいい〟チェスナットは言った。

〝わかった〟わたしは意識をムーンマンに切り替えた。彼とリーフは、ほかの四人の見張りを監視している。ふたりはマロックとタウノとともにわたしの合図を待っていた。

蛇を避け、見張りを威嚇し、零の盾を突破しながら焚き火に向かって走る。さまざまな思いや感情にぶつかり、一瞬足が止まった。あたりには恐ろしげな魔力がたちこめている。パニックに襲われかけたけれど、なんとか落ち着こうとした。

野営地にたどりついた瞬間、血が凍った。三人の男が、地面にうつ伏せになっているひとりの身体から、内臓を取り出していたのだ。ダニたちがこちらを見た。ぽっかりと開いた口を見れば、驚いているとわかる。

気がついたときにはわたしは野営地の真ん中に走り出て、やめてと叫んでいた。

10

わたしたちは互いに一瞬動きを止め、見つめあった。ダニたちの両手からは血が滴り落ちている。ダニたちはそれから何事もなかったかのようにわたしを無視し、忌まわしい作業に戻った。面食らい、やめさせようとボウで殴りかかろうとした瞬間、鉄鍋で殴られたような衝撃を背中に受けた。

どさっと地面に倒れ、その拍子にボウが手から飛んでいった。背中に切り裂くような痛みが走る。まるで服が燃えているような感覚に襲われ、空気を求めてあえぎ、のたうち回っていると、襲撃者の正体が見えた。恐怖で身体が凍った。ダニの焚き火が、三倍も大きくなっていたのだ。そして燃え盛る炎の中央に、男が立っていた。

男が焚き火から出てきた。頭から爪先まで真っ黒で、小さな炎が羽根のように身体のあちこちから噴き出している。その場に凍りついていたわたしは、男が近づいてくるのを見て、慌てて逃げようとした。男が足を止める。男と焚き火は、炎の小道で繋がっていた。

「驚かせてしまったかな、コウモリさん?」男が尋ねた。「九人と踏んでいたようだが、本当は十人いたのだよ。ちょっとした炎の罠だな」

この男は、わたしの意識がコウモリと飛んでいたことを知っているのだ。それにしても、いったい何者？

助けを求めて密林を見渡す。リーフたちは野営地の端にいた。みんな、熱風から身を守るように両手で顔を覆い、服には汗と煤が張りついている。

「助けは期待できないぞ。あれ以上近づけば、彼らの身体は焼き尽くされるだろう」

炎の男の心に繋がろうとしたが、男の心の防御壁は入りこめる類のものではなかった。圧倒的な魔力を持つ《編み機》だ。打つ手がなくなって後ろを振り返ると、落ちているボウが目に入った。

だが《炎の編み機》が指さすと、ボウとわたしの間にたちまち炎の壁ができた。熱に顔を焦がされそうになり、慌てて後ずさる。口から水気が失われ、灰の味がした。炎の壁が迫ってきて、気がつくと男が目の前にいた。

「火がおまえを滅ぼすのだ。おまえは火を呼ぶことも、制御することもできないからな」

まるで身体を串刺しにされ、巨大な焚き火の上で丸焼きになっているようだった。気絶すると思った瞬間、男が手を伸ばし、肌が冷気の泡に包まれた。熱から解放されたとたんほっとして、頭がふらふらした。

「手に掴まれ。おまえを焼き尽くしたりはしない。炎の中、わたしと旅をしよう」

「どうして？」

「おまえはわたしのものだからだ」

「答えになってない。そう言ってくる人は、今までにもたくさんいたし」

「使命を果たすには、おまえが必要なのだ」

「使命って……？」

男が笑った。肩の炎がさも愉快そうに揺らめく。「いい度胸だ。わたしの申し出を受けるか、さもなくばおまえも仲間も焼き尽くし、灰の山にしてやろう」

「嫌よ」

炎がふいに明るく、大きくなり、男は肩をすくめた。「おまえの意思など関係ない」

冷気が消え、わたしはあえいだ。高熱に肺の空気を奪われていく。

「わたしはただ、おまえが眠るまで待つだけだ。そして、連れていく」

視界がぼやけ、喉がこわばった。眠るまで――つまり、わたしを窒息させるつもりなのだ。こんな状況だけど、いい婉曲《えんきょく》表現だ、と思ったとき、ふとひらめいた。

最後の力を振り絞ってポケットから小容器を出し、手で握りつぶした。べたべたした液体が手のひらから腕を伝っていく。両膝から力が抜け、脚が崩れ落ちた。

世界が溶ける前の最後の記憶は、茶と緑の蛇が近づいてきたことだった。

震えながら目覚めると、チェスナットが心配そうにわたしを見下ろしていた。大きな葉で扇《あお》いで冷気を送ってくれていたらしく、茶色い目の下には疲れからか隈《くま》ができていた。

「一匹は空腹のまま去っていっただろうな」チェスナットが言う。

「どういう意味？」声を出したとたん喉に鋭い痛みが走り、思わず顔をしかめた。身体を起こそうとしてようやく、そこが木の上だと気づいた。

チェスナットが手を貸してくれた。「もし君が死んだら食べていいよって、蛇に言ってあったんだ」と言って微笑む。

「じゃあ、がっかりさせちゃったわね」

「いいさ。ダニを捕まえて餌にしてやればいい」チェスナットの笑みが消えた。

記憶が戻り、はっとした。「《炎の編み機》は？　父さんと、それにほかの人も！　いったい――」

チェスナットが片手で制した。「蛇が君を捕まえて林に引きずってくる間、《炎の編み機》を威嚇してくれたおかげで、リーフが熱の壁を破ったんだ。ムーンマンの助けを借りて、やっと焚き火を繋いでいた炎を消した」チェスナットは目をそらした。「そのあと、《炎の編み機》も姿を消した」身震いして続けた。「残ったダニも逃げ、ムーンマンとタウノ、マロックがあとを追っている」

「リーフは？」

「お父さんと一緒に下にいるよ」わたしが訊くよりも早く、チェスナットは続けた。「お父さんなら無事だ。でも、ストノは夜明けまでもたないかもしれない」

ふいに使命感が湧き、身体に力が漲った。「下りるから手伝って」

枝の間を縫って下に向かう間、手足が震えた。地面に下りたとき身体をしたたかに打ったが、かまわずリーフに駆け寄る。兄はストノに膝枕をしていた。ストノの内臓だったはずのむごたらしい残骸から、思わず目を背ける。隣には、父ともうひとりの斥候が微動だにせず横たわっていた。キュレアでまだ麻痺しているのだろう。ムーンマンたちの姿は見えない。

「ほかのみんなは？」と尋ねる。

「まだ戻ってない」チェスナットはそう言うとリーフの隣に座り、ストノの左手を握った。

「幸い、痛みはないと思う」リーフが囁く。その顔は煤と汗で汚れていた。服のあちこちに焼け焦げがあり、煙の匂いがする。

リーフの隣にひざまずき、ストノの喉元に指を二本当てた。脈はあるようだ。ストノはうめき、まぶたを震わせた。

「生贄にされようとしていたせいか、ほかの人みたいに麻痺してないわ」

「助けられるか？」リーフが訊く。

ストノは致命傷を負っていた。ここまでひどい怪我人は治したことがない。

ストノの傷を肩代わりし、自力で回復する――わたしにできるだろうか？　震えながら息を吸いこむ。やってみるしかない。

目を閉じて魔力の糸をたぐり寄せ、それを縒《よ》って自分の腹部に幾重にも巻きつけた。ストノに手を伸ばし、勇気を奮い起こして血まみれの肉塊を丹念に調べ、魔力で傷の具合を確かめる。その間も、傷は危険信号を発するように赤くぬめりながら脈打っている。

ふいにストノの心臓が止まり、霊魂が身体から脱け出てきた。とっさにそれを吸いこみ、心の安全な場所に閉じこめる。戸惑うストノの思考は無視して、怪我だけに集中した。

無数の鋭利なナイフでえぐられるような痛みが襲いかかってきて、わたしは腹部を抱えてうずくまった。手も腕も血まみれになり、地面に血だまりができる。熱い体液の嫌な匂いがあたりにたちこめる。

痛みを押し流そうとするが、それは身体にしがみつき、背筋から心臓へと蝕《むしば》んでいく。リーフの声が聞こえた。何か訴えている。あまりにしつこいので、一瞬だけ意識をそちらに向けたとたん、リーフの力が体内に流れこんできた。おかげで痛みはそれ以上広がらなくなったが、打ち勝つにはほど遠い。ふたりとも力尽きて痛みとの闘いに負けるのは時間の問題だった。

そのとき、呆《あき》れたようなムーンマンの声が心に響いた。〝おまえをひとりにはさせられないな。キラカワの儀式の魔力に、ひとりで太刀打ちできると思ったか？〟

〝だって――〟

〝だって、何だ？　知らなかった？　考えもしなかった？　まあどっちでもいい〟

〝ムーンマンの青いエネルギーがリーフの力に加わり、三人がかりで痛みを追い出した。ストノのきれいになった腹部に手を当て、〝戻って〟と彼の霊魂に命じた。ちくちくする痛みが腕を伝う。ややあってストノが大きく息を吸ったのがわかったので、手を離した。

疲れ果てて動けなくなったわたしは、その場で眠りに落ちた。

誰かに身体を揺さぶられ、半分だけ意識が戻った。

「テオブロマは？」そう尋ねるリーフの声が、遠くから聞こえる。

疲れた思考が霧の中をのろのろと進む。「背嚢」とつぶやいた。

「どこだって？」リーフにまた揺さぶられた。腕を強く叩いても、やめようとしない。

「どこにある？」

「背嚢。密林の中。蛇」

「僕が行く」チェスナットの声だ。

遠ざかるチェスナットの足音に誘われるように、わたしはふたたび眠った。

まずい液体にむせて、目が覚めた。咳きこみながら上体を起こし、液体を吐き出す。

「残りも飲まないと」父がコップを差し出した。

「これは？」受け取って中を覗きこむ。緑色の液体は、沼のような臭いだ。

「トゲバンレイシ茶だ。飲めば元気になる。さあ、飲んで」

顔をしかめてコップを口元に持っていくが、どうしても飲む気になれない。

父がため息をついた。肩まで伸びた白髪には血と泥がこびりつき、五十歳という年齢よりも老けて見える。広い肩には疲れが滲んでいた。「イレーナ、家に帰りたいんだ。母さんもひどく気を揉んでいるだろうし」

確かに。鼻をつく匂いに吐きそうになりながらも、一気にお茶を流しこんだ。飲みこむとき喉がひりついたが、少し経つと意識がはっきりして、元気が出てきた。

太陽が空高く昇り、開けた土地に人気はない。「みんなはどこ？」

父が唸った。「家に帰りながら話そう」そう言って立ち上がった。

近くに背嚢を見つけ、中身を確認してから背負った。ボウも広い焼け跡のそばに転がっていたので、拾って表面の黒檀を撫でる。壊れていないのはうれしい驚きだった。あの戦いの間に、《炎の編み機》に灰にされてしまったと思っていたから。

《炎の編み機》のことを考えると、恐怖で身体がかっと熱くなった。あれほどの魔力に出会ったのは初めてだ。わたしにはとても太刀打ちできないし、太刀打ちできそうなシティア人も思いつかない。でも、イクシアなら？　ヴァレクの顔が思い浮かんだ。魔力耐性のあるヴァレクなら、やつの炎を防げるだろうか？　あるいは、たとえヴァレクでも焼かれてしまうだけ？

「行くぞ、イレーナ」父が声をかけた。

ぞっとする考えを振り払い、父に続いて野営地をあとにした。父の足取りは速い。なんとか追いつき、わたしが眠ってから何が起こったのか訊いてみた。

父が愉快そうに言った。「眠ったのではなく、気絶だろう？」

「ストノの命を救ったのよ。それに父さんの命もね」

父は足を止め、わたしをきつく抱きしめた。「わかっている。よくやってくれたよ」それから抱きしめたときと同じくらいすばやく身体を離すと、密林の中をまた歩きだした。

わたしは急いで追いかけながら尋ねた。「ほかの人は？」

「おまえは丸一日眠っていたんだ。リーフとチェスナットには、ストノたちを連れて居住地に戻ってもらうことにした。あのサンドシード人ふたりとイクシアの剣士は結局戻ってきていない」

わたしは足を止めた。「まずいことになっているかもしれない」

「サンドシードの戦士ふたりと剣士ひとり対、たかだかダヴィーアン人三人だぞ？　それはないな」

「でも、その三人のダニがキュレアを持っていたら？」

「そういうことか……！　あんな薬、発見しなければよかった！」父は拳で太腿を叩いた。

「やつらがサンドシードから盗んだ薬は、もう使いきったと思っていたんだ」

「父さんが密林の蔦から抽出した薬？」

「そうだ」

「どうして彼らは作り方を知っているの？」

「そして、どこで作っているのか？」父があたりを見回した。「たぶん密林の中でだろう。こうなったらキュレア蔦を全部切り倒して燃やしてやる」

わたしは父の腕に手を添えた。「あれを見つけた理由を覚えているでしょう。役に立つ使い方がいろいろある。今一番心配なのはムーンマンたちよ。彼に接触してみる」

魔力を集めて密林を探ると、さまざまな生物に触れた。木の天蓋を走るヴァルマー、枝に留まった鳥、藪の中を動き回る小動物。でも、ムーンマンの冷静な心が見つからない。ダニが零の盾に隠したのか？　死んでいるとか？　タウノとマロックも、やはりいない。

父が言った。「家に帰って、彼らを見つける方法を考えよう。キュレアを作っているダニも含めてな」

父の言葉で、蛇の香水をかけられたダニの見張りたちのことを思い出した。「ダヴィーアンの見張りを尋問すればいいわ。彼らは居住地にいるの？」

嫌な話をどう伝えるか迷っているかのように、父は汚れたチュニックの裾を引っぱった。

「おまえが蛇に拾われたとき、雌蛇じゃないと知って、蛇はがっかりしたんだ。それで、チェスナットはおまえが蛇に食べられないように全力を尽くした」そこで言葉を切る。

「つまり……？」

「手が回らず、ほかの蛇を制御できなくなった」

「見張りたちは死んだのね？」

「不幸な結果だが、いい面もある」

「いい面？」

「満腹になった四匹の首飾り蛇は、しばらくザルタナ族を襲うことはないだろう」

　ザルタナ居住地の下を流れる小川で、身体にこびりついた血をできるだけ洗い落とした。無事に帰っても、母がこの悲惨な姿を見たらきっと心配して大騒ぎするはずだからだ。

　縄梯子を上りながら、これまでを振り返る。密林には、蔦を集めてキュレアを抽出しているダニの集団がいるはずだ。ファードとカーヒルがどこへ行き、わたしの仲間がどこに消えたのかもわからない。《炎の編み機》は、シティアのどの焚き火から出てきてもおかしくない。今と比べれば、最高司令官の毒見役だった日々は休暇みたいなものだ。

　なぜイクシアを離れたいと思ったのだろう？　魔術師であるが故のわたしの処刑命令は、シティアに逃げるにはもっともな理由だった。それに、家族にも会いたかった。ムーンマンに記憶を解放してもらうまで、家族のことは何も覚えていなかったのだから。でも今は両親との再会を果たし、処刑命令も取り消された。イクシアのヴァレクのもとに戻りたかった。

梯子のてっぺんにたどりつき、枝を繋ぎあわせて作った狭い連絡室に入る。父はいなかった。部屋にいた守衛が、父は自分の住居で待っていると教えてくれた。

両親の住居に向かいながら、密林の上に広大で複雑な居住区を作り上げた一族の創造性と職人技にあらためて驚かされた。ザルタナ族は才能豊かで意志が強く、頑固だ。これらはわたしの性格の特徴でもあり、今まではいろいろな人から非難されてきた。

《炎の編み機》に立ち向かうことなど、できるのだろうか。ムーンマンを見つけ、ファードをふたたび捕まえ、ダニのさらなる殺戮《さつりく》を止められるほどの経験や魔法の知識を、自分は持っているのだろうか？

やらなくてはいけないことばかりで圧倒されるが、だからといって、やり遂げようという固い決意が揺らぐことはない。でも、その過程でどれだけの人が怪我をしたり、命を落としたりするのだろう？　そう、わたしのせいで。

11

結局、両親の部屋には行かなかった。途中でいとこのナッティに、談話室に来てと引き止められたからだ。ナッティは汚れてぼろぼろになったわたしの服を見て顔をしかめた。

「背嚢にちゃんと着替えが入ってるわ」

「じゃあ、見せて」ナッティが広げた両手を突きだす。

言いあっても無駄だと思い、背嚢を開けて、以前ナッティが縫ってくれたスカート風ズボンと綿のシャツ一組が入っているのを見せた。あれから一生分にも思えるほど多くの出来事があったけれど、実際はたったふたつの季節の間に起こったことだ。

ナッティは不満げに口を尖《とが》らせながら服を確かめた。「新しい服が何枚かいるわね。また作ってあげる」そう言うと、せっかくの縄梯子を鼻で笑うかのように、ヴァルマーよろしくすばやい身のこなしで楽々と木を登っていった。

「あ、そうだ！」ナッティが上で叫んだ。「イーザウおじさんとパールおばさんも呼んでこなくちゃ」ナッティは行先を変更し、木の中に消えていった。

談話室に着くと、オラン、ヴァイオレット、チェスナット、それにふたりの斥候が立っていた。部屋の中央の暖炉に火が焚かれていないのを見てほっとした自分に驚く。暖炉の火さえ怖がるなら、《炎の編み機》とふたたび会ったらどうなることか。それ以上は考えまいとして、目の前の問題に意識を集中させた。

ストノはわたしを見ると座りこんだ。顔には血の気がなく、今にも卒倒するのではないかと心配になる。ストノは目をそらしたまま、床に向かって感謝の言葉をつぶやいた。オランとヴァイオレットは首飾り蛇のことについて、チェスナットを質問攻めにしていた。

チェスナットは口ごもり、そわそわしていた。「手助けしたかっただけなんです」

「われわれの許可を得なかっただろう」オランが言う。「それで、今までに何人死んだ?」

「六人です」チェスナットが小声で答える。

「でかしたな、チェスナット」ストノがつぶやく。「いっそ全員殺しちまえばよかったのに。取り出したはらわたで首を絞めてな」その目が残酷に光った。

長老たちがくるりとストノのほうを向いた。愕然《がくぜん》とした表情を浮かべている。

最初に気を取り直したのはヴァイオレットだった。「ストノ、大変だったわね。少し休んだらどう?」

ストノは震える足で立ち上がり戸口へ向かったが、わたしの隣で立ち止まった。

「お望みなら、あんたを食おうとした蛇を殺してやるよ」耳打ちしてきた。「殺しの依頼なら、いつでもどうぞ」

言い返そうとしたが、ストノは出ていってしまった。

「ストノは何と言っていた？」オランが訊いてきた。

今のはどういう意味だろう？　蛇に復讐してやるという申し出なのか、あるいはそれ以上？「わたしに手を貸したいと」

「われわれの許可なしでか」オランが胸を張った。「一族の者を君個人の兵士のように扱うことはできんぞ。こうしてチェスナットを危険にさらし、彼は命を落としかけたのだ」

もううんざりだ。わたしはオランに一歩近づいた。「落としかけたけれど、落としませんでした。それに、あなた方の許可を待っていたら三人のザルタナ人を失っていた。密林に隠れ棲《す》むダニをどうやって見つけるかについても、延々議論する気はありません。そんなことをしていたら、やつらはどんどん増殖しますよ」

「何の話？」ヴァイオレットが尋ねた。

そのとき両親が部屋に入ってきた。わたしの脅し文句を聞いて母は喉元に手を当て、父はいっそう険しい顔になった。

「父さん、これから起きる恐ろしい出来事について、長老に教えてあげて。わたしはほかにやることがあるから」

「どこに行くの？」母が訊いた。

「仲間を捜しに行くの」

リーフは両親の住居にいた。長椅子でぐっすり寝ている姿を見て、そういえばリーフがザルタナ族の居住地に自分の部屋を持っているのかどうか知らないことに思い当たった。父はリーフの部屋の壁を取り払い、自分の仕事部屋を広げているのだ。

兄を起こさないように忍び足で自分の部屋に行った。もうすぐ日が暮れるので、コウモリたちと一緒に飛ぶつもりだった。

狭いベッドに横になると睡魔が襲ってきた。寝るまいとしながら、ムーンマンのことを考える。ストノを治すとき、彼はわたしとリーフに力を貸してくれた。それで力を使い果たし、わたしが呼びかけても応じられないのかもしれない。

あたりが薄暗くなってきたので、魔力の源から糸を引き出し、密林に意識を飛ばした。集団になったコウモリの意識を見つけたので、夜の狩りに出かける彼らについていった。コウモリからコウモリへと意識を移しながら空を飛び、火や人の気配を探し、沈む夕陽《ゆうひ》を感じた。コウモリは視覚を使わずに、どうやってまわりにあるものの大きさや形を知るのだろう。わたしもそんなことができるようになるだろうか？　今のところ生物は感知できても、行く手にある無生物を識別することはできない。

コウモリたちはイリアイス密林をくまなく飛び回った。密林はそれほど広くなく、二日間歩き続ければ、端から端まで行けるくらいだ。イリアイス市場は密林の西の端にあった。コウモリが数匹、市場の焚き火のそばまで飛んでいったが、砂埃とにぎやかな人混みを嫌って離れた。

わたしは意識を引いた。明日、リーフと市場に行ってみよう。市場を落ちあう場所にしようとみんなで決めた。もしムーンマンたちが密林を離れてダニを追いかけたなら、いずれそこに戻ってくるはず。そう願いたかった。


翌朝起きてみると、両親の居間で何人かがしきりにおしゃべりしていた。

「次は兄さんの番よ。わたしはこの間、台車に山ほどブンタンを積んで運んできたんだから」ナッティがチェスナットに言い、右手を広げてみせた。「ほら、まめがまだある」

「ちょっと待て。おまえがファーンから頼まれた服を、みんな徹夜で縫ってたんだぞ」チェスナットがやり返す。「今度はおまえが行く番だ」

「ねえ、イーザウ、キュレア蔦を全部集めるなんて無理よ。その間に季節がいくつも過ぎてしまうわ」母が言う。「それに、ダニはどうするの？　あなたがまた捕まったら――」あふれる感情を抑えようとするように、母は喉に手を当てた。

「そんな心配はいい」父が言う。「問題は、やつらがキュレアで何をしでかすかだ」

「キュレアはテオブロマで解毒できるよ」リーフが父に言う。「みんなの手元にテオブロマがあるか確認するだけでいいんじゃないか」

「わたしの番じゃないわ」ナッティがまだ言っている。

「僕の番でもない」チェスナットが言い返す。

「あ、イレーナ！」わたしに気づいてナッティが叫んだ。「あなたのためにスカート風ズボンをもう一着作ったわ」と言って、明るい青と黄の柄の服を差し出す。

「ありがとう」礼を言ってから続けた。「市場には行かなくていいわ、ナッティ。代わりにわたしが届けるから。それとリーフ、テオブロマは動きを回復するにはいいけど、魔力の攻撃に無防備になってしまうの。父さん、テオブロマが副作用なしでキュレアに効く方法を見つけて。キュレア蔦を全部切り倒すより現実的よ。それから、今のところダニが蔦を集めている気配はなかった。でも、斥候を武装させて、ときどき密林を捜索させるのはいい考えだと思う」

「イレーナのご登場だ。これで問題は解決したぞ」リーフがからかった。

「オランとヴァイオレットを説得して偵察部隊を送り出すより、テオブロマを研究するほうが気楽だろうな」父が言う。「彼らは身を寄せあって居住地に籠もりたいだけなんだ」

「オランとヴァイオレットのことはわたしに任せて」母は覚悟を決めたように険しい表情を浮かべ、それからわたしに向き直った。「もう発つの？」

「馬や仲間たちと合流しないといけないから」

「みんな市場にいるのか？」リーフの声には期待が滲んでいた。

「人が多すぎて見つけられなかった。いずれにせよ、ファードとカーヒルの足跡もたどらなくちゃ」今こうしている間にも、あのふたりはどこかで、口にするのも憚《はばか》られるようなことをしているかもしれないのだ。ストノの内臓のことを思い出し、思わず身震いする。

「朝食は食べていって」母は急いで台所に行った。

「服を持ってくるわね」ナッティも弾むように出ていった。

「僕も背嚢を用意しよう」リーフが笑う。「おまえといると退屈な日は一日もないな」

「何か必要なものは？」父が尋ねた。

「テオブロマとキュレアがなくなりそうなの」

　父は昇降機で二階に行った。突然しんとなった部屋を、チェスナットが見回す。わたしから目をそらし、落ち着かない様子だ。市場に誰が行くかということとは別の話がしたいらしい。「それで？」わたしは促した。「話があるなら、みんなが戻ってくる前に――」

「僕は……」チェスナットは空中から自分の考えを引っぱってこようとするように両手を動かした。「とても忘れられないよ」両腕で自分の身体を抱きしめ、苛立たしげに揺すった。「なぜそんなに落ち着いていられるんだ？　計画を立て、命令を下し……。六人死んだんだ。死から蘇ったストノだって変わってしまったし――」

「変わった？　死から蘇った？　どういうふうに？」

「気のせいかもしれない。動転してるんだろうけど、前よりもなんだか刺々《とげとげ》しくなった」

チェスナットはかぶりを振った。「でも問題はそこじゃない。六人の人間が首飾り蛇に殺されたんだ」

チェスナットの悩みがわかった。「今までひとりの犠牲者も出したことがなかったのね」

「ああ。ひどい死に方でなかったことはわかっている。蛇にのみこまれる前にもう死んでたんだから。それでも……」罪悪感からか、彼は身をすくめた。

「蛇を止められなかったことに責任を感じているのね?」

「うん」チェスナットは言葉を絞り出した。

「蛇がダニを解放したらどうなっていたか、考えてみて」

「君とストノは死んでいただろう」

「六人も死んだことは本当に残念よ。でも、そうならなかったときのことを考えると、わたしは納得できる」全身に鳥肌が立つ。あくまでも、あまり深く考えなければ、の話だ。

「どうして落ち着いていられるのかってさっき言ったけど、それは時間がないから。いつまでも悲しんでいたいけど、それで望むような結果が得られるわけじゃない」

「結果こそがすべてだ。だろう、イレーナ?」リーフがそう言いながら部屋に入ってきた。

「養成所に入ってすぐ第一魔術師範に、感傷は捨てろと教わった。ローズは、自分が魔力を授けられたことには目的があって、その目的を果たす邪魔になるなら、罪悪感や自責の念など捨てるべきだと考えている」リーフは考え深げに顎をさすった。「おまえとローズはよく似てるよ」

「似てないわ」

「褒めたんだよ。ふたりとも頭がいいし、行動派だし、生まれながらのリーダーだ」

同意できない。ローズと同じふるまいはしていないはずだ。ローズは独裁者で、自分は何でも知っていると思っていて、ほかの選択肢やほかの人の意見を立ち止まって考えることもしない。わたしは違う。そうでしょう？

「まあ、彼女は短気だけどな」リーフが言う。「ファードとカーヒルが逃げた先についても間違った思いこみをしていたし。面白くないだろうな」

「その点については同意するわ」

「何について？」戸口に現れた父が尋ねた。両腕いっぱいに瓶を抱えている。

それからナッティが山のように服を持ってきた。母も盆にたくさんの果物とお茶をのせて戻ってきた。それを食べ終わるころには、午前中が終わっていた。

「もう出よう。暗くなる前に市場に着くには、急ぎ足で歩かないと」リーフが言った。

「イレーナ、今度家に帰ってくるときは、ゆっくりしていくのよ」母がきつく言う。「あなたの暮らしが落ち着いたらの話だろうけれど」そう言ったあと、少し考えてから続けた。

「いつかまた訪ねてくれるでしょう。しばらくは生活が落ち着くとはとても思えないし」

「それは魔力で読み取ったこと？」と訊く。

「いいえ、違うわ。あなたのこれまでの人生から判断してのことよ」母はにこっと笑ったが、すぐに母親らしい厳しい表情に戻り、くれぐれも用心するのよとこんこんと諭した。

背囊を背負ったリーフとわたしは、梯子で地面に下りた。リーフは早足で歩き、わたしもそのあとを必死に追う。ようやく短い休憩をとったときには背中が痛み、わたしは重い背囊を下ろして背中をさすった。今になって荷馬の気持ちがよくわかる……そうだ、キキがいる！

「リーフ、市場までこの道はずっと広いまま？」

「最近になって木が倒れていなければね。ザルタナ人がいつも整備してるから。なぜ？」

「馬よ」

そうか、と言いたげに、リーフが片手で自分の額をぴしゃりと叩いた。わたしはさっそく意識を飛ばしてキキを捜した。

キキはガーネットとルサルカとともに、市場の西側の森に潜んでいた。

〝遅い〟キキが話しかけてきた。〝汚れてるし、お腹空《す》いた〟

〝密林の道で合流しましょう。そうすれば早く市場に行けるし、ブラッシングも早くしてあげられる〟

キキは同意した。リーフとわたしはしばらく黙って歩いた。日が傾くにつれ、虫が飛ぶ低い羽音がしだいに大きくなってきた。

「おまえが馬と話せることをいつも忘れちまう。シティア史上、初めての力じゃないか」

「そうなの？」

「養成所の生徒は全員、昔の魔術師とその魔力について勉強しなければならないんだ。ブラッドグッド師範ならよく知っているはずだ」

第二魔術師範のベイン・ブラッドグッドは、まさに歩く歴史書だ。わたしの質問リストは日に日に長くなっている。魔術や歴史については学ばなければいけないことばかりで、その膨大さにときどき圧倒され、自分がいかに知識不足かを思い知らされる。

第一、なぜわたしが《霊魂の探しびと》の能力を持つことになったのか？　両親には養成所に招かれるほどの魔力はなく、つまり遺伝ではない。単なる偶然？

考え事をしていると、リーフに邪魔された。「馬と話せる人間をほかに知っているか？」

「厩舎長は馬の機嫌や気持ちがわかると言うけど、馬の言葉そのものを聞いているわけじゃないみたい」実際、わたしが馬と話していると言うと、わたしの身体から翼が生えてきたかのような目つきをしたものだった。

「イクシアには？」

十六年前、イクシアの支配権を握ると、最高司令官は防衛長官のヴァレクに、魔術師を全員殺すように命じた。以来、魔力を持つイクシア人が現れると――能力が出現するのは普通、思春期以降だ——シティアに逃げない限り、必ずヴァレクに殺された。だからイクシアに魔術師はいないが、それでも最高司令官の犬舎の責任者ポーターのことは、以前からずっと気になっていた。彼は犬を操る不思議な能力を持っていて、革紐や口笛を使わずに従わせることができるのだ。

「ひとり心当たりがある。でも本人は認めないでしょうね——死刑にされるから」

「そいつをシティアにこっそり連れてこようか」

「来たがらないと思うけど」

「どうして?」リーフは驚いたようだ。

「あとで話すわ」今は最高司令官の統治方法についてリーフに講義する元気はない。シティア育ちのリーフは、イクシアは生き地獄のような場所だと思っている。イクシアの厳しい『行動規範』のこと、制服着用が義務であること、結婚や引っ越しにも許可がいることなどを考えると、イクシア人はさぞ不幸せに違いないと。確かにイクシアは完璧な国ではないが、そこで暮らすメリットもある。わたしにとって、それはヴァレクだ。

毎日、ヴァレクが恋しかった。毒について、戦術について話したいし、一緒にいたい。彼は、わたしが必要とすることをわたしよりも早くわかってくれる。

思わずため息が漏れた。強い魔力などいらない、ヴァレクのように魔力耐性があるほうがいい。《霊魂の探しびと》といっても《炎の編み機》の前ではまったく無力で、こんなにびくついているのだから。

　魔力に対する最高司令官の考え方は、今となってはさほどおかしいとも思えない。魔力は扱いが難しい。それに、己の魔力を高めるためにダニがしていたことは、イクシアで見聞きしたどんなことよりおぞましかった。

「リーフ、《炎の編み機》についてだけど」密林での出来事以来、それについてリーフと話しあう時間がなかった。「炎の中から出てきた魔術師を見たことはある?」

「いや。ローズにも建物を焼き尽くすほど大きな炎は作れるが、近づきすぎると彼女自身の命もないだろう。おまえが帰ってきてから、不思議な魔力をいろいろと目にするようになったよ。きっと人の一番いいところと悪いところの両方を引き出せるんだ」リーフは冗談めかそうとした。

「ダニは古代の魔術の儀式を利用しているのよね。それについて何か知ってる?」

「サンドシードの《物語の紡ぎ手》の能力は伝説的だ。昔はエフェの戦士《ウオリアー》と呼ばれていたんだ。あの物語は誇張されたものだと思っていた」言葉を切ってから続けた。「今まではね。二千年前、シティアの全部族が統一されるずっと前、エフェという一族がほかの部族を支配していた。血の魔術を使うエフェ族にかなう者はいなかったんだ。みんな、エフェが望むものは何でも差し出した。食料でも黄金でも、生贄でも。やがてエフェの統治者間で軋轢が生じ、内戦になった。そのときの戦いでダヴィーアン山脈は平らになった」

「山脈？」

「今では高原だけどね。で、内戦のあと、ガイヤンという新たな指導者がエフェ部族の生き残りを束ねた。ガイヤンは、山脈が崩れてできた砂地に住もうとする彼らのために、植物の種を蒔《ま》くと宣言した。それで部族はサンドシードという名前になり、彼らの魔術師は《物語の紡ぎ手》と呼ばれ始めた」

そのとき慌ただしい蹄の音が聞こえて、話は途切れた。現れたキキの青い目には疲れが見え、銅色の体躯は泥まみれだ。ガーネットとルサルカも似たり寄ったりだった。

リーフとわたしは馬に餌と水をやった。ブラッシングをして少し休ませたかったが、まず市場に行こうとリーフは主張した。

「夜は危険な動物が多い。馬がいれば、密林中の森豹が集まってくるだろうし」

〝市場、そんなに遠くない〟キキが言う。〝密林は……変な匂い〟

わたしたちは馬に乗り、市場に急いだ。日が沈むころには、市場の裏手にあるザルタナ族の焚き火のそばで、馬にブラッシングをした。多くの部族は、自分たちの一員が市場で物を売買するときのために、常設の野営地を持っていた。

イリアイス市場は夜更けまで店が開いている。日没後も商売ができるように松明が並んでいるが、客が値切ったり交渉したり買い物したりする喧噪《けんそう》は夜になると控えめになった。

馬の世話が一段落すると、わたしはずらりと並ぶ藁《わら》葺《ぶ》き屋根の竹製の屋台を足早に見て回った。ほとんどの店は、冷たい夜風が入らないように竹の簾《すだれ》を掛けている。前に来たときは暑い季節が始まったばかりで、働く人が少しでも涼しくなるよう簾が巻き上げられていた。

市場にいる人々の顔を確かめ、ムーンマンたちを捜す。何人か呼び止めて、一行を見かけなかったか訊いてみたりもした。ある店の主人が、何日か前に数人の男が市場の中を駆けていったと教えてくれたが、彼らの人相までは覚えていなかった。

ムーンマンとタウノとマロックがキラカワの儀式のために地面に縛りつけられている姿が目に浮かんだ。零の盾の陰になっていては見つけられないし、発見が遅れれば遅れるほど、カーヒルとファードに時間を与えることになってしまう。

目先のことに集中して緊張をほぐそうと、市場の匂いを吸いこむ。グリーンブレイド族が売る魅惑的な香辛料の匂いにまじって肉を焼く匂いがして、空きっ腹が唸った。でも、食事休憩の前に、服をファーンに届けた。小柄なファーンは安堵のため息をついた。

「ナッティが予定どおりに仕上げてくれないんじゃないかって、心配してたんだ」筒状に巻いた布が積まれた机の向こうから、ファーンが言ってよこした。

「あなたはてっきり布売りかと思ってた」

「手広くやろうとしているのさ。ナッティはあちこちで評判だからね」

「それはいい評判？　悪い評判？」

「両方だよ。グリーンブレイド族の中には、地味な緑のチュニックとズボンに飽き飽きしている女もいて、華やかな服を着たがっている。そういう連中が、ナッティのシャツやワンピースやスカート風ズボンをひとつ残らず買ってくんだよ。あたしが布を提供して、儲《もう》けは山分け。とはいえ、部族の長老は、伝統に背く行為を快く思っていないけどね」

森に住むグリーンブレイド族は、森の色の服を着る習わしだ。あたりを見ると、確かにナッティの鮮やかな服を着ている女性が何人かいる。今まではザルタナ人だと思っていたけれど、よく見るとグリーンブレイド族特有の明るい茶色の肌をしている。

イクシアでは、その人が住む軍管区は制服の色でわかる。だがシティアでは、それぞれの部族の服の好みを知らないと、所属部族はわからない。面白いものだ。

「イレーナ、新しい生地はいらないかね？」ファーンは机の下から布の筒を引っぱり出した。「ちょうど、このきれいな緑の柄を織ったところなんだ。ほら」と言って、松明の火に布をかざす。「全体に細い金糸が入っている。あんたの目の色によく似合うよ」

わたしは笑った。「商売上手ね。でもナッティが新しい服を作ってくれたばかりなの」

ファーンはひるまず別の筒を見つけてきた。布が広げられたとたん、鮮やかな金色に心を奪われる。「これはシャツにうってつけさ」そう言ってちらりとわたしを見やる。「あんたの服用としてナッティに届けようか？」

「悪魔の囁きね」

ファーンがにやりと笑う。「お客さんのことを一番に考えているだけだよ」

わたしは布代を払うと、もう一着分買わされる前に店を去った。厩舎長のためにアヴィビアン蜂蜜を買ってから、焼いた牛肉を買って食べ、ほかの店を見て回る。工芸品や服、果物や焼いた食品など、いろいろ並んでいる。

そのとき、月長石のはまった繊細な細工の銀の指輪が目に留まった。試しにはめてみたが、買うのはあきらめた。魔術師範補佐官を務めた給料はもう硬貨数枚分しか残っていない。それに、蝶の首飾りと蛇の腕輪を着けているではないか。どちらもヴァレクがわたしのために彫ってくれたものだ。胸元の首飾りを指でなぞりながら、彼のことを思う。

今頃、彫刻部屋で新しい動物を彫っているのだろうか？　それとも、アーリやジェンコと軍事作戦について話しあったり、マーレンと模擬試合をしたりしている？　マーレンはわたしにボウでの戦い方を指南してくれ、彼女自身の腕も上がった。もしかしたら今頃、ヴァレクとともに複雑な軍事プロジェクトにたずさわり、毎日一緒にいるのかもしれない。ヴァレクもわたしのことなど忘れ、そばにマーレンがいれば満足なのかも。

やめなさい。妙な考えを頭から押しのけた。くだらない心配をしている余裕はないし、心配すべきことはほかにたくさんある。気を取り直して、野営地に戻った。もう一度この一帯を魔力で探せば、ムーンマンたちが見つかるかもしれない。

リーフとわたしはもう一日市場に滞在してムーンマンたちを捜した。森の生き物たちと繋がって森を調べたりもしたが、一帯は静かで、不穏な出来事が起こっている気配もなかった。

その夜、わたしたちは次の策を相談した。焚き火のそばに座って炎を見つめる。ボウは手の届くところにあるが、もし《炎の編み機》が目の前の炎から現れても、この武器では太刀打ちできないとわかっていた。

「城塞に戻ろう」リーフが言った。「それが一番理にかなっている」

「でも、サンドシード族はどうするの？　彼らは無防備なまま平原に取り残されてる。助けが必要かもしれないし、ムーンマンとタウノのことを知らせてあげるべきよ」

「何て知らせる？　行方不明だと？　タウノは高所恐怖症で、ムーンマンは閉所恐怖症だと教えてやったほうがまだましだ」

「とにかく明日、北に向かいましょ。行先が城塞であれ平原であれ、方向はどちらも同じだから」

リーフは賛同すると、火のそばに毛布を広げて横になった。わたしも横たわり、キキの鞍を枕代わりにして外套を身体にかけ、冷たい地面の上で少しでも快適に眠ろうとした。

「もっと火のそばに来ないと、凍えるぞ」リーフが言う。

「大丈夫」

リーフは一瞬、口をつぐんだ。「たぶんムーンマンたちは道に迷ったんだ」

「どうかしら。密林で迷ったなら見つけられるはずよ」

「マロックは道に迷うのを恐れてる」リーフが穏やかに言う。「そしておまえは――」

「リーフ、寝ましょう。明日は長い一日になるから」遮り、兄に背中を向けた。何を恐れているか、言い当てられたくなかった。言葉にすればそれが真実になってしまう。

眠ろうとしながら、寒さと寝心地の悪さのせいで何度も寝返りを打つ。火と死にまつわる嫌な夢が頭の中に忍びこんできた。善き夢の中で炎があちこちで上がり、やがてせっかくの美しい光景が大きくなった炎に焼き尽くされて、黒い灰の嵐と化す。夢の中の煙にむせて目が覚めた。全身が汗で濡れていた。

悪夢はもう見たくなかったので、森の上に出ている月を眺めた。ファードが少女たちの霊魂を盗んでいたとき、魔術師範たちとわたしは、彼が殺人の儀式を行う時期は月の満ち欠けと関係しているのではないかと考えた。だが、それは間違いだった。ファードは、犠牲者が死んだときに霊魂を盗めるよう、少女たちを拷問して自分に従わせる時間を必要としていただけだった。もしファードが古代のエフェのシンボルや儀式を使って十二人分の霊魂を集め終えていたら、シティア最強の魔術師になっていただろう。

ファードがゲルシーの霊魂を取りこむ前にヴァレクとわたしとで儀式を食い止めたが、今またファードは自由の身で、同じことをできる状態にある。そしてカーヒルがそれに協力している。なぜカーヒルが？　娘たちに対するファードの行為を目の当たりにしたのに、手を貸すなんてとても信じられない。だが実際、カーヒルはファードを養成所の牢屋から逃がし、今も一緒に逃走中だ。そんなに権力が欲しいのか？　もうイクシアの王位継承権を主張できる立場にないから、代わりにシティアを支配したいのだろうか？

月をじっと見つめる。満月に近づきつつある明るい月が地平線を照らしていた。月が持つ力のことを思い、なぜキラカワの儀式などには月が必要とされるのだろうと考える。空を覆う目に見えない魔力の毛布を感じることはできるが、月からは何も感じられない。

そのときだった。月光がわずかにちらつき、まるでわたしの思いに呼ばれたかのように、青い光の中からムーンマンが現れた。服も武器も身に着けず、火のそばに立っている。

〝あなたは、夢？〟わたしは尋ねた。

ムーンマンは疲れた笑みを浮かべてみせた。〝たぶんわたしは常に夢なのだ。どう思う？〟

〝今はあなた流の哲学を議論する気にはなれないわ。ねえ、もし現実でないなら、せめてあなたが今どこにいるのか教えて！〟

〝ここにいる〟そう言うと、ムーンマンは膝から崩れ落ちた。

12

慌てて、うつ伏せに倒れたムーンマンのもとに駆け寄った。がっしりした身体に外套をかけ、エネルギーを分ける。「大丈夫？　何があったの？　ほかの人たちは？」

「みんな無事だ。あとで話す」ムーンマンはわたしの外套を顔の近くまで引き上げた。

「本当に？　また《物語の紡ぎ手》流のなぞかけをするつもりじゃないでしょうね？」

返ってきた答えは小さないびきだった。

もっとエネルギーを与えて起こしたかったけれど、我慢した。魔力を使ったあと体力を回復させるには、寝るのが一番だ。

だが、わたしはあいにく眠れなかった。わたしの外套では凍えるような夜気から大柄なムーンマンを守りきれないので、リーフの鞍袋から毛布を出して、かけてやる。そして不本意ながら薪を足して炎に勢いをつけた。

躍る炎を見つめ、これからどんな驚きが待ち構えているのだろうと考える。答えはそのうちわかるだろうが、それに向きあう力が自分にあるかどうか、自信がなかった。

にぎやかな市場から買物客や店主たちの喧《やかま》しい声が響いてきても、ムーンマンは太陽が天頂に昇るまで起きなかった。リーフが用意してあげた食事を彼が食べ終わるころ、わたしの鬱憤はついに限界に達した。

「一から全部教えて」ムーンマンが最後の一口を食べ終わる前に、わたしは要求した。

ムーンマンは微笑んだ。まだ疲れた顔をしているが、目は愉快そうにきらりと光った。

「お得意の、もったいぶったなぞかけはやめてね。さもないと……」

「さもないと?」

「痛めつけてやる。手ひどくね。だから話して」

「それは危険だ」ムーンマンはわたしの目に怒りがたぎるのを見て取り、今までの出来事を素直に話し始めた。

「おまえたちが《炎の編み機》とやりあったあと、われわれはダニを追って密林に入った。おまえを助けたあとじゃなければ、きっと捕まえていただろうな」ムーンマンはわたしを鋭く見た。「あの斥候の具合はどうだ?」

「元気よ」

「以前の彼に戻ったのか?」

答えに迷ったが、ここで話題を変えられたくない。「問題ないわ。続きを話して」

「おまえを助けるのに力を使い果たしたから、少し休む必要があった」ムーンマンが続けた。「マロックがダニの痕跡をたどり、われわれはイリアイス市場から北のブールビーまで行った。あの町はにぎやかだから、そこでダニを見失ってしまった。人が多すぎてね」

ムーンマンは身震いした。その様子を見て、ムーンマンは閉所恐怖症だというリーフの言葉を思い出した。あの町は彼の故郷である広大なアヴィビアン平原とは正反対だ。カーワン族領の北端にあるブールビーは東側が平原と接し、遠すぎてわたしの魔力は届かない。

「あとのふたりはどこに？」リーフが尋ねた。

「宿屋に部屋を借りて、タウノとマロックはそこに残してきた。わたしがおまえたちと合流する間、ふたりはダニの情報を探っている」

リーフは野営地を見回した。「しかし、いったいどうやってここに来たんだ？」

ムーンマンはにやりと笑った。「《物語の紡ぎ手》の秘密の力でね」

「月光を使ったのね」

ムーンマンはご名答というように笑った。「影の世界から来たんだ。月光によって影の世界が現れ、そこに通じる道ができる」

「もしかして、わたしの過去を見せてくれたあの場所？」暗い平原が子供時代の光景へと変わっていったときのことを思い出しながら訊く。

「そうだ。あそこは、わたしが物語の糸をほどき、未来を紡ごうとする人々に過去から学んでもらうための場所だ」

「実在する世界なの？」そこへは二度行ったことがある。二度目のとき、ムーンマンは、リーフとわたしをがんじがらめにしている憎しみと敵意の糸をほどくため、そこに連れていってくれた。どちらのときも、身体が煙になったように思えた。

「あそこは、われわれの世界の影に存在する」

「魔力を持っている人なら、誰でも行けるの？」

「今のところ行けるのは《物語の紡ぎ手》だけだ。だが、行きたいと名乗り出る勇敢な者が現れるのを待っている」

ムーンマンと目が合った。そこにかすかな陰を見て、わたしは目をそらした。

リーフが沈黙を破った。「まあ、なんとかここまで来られたとはいえ、もう少し移動能力を磨く必要がありそうだな。次は服も持ってきたほうがいい」

リーフとわたしはムーンマンのために褐色のチュニックとズボンを用意し、旅に必要なものを買った。それから鞍袋に荷物を詰め、馬の準備もした。ブールビーまで、ムーンマンにはガーネットに乗ってもらうつもりだった。

北に向かって出発し、踏みならされた森の中の道を通っていった。魔力で周囲の様子を窺ったが、その道は隊商や旅行者も大勢いて、待ち伏せされている可能性は低そうだ。

ブールビーに着いたら、マロックたちと合流して次の作戦を練るつもりだった。それにしてもダニたちはどこへ逃げ、カーヒルとファードはどこに向かったのだろう。平原か、高原か？　それとも、魔力を高めるために新たな悪事を働いているのか？

ファードは、トゥーラをブールビーの実家から誘拐した。彼に捕らえられた娘たちの中で唯一の生存者だったトゥーラは、魔術師養成所に送られてきた。わたしが身体を治療し、その霊魂も見つけたが、どちらも結局はファードに明け渡すことになった。罪悪感が喉元までこみ上げる。ファードが自由の身だと考えるだけで、胸が痛くなる。

思わず手綱を強く握りしめたせいで、キキが抗議するように鼻を鳴らした。

〝ごめんね〟わたしは手綱を緩めた。〝ファードとカーヒルのことを考えていたの〟

〝ペパーミントマン、林檎みたい〟馬がつけたカーヒルの呼び名だ。

〝どうして？〟キキの好物が林檎であることは知っている。

〝黒い林檎。誰も食べたくない〟地面に落ちている腐った林檎のイメージが見えた。〝まずい。でも、あとでいいことがある〟キキは、腐った林檎の種から根が出て木に育っていく様子を見せてくれた。

〝そのうちペパーミントマンがいいことをしてくれるって意味？　それとも、彼が死んだら幸いだってこと？〟

〝そう〟

馬流のなぞかけアドバイス？　いずれにせよ、これでもう思い残すことはない――人生の真理を聞けたのだから。

二日後、ブールビーの町に到着した。近づくにつれて木造や石造りの家がぽつぽつと見え始め、木が少なくなり、澄んだ空気も、大通り沿いに舞う煙や石炭の灰、おがくずのせいでしだいに曇ってきた。どんよりした空気に、ゴミと人間の糞尿《ふんにょう》の匂いがまじり、胸が悪くなる。人々が忙《せわ》しなく歩道を行き交い、荷物をいっぱいに積んだ馬車が道路で立ち往生していた。工場や建物の合間に店や屋台がひしめきあう。

混雑した道を縫うように馬で進む間、ムーンマンは警戒を解かなかった。彼の道案内で、わたしたちは〈三人の幽霊〉という名前の宿屋に着いた。四階建ての細長い石張りの建物が、隣の建物に寄り添うように建っている。狭い小道を抜けて馬小屋に馬を連れていくと、先客はなく、六頭繋げられるほどの広さがあった。

馬房は清潔で、新鮮な藁と水も用意されていた。わたしたちが鞍をはずしていると、すぐに馬の世話係の少年が現れた。物静かなその少年は、馬にブラシをかけ、餌をやるのを手伝ってくれ、わたしがチップを渡すと恥ずかしそうに微笑んだ。

町中を通ってここに来るまでにも、たくさんの宿屋があった。「どうしてここにしたの？」鞍袋を持って小道を進みながら、前を歩くムーンマンに訊いた。

「名前が気に入った。とはいえ……」

「とはいえ？」先を促した。

「三人の幽霊にはまだ会っていない。おまえなら運よく会えるかもしれないな」

わたしは笑った。「本当は幽霊なんて信じていないんでしょう？」

ムーンマンが急に立ち止まったので、背中にぶつかってしまった。振り返ったムーンマンは呆れ顔だった。「信じてないだって？　幽霊は迷子の霊魂だ。おまえなら彼らを導くことができる。レヤードにしたように」

「レヤードは……」わたしがイクシアで殺した男。その罪で死刑を待っていたときに、ヴァレクに毒見役の仕事を与えられた。「なぜそのことを――」

「わたしは《物語の紡ぎ手》だぞ？　おまえの人生を紡ぐ糸のことはすべて知っている」

「レヤードの幽霊はわたしの想像だとばかり思ってた。恐怖の表れだと。なぜほかの幽霊は見えないの？　わたしに助ける力があるなら、どうしてみんな寄ってこないの？」

「そこにいるのに、おまえが見ようとしないだけだろう」

目に見えない幽霊に囲まれているのだと思うと、鳥肌が立った。

「わたしなら教えられるぞ。おまえに――」

「中に入りましょう」わたしはムーンマンの申し出を断った。彼に教えてほしいことはいろいろあるが、幽霊を見るという項目はそれほど優先順位が高くない。

「そうだ、そうしよう。腹が減った」リーフが腹を軽く叩いてみせた。

宿屋の談話室に入ると、使いこまれて傷のある木の机と長椅子が、細長い室内に並んでいた。石の暖炉では火が燃えているけれど、室内には誰もいない。

「夕食はまだだよ」女の声がした。女は奥の戸口にもたれていたが、ムーンマンに気づくとにっこりして寄ってきた。「ミスター・ムーン、戻ってきてくれたんだね！　お友だちは今朝出かけたけど夕食には戻ると思うよ。ミスター・タウノはあたしの野菜シチューが大好きだから」

女は青灰色の髪を団子状に結っており、いく筋かの髪が卵形の顔を縁取っていた。その色白の肌を見て、イクシアからの亡命者ではないかとふと思った。最高司令官がクーデターを起こしてから、多くのイクシア人が国境の閉鎖前にシティアに亡命したのだ。

宿屋の女主人は知的な青い目でリーフとわたしをざっと見た。わたしの両手に目を留めてから、ムーンマンに視線を戻す。

「もうひとつ部屋を用意したほうがいいかね？」

「そうだな、フロランヌさん。こっちはイレーナとリーフだ」

女主人は両手を前掛けで拭いてから、わたしたちと握手した。「部屋をお見せするわ」

わたしたちは彼女について階段を上がった。三階まで来ると狭い廊下を進み、左側の二番目のドアを開けた。

「ここがミス・イレーナの部屋。ミスター・リーフはあなたと同じ部屋かしら、ミスター・ムーン。それとも、もうひと部屋必要？」

　ムーンマンの額に汗が光っている。彼は逃げ道を探すように狭い廊下を見回した。

「リーフはわたしと同じ部屋に泊まるわ」狭い部屋にベッドがふたつあるのを見て言った。

　フロランヌの表情がこわばったので、一言言われる前に付け足した。「兄なので」

　フロランヌは表情をやわらげ、ほっとした様子を見せた。「夕食の準備ができたらベルを鳴らすよ。遅れないようにね」そう言い残し、部屋を出ていった。

　リーフは笑いを噛み殺した。「面白いところを見つけてくれたな、ミスター・ムーン」

「リーフが兄じゃなくて恋人だったら、同じ部屋に泊まらせてくれたかしら？」

「どうかな」ムーンマンが言う。

「幽霊は不適切な行いが好きじゃないんだろうね」リーフが笑った。

　ムーンマンは、タウノとマロックが伝言を残していないか確かめるため、階下の自室に戻った。ベッドの上で荷をほどきながら、わたしはリーフのさっきの言葉について考えた。

「不適切な行いなの？　たとえば、もしヴァレクとわたしが……わかるでしょ？」

「イレーナ」リーフはわざとらしくしかめ面をした。「まさかおまえ、ヴァレクと――」

「質問に答えて」

「中にはブラッドグッド族のようにとても厳格で、結婚していない男女が一緒に暮らしてはならないと定めている部族もある。だがザルタナ族のように、結婚したほうが好ましいが、していなくてもあまり問題視しない部族もある。サンドシード族なんて、結婚制度そのものを信用していない。彼らは思うがままに行動するだけだ」両手を広げてみせた。

「彼らが服さえ着ないことを考えると、子供だらけにならないのが不思議だけどね」

「われわれは命の種を慎重に扱っているからな」ムーンマンが戸口に現れた。「伝言はなかったよ。町を少し散歩しないか？　わたしは……」視線が部屋の中をさまよった。「外に出たほうがいい」

リーフは舌なめずりした。「どうだろう。僕は夕食を逃したくない。野菜シチューはさぞいい匂いだろうな」

「心配ない。ベルの音は聞こえる。〈三人の幽霊〉の夕食時は町中に知れ渡る」

わたしたちは宿を出て、通りをぶらぶらと歩いた。場所を変えながら魔力でダニの手がかりを探してみたが、とにかく人が多すぎる。人々の思考や感情が押し寄せてきて圧倒されそうになり、遮断するしかなかった。リーフもおびただしい種類の匂いに襲われた。わたしたちはわずかなりとも情報を求めて町を探索し、聞き耳を立てた。

ふと、きらきらと輝くものが目に入った。ある店のウィンドーにガラスの置物が何列も並び、宝石のように美しい色の動物たちが、身体の芯に炎を閉じこめたかのような輝きを放っている。それを見てトゥーラのことを思い出した。トゥーラは家族が経営する工場でガラスの動物を作っていた。これもトゥーラが作ったもの？　ここは彼女の家族の店なのだろうか？

店の窓を覗きこんだが、ショーウィンドーの奥は見えない。中に入って訊いてみようか？　でも、トゥーラの家族はわたしに二度と会いたくないだろう。トゥーラと妹のオパールの身に起こったことを考えれば、それも当然だ。つまるところ、トゥーラの死後にオパールが誘拐された理由は、わたしをおびきだすためだった。あのときはファードがオパールを誘拐したと思っていたけれど、実際は、兄ムグカンの敵を討とうとしたアレア・ダヴィーアンの仕業だった。ムグカンの死にもわたしがかかわっていたのだ。

ムグカンはイクシアで権力を欲し、アンブローズ最高司令官だけでなく、罪のない三十人以上の心も操っていた。死んで当然の男だったが、妹のアレアにはその道理は通らず、結局彼女も死んでしまった。

そっとため息をついた。オパールとその家族には近づかないほうがいい。わたしには死がつきまとっている。それに、たぶん幽霊も。アレアやムグカンの幽霊もわたしに取《と》り憑《つ》いているのだろうか？　両手を振り回してみたが、何も感じない。リーフとムーンマンは少し先で熱心に話しこんでいる。ふたりに追いつこうと足を速めたとき、後ろから声がした。「イレーナ！」

小さな木箱を抱えた女の子が急ぎ足で近づいてきた。頭を白いスカーフで覆い、顔や手に煤がついているが、すぐにオパールだとわかった。弾《はじ》けるような笑みを浮かべている。

わたしはすぐさま抱きしめた。

「ここで何をしているんですか？」オパールが尋ねた。

「ちょっと用事があって」詳しく訊かれる前に慌てて尋ねる。「ここはご家族の店？」ガラス細工の店を指さした。

「いいえ、わたしたちの工場は町の東側、平原の近くにあるんです。ブールビーにはうちの商品を扱ってくれる店がたくさんあって。ぜひうちに寄っていってください！」オパールは両手を胸の前で握りあわせた。「その、あなたさえよければ」と付け加えて顔を背けた。「わたし、あんなことをしてしまって……」それから意を決したように、地面からわたしに視線を移した。養成所に来たときの恥ずかしがり屋で不安そうな顔をした少女が、目の前で別人のようになった。「償わせてほしいの。ぜひうちに寄っていってください」

「あなたは悪いことなんてしていない」きっぱりと言った。「償う必要なんてないわ」

「でも、あなたにキュレアを注射したわ！」

「アレアにやらされたことよ。確かに巧みな罠だったけど」あのときはオパールが解放されればそれで危険は去ると思っていた。その思いこみのせいで命を落とすところだったのだ。

「でも――」

「過去のせいで未来を台無しにしてはだめ。昔のことは水に流しましょう」

「わかりました……でも、今晩はうちに来てくれるでしょう?」そう言ったとたん、オパールは驚いたように口をぽかんと開け、後ずさりした。

　ムーンマンが陽光を遮るように、わたしの背後に現れたのだ。

「夕食に遅れないようにね」リーフがフロランヌの言い方を真似《まね》て言う。

　リーフを見てオパールも少し安心したようだ。「あなたもぜひ。それに……お友だちも?」

　オパールが何を怖がっているのかがわかった。ムーンマンは一見ファードと似ている。オパールは姉の記憶を通してファードをちらりと見たことがあるだけなので、ふたりの違いがはっきりわからないのだ。そこでオパールに《物語の紡ぎ手》を紹介した。

「わたしはタウノとマロックが戻るのを宿で待ったほうがいいだろう」ムーンマンは言った。「おまえとリーフは行きなさい。また夜に会おう」

　ムーンマンが眉を上げて合図を送ってきたので、彼に心を開いた。

〝この子の家族はダニについて何か知っているかもしれない。尋ねてみろ〟

〝承知《イエス・サー》しました〟

　ムーンマンは一瞬だけ笑みを見せ、立ち去った。商品を届けるために急いで店に入ったオパールを待つ間、わたしはウィンドーに並ぶ動物たちをもう一度じっくり眺めた。それにリーフも加わる。

「見ろよ、この輝き！　おまえならどれを選ぶ？　蛇か？」

「蛇はもうたくさん。馬がいいけど、目の色が違うわ。青くないと」

リーフが笑った。「先入観は捨てることだ。僕はあの森豹がいい。細かい部分まで本当によくできてるな。森豹の緑と黄色の模様が忠実に再現されている」

「模様は内側にあるんです」オパールが店から出てきた。「外側を薄い透明なガラスの層が覆っています」

「これはトゥーラが作ったの？」わたしは尋ねた。

オパールの目に悲しみがあふれ、少女は目をしばたたいて涙をこらえた。「いいえ。大事なトゥーラの作品を売ることなんてできません」

「オパール、ごめんなさ――」

「いいんです。水に流すんでしょう？」

「そうね」

「よかった。なら、行きましょう」オパールが先に立って歩きだした。

オパールの両親はここまで寛大ではないかもしれないと心配したが、温かく迎えてくれた。彼らの家とガラス工場は町の端にあり、三方をアヴィビアン平原に囲まれている。ファードがトゥーラを選んだ理由も、この場所にあった。ずっと窯を焚いていたトゥーラは一晩中ひとりで工場にいたため、誘拐されても目撃者はいなかったのだ。

オパールは家族が経営する工場を一通り案内したあと、姉のマーラと弟のアヒーアを紹介してくれた。約束の牛肉のシチューが、パンでできた皿に盛られて出された。

「洗い物を少なくするためにね」オパールの母親がにっこり笑った。

リーフは隣に座ったマーラとずいぶん仲よくしていた。台所に行く彼女についていって、片づけの手伝いまでした。でも、マーラに惹かれてしまう気持ちはわかる。ゆったりと肩に下ろされた金色がかった美しい茶色の巻き毛、やさしく輝く黄味《きみ》を帯びた茶色の瞳。しかもマーラはリーフの話にうっとりと聞き入っていた。

みんながテーブルを片づける間、オパールの父ジェイムズが、仕事や家族のことを面白おかしく話してくれた。

「……ついうっかり、母さんの前掛けに火をつけてしまったんだ！　それから四つの季節が過ぎるまで、トゥーラに鉄の竿《さお》を持たせなかったよ」彼は笑い、また別の話を始める。

話題が尽きると、わたしは最近のブールビーについて尋ねた。

「カーワン族の長老たちは、木を切る本数を巡っていつも揉めている。それに今度は、ガラスの原料としてわたしが仕入れている砂に課税したがってる」ジェイムズは舌打ちした。

「ほかの部族の噂話はいつも格好の話題でね。今年はダヴィーアンの話で持ちきりだ。みんな心配しているが、トゥーラを殺した犯人は魔術師たちが捕まえたし、残りの連中もサンドシード族がなんとかしてくれるだろう。彼らはいつだってそうしてきた」

わたしは頷いたが、ファードが牢屋にいるとジェイムズが信じこんでいるのが気になった。これはまずい。なぜ議会は民衆に知らせないのだろう？　たぶんいたずらに怖がらせたくないからだ。ファードは弱っているし、予定では今頃もう捕まえているはずだったから。ジェイムズに本当のことを教えるべき？　彼には娘がまだふたりいる。

それにダニのキラカワの儀式についても、民衆に知らせるべきだ。そうすればダニを探すのに力を借りられるし、彼らの家族を守ることにもなる。でもパニックが起きたり、犯人逮捕に支障が出たりする可能性もある。

これはわたしひとりで決められる問題ではない。議会が大事な問題を多数決で決める理由もそこにある。万が一誤った判断をしても、ひとりに責任を押しつけることにならない。

心を決めかね、まだ子供を夜中にひとりで働かせているのかとジェイムズに訊いてみた。

「いや、夜はわたしが番をする。これまでの教訓から、不注意な真似は二度としない」

「よかった。これからも気をつけてくださいね。カーワン族の指導者たちがダヴィーアンのことを警戒するのも、もっともです」

オパールがくすくす笑いながら戻ってきた。長いスカートには水の大きな染みができている。少女は濡れたほつれ髪をスカーフにたくしこんだ。

「水のかけっこをしたの」そして父に叱られるより早く付け足した。「母さんが始めたのよ！」

ジェイムズはため息をついたが、さほど怒っていないようだ。オパールはわたしの手を取り、家を案内したいと言った。オパールが姉妹で使っている部屋は家の二階にあった。部屋の中はスイカズラの匂いがした。空のベッドの上にはトゥーラの哀悼旗がかけられている。シティア人は、哀悼旗を掲げることで魂が空に解き放たれると信じていた。ファードからトゥーラの魂を解放した身としては、その慣習は家族の心を慰めるためのものだとわかる。

「どうしてベッドに哀悼旗をかけてあるの？」わたしは訊いた。

「トゥーラの霊魂が現実世界に戻らないようにするためです」オパールが答える。「トゥーラが取り戻したいと思う品々は、旗の下に全部置いてあります。そうすれば空から見えないから」

旗の下を覗きこむと、ガラスの動物が並ぶ小さな棚があった。ガラス像はどれも今にも動きだしそうなほどよくできているが、さっき見た像のように中で炎は燃えていない。

「トゥーラは作品を贈り物にしたり、売り物にしたりしていたけど、ここにあるのは自分用に取っておいたものなんです。わたしがトゥーラの作品を真似しようとしても、いつも別物になってしまう。わたしのは数えるほどしか売れてません」オパールは肩をすくめた。

「あのお店に飾ってあったのはあなたが作ったものでしょう？」

「そうです」オパールはまたそっけなく肩をすくめた。「店のご主人はとても親切で、わたしが今日来ることを知って、ウィンドーに並べてくれたんです。トゥーラの作品に比べて、わたしのはつまらない」

「オパール、あなたの作品はすばらしいわ。どうやったらあんなふうに光るの？」

オパールは信じられないというように両手を胸に当てた。「あの光が見えるんですか？」

「もちろん。みんなにも見えるんじゃないの？」

「いいえ、わたしにしか。でもあなたにも見えるんですね！」うれしそうにくるりと回る。

「あと、リーフにも」

「本当？　おかしいな。家族にも友人にも見えないのに。みんなわたしはどうかしてると思っているけど、一応、調子を合わせてくれて」

「どうやって作品を作っているの？」

オパールはガラス吹きの工程を教えてくれた。必要以上に詳しい説明だったが、基本的なことはわかった。

「普通は固形ガラスから動物を作るんですけど、それをやると、わたしの場合は動物じゃなくガラス球になっちゃう。コップや花瓶を作るときはガラスに空気を吹きこみますが、これもわたしにはできないんです。最初の空気を入れようとして顔が紫色になるまで頑張っても、うまくいったためしがない。そうやってうまく空気を吹きこめなかったとき、材料を無駄にしないようにガラスの塊に形をつけた。それでできたのがあれです。結構、本物の動物みたいに見えるし、ガラスが冷えても中心に光が残っている」

わたしは少し考えた。「でも、中もそのうち冷えるでしょう。なぜ光っているのかしら」

オパールはお手上げというように両手を投げだした。「心がこもっているとか？」

ふと答えが浮かんだ。「魔力だわ」

「いいえ。前にジュエルローズ師範の試験を受けました。でも、わたしには養成所に残れるほどの魔力はなかった」

わたしは微笑んだ。「もう一度試験をする必要があるわね」ダックスがわたしのおかしな魔力を嘲《あざけ》ったときのことが頭をよぎる。オパールがザルタナ人に生まれていたら、試験も違ったものになっていただろう。「ガラス像に火を閉じこめられる魔力があるのよ」

「どうしてほかの人には見えないのかしら？」

「火を見るには、その人も魔力を持っている必要があるからかも」と仮説を立てた。「だとしたら、ガラス像は城塞の市場で売るべきよ。あそこには魔術師がたくさんいるから」

オパールは考えこむように口を引き結んだ。「確かに、魔術師にはあまり会ったことがありません。試しにわたしの作品をひとつ持っていってくれませんか？」

「ひとつ条件があるわ」

「何なりと！」

「商品の代金を払わせてほしいの」

「そんな必要は――」

片手を上げて遮った。「何なりとって言ったでしょう」

オパールは笑った。「いいですよ。でも卸すときの値段にしますね。あなたにあげるのにぴったりの作品があるんです。工場の中ですけど」

オパールは急いで階段を下りて出ていった。冷たい夜気が吹きこんできて、そろそろ宿に戻る時間だと気づかされた。オパールの両親に食事の礼を言うと、リーフはマーラと工場に行ったと教えてくれた。

オパールも工場にいた。手渡された包みは、ガラスが割れないように布で何重にもくるんであった。拳ほどの大きさで、手のひらに収まるくらいだ。

「あとで開けてください。もうひとつよさそうなものがあったんですけど、これが……呼んだんです。おかしな話ですよね、ええ、わかってます」

「もっとおかしな話はいくらでも聞いたことがあるわ。養成所に着いたら手紙を書くわね。どうなったか知らせるわ」わたしは包みをそっと背嚢に入れ、紐を肩にかけてから、ガラス像の代金を払った。「リーフがどこにいるか知ってる?」

オパールは顔を赤らめた。「お兄さんはマーラに夢中みたい。ふたりとも奥の調合室にいます。マーラは砂を量っているはずですけど」

窯や作業台や原料の樽《たる》の間をすり抜けて奥に向かう。熱気で肌がじりじりした。燃える石炭の明るい灰色の煙が煙突から外へ流れていく。オパールの家では窯を熱するとき、エメラルド山脈産の白い特別な石炭を使っている。黒い石炭より純度が高いので、砂が溶ける二千度まで温度を上げることができるのだ。

奥の部屋の壁際には、調合用の皿で埋まった机がある。リーフとマーラは深皿のほうに身を乗り出していたが、その目は調合物ではなく、お互いを見つめていた。細かい粒子を吸いこまないために使う布マスクがふたりの首から垂れている。

声をかけようとしたが、ためらった。マーラの両手は砂だらけで、リーフの髪にも砂粒がついている。兄の顔はいつもより若々しく、輝いていた。今までに見たことがない一面だ。養成所に誰か好きな人はいないのだろうか、とふと思った。兄の人生には、わたしの知らない部分がまだまだある。

ふたりから見えないところまで何歩か後ずさり、それから窯の音越しでも聞こえるように、リーフの名を大声で呼ぶ。わたしが姿を見せたときには、リーフはマーラから離れており、髪の砂粒もなくなっていた。

「遅くなったわ。宿に戻らないと」

リーフは頷いたが、動こうとしない。わたしはその意味を察して、そこを離れた。

工場の外では強風が頭上の雲を押し流し、雲間から月光が漏れていた。リーフが出てくると、わたしたちは宿に向かって歩きだした。彼は無言だった。

「さっきのこと、訊いてもいい？」わたしは尋ねた。

「いや」しばらくまた黙りこんだあと、リーフが訊いてきた。「ジェイムズからダニのことは何か聞けたか？」

「町の人たちはダニのことを警戒しているわ。でもダニが町にいるとは考えていないみたい」オパールのガラスの動物の話をすると、魔力が関係していることにリーフは興味をそそられたようだった。

「マーラにファードが脱走したことを教えたの？」

「いや。くれぐれも注意してくれと言っただけだ」

わたしたちはまた黙って歩いた。夜気がシャツから染み入り、外套を持ってくればよかったと思う。ブールビーは、昼間は暖かいが夜は冷える気候帯の端に位置していた。

「彼女のこと、好きになったみたいだ」リーフが沈黙を破った。「こんなふうに誰かを好きになったことはない。いつだっておまえの心配ばかりしていたから。おまえを守れなかったし、助けるために指一本動かさなかった。おまえを見つけられるなら、自分の人生なんてどうでもよかった」

「リーフ、あのときあなたはまだ八歳だったの。もしムグカンを止めようとしたら、きっと殺されたはず。あなたは間違っていなかった」

「殺されたほうが楽だった。罪の意識も、不安も恐れも感じなくてすむ。誰かを愛《いと》おしく思うことは、すばらしいことだけど、恐ろしくもある。それに耐えられる力が自分にあるのかわからないんだ。おまえはどうなんだ、ヴァレクを一目見たとたん好きになったのか？」

「いいえ。わたしたちの関係はもともと業務上のものでしかなかった」

最初に会ったとき、ヴァレクはわたしに、処刑台へ行くか次の毒見役になるか選ばせた。わたしが最高司令官の毒見役だったことは家族も知っているが、その理由は知らない。いつかレヤードとのことについて話さなければ。

「別の感情を抱くようになったのはいつだ？」

難しい質問だ。「初めて命を救ってもらったときかな」そして、イクシアの火祭で、アイリスが四人のならず者を使ってわたしを殺そうとしたことを話した。

「つまり、最初にジュエルローズ師範と会ったとき、彼女はおまえを殺そうとしていたってことか？　それに、ヴァレクもおまえを二度も殺そうとしたそうだな。参ったな、イレーナ。おまえが人と普通に付きあえるのが不思議なくらいだ」

「ほかにもいろいろあったから」言い訳がましく言った。

「ずいぶん複雑だな。マーラとはかかわらないほうがいいかもしれない」

「つまり安全な道を選ぶわけね。安全だけどつまらない道を。どうしてマーラのことを好きになったの?」

「よく晴れた日の密林の匂いがするんだ。イランイランの花のほのかな香りと、甘い緑の匂いと、土っぽい木の実の匂いがまじりあった匂いが。その匂いに包まれると安心する。からっと晴れた日にしかそんな匂いはしない。純白のヴァルマーみたいに貴重なんだ」リーフは深呼吸した。「マーラの霊魂は穏やかで満ち足りているんだ」

「頑張ってみる価値がある人に思えるけど。雨の日はたくさんあるけれど、そういう最高の一日は、雨の記憶をすべて消し去ってくれるものよ」

「それは自分の経験から?」

「そう」

〈三人の幽霊〉に到着したので、中に入った。談話室のテーブルのひとつにムーンマンとタウノがいた。部屋は客でいっぱいだった。

タウノはこめかみに血の滲んだ布を当てていた。切れた下唇から出血している。

「何があったの?」ふたりのそばまで行くと、わたしは訊いた。「マロックはどこ?」

タウノの顔は暗かった。彼は許しを請うように、ムーンマンをちらりと見た。

「ダニを見つけました」タウノが顔をしかめた。「というより、やつらがわれわれを見つけたんです。五人の兵士と《霊魂の盗びと》、それにカーヒルがいました。やつらはわれわれを建物に引きずりこみ、殺すと脅した。それからカーヒルがマロックを連れていき、ふたりだけで話をしていました。そのあとふたりは笑いながら姿を消したんですが、まるで親友のようでしたよ」タウノは片手を肋骨《ろっこつ》に当てて身をすくめた。「こっちは残った連中に袋叩きに遭い、目覚めたらもう誰もいませんでした」

「それはいつのこと？」わたしは尋ねた。

「今朝です」

「タウノが無事だったのは喜ばしいが、なぜ殺さなかったのだろう」ムーンマンが言う。

そのときの状況を考えてみた。「人の多い町中で人質を連れ回すのは難しいわ。キラカワの儀式のために日が暮れるまで待てば、見つかる可能性もある」

「だから、なぜ殺さなかった？」ムーンマンがなおも尋ねた。

「マロックが一緒だってことを僕らに教えたかったんだろう」リーフが指摘する。

「人質として？」とムーンマン。

「いいえ。マロックはカーヒルと一緒に姿を消した。つまり、マロックはもう自分の味方だってことを見せつけたかったのよ」わたしは言った。「マロックが知っていることは、やつらもすべて知っているというわけ。わたしたちが今どこにいるかも含めてね」

13

「ここに襲ってくると思うか?」リーフが訊いた。

宿の談話室を暖めている炎をちらりと見た。《炎の編み機》は、ほかの宿泊客に見られてしまうような場所でも平気で現れるだろうか?

「宿を見張ってわれわれを尾行し、人目につかないところで襲うかもな」とムーンマン。

「それはいい」リーフがつぶやく。

わたしはキキと繋がった。キキは馬房でまどろんでいたが、わたしが軽く心に触れると目を覚ました。もしダニが宿の近くに潜んでいるなら、キキやほかの馬たちが動揺するはずだ。〝どんな匂い?〟わたしは訊いた。

〝夜。藁。甘い干草〟

特に異常はなさそうだ。

〝キキ、助ける? ラベンダーレディのために見て、聞いて、匂いを嗅ぐ〟

〝でも、それじゃ疲れない?〟

〝ルサルカ。ガーネット。かわりばんこ〟

〝ありがとう。あとで扉を開けに行くわ〟

〝ラベンダーレディ、そこにいて。キキ、やる〟

ゴールがわたしを襲ってきたとき、キキが厩舎の馬房の掛け金を自分ではずしたことを思い出し、微笑んだ。わたしを恨んでいた、カーヒルの部下のひとりゴールは、キキを見ていなかった。牧草地の壊れた柵の板の中で意識を取り戻すまで、自分が何に襲われたのかもわからなかっただろう。

「……イレーナ？　聞いてるか？」リーフがわたしの腕をつついた。

「聞いてるわ」

「これからどうする？」

「出かけるにはもう遅いわ。キキたちが宿の外を見張って、誰か近づいてきたら教えてくれるって」

「へえ、番馬か。面白い」リーフが暖炉を指さした。「《炎の編み機》が火から飛び出してきたら？　ミセス・フロランヌもお手製のシチューを出したりしないだろうし」

「この火を消すことはできる？」わたしは尋ねた。

「だめだ」リーフが言う。「室内が寒くなるし、朝食を作るのに熱い石炭がなくなる」

「ねえ、いつも自分のお腹で物を考えるわけ？」

「ほかにどんな方法がある？」

わたしはため息をついた。「中に見張りを立てましょう。ムーンマン、この建物に入口はいくつある？」

「ふたつだ。大きな入口は表通りに面し、もうひとつは台所の裏にある」

「上の階は？　台所にも階段があるんじゃない？」

「ああ。だが、廊下に繋がる扉を閉めきればいい」

「よかった。じゃあ二時間交代で見張りましょ。わたしはまずタウノの怪我を治すから、最初の見張りはムーンマンがお願い。そのあとはリーフ、わたし、タウノの順でどう？」

ムーンマンを残して、わたしたちは談話室を出た。わたしはタウノに付き添い、タウノがベッドに横になると、魔力の糸を引いて怪我の具合を調べた。肋骨が二本折れている以外は、わりと軽傷だ。負傷部分をじっと見つめて自分に移し、身体を丸めてこらえながら痛みを体外に押し出した。タウノはお礼にわたしの手をきつく握り、眠りに落ちた。

重い足取りで自分のベッドに向かったが、以前ほど疲れていなかった。たぶん経験を重ねるうちに治療能力が上がったのだろう。あるいは、魔力を使うことに慣れてきたのか？

「イレーナ、起きろ」リーフがわたしの肩を揺すった。

重たいまぶた越しに兄を見る。リーフはテーブルに角灯を置いていた。

「決めたのはおまえだぞ。起きろ」彼はわたしの毛布を剥がした。「指揮官は普通、見張り役はしないのに。翌朝正しい決断ができるよう、夜は十分な睡眠をとるもんだ」

ベッドの端に座って目をこすった。「わたしは指揮官じゃないし、わたしたちは軍隊じゃないわ」

「異議あり。今までもおまえが指揮してきた。現状を把握しているのはおまえさ」

「でも――」

「言うな。おまえが把握していると思いたい、いや、思う必要があるんだ。そうすれば指示に従うのがずっと楽になる。特に、自分が長さ十五メートルの蛇の囮《おとり》になるようなときはね」

「わかった。わたしはすべて把握しているし、打つべき手も考えてある。だからたいして睡眠をとる必要もない。これで満足？」

「ああ」リーフは自分のベッドに横になった。

わたしは角灯を持った。「いい夢が見られますように」

「きっと見られる」

宿屋の廊下は暗く、静かだった。台所の階段に繋がるドアを確認すると、頑丈に鍵がかかっていた。問題なし。

下の談話室に向かいながら、リーフの言ったことを考えた。確かに決断しているのはわたしかもしれないけれど、指揮官になれるほど知識が豊富なわけではない。今でも直感で行動していた。

ヴァレクから戦術やスパイ行動のことを教わり、イクシアの友人アーリとジェンコからは戦い方を学んだ。ジェンコと夜遅くまで練習し、錠をこじ開けられるようにもなった。でも、アイリスとの魔法訓練はファードの企てのせいで中断したままだ。

魔力でファードを見つけ、《炎の編み機》と対峙《たいじ》する方法もあるのだろうが、魔術や歴史の知識もまだ浅いし、自分の魔力の限界もわからない。わたしにとって彼はぶっつけ本番の試験であり、やってもどうせ間違える問題だ。とても歯が立たない存在なのだ。

誰もいない談話室にわたしの足音が響き渡る。室内を一周して侵入者がいないか確かめてから角灯を置き、外に出て馬房に向かった。キキの黒っぽい毛並みは夜の闇に溶けていたが、顔の鼻梁《びりょう》は月光を浴びて輝いている。

キキは宿の横の小道に立っていた。

〝匂う?〟わたしはキキの耳の後ろを掻《か》いてやった。

〝新鮮な空気。悪くない〟

〝何か変わったことはあった?〟

キキは愉快そうに鼻を鳴らした。〝男ふたり。女ひとり〟

キキは、ふたりの男が女の荷物を盗んだ様子を再現した。ふたりは女の荷物を探るのに夢中で、静かに近づいてくるキキに気づかない。ほかのサンドシード族の馬と同様、蹄鉄《ていてつ》をつけていないから足音がしないのだ。

キキはくるりと身体の向きを変え、後ろ足で見事に正確な蹴りを入れた。男たちは半区画先まで飛んでいき、女は驚いたようにキキを見ると、反対方向へ逃げていった。それにしても、なぜその女はそんな夜遅くに出歩いていたのだろう。

〝その女の人、馬の幽霊に助けられたっていう噂をきっと広めるわよ〟とキキに言う。

〝宿の名前も〈四人の幽霊〉に変えなくちゃね〟

〝幽霊は好き。静か〟

〝幽霊が見えるの？〟

〝うん〟

〝どこにいるの？〟

〝ここ。そこ。あちこち〟

〝ここ？〟わたしはあたりを見回した。通りはがらんとしている。〝何も見えないけど〟

〝そのうち見える〟キキはわたしの外套に鼻をすりつけ、ポケットの匂いを嗅いだ。〝ペパーミントも、好き〟

キキにペパーミントをやった。〝幽霊の話をもう少し詳しく教えてくれない？〟

〝嫌〟

キキは小道を戻っていき、わたしも宿に帰った。角灯の炎を揺らめかせながら台所と上階の部屋を確認して回り、暖炉のそばに戻る。残り火がかすかに光っている。不安を抑えながら薪を足し、お茶を淹れる湯を沸かせる程度の小さな火を熾した。こんなちっぽけな火なら《炎の編み機》もさすがに出てこないだろう。

あるいは、火の大きさと現れる《炎の編み機》の大きさは同じなのかも。三十センチほどの《炎の編み機》が飛び出てくる様を想像してつい笑ってしまったが、口火があれば、彼はいくらでも炎を大きくできることに気づき、たちまちしょげた。

背嚢の中の茶葉を探すうちに、オパールの包みを見つけた。オパールを呼んだガラス像が何か知りたくて、分厚い布を開く。

手に収まる大きさの濃灰色のコウモリが、緑色の目を開いたように見えた。びっくりして思わず像を取り落としそうになったが、コウモリは羽を広げてはいても飛んでいきはしなかった。身体の中心で光を放っているのは命ではなく、オパールの魔力だ。よく見ると、コウモリの身体と羽に銀の斑点がついている。

腕にぞくぞくするような興奮が走った。夜行性動物になる利点について考えてみる。町が眠っている間にマロックとカーヒルの居場所を突き止められるだろうか?

魔力を引き出して意識を飛ばしてみると、とりとめのない夢の映像とあちこちでぶつかった。やはり彼らを見つけるには人が多すぎる。わたしは意識を身体に戻した。

いつの間にかお湯が沸騰していたので、ガラス像をしぶしぶ背嚢に戻し、茶葉を取り出した。湯気が立つコップを片手に、暖炉の小さな火をじっと見つめる。ベイン・ブラッドグッドと繋がってみてはどうだろう。第二魔術師範の彼なら、大勢の中からひとつの霊魂を見つける方法を教えてくれるかもしれない。

ここからだと、城塞まで馬で三日かかる。普通なら意識を飛ばしても届かない距離だ。必死になれば飛距離は伸ばせるが、方向が定められない。第一ベインは今頃眠っているだろうし、彼の心の防御壁はとても通過できない。だから朝になったら試すことに決めた。

睡魔が襲ってきた。眠らないように、室内を何度も偵察する。もう一度座ったとき、暖炉で躍っている火に目が留まった。火はわたしの心臓の鼓動と同じリズムで脈動する。振りつけどおりに踊り、何かを訴えかけているようだった。何か大事なことを。

吸い寄せられるように火のそばに行き、ひざまずいた。オレンジと黄色の指がわたしを招く。〝来て。わたしたちのところに。火を抱きしめて〟

少しだけ近づいた。熱波が顔を撫でる。

〝来て。話がある……〟

〝どんな？〟さらに身を乗り出した。火がぱちぱちと音をたてて一気に燃え上がり、髪が焦げる嫌な匂いが漂ってきた。

「イレーナ！」

ムーンマンの声ではっとわれに返った。慌てて暖炉から離れ、部屋の反対側まで後ずさる。身体中に寒気が走り、思わず身震いした。「ありがとう」とムーンマンにつぶやく。

「胸騒ぎがしたんだ」ムーンマンが階段の途中から降りてきた。「自分の毛布に火がついた感じがして、目が覚めた。何があった？」

「わからない」わたしは外套にきつくくるまった。「火の中に霊魂が見えた気がして」

「罠か？」

思わず笑ってしまった。ほかの人が相手なら、どうかしていると思われるだろう話なのに、ムーンマンは詳細を知りたがっている。でも、わたしには答えられない。

「わたしに来てもらいたがっていたと思う」

ムーンマンは眉をひそめ、暖炉を見つめた。「火のそばにひとりでいてはいけない。最後のタウノの番は、わたしがやる」

「最後？」窓の外を見ると、闇の帳が薄くなり始めていた。時間の感覚を失い、タウノを起こし忘れていた。これはよくない兆候だ。

「少し寝なさい。起きたら今後のことを考えよう」

女主人が鳴らす、耳をつんざくようなベルの音で叩き起こされた。リーフはベッドの端に座って両手で耳を塞いでいる。やがて静寂が訪れ、彼はほっとして手を下ろした。

「朝食だ。すぐに降りていかないと、また鳴らされるぞ」リーフが言った。

それなら起きないと。わたしは毛布を蹴ってはねのけ、リーフに続いて談話室に向かった。ムーンマンとタウノもいた。宿は混んでいて、あちこちで話に花が咲いている。フロランヌがお茶を注ぎ、従業員が朝食を出した。甘いシロップの香りが室内に漂う。

タウノの表情からすると、昨夜はよく眠れたようだ。腫れも引き、痣も鮮やかな赤色から薄い紫色になっている。動くときも、顔をしかめなかった。

わたしたちは蜂蜜と卵とパンの朝食をとりながら、次の策を話しあった。

「町を捜索したほうがいい」リーフが言った。「連中を見つけるか、いないと確信できるまで、しらみ潰しに調べる」

「時間がかかるぞ」ムーンマンがとろりとした卵をスプーンでパンに塗った。

「この町にはもういません」タウノが言う。

わたしは食べる手を止めた。「どうしてわかるの？」

「ブールビーを発つと話していました」

「それなら、なぜゆうべ話してくれなかったの？」わたしは卵をフォークで突き刺した。

「痛みのほうに気を取られて、今まで忘れていたんです」

「昨日知っていたら何か違っていたのか？」リーフが訊く。

そう言われて、考えた。タウノの怪我はひどかった。でも致命傷ではなかったから、ひとまず彼をここに置いて……それで？ 魔力で周囲の森を調べた？ 向かった方向もわからず、連中が出発してからすでにほぼ丸一日経っていたというのに？

「いいえ、たぶん何も変わらない」ため息をついてからタウノに向き直った。「ほかに覚えていることはある？ 行先のことは言っていなかった？」

「いいえ、ただ急いでいるようでした。だから僕も殺されなかった。殺している時間がなかったんです」

「一番いい作戦は、マロックのことはわたしたちに秘密にして、彼の生死や、何を白状したのかも、わからないままにしておくことだったと思うけど」わたしはお茶を飲んだ。

「とはいえ、カーヒルは人より優位に立つことが好きだから。マロックが裏切ったと知れば、わたしたちが意気消沈すると思ったんでしょうね」

カーヒルは前にも同じ手を使ったことがある。わたしをイクシアの密偵だと思いこみ、森で待ち伏せしたのだ。そして、リーフがわたしを罠にかけようとしていると思わせて、志気をくじこうとした。だが、その作戦はうまくいかなかったし、今度もうまくいかない。

それどころか、わたしは彼らを見つけようと決意をさらに固くした。足跡を見失ってしまったとはいえ。急に食欲が失せ、皿をどけた。

「これからどうする？」リーフが訊いた。

そのとき談話室のドアがバタンと開いた。血まみれの剣を持ってマロックが立っている。

わたしたち四人は思わず立ち上がった。朝食のことなど忘れて武器を取る。談話室のおしゃべりが小さくなり、やがて静まり返った。

「来い」マロックが戸口から剣で手招きした。「行こう。追いつかれる前に」

「誰に？」と尋ねる。

「カーヒルと……彼の……仲間に」マロックは吐き捨てるように言った。「逃げてきたんだ」恐怖のせいか顔が蒼白《そうはく》だ。喉元の傷から出血している。「やつらを撒いてきたが、われわれがここにいることは知られている」

「向こうは何人？」わたしは尋ねた。

マロックは気をつけの姿勢をした。「七人だ」

「武器は？」

「剣と偃月刀とキュレア」

「あとどれくらいで来る？」

マロックは振り返って固まった。手から剣が落ち、床にカランと落ちた。大きな手がマロックを押しのけ、床に倒した。

マロックの後ろから、カーヒルとファード、五人のダニが談話室になだれこんできた。

14

ダニとカーヒルは武器をこちらに向け、戸口の前で散開した。ダニのうち、ふたりは偃月刀を、ふたりは剣を構え、ひとりが吹き矢筒をくわえている。

「騒ぐな」カーヒルがみなに命じた。彼の長剣は人々を怖気《おじけ》づかせるのに十分だ。談話室にいた人々は椅子に座ったまま凍りついた。商人や売り子がほとんどで、兵士の姿はない。マロックは床に倒れていた。傍らに立つダニが、その喉元に偃月刀の切っ先を突きつけている。わたしはタウノをちらりと見た。「あいつらは町を発ったと言ってたじゃない」

タウノは顔面蒼白だった。弓は構えているものの、矢はつがえていない。ムーンマンは、ダニたちの首と自分の偃月刀の距離を測るように、彼らをじっと見つめていた。リーフの山刀が戸口から差しこむ日差しでぎらりと光る。

「計画変更だ」カーヒルが言った。ブロンドの髪を結わずに肩下まで垂らしているが、それ以外は以前とまったく変わらなかった。灰色の旅行着、黒い乗馬靴、水色の目、顎鬚《あごひげ》を蓄えた顔に浮かぶ憎悪も。「わが友人はマロックとイレーナを交換したがっている」カーヒルはファードにかぶりを振った。

友人という言葉に驚いた。よくもあんなやつを友人だなんて呼べるものだ。

ファードの全身を覆う赤い刺青は、無地のチュニックとズボンに隠れてほとんど見えない。片手に偃月刀、もう片方の手に吹き矢筒を構え、冷ややかにこちらを見ている。身体つきはたくましいが、魔力はまだ弱ったままだ。それでも恐怖で胃が締めつけられた。

「《編み機》をもう何人か連れてくればよかったのに」カーヒルに言う。「今の《霊魂の盗びと》は、三人の魔術師を相手に戦える状態じゃないわ」

「確かに、魔力を増す作戦は失敗したかもしれない」とファードが答えた。「だが今のわたしは、血の魔術を知る別のお方にお仕えしている」

そのとき炎がぼっと燃え上がり、熱波が襲いかかってきた。肩越しに振り返ると、暖炉の炎が大きくなっていた。《炎の編み機》が姿を見せるより先に、身体が勝手に反応し、恐怖が喉にせり上がった。

魔力の糸をたぐり寄せ、ムーンマンの心に呼びかける。

〝吹き矢を持った男をお願い。わたしはファードをやる〟

了解、とムーンマンが答えた。

〝リーフ、マロックの隣の男に飛びかかって、カーヒルの注意をそらして〟

〝いつ？〟リーフが尋ねる。

「今よ」そう叫ぶや、わたしはファードの心に意識を送りこみ、心の防御壁をすり抜けて身体を乗っ取った。ゴールに捕まったときに学んだ、身を守る手段だ。あのとき鎖に繋がれて魔力を使うしかなかったわたしは、自分の霊魂をゴールの身体に送りこんだのだ。

侵入に気づいたファードは、全力でわたしを追い出しにかかった。ほかの生贄のようにおまえも殺してやると脅し、記憶を見せつけてくる。犠牲者たちの悲鳴、鼻を刺す血の匂い、切断された手足――拷問とレイプで魔力と権力を手に入れようとする彼のどす黒い欲望に、吐きそうになる。

ファードを止めようと、彼の霊魂を捕まえてねじり上げ、心の奥底にある恐怖と、魔力への執着を生んだその過去を暴きだした――大好きだったおじに縛られ、犯されたこと。姉にいじめられ、父親に馬鹿にされたこと。信じて打ち明けた母親に信じてもらえず、それどころか嘘をついた罰として、おじの家に送り返されたこと。

《物語の紡ぎ手》ならファードのもつれた人生を解きほぐしてやるのかもしれない。だがわたしはそれをねじ切り、ずたずたにして、彼を無力にさせた。ファードの記憶を仔細《しさい》に探り、ダニの情報を探り終えると、彼の目を使って周囲を見渡した。

意識のないわたしの身体は床に倒れている。ムーンマンは頭のない死体をよけつつダニのひとりと剣を交えていた。リーフはカーヒルに切りかかられている。リーフの山刀ではカーヒルの長剣に歯が立たず、このままでは勝負がつくのは時間の問題だろう。一方タウノは、根が生えたみたいにその場に立ち尽くしていた。マロックが立ち上がり、別の死体の傍らにいたダニに襲いかかる。宿屋の人々は、火を消そうとみなで桶の水を運んでいた。ファードに乗り移っていた時間はほんの数秒だったが、恐ろしく長く感じられた。吹き矢筒を握るファードの手を持ち上げて、狙いを定める。最初はカーヒル。さらに矢を詰め、キュレアを塗った矢をダニたちに次々撃ちこみ、戦いを終わらせた。

水ぐらいで消される《炎の編み機》ではないが、仲間が制圧されるのを見て敗北を認めた。「また会おう、かわいいコウモリさん」シュッという音と煙とともに、炎は消えた。

ようやくわたしは意識を自分の身体に戻した。腕も脚も、何トンもあるみたいに重たい。リーフの手を借りて、ふらつく脚で立ち上がった。

フロランヌがこちらにやってくる。女主人は両手でエプロンを握りしめて、しきりに引っぱっていた。「あたしたち、どうしたらいい？」

「誰かに憲兵を呼びに行かせて。囚人を城塞に運ぶには人手がいるから」

女主人はすぐに厩番《うまやばん》の若者を使いに出した。

「みんなキュレアでやられてるのか？」リーフがうつ伏せで倒れている者たちを指さした。

意識をなくして床に転がっているファードの図体《ずうたい》に目をやった。「この男以外は。彼の霊魂は調べ上げたから、もう面倒は起こさないはず」

「どのぐらいの間？」

「永遠に」

「それが賢明な行為だったと思うか?」ムーンマンが尋ねた。手にしている偃月刀からは血が滴り、胸に縦横に切り傷が走っている。「やつの心をここまで痛めつけなくとも、同じことはできたはず」

「わたしは――」

　リーフがすぐに加勢してくれた。「おいおい、あんただってダニなんて皆殺し主義だろう? 機会さえあればこいつの首を刎《は》ねてたはずだ。それに、どうせ同じことだよ。こいつを城塞に連れていけば、ローズだって同じことをしたはずだ。イレーナは時間を節約しただけさ」

　胸にちくりと小さな矢が刺さった。リーフの言葉が頭の中でこだまする。

〝ローズだって同じことをしたはずだ〟そう、そのとおりだ。全身に無力感が広がる。わたしは、後先かまわず行動してしまったのだ。邪魔をするな、わたしは全知全能の《霊魂の探しびと》だ、と言わんばかりに。

　嫌悪感が全身を駆け巡る。歴史書はどれも《霊魂の探しびと》に手厳しい。柱に縛られ火あぶりになった〝炎のわたし〟の幻覚が脳裏をよぎった。

　議員たちやローズがわたしを恐れるのも無理はない。今わたしがファードにしたことを思うと、いつか自分も権力に飢えた独裁者に変わるのではと怖くなった。

わたしたちはふたたび宿の談話室に集まっていた。

カーヒルたちは昨日、町の憲兵に連行されていった。一日がかりで彼らのことを町役人に説明し、囚人たちを議会に送るよう役人たちを説得したのだ。リーフとマロックはこのあと囚人を護送する憲兵に付き添い、城塞に向かうことになっていた。わたしはムーンマンとタウノとともにサンドシード族の故郷、アヴィビアン平原に行くつもりだった。

「一族のこと、心配ね」ムーンマンに言う。

「ああ。それに、ダニとふたたび一戦交える前に、キラカワの儀式や《炎の編み機》、そしておまえの能力について、もっと知っておかなければならない」

「だが、儀式についてはあんたの一族も細かいことを覚えていないんだろう？　どうやって詳しいことを調べるんだ？」リーフが尋ねた。

「ジェイドに尋ねてみる。彼も《物語の紡ぎ手》だが、ガイヤンの末裔《まつえい》でもあるから、情報を持っているかも」ムーンマンはわたしのジンジャーマフィンをくすねて口に入れた。

ガイヤンはエフェの戦士《ウオリアー》との内戦後にどうやってサンドシード族を再統一したのか。ムーンマンからもっと多くを聞きたかったけれど、ふと、アイリスにこれまでの出来事を報告しておかなければと気づいた。そこで朝食を終えると、ムーンマンとタウノが馬の支度をする間に、リーフとともにアイリスと連絡を取ることにした。

部屋に戻り、ベッドに横たわった。

「こんなに離れているのに、アイリスと話せるのか？」リーフが尋ねる。

「できると思うけど、エネルギーを少し分けてもらわないといけないかも」

リーフがベッドの端に腰を下ろすと、わたしは目を閉じ、魔力をたぐり寄せて魔術師養成所に意識を飛ばした。多くの人々の意識で混沌《こんとん》とする町の中を避けて進み、グリーンブレイド族領の東端、茫漠《ぼうばく》たる草原に到着する。家畜が何頭か、湿った風に背を丸めている。

荒れた農地をさらに進み、白い大理石の城壁を目指した。でもわたしの意識は引き伸ばした飴細工《あめざいく》のように細くなっていく。そのときリーフの温かな手がわたしの手を包んだ。力が漲り、意識をさらに進める。それでも城壁にはたどりつけず、やがて力も尽きた。

リーフはわたしの手をぎゅっと握ると、立ち上がって背嚢を探った。何をしているのかと訊く間もなく、巻物のように巻いた黄色い葉を手渡された。

「食べて」リーフが言う。「力が出る」

匂いを嗅ぐと、スペアミントとローズマリーに似た香りがした。変わった組み合わせだ。嚙むと苦いミントの味が広がり、口の中でほろほろと砕けた。「変な味。これは何？」

「バカの葉さ。父さんが見つけたんだ」

しばらくすると、気分もよくなってきた。荷物をまとめ、馬小屋にいたムーンマンとタウノに合流して全員が馬に乗る。リーフとマロックは一緒にルサルカに乗り、町の憲兵の駐屯地に向かった。そこでマロック用に馬を借り、城塞を目指した。

一方わたしたちは、混雑するブールビーの通りを抜けて東へ進んだ。タウノとわたしがキキに、ムーンマンがガーネットに乗る。

アヴィビアン平原に着くと、馬たちは疾風走法を始め、そのまま日没まで走った。やがて荒涼とした場所に出ると、馬を降りた。砂地にわずかな草がしがみつくばかりで、樹木もなければ、薪になりそうな小枝もない。タウノは馬を降りるや、すぐ偵察に出かけた。

ムーンマンとわたしは馬の世話にかかった。餌をやり、水を飲ませてブラシをかける。それが終わると、ムーンマンはリーフからもらったオイルナッツを取り出した。これもわたしの父が見つけたもので、火をつければ水からシチューが出来上がるまで燃え続ける。湿った匂いのする夜気が雨の気配を告げていた。

ムーンマンは拳大のナッツを円形に並べ、ふたつの石を打ちあわせて火花を散らし火をつけた。どうやら《物語の紡ぎ手》に火をつける力はないらしい。これは興味深い。

タウノは弓矢で仕留めた兎《うさぎ》二羽を下げて戻った。皮を剥ぎ、肉をシチューに入れる。

夕食後、ムーンマンにガイヤンのことを尋ねた。「エフェたちと何があったの？」

「二千年余り前、エフェ族は家畜を追い、天気を追って移動する穏やかな遊牧の民だった」ムーンマンはガーネットの鞍に寄りかかり、話し始めた。「エフェ族の若者は、部族の正式な一員になる前の一年間、巡礼の旅に出て、新しい物語を持ち帰ることになっていた。言い伝えによれば、ハーシュという男はその旅から何年も戻らず、帰ってきたときには血の魔術を身につけていた。

まずハーシュは、エフェ族の魔術師である戦士たちに、魔力を強める方法を教えた。彼ら自身の血を一滴だけ取る簡単な儀式だ。一度魔法を使えば、魔力は元に戻る。次にハーシュは、その血と染料をまぜて身体に注入する方法を教えた。こうすると魔力は消えず、彼らはより強い戦士となる。そのうちに他者の血を使えば魔力がより強力になることに気づいた。さらに心臓の血、心室から取った血は、すさまじい力を与えてくれることも」

ムーンマンは姿勢を変え、漆黒の空を見つめた。「血の魔術の問題点は、依存性があることだ。魔力を強化したエフェの戦士たちは、さらに強力な魔力を求めるようになった。さすがに一族の者は殺さなかったが、近隣のほかの部族を殺害し始めた。家畜を追い、食料を集めるだけの生活にはもはや満足できず、必要なものをよそから盗むようになった。

彼らの悪行は長い間続いた。もしガイヤンが現れて戦士たちを止めなければ、そのまま続いていたはずだ。目の当たりにしてきたおぞましい光景に嫌気が差したガイヤンは、抵抗運動を組織した。昔のことだから戦いの詳細は失われてしまったが、そのとき引き出された魔力の量はダヴィーアン山脈を崩し、魔力の毛布をずたずたにするほどだったそうだ。その後、ガイヤンは残った一族の者たちをまとめ、人々の心を癒《いや》して魔力の源を修復する《物語の紡ぎ手》の役目を作った」そこでムーンマンはあくびをした。

今聞いたムーンマンの話と、これまで教えられてきたシティアの歴史を引き比べた。

「魔力の源泉を修復するなんて、本当にできるの？　ある魔術師の身体のまわりで魔力がこんがらがって、ほぐすのに二百年かかったという話を読んだことがあるけど」

「ガイヤンは最初の紡ぎ手です」タウノが口を挟んだ。ムーンマンが話をする間、彼は身じろぎひとつしなかった。「ガイヤンは途方もない魔力を持っていました。だから魔力の源泉を修復できたんです。彼のあと、あんなすごいことをできた者はいない」

ムーンマンが頷いた。「毛布は完璧ではない。穴もあれば破れもあり、薄い部分もある。そのうちすっかり擦り切れて、魔法自体、過去のものとなる日が来るかもしれない」

焚き火から大きくはぜる音がして、わたしはぎくっとした。リーフがくれたオイルナッツの最後のひとつがプスプスと音をたてて消え、闇がわたしたち三人を包む。最初の見張りをタウノが引き受け、ムーンマンとわたしは先に寝ることにした。

外套を着て横になり、寒さに震えながら魔力の源泉について考えた。《無》と呼ばれる穴には驚かされた。アレア・ダヴィーアンはそこにわたしを引きずりこみ、いたぶって殺そうとしたのだ。あのときは魔力を使えず、ひどい無力感を味わった。荷馬車にくくりつけられていたせいで、余計にそう感じられた。幸いアレアが身体検査をしなかったおかげで、飛び出しナイフを使って逃げられた。

アレアもわたしの血を欲しがっていたが、キラカワの儀式が目的だったのか？　答えは永遠にわからないだろう。死者には訊けないからだ。いや、訊けるのか？　そう思うと、目に見えない幽霊が頭上に漂う光景が浮かび、全身が薄氷で覆われたみたいにぞっとした。

あくる朝、わたしたちは干し肉とチーズで簡単な食事をすませた。ムーンマンによれば、午後遅くにはサンドシード族最大の野営地に着くという。

「長老たちに接触しようとしたが、野営地は強力な防御魔法で守られている」ムーンマンが言った。「ダニどもを撃退したわが一族が次の攻撃に備えて新たに魔法をかけた可能性も、野営地を制圧したダニが自衛のためにかけた可能性もある」

「前者であることを祈りましょう」わたしは言った。

馬を休ませるため一度休憩をとった以外は、ひたすら走り続けた。サンドシード族の野営地が見える少し手前で、馬を止める。まずはタウノが野営地を偵察に行く手はずだ。タウノは弓矢をはずすと、服を着たまま全身を水で濡らし、砂地を転がった。肌に砂がびっしりと張りつく。風景にすっかりなじんだ彼は、あっという間に姿を消した。

そわそわ歩き回るわたしの横で、ムーンマンは落ち着き払っていた。

「心配しても何も変わらない」ムーンマンがわたしの無言の問いに答える。「エネルギーはいざというときのために取っておくものだ」

「それはそうだけど、理屈では感情を抑えこめないときだってあるでしょ」

彼が肩をすくめる。わたしはくよくよするのをやめ、何ができるか考えることにした。

〝匂いは？〟とキキに訊く。

〝甘い。故郷〟と答えが返ってきた。〝かゆい〟

キキの銅色の体躯に泥がこびりついていた。背嚢の中から馬櫛《まぐし》を探す。キキの毛を梳《す》いてやっていると、タウノが戻ってきた。

「野営地は安全です。今出発すれば、暗くなる前に着く」

出発の準備をする間、タウノは見てきたことを報告した。「すべていつもどおりでした。女たちは洗濯、男たちは兎の皮を剥ぎ、長老たちが話しあっている声も聞こえました。子供らは授業中で、若者は木刀で稽古をしていた。日なたに首がたくさん干してありました」

「首？」

「敵の首だ」ムーンマンがさらりと言う。刎ねた首を飾るのは当然だと言わんばかりだ。

「いい兆しです」タウノが言った。「戦いに勝ったということです」

でも、喜んでいるようには見えない。「誰かと話したの？」わたしは尋ねた。

「はい。ジェヨンが万事異常なしと合図をよこしました。暗くなる前に戻りたかったので、それ以上は」それから空を見上げた。「早く焚き火の前で温かい食事にありつきたい」

そのとおりだ。タウノとわたしがキキに、ムーンマンがガーネットに乗ると、わたしたちは意気揚々とサンドシード族の野営地に向かった。

薄暮に闇が滲み始めたころ、野営地のテントが見えてきた。焚き火のまわりに大勢のサンドシード族が集まっている。何人かが大鍋をかき回していた。立ち上る濃厚な香りから察するに、鍋で煮えているのは鹿肉のシチューだ。ああ、お腹が鳴る。野営地に近づくと、人々がこちらに手を振るのが見え、わたしたちは馬の足取りを緩めた。

空気が熱で揺らめいている。魔力であたりをざっと探ったが、感じるのはムーンマンが言っていた強力な防御魔法だけだ。この魔法が幻とは思えなかったが、そう断言できるだけの経験がわたしにはない。

魔法の防御壁を越えるときは身構えた。わたしの腰に掴まるタウノの手にも力が入る。だが周囲の風景は何も変わらなかった。サンドシード族の姿もそのままだ。

三人の男とふたりの女が近づいてきて、わたしたちは馬を止めた。不安のせいか、悲しみのせいか、彼らの表情はこわばっていた。戦いで負傷者が出たに違いない。男たちが馬具を掴んだ。サンドシード族の馬はじっとしているようにしつけられているのに、妙なことをする――そう思った次の瞬間、キキが棹立《さおだ》ちになった。キキのたてがみを慌てて掴む。

〝嫌な匂い〟とキキ。

そのとき火明かりが鋼にぎらりと光った。驚いて振り返ると、完全に武装したダニたちが、いっせいにテントから飛び出してきた。

15

タウノの弓の弦が唸る。わたしは「走って！　早く！」と叫んだ。キキはいつでも駆けだせるが、ガーネットは馬具をふたりのサンドシード族に押さえられている。脇を見ると、こちらに走ってくる先頭のダニは、あと三メートルのところまで迫っていた。

キキが方向転換する間に、わたしは背嚢から武器を取り出した。キキが後脚でダニを蹴り、わたしはガーネットを押さえるサンドシード族の男のこめかみにボウを打ち下ろした。相手が地面に倒れるのを見て、一瞬後悔した。きっと、わたしたちを引き止めるようダニに強いられたのだ。けれど感傷に浸っている暇はなく、ガーネットを押さえるもうひとりの男もボウで殴った。「走って！」と、もう一度叫ぶ。

ムーンマンの偃月刀とタウノの矢、そしてわたしのボウだけではダニの数にかなわない。捕まるのも時間の問題だ。蹄の音や鋼がぶつかりあう音に怒号がまじる中、馬たちはサンドシード族の野営地から疾風走法で逃れた。

ダニたちからできるだけ離れるため、夜を徹して走り続けた。そのうち馬たちの足取りが遅くなった。うなだれて息は荒く、馬体は汗で光っている。あと二、三時間もすれば夜が明ける。わたしたちは馬を降り、鞍をはずした。身体を冷やすために馬たちを歩かせ、ムーンマンとタウノが薪と獲物を探しに行った。

誰も一言も口をきかなかった。襲われた衝撃は生々しく、その光景が何度も鮮やかに蘇る。あれはどういうことなのか、恐ろしすぎてまだ考えることができない。

今夜も兎のシチューを無言で食べた。次に何をするべきかを考えながら。

「長老たちは……」静まり返った夜の闇に、ムーンマンの声がやけに大きく響いた。

「まだ生きています」タウノが続けた。「今のところは」

「やつらはみんなを殺すかしら？」干されていたしゃれこうべを思い出すと悪寒が走った。

「彼らは罠に利用されたのだ。もう生かしておく必要はないだろう」だがムーンマンは思い直したようだった。「いや、奴隷として利用するかもしれない。ダニどもは家事を嫌がる」

「好きなのは儀式で人を殺すことと、魔力を強化することってわけね。最低だわ」さっきの光景がふたたび脳裏をよぎった。「一族で逃げ延びた人はいたと思う？」

「おそらくは。だがもう平原にはいないだろう」ムーンマンは考えこんだ。「もはやアヴィビアン平原を守る防御魔法をかけているのは、サンドシード族ではない。そうなれば、その防御網の中にいるのは危険すぎる。ダニどもは今、己の存在を隠すために防御魔法を使っている。だが今度は、逃げたわたしたちを捜すために魔法を使うはずだ。おそらく攻撃用に」

「じゃあぼやぼやしていられない。やつらに見つかったとわかる方法はあるの？」

「防御壁を作って攻撃を察知することはできる。それで最初の攻撃はかわせる」

「すぐ逃げられるように、馬に鞍をつけておかなきゃ」わたしは立ち上がった。

「賢明だな」ムーンマンが馬に鞍をつけるわたしを手伝う。

革紐を締めると、キキは不満げに鼻を鳴らした。

〝疲れた。これ、いらない。匂い、悪くない〟

〝今だけよ。また嫌な匂いがしたら、このほうが早く逃げられるから〟キキにペパーミントを与え、大きな耳の後ろを掻いてやった。キキはため息をつき、うとうとと目を閉じた。

馬に鞍をつけると、わたしたち三人は焚き火を囲んで腰を下ろした。

「火は消したほうがいいかもしれない」《炎の編み機》に気づかれないように、火のそばでは魔法を使わないようにしていた。

ムーンマンが焚き火に水をかけた。灰色の煙が立ちのぼる。

「イレーナ、魔力の糸を引き寄せてくれ。あとはわたしがやる」ムーンマンが言った。

わたしは神経を集中し、魔力の糸を集めた。ムーンマンがその糸を引き寄せ、周囲に張り巡らす網を織り始める。やつれて陰気なタウノの表情は、彼の不安を物語っていた。魔力を持たないタウノには、周囲にできていく防御の網が見えないからだ。

防御網が織り上がった。わたしは疲れ果て、魔力の源泉との接続を切った。一方、防御網は魔力の補給が切れてからも、魔法の力で生き生きと脈打っている。

どうして網に魔力が留まっているのだろう。これまでの経験では、魔力は使うのをやめたとたんに消えた。キキやアイリスとは心の中で話せるけれど、それ以外は、誰かを治療するときも、意識を飛ばすときも、毎回意識的に魔力を源泉から引いてこなければならない。なのにサンドシード族は、防御魔法のようななかなか消えない魔法をかけることができるのだ。

ふと、ヴァレクの部屋に飾られた刀を思い出した。ヴァレクがイクシア国王を暗殺したとき、国王はヴァレクの手が永遠に自らの血で赤く染まるよう呪いをかけた。だがヴァレクには魔法に耐性があるため、呪いは刀のほうにかけられたのだ。だからあの刀は、国王が殺された日以来ずっと真っ赤な血でべっとり濡れている。

防御網はなぜ魔力を持ち続けるのか、ムーンマンに訊いてみた。

「魔力は普通、われわれの身体を通過するだけだ。だが、ときには循環させて魔力の源泉に戻すこともできる。簡単なことではないが、おまえに魔力の糸を引き出してもらえば、わたしのほうは、糸を編み、魔力の源泉に戻すことだけにエネルギーを使える。一方、アヴィビアン平原やサンドシード族を守るような大規模な防御は……」感情がこみ上げたらしく、言葉が途切れた。目を閉じて悲しみをこらえてから、ムーンマンはふたたび話し始めた。「魔力の巨大循環を作るには多くの魔術師の力がいるが、効果は長期間持続する。今わたしが作った防御魔法は数時間で消えてしまうが、馬たちを休ませるには十分だ」

「それで、そのあとは？」と尋ねると、ムーンマンに見つめ返された。おまえが司令塔だとリーフに言われたことを思い出し、続きは自分で答えた。「平原を出て城塞に行き、ダニのことを議会に報告する」

「おそらく議会は先刻承知だろう。逃げ延びたサンドシード族たちは城塞に向かったはずだからな」ムーンマンの表情が険しくなる。「逃げ延びた者がいれば、の話だが」

馬たちの体力が回復するのを待つのは、ひと苦労だった。防御網は、わたしたちを捜すダニの魔力がぶつかるたびにぴかっと光る。網のおかげで見つからずにすんでいたが、魔力がぶつかるたび、網は弱くなっていく。

わたしの中では、早く逃げたい気持ちと眠気が闘っていた。ダニが襲ってきたときに備えて起きていようと思ったのにうとうとしてしまい、気づくと空は朝日で明るくなっていた。

夜明け前の数時間の休憩で、馬たちはすっかり体力を取り戻した。ふたたび馬に乗り、北西の方角へ急ぐ。そのあとは休むたび、ダニの魔法がわたしたちを見つけていないかムーンマンが探り、わたしも意識を飛ばして彼らの姿がないか確認した。先を急ぐあまり、わたしたちは素人のわたしでさえわかるような足跡を残していた。

あと二時間でアヴィビアン平原の境界というところまで来ると、少し長めの休憩をとった。ダニを撒いたようだとムーンマンが宣言した。確かに彼らの気配を近くには感じない。十五日間ともに旅をしてきたわたしたちは、ダヴィーアン族の脅威にさらされていてもなお、各自淡々とそれぞれの仕事をこなした。わたしが馬にブラシをかけ終え、世話をすべてすませるころには、兎シチューのいい匂いが漂ってきた。

鍋の傍らにはタウノが座っていた。重い荷物を背負っているかのように背中を丸め、じっと地面に目を落としている。そういえば、昨日から二言三言しか話していない。自分が案内した野営地で襲撃されたことを気に病んでいるに違いない。彼と話をしようかと考えたが、ムーンマンが相手のほうが話しやすいだろうと思い直した。ムーンマンがタウノの《物語の紡ぎ手》なのだろうか。サンドシード族には全員それぞれに、人生の道筋を示し、忠告を与えてくれる紡ぎ手がいる。

あたりを見回し、薪集めに出たムーンマンの姿がないのに気がついた。だが焚き火の傍らには、彼が集めてきた木の枝が積み上げられている。「タウノ、ムーンマンはどこ?」

タウノはうつむいたまま答えた。「影の世界に呼ばれていきました」

「呼ばれていった？　ダニの襲撃を生き延びた紡ぎ手がほかにもいるってこと？」

「本人に訊いてください」

「いつ戻ってくるの？」

それ以上答えは返ってこず、業を煮やしてあたりを捜したが、見つかったのは脱ぎ捨てられたムーンマンの服だけだ。焚き火に戻ろうと歩きだしたところで、ムーンマンと鉢合わせた。

驚いて、思わず飛びのいた。転びそうになったわたしの腕をムーンマンが掴んだ。

「どこにいたの？」

ムーンマンが鋭い目でこちらを見る。その茶色の瞳には、青い炎が揺れている。身じろぎしようとしたが、彼は掴んだわたしの腕を放さない。

「みな死んでしまった」淡々とした声が返ってきた。「《物語の紡ぎ手》たちも、サンドシード族の者たちも。彼らの霊魂は、影の世界にいる」

わたしの腕を掴む手に力がこもった。「痛い――」

「おまえなら彼らを助けられる」

「でも、わたしは――」

「なんと身勝手な娘だ。おまえは自分の魔力を使うことより、失うことを望んでいる。このままではいずれそうなるぞ。そしておまえは、ほかの者の奴隷になる」

頬をぴしゃりと平手で叩かれた気がした。「でも、魔力ならずっと使ってきたわ」

「治療など誰にだってできる。おまえは自分の本当の力に背を向けている。そのせいでほかの者たちが苦しんでいるというのに」

厳しい言葉に傷つき、腕を振りほどこうとしたが、ムーンマンは放そうとしない。ムーンマンに怪我をさせないように、わたしは彼の心の中に意識を滑りこませた。太い灰色の魔力のロープが彼を囲んでいた。ムーンマンはまだ影の世界に囚《とら》われている。彼をそこから切り離そうとしたが、どうしてもできない。

「影の世界が呼んでいる」

ムーンマンの姿が薄れ、わたしの身体も半透明になっていく。わたしを、魔力を使えない場所に連れていこうとしているのだ。

ポケットに手を突っこむと、飛び出しナイフを取り出してぱちんと刃を出し、ムーンマンの腹を横ざまに切りつけた。彼は激しく身震いしてわたしの腕を放した。そのまま地面に崩れ落ち、横向きに倒れて身体を丸める。

わたしは動かなくなったムーンマンを見つめた。灰色の魔力は消えていたが、彼の精神状態はわからない。ショックと悲しみが大きすぎたのだろう。まさかムーンマンがこんなふうになるなんて。これまで、冷静沈着の権化みたいだったのに。

ムーンマンの傍らにひざまずき、魔力をたぐり寄せ、傷ついた腹部に神経を集中した。

傷口が赤い光を放って息づき、わたしの腹部にひと筋の痛みが走る。地面にうずくまり、魔力で傷を治していく。

治療が終わると、ムーンマンがわたしの手を掴んだ。引き抜こうとしたが、さらに強く握られた。

首を刎ねられた人々の姿がいきなり頭の中に現れ、びくっとした。腐った死体の匂いをまとって押し寄せてきた彼らがわたしを取り巻き、報復をと訴える。さらに、今度は大勢の人々が虐殺される光景があふれだした。砂地に血が染みこみ、体液が焦げる匂いと死臭が鼻を刺す。バラバラにされた死体は無造作に捨て置かれ、あとはハゲワシの餌食になるばかりだ。

ムーンマンが起き直り、わたしを見据えた。

「これを影の世界で見たの？」

「そうだ」身の毛もよだつ光景が蘇ったのか、ムーンマンの目に恐怖が満ちた。

「その記憶、わたしに渡して」ムーンマンがためらうのがわかった。「絶対に忘れないから」

「彼らを救ってくれるか？」

「あなたは救えないの？」

「わたしが救えるのは生きている者だけだ」

「じゃあ、助ける方法を教えて。それともまた謎めいた言葉で煙に巻くだけ?」

「おまえには学ぶ気持ちがない。自分を取り巻くものを見ようとしない」

「質問に答えてないわ」

辛そうにムーンマンの表情が歪み、目の光が鈍くなった。一族が舐《な》めた苦しみの記憶を抱えている限り、彼は今後自身の力を発揮できないだろう。

「記憶を渡して。彼らを救う努力はする。でも、今はできない」やらなくてはいけない頭の中のリストに、サンドシード族の死者の鎮魂という項目を付け加えた。《炎の編み機》と決着がついたあとでなら、これぐらいきっと楽勝だと自分に言い聞かせながら。

ムーンマンは、その恐ろしい光景から受けた心の動揺を解き放った。彼は生涯あの光景を忘れられないだろう。だがもう二度と、その記憶で苦しむことはないはずだ。わたしは彼の悲しみ、罪悪感、苦悩をすべて自分の霊魂に集めた。おびただしい数の人が殺され、多くの血が流れた。それもダニの魔力を強めるためだけに。多くの死。あまりにも多くの。どうすれば彼らの霊魂を慰められるだろう? ダニが魔力を増強するのを食い止めることがひとつ。でも、もしやつらがまた同じことをしたら? いっそ魔力の毛布を破壊して、誰も魔法を使えなくしたらどうか。可能かどうかもわからない、やけくそな手段だ。

ムーンマンがわたしの手を放して立ち上がった。

「さっき言っていた、わたしの未来の話は本当?」と尋ねてみた。

「そうだ。おまえは誰かの奴隷になる」彼はそう言い捨てると、焚き火のところに戻った。

わたしたちは無言でシチューを食べた。荷造りして馬に乗り、アヴィビアン平原の境界へ急ぐ。平原とグリーンブレイド族領を分ける道まで来ると、進路を城塞のある北に変え、馬のペースを緩めた。時間も遅く、道を行き交う人もいない。

平原を出たのでやや安心したが、それでも日暮れ前にもう少し馬を進めておきたかった。


それからの三日間は長かった。わたしたちはほとんど言葉を交わさず、気まずい沈黙の中、城塞への旅を続けた。わたしの未来を予言したムーンマンの言葉が頭の中でぐるぐる回り、甲高い悲鳴のように神経を逆撫でする。いつ誰がわたしを奴隷にするのか知りたかったが、どうせムーンマンは謎めいたことしか言わないし、その意味を解き明かせるほどこちらも賢くはない。北に行くにつれ、空気は冷たく湿りだした。そして夜にはついに激しい霙《みぞれ》となり、馬上の旅は悲惨なものになった。

三日目、城塞の白い大理石の壁が見えると、わたしはキキを全速力で走らせた。十八日間も養成所を留守にしていたのだ。どんな質問にもすがすがしいくらい率直に答えてくれるわたしの本来の指導者アイリスや、養成所の友人たちに早く会いたくてたまらない。

城塞の南門を抜けると、馬を歩かせて通りを進んだ。歩道のあちこちに霙まじりのぬかるみができ、断続的に降る雨の中、人々は足早に先を急いでいる。建ち並ぶ大理石の建物は灰色の雨で陰鬱に沈み、あたりにはそぼ降る雨に濡れた毛織物の匂いが漂っていた。そのまま城塞の南東部、官庁街の一画にある議事堂に向かう。

〝おうち？〟キキはうれしそうに魔術師養成所の四つの塔を見やった。

〝もうすぐよ。とりあえずここで休憩して〟と答える。建物の裏には議員用の厩舎がある。〝ここなら雨に濡れないから〟キキとガーネットを厩舎に入れると、わたしたちは議事堂に入った。

議会はちょうど閉会したところだから、議員たちが帰る前に議場に行くようにと衛兵に告げられた。議場では、アイリスが第二魔術師範のベイン・ブラッドグッドと話していた。三々五々集まった議員や補佐官たちの話し声が室内を満たしている。刺々しい口調や張り上げた声から議論が順調ではないのを感じ、どことなく漂う不安がわたしの肌を撫でた。

ムーンマンとタウノはまっすぐに一族の議員ハルン・サンドシードに近づいていった。一族同士の話の邪魔をしないよう控えていると、そこにアイリスが足早に近づいてきた。いつもどおり厳格な第四魔術師範の表情だが、なんとなく心配そうだ。そっと周囲の議員に目を走らせると、アイリスの心配の理由がわかった。

あろうことかカーヒルが、ローズ・フェザーストーンともうひとりの議員と一緒にいた。カーヒルはわが物顔で陽気に笑い、彼らと談笑していた。

16

カーヒルに詰め寄ろうと、そちらに近づいた。殺人犯の逃亡を幇助《ほうじょ》した罪で地下牢にぶちこまれているべき人間が議場の真ん中でローズと立ち話しているとは、どういうことだろう。そのとき、周囲にダニが何人かいるのに気づき、さらに警戒した。でもアイリスの思惑は違ったらしく、わたしの腕を掴むと脇に引っぱっていった。

「今はだめだ」とわたしをたしなめる。

「どういうことですか？」

アイリスは室内に目を走らせた。議員が何人か、こちらの声が聞こえる距離にいるのを見て、心の中の会話に切り替える。〝カーヒルは、自分はこれまでずっと極秘任務で動いていたと主張している。ファードを逃がしたのは自分ではない、と〟

〝そんな戯言《たわごと》、どうして信じるんです？〟

〝ローズがやつの話を裏づけている〟

衝撃が全身を貫いた。聞き違いであってほしいと祈ったが、アイリスの表情は険しいままだ。

〝それだけじゃない〟とアイリスは続けた。〝カーヒルは、ファードに協力していたマロックを捕まえて尋問し、ファードがほかの連中と落ちあおうとしていたことを突き止めたそうだ。そこでやつらの企みを暴こうと、ファードを追跡したと言っている〟

〝そんなのばかげてます。生みの親のことを聞き出すためにカーヒルがマロックを拷問したのは明白なのに〟

〝今のところ、マロックとカーヒルの言い分は完全に食い違い、誰がファードを逃がしたかを証明する手立てはない。もうファードを尋問することはできないから、なおさらだ〟アイリスは眉をひそめた。〝おまえのしたことについてはあとで話そう。だが、ファードの心から何を読み取ったにしても、それを証拠として使うことはできないぞ〟

〝どうしてですか？〟

〝《霊魂の盗びと》に特別な感情を持つおまえの証言は公平性に欠ける〟わたしが言い返そうとしているのに気づき、アイリスはすぐに続けた。〝もちろんそんなことはないとわかっている。だが、おまえがファードに何をしたか議会が知れば、《霊魂の探しびと》であるおまえへの恐れを裏づけ、ローズの警告が正しかったと証明される〟

ため息が漏れた。そしてわたし自身の恐れも裏づけられる。〝ファードはどこに？〟

〝城塞の牢屋で、議会が処遇を決定するのを待っている。いっそ処刑になったほうが本人には楽だろう〟

アイリスの非難が胸に刺さり、罪悪感がこみ上げた。とりあえずファードの件は脇に置き、カーヒルのことだけを考える。議会にカーヒルの正体を知らせる方法が、何かあるはずだ。〝マロックは？　彼はどう言っているんです？〟

〝尋問を受けているところだ。自分はファードを逃がしていない、逃がす動機もないと主張している。だがカーヒルは、自分の部下を支配下に置くためにマロックがファードを逃がし、その罪を自分に着せようとしていると主張している。そのうえマロックの言ったことは大嘘で、自分には本当に王家の血が流れている、とも〟

驚きで眩暈がした。ひどい屁理屈だ。〝では、カーヒルはなぜファードに同行したんですか？〟

〝囮作戦だったそうだ。ファードに追いつき、自分も彼らの計画に加わりたいと信じこませた。そうして旅する間にダヴィーアン人を寝返らせたのだそうだ〟アイリスは議場にいるダニたちを身振りで示した。

〝ダニが血の魔術や《炎の編み機》を使っていることは話しましたか？〟

〝いや。リーフは言おうとしたがな。カーヒルの主張は嘘だとリーフは訴えた。だが議員の多くは、リーフの話は大げさだと考えた。何事についても悪い面ばかりを見ると言われるリーフの評判が仇《あだ》になった〟

〝ダニの陰謀について、カーヒルは何か言っていましたか?〟訊いてはみたが、答えを聞きたくなくて、無意識に身体を硬くした。

〝カーヒルの話では、ダヴィーアンの指導者たちはイクシアの最高司令官と手を結んでいるそうだ。彼らはシティアの議会を潰して魔術師範も殺害したあと、混乱に乗じて、イクシアと戦うなら協力するとシティアに持ちかけるつもりだという。だが結局は戦争にならず、シティアを独裁国家に変えることが目的らしい〟

それは、最高司令官が政権を奪取してからずっとシティア議会が恐れていたことだ。さらに、イクシアの大使が訪問した際に生まれた反感によって、議会はカーヒルの嘘を信じやすくなっていたのだろう。こうなると、イクシアの最高司令官に気を許すなというローズの議会への警告も正当に見えてくる。一方わたしには、反論したくても根拠が何もない。

〝わたしの修行はどうなるんですか?〟と訊いてみた。

アイリスは不機嫌そうな顔をさらにしかめた。〝議会はこの一連の事件へのおまえの関与をどう評価するか、ローズに一任した。おまえがシティアの脅威となるかの判断も〟

〝それが公平でしょうね。わたしにも意見を言う権利はあるんですか?〟

〝いや、ない。だが、ほかの魔術師範たちも証人として同席する。わたし以外の全員だ。おまえと親しいわたしは、客観性に欠けるとしてはずされた〟

ハルン族長との話を終えたムーンマンとタウノがこちらに近づいてくるのが見えた。

〝サンドシード族の大虐殺については聞きましたか?〟アイリスに訊いた。

〝ああ。恐ろしい話だ。それが、ダヴィーアン族の脅威を訴えるカーヒルの言葉をさらに裏づけてしまったんだ。議会はシティアの軍隊に、戦いの準備をさせている〟

アイリスはわたしの目に浮かんだ問いを読み取って付け足した。

〝ダヴィーアン族、そしてイクシアとの戦いだ〟

結局、わたしは連絡官として何の役にも立たなかったわけだ。シティアとイクシアの戦いこそ、何としても避けたかったことなのに。だが、ダニたちには何か別の企みがあるはずだ。最高司令官がやつらと組むことなどあり得ない。ダヴィーアン族は血の魔術を使うが、最高司令官はどんな魔術も許さないからだ。それに最高司令官なら、ダニの協力がなくてもシティアを攻撃できる。でもわたしのこの主張には根拠がない。

ムーンマンとタウノがやってきた。「生き延びたサンドシード族が十人ほどいた」ムーンマンが言った。「城塞にたどりついた彼らは、とりあえずここに滞在している。わたしのほかに生き残った《物語の紡ぎ手》はひとりだけだそうだ。《炎の編み機》の話を聞こうとしていた、あのジェイドだ」

アイリスが口を挟んだ。「あなたは――」

ムーンマンはかまわず話を続けた。「ブラッドグッド魔術師範はエフェに関する本を何冊か持っていると言ったな?」

「ええ」とわたしが答える。

「その本を調べる必要がある。明朝、ジェイドとともに魔術師養成所に行く」それだけ言うと、ムーンマンはきびすを返して行ってしまった。

気まずい気分でその背中を見送る。わたしを影の世界に引きずりこもうとしたあのとき以来、ムーンマンの態度は変わった。まるで、突然わたしに愛想をつかしたかのようだ。

「ずいぶんと愛想がないな」アイリスが言った。

「彼は大変な目に遭ったんです」

「それはおまえも同じはずだ。それより、《炎の編み機》について教えてくれ。リーフは大まかなことしか知らないようだ」

議事堂を出て養成所に戻る道すがら、わたしはこれまでの冒険のすべてをアイリスに報告した。

翌朝、わたしたちはベイン・ブラッドグッドの研究室に集まった。研究室は塔の二階全体を占めていて、書棚でぐるりと囲まれている。細長い窓を挟むように配置されたその書棚には、びっしり書物が並んでいた。部屋の中央には机がひとつと木製の椅子が何脚か、そしてベイン自身と同じぐらい年季の入った肘掛け椅子がひとつ置かれている。室内にはインクのつんとする匂いが漂い、机の天板もベインの指もインクで汚れている。ドアから机に続く三十センチ幅の通路を除く床一面に、本が所狭しと積み上げられていた。

室内の張りつめた空気で肌がぴりぴりする。ムーンマンは大柄な身体を折るようにして、椅子のひとつに腰を下ろしていた。居心地が悪いらしく、すぐにも出ていきたそうに窓の外を見ている。わたしも気持ちは同じだった。わたしにさえ、この部屋はひどく窮屈で息苦しく感じられる。ベインは机に座り、その傍らにはダックス・グリーンブレイドが立っていた。ダックスはベインの弟子で、古文書を読み解く秀でた才能の持ち主だ。ファードを見つけ、ゲルシーを救出できたのも、ダックスの働きがあったからだ。

アイリスは、サンドシード族のもうひとりの《物語の紡ぎ手》ジェイドに、あからさまに嫌悪の目を向けた。ムーンマンと一緒に現れた彼は、わが物顔でずかずかと部屋に入ってきたのだ。大仰に胸をそびやかし、背も実際よりずっと高く見える。アイリスの隣に立って初めて、彼女と同じ百七十センチほどしかないのがわかった。

「そこにある書物はわたしのものだ」とジェイドが言った。

室内はしんとなり、ダックスがわたしを見た。彼の濃い緑の瞳に、信じられないという表情が浮かんでいる。

「わたしの先祖は、血の魔術の知識すべてを消し去るために努力した。なのに、このようなところに……」ジェイドはベインの机の上に置かれた二冊の書物を仕草で示した。「誰でも読めるように放り出されている」

アイリスが答えた。「この言語を読める者が、ブラッドグッド師範とダックス以外にいるとは思えぬが――」

先まで言わせず、ジェイドが続けた。「ふたりもいれば十分だ。たとえひとりでもそれを読み、知識を得て、魔術を試せば大変なことになる。血の魔術はほかの魔術とまったく違う。一度始めたらやめられない」

「ダニはこの書物がなくても血の魔術のことを知ったみたいですけど」わたしは指摘した。「誰かがやつらに教えたに決まっている」

「なぜわかる？」そう言うと、ジェイドは見るからに不審そうにダックスを見た。

ダックスが弁解する前に、わたしはジェイドの前に進み出た。「ここから情報が漏れたわけではありません。それにこの書物はわたしたちの役に立つかもしれない。あなたの先祖のガイヤンがエフェを破ったのなら、きっとここにはダニの血の魔術に対抗する方法や、《炎の編み機》を打ち負かす手段も記されているでしょう」

「それなら、なおさらわたしに渡せ」ジェイドは言い張った。「ダヴィーアン族に対抗する方法はサンドシード族が考える。そもそも、やつらのことはわれわれの問題だ」

「彼らはもはや、あなた方だけの問題ではなくなっている」ベインが言った。「この書物はここに置いておく。学びたいのであれば、われわれとともに学べばいい」

しかしジェイドは主張を曲げず、ベインも譲らない。ついにジェイドは席を蹴って出ていこうとした。途中、わたしの前で立ち止まると、冷ややかな暗褐色の目を向けてきた。

「ガイヤンが《霊魂の探しびと》だったことは知っているか?」と尋ねる。

わたしは驚いて答えた。「いいえ、彼は最初の《物語の紡ぎ手》だと思っていました」

「その両方だったんだ。おまえは《霊魂の探しびと》について何も知らぬようだな」そう言ってムーンマンを睨んだ。「修行がまったくできとらん。わたしなら、どうすれば本物の《霊魂の探しびと》になれるか教えてやれるぞ」

心臓がどきりと跳ね上がった。《霊魂の探しびと》について学べるのはうれしいが、同時に恐ろしくもある。

わたしの迷いにジェイドは気づいたらしい。「こんな書物がなくとも《炎の編み機》に勝てる」

そんなうまい話があるはずはない。「どうせ、謎めいたわけのわからない言葉で指南するつもりでしょう?」

「ふん!」ジェイドはまたも苛立たしげにムーンマンを見た。「そんなことをしている暇はない。どうだ、興味はあるか?」

わたしの中で理性と感情がせめぎあった。「はい」感情が理性に勝った。

「よろしい。城塞の客室棟に滞在しているから、夜に来なさい。そのころには月も昇っているはずだ」そう言ってジェイドはすたすたと部屋を出ていった。ムーンマンがそれに続く。

アイリスがこちらを見て、細い眉を片方吊《つ》り上げた。「そんなことは――」

「それが一番だと思います」アイリスの言葉を遮った。「とにかくできることをして、最善の結果が出るように祈るしかありません」

アイリスはチュニックの袖の皺を伸ばし、わたしを見て顔をしかめた。「いや、あの男は信用できない」

ローズの塔の外で、わたしは迷っていた。ローズ、ベイン、ジトーラと会う予定だったが、これは罠かもしれない。じつはシティアに陰謀を企てていましたとローズに言わされるか、それともわたしの汚名をそそぐチャンスとなるか。

いずれにせよ、選択肢があるのはいいことだ。

ベインがドアを開けた。「さあ、お入り。外は寒いだろう」

覚悟を決め、ベインに続いてローズの塔に入った。暖炉では、薪のはぜる音と火花を盛大に放ちながら、炎が赤々と燃えていた。もしローズが跳ねた燃えさしをその都度魔法で消さなければ、擦り切れた絨毯はきっと焼け焦げだらけだろう。先日の炎による攻撃が頭に焼きついていたので、暖炉からもローズからもできるだけ遠い木の椅子に腰を下ろした。

質実剛健で余計なものが何もないその部屋は、アイリスの居間の快適さもなければ、べインの研究室に漂う学問の香りもなかった。第三魔術師範のジトーラは、クッションなしの簡素な木の椅子に浅くかけていた。視線は、膝の上で組んだ自分の手に落としたままだ。ベインは、その部屋で唯一座り心地のいい椅子に座っていた。擦り切れた椅子の張地は、ぱんぱんに入った詰め物と、ベインを見るローズの不機嫌な視線で、今にも張り裂けそうだ。ローズのお気に入りの椅子に違いない。

「さっさとすませましょう」わたしは気まずい沈黙を破った。

「緊張しているのか？」ローズが尋ねる。

「いいえ。でも、あとで人と会う約束があるんです。その前に髪を洗いたいので」

ローズが大きく息を吸う。

「まあ、落ち着きたまえ。ただでさえ面倒な事態になっているのだから」ベインが割って入った。「意見の相違はひとまず忘れ、状況を整理しようじゃないか」

驚いたことにローズは何も言わず、硬い表情でベインに頷いてみせた。ベインがローブの皺を伸ばし、続ける。「イレーナ、君はファードの霊魂をずたずたにした」

「わたしは――」

「わしの話を最後まで聞きなさい」

その厳しい口調に、総毛立った。ベインはこの部屋で二番目に力のある魔術師だ。「はい」

「議会では、君の軽率な行動に不信感が広がっている。ひとつ、君は議会の許可を得ずに行動した。ふたつ、霊魂を引き裂く力がある君に、わしをはじめとする議員たちは不安を覚えている。君は議会の信用を失った。よって、君がファードを通じて突き止めた情報は無効となった」

ジトーラと目を合わせようとしたが、彼女はこちらを見ようとしない。

「従って、この新たなダヴィーアン族の脅威にわれわれが対処する間、君はシティアのことにかかわってはならない。君がジェイドと自らの能力を模索することにはローズも同意した。君がわれわれに協力する方法については、今後あらためて検討する」ベインは仕草でわたしに意見を促した。

出かかった抗議の言葉をのみこみ、急いで理性的に考えをまとめた。魔術師範たちはわたしを尋問したいわけではなく、ただ指図したいのだ。

「カーヒルのことは？　まさか彼を信じてはいませんよね？」わたしはベインに訴えた。

「あの男が嘘をついているという証拠はない。それに、ローズは彼を支持している」

「カーヒルは常に自分のことしか考えない」ローズが言った。「やつが求めるのはイクシアの王座のみ。だが、シティアを滅ぼそうとするダヴィーアン族に味方をしては、その望みに矛盾する。カーヒルが兵を挙げてイクシアを取り戻すには、われわれの支援が不可欠だ。そして、この国に内戦が起きれば、われわれもやつを支援するどころではなくなる」

怒りを向けられるより、理路整然と説明されるほうが恐ろしかった。「では、《炎の編み機》については？」

暖炉から真っ赤な火の玉が吹き上がり、わたしたちの頭上に浮かんだ。わたしは目を細めて、その強い光を睨んだ。炎から発散される熱が顔を焦がす。すると、ローズが指を曲げて拳を作った。たちまち火の玉がすっと消える。それから彼女は握った手を開き、今度は暖炉の火を消す仕草をした。暖炉の炎が消え、室内に冷たい薄暗がりが広がった。

「イレーナ、わたしが第一魔術師範と呼ばれるのには理由がある。火を扱えること、それがわたしの一番の能力だ。おまえが《炎の編み機》の心配をする必要はない。このわたしが対処する」炎が息を吹き返し、暖炉はふたたび熱を放ち始めた。「わたしがダヴィーアンや《炎の編み機》にシティアをおめおめと渡すと思うのか？　やつらがわが国のことをまともに考えるわけがない。やつらに支配権を握らせないためなら何でもする。そのためなら、おまえを《炎の編み機》からだって守るさ」

その言葉を聞き、本気で怖くなった。「本当はわたしに死んでほしいんですね」

「そのとおり。おまえはシティアにとって脅威だ。だが、その証拠がない。故におまえを処刑したくとも、議会の支持を取りつけることができない。しかしひとたび証拠を手に入れれば、おまえの命はわたしのものだ」

このほうがずっと、わたしが嫌いなローズらしい。わたしたちは睨みあった。

ベインがゴホンと咳払いをした。「イレーナよ、議会の指示に従い、ジェイド・サンドシードのもとで自らの能力について学ぶように。そうすればいずれ議会の信頼も取り戻せる」

自分の能力については、ずっと知りたいと思ってきた。もうファードを恐れる必要はないし、議会もダヴィーアンのことを知った。それでも議会がカーヒルを信じるというのなら、勝手にしたらいい。最高司令官の軍隊はきっとカーヒルを打ち破るだろう。戦いは避けたかったけれど、議会に意見する力はわたしにはない。それなら、今は自分のことだけを考えて政治からは距離を置き、能力の開発に集中してもいいのでは？

わたしはベインの言葉に頷いた。少しはほっとしていたが、疑問は消えなかった。おまえは奴隷になる――そう言ったムーンマンの言葉が頭の中で何度もこだました。

ローズの塔を出たあと、養成所のアイリスの塔にある自分の住まいに戻った。十階建てのアイリスの塔のうち、こうして三階分を使わせてもらっている。

心配と不安と苛立ちに苛まれながら、のろのろと階段を上がった。《炎の編み機》には自分が対処すると豪語したローズの言葉が真実であってほしかった。ベインのエフェの書物には、魔法のシンボルや血の儀式についての説明はあったけれど、対抗手段は書かれていない。そのうえ、《炎の編み機》については何も触れていなかったのだ。

ダックスは書物の翻訳をほとんど終えたが、まだ数章分残っていた。今日の午後はその翻訳に取り組むという。じつは、ダックスから聞いたゲルシーの様子も気になっていた。すんでのところでファードの計画を阻止し、彼女を蘇生《そせい》させ、霊魂を身体に戻したのだ。ベインのもうひとりの弟子ゲルシーは、ファードの最後の被害者だった。すんでのところ

ゲルシーの様子を尋ねたとき、ダックスの答えが煮えきらず、わたしは問いたださずにはいられなかった。

「じつはさ」ダックスが答えた。「あいつ、前とは違うんだ」

「違うってどんなふうに？」

「きつくなった。それに、暗い」お手上げだと言うようにダックスはかぶりを振った。「生きていることがつまらなくなったみたいだ。むしろ死ぬことばかり考えてる。うまくは言えないんだけどね。今は、ブラッドグッド師範がゲルシーから話を聞いてる。これが一時的なもので……」ダックスは肩をすくめた。「そのうち元に戻ればいいんだけど。よかったら、ゲルシーと話してみてくれないか？」

考えてみると、わたしはこれまでに、ふたりの霊魂をすでに息絶えた身体に戻していた。ゲルシーとストノだ。でもその後、ふたりとも人が変わってしまった。

彼らの霊魂を捕まえたとき、わたしが何かしてしまったのだろうか？　ジェイドが《霊魂の探しびと》について何を教えてくれるのか、だんだん心配になってきた。

不安に胸をざわつかせながら、この間ローズがわたしに見せつけた、炎のわたしがでく人形の軍隊を作っていく様子を思い出した。ゲルシーやストノがあれと同じだとは思わないけれど、殺しの依頼ならいつでもどうぞ、とストノが口にした言葉が蘇る。

そんな気味の悪いことを考えているうちに、部屋に着いた。三階分使わせてもらっているとはいえ、家具は一階分を埋める程度しかない。衣装簞笥に机、ベッドとナイトテーブルを置いた円形の部屋は、がらんとしていた。時間ができたら買い物に行かなければ。でも今は、カーテン探しよりも霊魂を探すのが先だ。すべて片がついたら、一時間で室内装飾をやってのける全能の〝カーテンの探しびと〟になろう。そんなことを考えて、思わずくすりと笑った。

「何がそんなにおかしい？」背後から、心をとろかせる懐かしい声が聞こえた。

ヴァレクだ。まるで毎日ここに来ているみたいに何気ない様子で腕組みし、戸口に寄りかかっていた。灰色のチュニックにズボンという養成所の使用人の身なりで変装している。

「カーテンのことを考えていたの」ヴァレクに歩み寄った。

「カーテンがおかしいのか？」

「ほかの面倒事と比べたら、そう、カーテンはずっと楽しい。でも今日一日、この一週間、ううん、この季節の間に起きた中で一番うれしい出来事は、あなたが来てくれたこと」二歩でヴァレクの腕の中に収まる。

「今日、わたしが聞いた最高の歓迎の言葉だな」

なぜヴァレクがここに来たかはわからない。ヴァレクはどんな建物にでも忍びこめる能力を持つ、シティアが最も恐れる男だった。そのうえ魔法耐性があり、魔術師範たちさえ恐れている。シティアにとってヴァレクは、最高司令官が持つ最強の武器なのだ。

「ここにいるのは、わたしが喜ぶような理由？」

「いや、違う」

わたしはため息をついた。「でも、聞いておいたほうがいい？」

「ああ。だが、今はだめだ」かがみこんできたヴァレクの唇がわたしの唇に重なり、もうヴァレクがここにいる理由などどうでもよくなった。

窓から射しこむ夕陽で目覚めた。ジェイドと会う約束があったのを思い出し、ヴァレクを揺すって起こす。室内の空気は冷たく、わたしたちは毛布の下で身を寄せあった。

起き上がろうと、ヴァレクが身じろいだ。「火を熾そう――」

「だめ！」慌ててその腕を掴んだ。

ヴァレクが心配そうにこちらを見る。濃いサファイア色の瞳と白い肌のコントラストに、思わず目を奪われた。「また、肌を浅黒く塗り直さないとね」そう言って、ヴァレクの額にかかる黒髪を払った。

ヴァレクがわたしの手を握る。「話を変えようとしたな。なぜ火を熾したくないか話してくれ」

「あなたがどうしてここにいるか教えてくれるなら」と言い返す。

「わかった」

そこで、カーヒル、ファード、そして《炎の編み機》に関する一連の出来事を話した。

「最高司令官がダニどもと組むなど、ばかばかしくて話にならん」考えこむようにヴァレクがつぶやいた。「じゃあ国王気取りのあの男は、自分の本当の出自については知らぬふりを通すことにしたわけか。少なくともやつに議会を騙《だま》す力があることは認めてやろう」

「議会全体ってわけじゃないわ。アイリスはカーヒルの話を信じていないし、ほかにも疑っている人はいるはず」空気を追い散らすように手を振った。「どっちでも、わたしには関係ない。聞き分けのいい生徒になって、余計な口出しはしないように言われてるの」

ヴァレクがふんと鼻を鳴らした。「まさか、君が言いなりに？」

「はい、そうします、と答えたから」

ヴァレクは腹を抱えて大笑いした。「君が？　手を引く？」そこで息を整えた。「最高司令官の毒見役になって以来、いつだって厄介事のど真ん中にいたじゃないか。君は、見て見ぬふりなどできない」

「今回は別。それに前は選択肢がなかっただけ」

「へえ？　じゃあ、今回はあるのか？」

「ええ。ダニのことは議会に任せる。わたしは厄介事にかかわらない」

「だが、議会がダニに対抗できないことはわかっているはずだ」

「でも議会は、わたしの助けはいらないと言っている」

ヴァレクが真面目な顔になり、目がぎらりと光った。「ダニどもが勝ったらどうする？」

「そのときはイクシアのあなたのところに行く」

「両親はどうするんだ？　リーフは？　ムーンマンは？　アイリスはどうする？　彼らも君と一緒に来ると思うか？　それに、例の血の魔術を使う者たちが君を追ってイクシアに来たらどうなる？　そのとき君にはどんな選択肢がある？」ヴァレクはじっとわたしを見つめた。「《炎の編み機》が怖いからといって何もしないのは――」

むっとして言い返す。「怖いからじゃない、議会に止められているの」それに、家族のことは考えたくなかった。みな立派な大人で、自分の面倒は自分で見られるはずだ。

じゃあなぜ罪悪感に心が痛み、疑念で胸が締めつけられるのだろう？

「君の側についている議員も何人かいる、と今言ったじゃないか。議員たちが今夜マロックの証言を聞けば、国王気取りのカーヒルに関する君の言葉も信じるはずだ」

「どうして今夜マロックが証言することを知ってるの？」マロックの件は、わたしも今朝アイリスから聞いたばかりだ。証人喚問にはわたしも出席したいと言ったが、出席できるのは議員だけだと断られた。

「使用人たちの噂話だ。彼らの情報網は、熟練の密偵を束にしてもかなわない」そしていつものように、さらりと付け加えた。「証人喚問の様子は、今夜教える」

「信じられない！　議会は非公開よ。そんなところに忍びこもうとするなんて、あなたぐらいね」

「わたしがどういう人間かは、よく知っているはずだ」

「そうね。無茶が大好きなうえに、自惚れ屋」

ヴァレクはにやりと笑った。「自惚れとは違う。人間、ある程度の自信は必要というだけだ。特にわたしのような職務に就いていると」そこでふたたび真面目な顔になった。

「君のような職務でも、ね」

その言外の意味は無視した。「職務といえば、さっき約束したわよね。あなたがここにいる理由を教えて」

ヴァレクはその答えを考えるふりをしながら、大きく伸びをしてあくびをした。

「ヴァレク！」これ以上焦《じ》らしたら、脇腹をこづいてやろう。「さっさと教えて」

「最高司令官に行けと命じられた」

「どうして？」

「シティア議会を潰すためだ」

17

口をぽかんと開け、ヴァレクをまじまじと見た。今、イクシアが議会を潰せば、ダニを助け、カーヒルの主張を裏づけることになる。「まさかそんな――」

「もちろんそんなことはしない。今はその時期ではないからな。最高司令官のこの決断は、ダニどもがシティアに現れる前のものだ。今回の任務では、ある程度、臨機応変な対応が許されている。そのためにもまずわれわれは現状を把握しなければならない。今夜の議会で、重要な情報がわかるかもしれない」

「われわれ？」

「そう、われわれだ」

わたしはため息をついた。またも魔術師範や議会の命令に背いて、シティアの問題に首をつっこむはめになる。そもそも、議会の決定にわたしが心から賛同できる日など来るのだろうか？　あるいは、わたしは中立の立場を装っているだけで、心の奥底ではイクシア人なのか？　ジェイドから教えを受ければ、何かわかるかもしれない。今のわたしには知識だけでなく、指導も必要だ。

今夜また部屋で会おうと約束し、ヴァレクは出ていった。

胸に渦巻く濃い霧のような不安を感じながら、着替えて城塞の客室棟に向かった。日が傾くにつれ、空に浮かぶわずかな雲の色が暗く濃くなっていく。通りは、一日の仕事を終えようとする人々のざわめきで満ちていた。街灯点灯夫たちが町中の街灯に次々と火を入れ、そのおかげで大通りは明るくなるが、裏通りは暗いままだ。

通りをわが物顔でぞろ歩く多くのダニとすれ違ううち、不安はどんどん大きくなった。彼らの視線を避けながら、なぜ議会はカーヒルの言葉を鵜呑《うの》みにするのか考える。きっと《編み機》たちが魔術で議員たちを操っているに違いない。

城塞の客室棟は議事堂の裏手、厩舎の隣にあり、多くの部屋が並ぶ二階建ての建物だ。ジェイドの部屋はどこだろうと薄暗がりの中で目を凝らすと、入口の脇の影が動き、ムーンマンが姿を現した。「こっちだ」

その顔には何の感情も窺えない。いつもの茶目っ気も、目にひらめくいたずらな光も、今はすっかり消えていた。昔のムーンマンが恋しくてたまらない。

「ムーンマン、わたし――」

「ジェイドを待たせてはいけない」感情のない声でたしなめられた。「おまえの《物語の紡ぎ手》が待っている」

そう言ってわたしを室内に誘い、扉を閉めて鍵をかける。すると、オーブンの中に入ったみたいに、熱が押し寄せてきた。暖炉では火が盛大に燃え、居間を明るく照らしている。家具はすべて壁際に押しやられていた。ジェイドは暖炉の前の敷物に胡坐をかいて座っていた。何人かのサンドシード族も部屋の中央に座っている。

「ここに座れ」ジェイドは自分の前の敷物を指さした。

わたしはためらった。

「おまえは《霊魂の探しびと》だ。火を恐れるな。座らなければ何も学ぶことはできぬ」

外套を脱ぎ、背嚢を下ろして戸口の傍らに置いた。ボウを取り出したかったがやめておき、ジェイドと同じように床に座った。彼の丸い顔から汗が滴り落ちていた。火影の中、その肌は真っ黒に見える。光のいたずらで、むき出しの腕にある傷と渾然一体《こんぜんいったい》となった精緻な刺青が浮かび上がった。驚いて瞬きをしたとたん、その模様は消えた。

「《霊魂の探しびと》であるおまえは、霊魂を調べることも、それをねじることも、捕らえることも、ふたたび身体に戻してやることもできる。また、自らの霊魂をほかの者に送ったり、自分の霊魂をよその世界に飛ばし、無傷で戻ってくることもできる」とジェイドは言った。

「よその世界？」

「炎の世界、空、そして影の世界だ。影の世界についてはムーンマンから聞いているな。

月光が影の世界の入口だ。空は、われわれの霊魂が最後に休息する場所。そして炎の世界は黄泉の国《アンダーワールド》とも呼ばれている。なぜそこが黄泉の国なのかはわたしにもわからん。だが、その場所こそが《炎の編み機》の住む場所。おまえが行かねばならぬ場所だ」

「どうして？　なぜわたしでなければいけないんです？」

ジェイドが、がっかりしたと言わんばかりに肩を落とす。「おまえは《霊魂の探しびと》ではないか。そこに《炎の編み機》の霊魂があるからだ」

室内は異常に熱く、肌が焼かれるようだった。シャツが背中に張りつく。「どうすればそこに行けるんですか？」

「火を通り抜けるんだ」わたしが答えずにいると、ジェイドはそのまま続けた。「その世界に入り、無事に戻ってこられるのはおまえだけだ。《編み機》たちは、キラカワの儀式で得た霊魂を《炎の編み機》に与えている。そうやってやつの魔力は強くなるのだ」

暖炉の炎が激しく瞬いたかと思うと、みるみる膨れ上がって人間ほどの大きさになった。驚いてジェイドを見たが、彼は落ち着き払っている。

「やつはおまえを待っている。行ってくるがいい」

わたしは立ち上がった。「無理です。まだ心の準備ができていないし、どう戦っていいかもわからない。魔法で戦うんですか？」

ジェイドは小馬鹿にするように笑った。「見当がつかんようだな？　それは好都合だ」

膨れ上がった炎から《炎の編み機》が踏み出してくるような気がして、わたしはジェイドと炎を交互に見た。

「やつが迎えに来たぞ。ひとりで行きたくないというなら、行きたくなるようにしてやろう」ジェイドが指をパチンと鳴らした。「ムーンマン、何をすべきか見せてやれ」

ムーンマンは大股で炎に歩み寄り、両腕を伸ばした。その腕を炎の指が掴む。

「やめて！」わたしは叫んだ。「下がって」そう言いながらムーンマンの肩を掴んで引っぱったが、無駄だった。

触手と化して伸びてきた炎がわたしの両手にも這い上がってきた。ちりちりと皮膚が焼け、炎の奥で霊魂たちが苦しみ、悶《もだ》えているのがわかる。ふたつの世界の狭間に囚われた霊魂――その何百もの霊魂が、わたしたちを炎に引きずりこもうとする。

最初はその力に抗ったが、自由と救済を求める霊魂たちはわたしの身体を離そうとしない。彼らを助けなければ。わたしはムーンマンに身を寄せて前に進んだ。肌が焼けたけれど、我慢できない痛さではなく、炎の向こう側は涼しそうだ。

とにかく、この炎さえ抜ければいい。

そのとき、背後から誰かに肩を強く引っぱられた。わたしはその手を振り払った。「大丈夫。あの人たちを助けなきゃ」

すると炎の外から伸びてきたその腕が、今度はわたしの首に巻きつき、絞め上げてきた。

それでもまだ炎に囚われたわたしは、両手でムーンマンの肩にしがみついた。「だめ。やめて。助けに行かなくちゃ……」

そのとき、霊魂たちがわたしを呼ぶのをやめて後ずさりした。「待って」わたしはあえぎ、かすれ声で呼びかけた。でも霊魂たちはすくみ、隠れてしまった。「助けに来たの――」

「では、誰がおまえを助けるのだ、わたしのかわいいコウモリよ」《炎の編み機》だ。ムーンマンの肩から手がはずれてしまい、呼吸ができず、しゃべれない。わたしはムーンマンの心に直接語りかけた。〝なんとかして！〟

〝無理だ。ここではわたしの力はきかない〟

炎の世界がぼやけていき、ぶよぶよしたオレンジ色と黄色の塊に変わる。首に巻きつく腕をむしり取ろうとしたが、その手は何十キロもあるかのように重い。

そのうち、滲んだ火の世界は真っ黒になった。

目が覚めると、暗闇の中で仰向《あおむ》けに横たわっていた。瞬きをして暗がりに目を慣らす。絹のような肌触りの冷たい空気が火照った身体を撫でていく。頭が痛み、両手、両腕の皮膚が焼けつくように熱かった。魔力の糸をたぐり寄せ、頭痛と水ぶくれを治療する。

「こっちも頼む」リーフが両手をこちらに突き出した。手のひらが焦げている。

そこは城塞内の路地で、リーフはわたしの隣に腰を下ろしていた。神経を集中して魔力を引き寄せ、リーフの火傷《やけど》を治す。エネルギーを使い果たし、壁にもたれて眩暈に耐えた。

「何があったの?」首が痛んで声がかすれた。

「今夜は城塞に用事があったから、客室棟のそばでおまえを待ってたんだ。すると、どこからともなくヴァレクが現れた」そこで言葉を切ったが、わたしが黙っているので、そのまま続けた。「議会がどうのと話してから、おまえがどこにいるか訊かれた。でも、窓の向こうで燃え上がった炎を見たら、もう考えるまでもなかった。ヴァレクが鍵をこじ開けて中を覗くと、おまえとムーンマンが炎に包まれていた」

リーフは袖で顔の煤を拭った。「ヴァレクは室内にいたサンドシード族たちを襲撃しながら、おまえを助けろと僕に怒鳴った。一方のジェイドは、これは修行だからかまうな、と叫んだ。でもヴァレクのほうがジェイドより怖いからさ、ヴァレクの言うことを聞くことにした。どうしてもおまえを炎から引っぱりだせなくてね。首を絞めて失神させてから、ここに運んできた」

わたしは首に触れた。「ムーンマンも同じように引っぱりだしたの?」

「彼は炎の奥に行きすぎていて、手が届かなかった」リーフの声が辛そうにかすれた。

「《炎の編み機》に捕まったのかな?」

「わからない。すごく変な感じだった。自分でも何があったのかわからない」脳みそが焼けて、思考力が焦げたパイ皮みたいに頭蓋骨に張りついた気分だ。ほかの人の考えを聞かなければ。「ヴァレクはどこ？」

「消えたよ。でもおまえの外套と背嚢は残していった。それから命令も」リーフは悲しげに微笑んだ。「僕たちふたりとも、今すぐ城塞を出ろってさ」

「理由は言っていた？」

「いや。城塞の南三キロのところで落ちあおうとだけ言ってた」

よろよろと立ち上がって外套をまとい、背嚢を背負った。身体が重く、膝がぐらつく。

「養成所から馬と食料を調達してこないと」

リーフは首を振った。「養成所には何があっても戻るなとヴァレクは言っていた」

どういうことだろう。ヴァレクは、マロックが尋問された非公開の議会に潜りこんでいた。そこで提示された証拠が、こちらに不利なものだったのだろう。ゲルシーを訪ねる約束を果たすどころではなくなった。

わたしたちは城塞を脱出し、本道の西に広がる畑で夜を過ごした。食料もなく、火を熾すこともわたしがリーフに禁じたため、闇の中で身を寄せあう辛い夜となった。

リーフは、なぜヴァレクはわたしたちをこんなところに呼びつけたのかと文句を言った。わたしはわたしで自分の馬鹿さ加減を呪った。ヴァレクを待つ必要はない。アイリスに接触すればいいだけの話だ。見張りはリーフに頼んだ。

「凍え死ぬよりはましだ」とリーフは引き受けてくれた。

地面に横たわり、アイリスの塔に意識を飛ばした。塔は活気に満ちていた。眠っていると思ったアイリスは、意外にも、書斎で何冊かの本に首っ引きになっている。わたしたちの間の特別な絆《きずな》のおかげで、彼女の意識とはいつでも繋がれる。

〝アイリス〟と呼びかけた。

〝イレーナ！　ああ、よかった！　無事か？〟

〝はい、大丈夫です〟

〝今どこだ？〟

〝その質問には、お答えしないほうがいいと思います。証人喚問はどうでしたか？〟

長い沈黙。〝マロックが自白した〟

〝何を？　マロックは何もしていないのに〟

〝ファードを逃がし、シティアに謀反を企んだと〟

驚きで、頭が真っ白になった。〝動機は……動機は何ですか？〟

〝カーヒルが言ったとおりだ。マロックはカーヒルを捕らえさせ、カーヒルの部下を自分のものにしようとした。だが……〟

〝続けてください〟先を促す。

〝新たな話が加わった。マロックはファードとダヴィーアンとともに、イクシアと共謀して戦争を目論《もくろ》んだというのだ〟

〝どこが新しいんです？　ダヴィーアンが戦争したがっているのはわかっていたことでしょう〟

〝マロックは共犯者の名を明かした〟ふたたび言葉が途切れた。〝おまえとリーフだ〟

全身から力が抜けた。〝信じられない。きっとマロックは誰かに言わされているんです。すべてでたらめです。魔法が使われている気配はありましたか？　議会はどうしてそんな嘘を信じるんです？〟言葉が次々に口をついて出た。

〝それが嘘だという証拠が必要だ。議会は、おまえとリーフの逮捕令状を出した。おまえを捕まえれば、めでたく処刑できるというわけだ〟

めでたく処刑。皮肉な言葉の並びに、つい笑いそうになる。この状況そのものが、あまりにもばかばかしい。

〝おまえにこの話をすること自体まずいんだ。議会に知られたら、わたしは養成所の地下牢に繋がれる。異議を唱えているベインとわたしはすでに監視対象なのだ。今や議会はすっかり常軌を逸している〟

〝常軌を逸しているどころではありませんね〟

〝どうするつもりだ？〟とアイリスが訊いた。

〝議会が常軌を逸したのには理由があるはずです。その理由を突き止めないと〟結局のところ、やはりシティアの問題に首をつっこむはめになった。でも、処刑のための逮捕令状を出されては、さすがに黙っていられない。

〝だが、おまえに逮捕令状が出たことは、すべての部族に通達される。すでに報奨金の噂も流れている。今や安全な場所などシティアにはないぞ〟

〝なんとかします。でもしばらくは、あなたにも連絡しないほうがいいでしょうね。すでにあなたにも疑惑の目が向けられている〟

〝そうだな。イレーナ、慎重にな〟

〝ええ、できれば。でも、わたしの性分は知っているでしょう〟

〝ああ、わかっている。だからもう一度言っておく。くれぐれも注意を怠るな〟

わたしは意識を身体に戻し、アイリスとの繋がりを切った。力を使い果たし、うとうと眠りかけたところで、リーフに腕を揺すられ目が覚めた。

「おい、眠るなよ。ずいぶん長く意識を飛ばしてたな。何があったか教えろよ」

ことのあらましを伝えると、リーフはショックを受けたらしく、珍しく黙りこんだ。

「それで、これからどうする？」やっと口を開いたリーフが囁いた。

「ヴァレクを待つわ」

夜明け近く、ようやくヴァレクが現れた。キキに跨り、ルサルカを引いている。鞍袋は食料で膨らんでいた。表情には疲労が滲んでいる。

ヴァレクはわたしをじっと見つめた。「聞いたか?」

「ええ」

ヴァレクは馬を降りた。「よかった。それなら説明する手間を省ける。今じゃ城塞も養成所も、君たちを捜す兵士だらけだ」

「じゃあどうやって馬を連れ出せたんだ? 密偵の秘技か?」

「いや。養成所の門で騒ぎを起こした。城塞の南門では衛兵に賄賂を渡したよ」

リーフが唸った。「僕たちの居場所が気づかれるじゃないか」

「やつらには、君たちは南下したと思わせる。だからここからできるだけ離れろ」

「どこに?」とリーフ。

「イクシアだ」

「行くわけないじゃないか」リーフがぐっと顎を引く。

ヴァレクの目に危険な光がよぎったが、皮肉を言うのは思い留まったらしい。「今は事態が急変している。まずは仕切り直して、計画を立てねばならない。援軍が必要だ」

ヴァレクの言うとおりだ。今のわたしたちにとって安全な場所はイクシア以外にない。

「じゃあ、すぐに出発しないと」わたしは言った。

「最高司令官の城で落ちあおう」ヴァレクはわたしにキキの手綱を渡した。

キキが鼻先をこすりつけてきた。「あなたは？　一緒に行かないの？」

「ああ。部下が何人か城塞内に残っている。彼らに状況を知らせなければ。城で会おう」

立ち去ろうとするヴァレクを脇に引っぱり、抱きしめた。

「無事でいて」と命じる。

笑顔が返ってきた。「炎に引きずりこまれそうになったのは君だぞ、愛しい人」

「わたしが危険だとどうしてわかったの？」

「君の処刑に議会が賛成したと聞いたあと、妙な胸騒ぎがしたんだ」

「助けてくれてありがとう」

「君のまわりではいつも面白いことが起こるな。君がいなかったらさぞ退屈だろう」

「わたしの存在価値ってその程度？　気晴らしにぴったり？」

「単純にそう思えていたらありがたいんだが」

「もう傍観者ではいられないみたいね」わたしは疲れた笑みを浮かべた。

ヴァレクが別れのキスをする。「回り道を使え。城塞の北の国境は監視されてる」

「了解」

ヴァレクがいなくなると、あたりの空気が急に冷えこんだ。思わず身震いをする。キキが袖を噛んできたので、彼女に心を開いた。

〝ラベンダーレディのそばにいる。温める〟

〝あなたがいてよかった〟キキのおやつがないかポケットを探った。残念、何もない。

〝幽霊《ゴースト》がペパーミント、鞍袋に入れた〟

思わず笑ってしまった。どんなときでもミントのありかは心得ているらしい。ヴァレクがわざわざキキのおやつを袋に入れてくれたのにも驚いた。馬たちがヴァレクにつけたゴーストというあだ名は、まさにぴったりだ。本物の幽霊みたいに、神出鬼没なのだから。

「どっちの方向だ?」リーフが訊いた。

ヴァレクは回り道をしろと言っていた。だとすれば、ストームダンス族領の草原を北西に進むのが一番だ。そのあとは、城塞を囲むフェザーストーン族領を迂回し、イクシアへ北上する。その道順をリーフにざっと説明した。

「任せるよ」力ない声でリーフは答えた。「イクシアには行ったことがない」

その日一日、誰にも気づかれることなく草原を進んだが、やはり昼間の移動は落ち着かなかった。そこで移動はもっぱら夜にした。少し休憩して夕食をとり、夜中は馬に乗り続ける。全速力で走る、歩く、休むをくり返しながら、目的地を目指し着々と進んだ。

明け方に林檎園を見つけた。キキは立ち並ぶ木々の匂いを嗅いでいたが、林檎はすでに収穫されたあとだった。寒い季節、このあたりでは何も実らない。果樹園の木陰で野宿することにし、わたしたちは周囲の農家から見えない場所を見つけた。

「もう、ストームダンス族領に入った？」キキの鞍をはずしながらリーフに尋ねた。

「まだだ。あそこに尾根が見えるだろ？」リーフは北西を指さした。「あそこが境界だ。ストームダンス族領の大半は頁岩《けつがん》なんだ。領地の東部には農地がいくつかあるけど、西部は頁岩が岩を覆っているだけだ。翡翠海《ジェイドシー》から吹きつける強風が沿岸に見事な彫刻を作り上げてるけど、住む者は誰もいない。ストームダンス族が海辺に行くのは踊るためだけさ」

リーフは腰を下ろし、焚き火用の小枝を組み始めた。

　その隣にわたしも座る。鞍のせいでお尻が痛いし、疲れきっていて、馬の手入れをしてやる気にもなれなかった。「どうして彼らは踊るの？」

「そうやって嵐のエネルギーを抑えるんだ。彼らは嵐の力を捕まえてガラス玉に閉じこめる。危険な踊りだけど、その危険を冒す価値はある。彼らがうまく風を抑制してくれれば、僕らの土地が守られるんだ。強風に吹きさらされ、大雨に洗われる代わりに、シティアは穏やかな天候を享受できるってわけさ。一方ストームダンス族は、そのガラス玉を使って自分たちの工場を稼働させる。授業で習わなかったか？」

「授業はずっと、《霊魂の盗びと》追跡やら何やら、くだらないことに邪魔されっぱなしだったから。今後は、そういうことはできるだけ無視するようにするつもり」

「おや、疲れると機嫌が悪くなるんだな」リーフは小さな焚き火を作り、小鍋に水を注いだ。「この容器はストームダンス製だ。彼らは鉱石を精錬して、いろいろな金属製品を製造してる。シティア硬貨もそうだ。ほかに羊皮紙や、東の農園で栽培している藍でインクも作る」

リーフの話を聞きながら考えた。今まで市場で買い物をしても、それを作った人のことを考えたことはなかった。イクシアの各軍管区には、領土に財をもたらす特産品や特殊な事業があり、それが物々交換や取引に使われていた。シティアでも仕組みは同じらしいが、ストームダンス族の事情はまた少し違うようだ。彼らは、北の氷河から吹き下ろす猛吹雪の力も抑えられるだろうか？　第一軍管区、第二軍管区、第三軍管区の寒い時期の暮らしは、ひたすら生き延びるための闘いだ。

暴風雪をやわらげられるとしたら、アンブローズ最高司令官は魔法禁止令を解くだろうか？　第三軍管区で育ち、かつてダイヤモンド鉱山で働いていた彼なら、その土地のすべてを麻痺させる暴風雪のことはよく知っているはずだ。第一軍管区に住んでいたヴァレクでさえ、革製品を扱っていた父親の工房が大雪で潰れたのを目の当たりにしている。

ヴァレクの父親の工房が崩壊したあとの一連の出来事について考えた。ヴァレクの父には、商売道具を新しくする金も、家族を養う金もなく、国王に税金も払えなかった。兵士たちが税金を取り立てに来たときに、支払い猶予を頼むと、兵士たちは一家の四人の息子のうち三人を殺したのだ。そしてヴァレクは、罪のない子供を兵士に殺させる国王への報復を誓った。イクシア随一の暗殺者になったヴァレクはその後、アンブローズの軍に参加した。そしてふたりは力を合わせて国王を滅ぼし、イクシアの政権を手にしたのだ。

ヴァレクの家の工房が崩壊しなかったら、国王はまだ権力を握っていただろうか？　それともアンブローズはほかの暗殺者を見つけていただろうか？　そしてわたしはここにいた？

そんなことを考えていても仕方ないので、とにかく今の状況に集中することにした。この小さな野営地は、リーフとわたしで守らなければならない。リーフが最初の見張りをしてくれている間に、少しでも眠ろう。

焚き火は、調理が終わるとすぐに消した。煙がそよ風に乗って流れていく。頭の中では、炎から舞い上がる火花のように、さまざまな夢が渦巻いていた。めくるめく光景はときおり動きが緩慢になり、その都度、戦慄の場面が目に飛びこんでくる。ストノのよじれた内臓が首飾り蛇に姿を変える。イリアイス密林に降り注ぐ血。平原の砂地に浮遊する、刎ねられた首。そして、わたしの肌では炎が躍る。身体を焦がす火は、痛みと同時に興奮をもたらす。

そこではっと目が覚めた。ふたたび眠るのが怖くて、リーフと見張りを交代した。

それからの二日間、不快な眠りはときおり思い出したように訪れた。わたしたちは、人目を忍んで旅を続け、小さな焚き火は調理が終わるとすぐに消し、冷たく固い地面で震えながら夜を過ごした。三日目、クリスタル族の領地に入ると、イクシアとの国境を目指して進路を北に変えた。

城塞のあるフェザーストーン族領の西隣に位置するクリスタル族の領地は、あちこちに松の木が群生する、起伏の少ない土地だ。林と林の間には採石場が延びている。クリスタル族はそこで建築用の大理石を切り出していた。また、ブールビーのガラス職人が使う質の高い砂も輸出しており、採石場には深い穴が開いている。

採石場周辺の喧噪を避け、わたしたちは松林を進んだ。あと一日進めば、イクシアとの国境に着くはずだ。国境にどう近づくかは、慎重に考えなければならなかった。シティアの兵士が待ち伏せしているかもしれないし、国境を越えても、イクシアの衛兵に話しかけるときには言葉を選ばなければならない。下手なことを言えば、逮捕される危険もある。

シティア人に気づかれずに国境を越えるために多くの時間と労力を注いで計画を練ったが、結局、努力は水の泡となった。イクシアとシティアの中立地帯として公認されている幅三十メートルほどの開けた土地にわたしたちが足を踏み入れたとたん、人を乗せた馬が二頭、松林から猛烈な勢いで飛び出してきたのだ
続いて起きた出来事のせいで、この馬の登場は〝間が悪かった〟ではすまなくなった。むしろ、致命的な事故だ。二頭の馬がこちらにまっしぐらに走ってくるのと同時に、武装したシティア兵の分隊がいっせいに林から走り出てきたのだ。

18

　こうなったら仕方がない。リーフとわたしは馬に拍車を当て、国境めがけて一目散に走りだした。わたしたちを殺す前にイクシアの衛兵が話を聞いてくれればいいけれど。イクシアの蛇の森《スネイクフォレスト》に駆けこむころには、二頭の馬はすぐ後ろまで追いついてきた。彼らと足並みを揃えて走り続け、森の奥で馬を止める。

　案の定、シティア兵のほうは国境を越えてまでは追ってこなかった。

「動くな」森の中から声が飛んできた。「おまえたちは包囲されている」

　どうせイクシアの衛兵に見つかるとは思っていたが、これほど早いとは思わなかった。わざわざ衛兵の交代時間を避け、午前中を選んで国境を越えたのも水の泡だ。この時間、見張りについている衛兵は一隊だけのはずなのに。

「武器を捨てて、馬を降りろ」姿の見えない衛兵がなおも命じる。

〝トパーズ、ガーネット〟とキキが言った。うれしそうに鼻を鳴らす。

　カーヒルの馬？　わたしは衛兵の命令を無視してボウをホルダーから抜くと、二頭の馬のほうを振り向いた。トパーズには頭巾の男とタウノ、ガーネットにはムーンマンが乗っている。「何で？　どうしてここがわかったの？」

トパーズに乗っていた男が、かぶっていた頭巾を震える手で押しのけた。青白い顔を見せたとたんに崩れ落ちそうになり、その後ろに乗っていたタウノが抱きとめた。

「マロック！　いったい――」そのとき、わたしのすぐ脇の木に矢が突き刺さった。

「武器を捨てて馬を降りろ。さもないと次の矢は心臓を貫くぞ」イクシア人衛兵が怒鳴る。

わたしはボウを地面に放ると、自分に倣うようにほかのみんなに身振りで示した。タウノがトパーズから降り、マロックも降ろしてやってから、弓矢を放る。ムーンマンも顔をしかめて偃月刀を捨て、ガーネットから降りた。リーフは山刀をわたしのボウの横に投げた。

「武器から離れて、両手を上げろ」

全員がその言葉に従う。わたしはマロックに近づいた。脇腹に矢が一本刺さっている。

ようやくイクシア兵が姿を見せ、わたしたちを取り囲んだ。石弓と剣で武装した男が四人、女が四人。

「おまえたちを南の兵士に引き渡してはならないまっとうな理由があるなら、教えろ」とイクシアの大尉が訊いてきた。軍服はほぼ黒一色で、袖とズボンにのみ黄色いダイヤ模様が一列並んでいる。イクシア第七軍管区の制服だ。

「シティア使節を門前払いするのは、礼に反することです」とわたしは答えた。

大尉が声をあげて笑う。「使節なら兵士から逃げるのではなく、かしずかれているはず。もっとましな言い訳はないのか？」

「わたしは連絡官のイレーナ・ザルタナ。最高司令官に申し上げたきことがあり、参りました。とはいえ、シティア議会の許可は得ておりませんが」

「イレーナだと？　最高司令官のお命を救った、前任の毒見役か？」大尉が訊き返した。

「はい」

「だがおまえは魔術師のはず。なぜイクシアに戻ってきた？　もしこの場でおまえを殺せば、わたしは英雄だ」

「なるほど、おまえはなかなか有名みたいだな」リーフがにやりとした。彼が上機嫌なのはムーンマンが無事だとわかったからで、わたしが殺されそうだからではないと祈りたい。

　わたしはリーフに顔をしかめてみせた。いかに危険な状況か、リーフはわかっていないのだ。大尉がこんな大口を叩くのも無理はなかった。わたしの処刑命令がイクシア中に広まっているのは間違いない。でも、わたしが連絡官の役割を引き受けたとき、最高司令官が処刑命令を反故《ほご》にしたことはそう知られていないだろう。

　というのも、数カ月前にイクシア使節団がシティアを訪れたとき、最高司令官はイクシアにいると誰もが思いこんでいたからだ。実際は、サイネ大使としてシティアを訪れていたのだが、彼女にはわたしの処刑命令を取り消す権限はない。

許可がない限り魔術師はイクシアに足を踏み入れてはならないという布告が出されているうえ、魔力を持っていると知れたイクシア人は死刑になる。だからわたしは今、非常に危険な立場にいるのだ。わたしたちを殺すのは容易ではないだろうが、大尉にはその義務がある。とはいえ今わたしたちを殺せば、ゆくゆく大尉はヴァレクを敵に回すことになるだろう。だが、とりあえず今はそこまで考えたくなかった。

「最高司令官はわたしをシティア議会との連絡官に任命しました。連絡官は中立の第三者のため、シティアの儀仗兵《ぎじょうへい》は同行しません。そして、ここにいる彼らは友人です。あの兵士たちは彼を追ってきました」わたしは、ぐったりしているマロックを身振りで示した。「最高司令官と緊急に話しあわなければならない重大事があるのです」

大尉の石弓が揺れた。どう考えたらいいものかためらっているらしい。魔力の糸を引き寄せ、大尉の思考と感情の表面をざっと読む。

大尉の頭の中では野心と理性がせめぎあっていた。国境警備に飽き飽きしている彼は、昇進と配置転換を望んでいた。もし南から来たこの魔術師たちを殺せば、功績が認められて少佐に昇進できるかもしれない。だが、もし話が事実だったら？　連絡官が殺されたと知れば、最高司令官の怒りを買うだろう。一方で、最高司令官のもとに魔術師を連れていくのも危険だ。もしこの話がでたらめで、最高司令官の暗殺を目論んでいるとしたら？

そこで、わたしは大尉の思考をくすぐった。こちらを信用させ、わたしたちを部隊長のもとに連れていけば褒められると信じこませた。

「わかった、われわれについてこい」大尉が言った。「ただし馬と武器は没収する。わたしの命令にはおとなしく従え。面倒を起こしたり、抵抗のそぶりを見せたりすれば、すぐに拘束する」大尉の合図で兵士たちが近づいてきた。「武器を持っていないか調べろ。それで、あの男はどうしたんだ？」

わたしはマロックに目をやった。「傷の手当てをさせてください、大尉——」

「ニティクだ」大尉はまた部下に合図した。「中尉、あいつが武器を持っていないか調べろ」

マロックの剣を取り上げた中尉は、傷を診ることをわたしに許可した。矢はマロックのあばらをはずし、右脇腹に刺さっていた。出血は少なく、矢もたいして深くは刺さっていない。では、なぜマロックは意識がないのだろう？

魔力を使ってマロックの全身を調べる。ひどく暴行されたらしく、肋骨二本と鎖骨が折れていた。全身青痣だらけで、顎骨も折れている。

「リーフ、手を貸して」これほどの大怪我を治療すれば、力を使い切ってしまうだろう。ニティク大尉の気が変わったときに備えて、ある程度余力を残しておかないといけない。

「湿布がいるのか？」リーフがわたしの傍らに膝をついた。

「いや。彼の物語の糸はぼろぼろだ」ムーンマンが大きな手をマロックの額にのせた。わたしはムーンマンを睨んだ。「近づかないで。リーフ、まずは身体の怪我から治しましょう」

　ムーンマンが後ろに下がり、リーフとわたしは魔力の源泉から糸をたぐり寄せた。リーフの助けを借りてマロックの怪我をわが身に引き受け、治癒する。やがてマロックが目を覚ますと、リーフは水を与え、気つけ薬を飲ませた。

　マロックに、いったい何があったのか、なぜここにいるのかと尋ねた。だが、彼はぼんやりとこちらを見つめるばかりだ。精神に異常をきたしたのかと不安になり、意識をマロックの心に投げかけた。

　マロックの心は交錯するイメージであふれ返っていた。思い出や感情、ひそかな思いがすべてむき出しになり、解き放たれ、猛《たけ》り狂うままに捨て置かれている。まるで書斎に並んだ本をすべて引きちぎり、部屋中にばらまいたみたいだ。マロックはその壮絶な混乱を前になす術《すべ》もなかった。もはや考えをまとめて、きちんと話すこともできなくなっている。

　その混乱の中心で、マロックのわずかに残った意識を嬉々《きき》として引き裂いている者がいた。第一魔術師範、ローズ・フェザーストーンだ。

　ローズがこちらを振り返った。〝ああ、いたいた。目を凝らせばここでおまえを見つけられると思っていた。これでおまえが今どこに隠れているかもわかるというものだ〟

ローズが迫ってきたが、わたしはひるまなかった。

〝ローズ、わたしは記憶ではありません。わたしからは何も引き出せませんよ〟

〝さあ、どうかな。自信過剰は命取りかもしれんぞ〟

〝あなたはこれまで二回失敗している。だとすれば、わたしの言っていることもあながち的はずれではないはずよ。どうしてマロックの精神を破壊したんです？〟

ローズは惨憺《さんたん》たる周囲のありさまを見回した。〝こいつは犯罪者だ。それに、おまえが驚くのもおかしな話だな。おまえだって《霊魂の盗びと》の心を破壊したではないか〟

ローズの挑発を無視した。〝マロックは犯罪者ではありません。それはあなたもご存じのはず。あなたがマロックに偽証させたんですか？〟

〝おまえと違い、やつは正直だったよ。おまえは、自分はシティアの役に立つと勝手に思いこみ、われわればかりか自分自身も欺いてきたんだ。だが議会もその危険にようやく気づき、おまえという脅威を排除することをわたしに許した〟

ローズのこの大口にも、わたしはそれほど動揺しなかった。〝それより、マロックたちはどうやってわたしたちの居場所を見つけたんです？〟

ローズはにっこり笑って言い捨てた。〝それは自分で突き止めろ〟

〝わたしの仲間の中にスパイがいると？〟

〝嘘つきのまわりには、嘘つきが集まるということだ。それが犯罪者とかかわる代償だ。

正直、おまえを排除する許可を議会がわたしにもっと早く与えなかったのには驚いた。そもそもシティアで最も恐れられている暗殺者の女を、なぜ信用できる？　なぜおまえが連絡官になどなれるのだ？　おまえが誰に忠義立てしているかは明らかだ。その証拠に、ひとたびことが起こったとたん、おまえはさっさと自分の国に逃げ帰った。だがひとつ言っておく。イクシアでもおまえは安全とは言えぬぞ〝黙りこむわたしを尻目に、ローズは声をあげて笑った。〝とにかく、捜していたものは見つかった。せいぜい頑張って、ずたずたになったマロックの心を元に戻してやるがいい〟

そう言うと、ローズはマロックの意識から消えた。破壊し尽くされた混乱の中に取り残され、ここに秩序を取り戻すなど不可能だと思い知る。わたしは自分の身体に戻った。今のわたしにできることはない。

ローズは議会から、わたしを排除するための支持を取りつけたのだ。確かに事情を知らない人が聞けば、カーヒルの一連の作り話も筋が通って聞こえるだろう。そして、ローズの理屈も理にかなっている。ひとえにシティアのことを考えているというローズの主張が真実なら、わたしの信用を落とそうとするのはもっともだ。そもそも、わたしを信用する理由がどこにある？　わたしは、邪悪な歴史で知られる魔術師、《霊魂の探しびと》。そんな人間がカーヒルに対抗するには、必死の努力と強力な物的証拠が必要だ。

「ムーンマン、どうやってわたしたちを見つけたの？」と訊いてみた。

「推理したんだ。おまえがイクシアに行くのはわかっていたし、フェザーストーン族領を避けるにしてもアヴィビアン平原をつっきりはしないと考えた。そうなれば西しかない。おまえたちが通った痕跡を、タウノがクリスタル族領で見つけた」

偶然にもほどがある。「でもリーフはあなたが炎の中に消えるのを見た。それに、どうしてマロックと馬たちも一緒なの？　どうやって彼らを見つけたの？」ムーンマンは誰かに助けられ、カーヒルかローズによって送りこまれたのだろう。つまりムーンマンは、今や彼らの手下だ。

「ジェイドが炎の中から引きずり出してくれた。マロックは見張りもなしに医務室に放りこまれていたんだ。馬が必要だと思ったら、いいタイミングで現れた」

それもまた都合がよすぎる。「ジェイドはなぜ、わたしに火の中に行けと言ったの？」

「それは本人に訊くしかない。今はジェイドがおまえの《物語の紡ぎ手》だ。わたしはもうおまえを導くことはできない」その言葉には悲しみが滲んでいた。

「あんたはどうして炎の中に入っていったんだ？」今度はリーフがムーンマンに尋ねた。

「ジェイドは一族でただひとり生き残った指導者だ。だからわたしは彼の命令に従う」

「自分の命を危険にさらしても？」

「そうだ。重要なのは個人の身の安全より、一族への忠誠心だ」

「首飾り蛇の囮になるとか？」リーフがわたしを見た。

「そのとおり」とムーンマン。

「その男は歩けるか？」ニティク大尉が訊いてきた。仏頂面でこちらを見ている。「こんなところでぐずぐずしてはいられない」

マロックは歩くことはできなかったが、馬にはなんとか乗れそうだ。キキとトパーズは仲よく顔を寄せあっている。わたしはトパーズに心の中で訊いてみた。〝おうちに帰る？ペパーミントマンに会いたい？〟

〝ううん。ここにいる〟

〝どうして？〟トパーズはカーヒルと長く過ごしたはずなのに、不思議だ。

〝嫌な匂いがするから。血の匂い〟

わたしは大尉に向き直った。「彼は馬に乗せるわ」

中尉を先頭に、ムーンマン、リーフ、タウノ、そしてわたしが続いた。大尉と残りの兵士が最後尾だ。一行は蛇の森を抜け、北に向かった。地図によれば、森は緑色の細い帯のように、翡翠海からエメラルド山脈へと東西に走る国境沿いに蛇行して延びている。その森を半日進み、兵舎がある衛兵の駐屯地に到着した。

ここでも事情を初めから説明しなくてはならず、そのあとわたしたちは馬の世話をし、昼食にありついた。詰め所の食堂中央に座ったわたしたちに、周囲で食事をする五十人ほどの兵士が、ちらちら険しい視線を投げてくる。ムーンマンはマロックの食事を辛抱強く手伝っていた。食事や身の回りの世話といった基本的なことを、マロックは一から学び直さなければならないのだ。

鹿の干し肉とパンの簡単な食事をとりながら、わたしはイクシアの制服制度について仲間に説明した。「イクシア人は全員、制服を着ることになっているの。シャツ、ズボン、スカートの標準的な色は黒と白だけど、軍管区それぞれに独自の色がある。わたしたちが今いるのは最高司令官の部下、ラスムッセン将軍が統治する第七軍管区。ラスムッセン将軍の色は黄色だから、彼らの軍服には必ずどこかに、一列に並んだ黄色のダイヤ模様がある」周囲の兵士を身振りで示した。彼らの軍服も大尉と同じで、違うのは襟の階級章だけだ。「料理人の制服は真っ白で、シャツの胸を横切るようにダイヤが並んでいる。ダイヤ模様の色を見れば、その料理人が働いている軍管区がわかるの。赤は最高司令官の色」

「あれは誰だ？」リーフがこちらに歩いてくる女性を指さした。全身黒ずくめだが、襟に赤いダイヤ模様がふたつ縫いつけられていた。最高司令官の顧問官の制服だ。金髪を後ろできつく結い、両手に二本のボウを持っている。

わたしは立ち上がり、笑顔になった。

彼女はわたしに向かってボウを放った。わたしが宙でボウを掴んだ瞬間、室内は水を打ったように静まり返った。

「やあ、ゲロ吐き、ちゃんと稽古していたか見せてもらおうか」マーレンの瞳には、獲物を狙うような嬉々とした光が宿っていた。

「マーレン顧問官、そんなふうに人を呼んだらいけないって、お母さんから教わらなかった?」そう言いながらボウを構えた。「特に、相手が武器を持っているときは」

マーレンは手を振り、わたしの言葉を聞き流した。「礼儀の話は後回しだ。こんな僻地《へきち》に追いやられたおかげで、長いことボウでまともな試合をしていないんだ。さあ来い!」

わたしを手招きし、衛兵たちの間を縫って食堂を出ていった。

「大丈夫なのか?」リーフが尋ねる。

「マーレンはわたしにボウでの戦い方を教えてくれた人なの。最後に対戦してからわたしも新しい技をいくつか仕込んであるし、きっと……面白い試合になるわ」

「まあ、ほどほどにな」リーフが言った。

わたしはマーレンを追い、静まり返った食堂を抜けていった。食堂を出たとたんに背後でガタガタと音がして、兵士たちが外になだれ出てきた。

マーレンは準備体操をしてからボウを手に取った。すらりと背が高いマーレンは、百八十センチもの長いボウを巧みに振り回す手強い対戦相手だ。一方わたしのボウは百五十センチと少し分が悪い。外套を脱いで滑らかな木のボウを撫でると、気持ちをゾーンに集中させた。魔法ではないが、精神をこの状態にすると、対戦相手の心が読めるようになる。

こちらの準備が整うやいなや、マーレンはあばらを二度すばやく突いてきた。二度ともなんとか防ぎ、逆にマーレンの腕に打ちかかる。試合はのっけから真剣勝負で始まった。カンカンとボウがぶつかりあうリズミカルな音が響き、わたしはこめかみへの一撃をかわすと、マーレンの腹めがけてボウの先端を突き出した。後ずさりしてそれをよけたマーレンのボウが、こちらの足をすくおうと空を切る。跳び上がってその攻撃をよけ、そのままマーレンの肩を飛び蹴りした。マーレンは数歩後退し、ふたたび突きをくり出してくる。

「ジェンコに負け続けるのが嫌で、配置転換を申し入れたの？」相手のボウを払いのけ、こめかみめがけて立て続けにボウを振り下ろした。かつてマーレンは、わたしの友人のアーリやジェンコ同様、最高司令官の特殊部隊の兵士だった。

「昇進したんだ」マーレンはわたしの一撃をボウで受け止め、右に動くそぶりをした。フェイントだと気づいたわたしは、脳天への一撃をぎりぎりのところで受け止めた。

「顧問官に？　怪しいわね。誰かに賄賂でも贈った？」

「ヴァレクに勝ったから、イクシアのどんな職にも就けることになった」

驚いて一瞬ひるみ、その隙に上腕部を打たれて倒れこむ。間髪入れずにくり出されるボウをよけて転がったが、優位になったチャンスをマーレンは逃さなかった。さらに二度突くとわたしの胸に跨り、首筋にボウを突きつけた。兵士たちがわっと歓声をあげた。

「降参か？」

「降参」

マーレンはにやりと笑い、わたしの手を引いて立ち上がらせた。「もう一戦やるか？」

「ちょっと待って」着ているものをはたいて埃を払った。

「スカートなんて穿いて、どうした？」

「スカートじゃないわ、ほら」生地の両端を持ち上げ、ズボンであることを示す。

マーレンはおかしそうに鼻を鳴らした。「さっさと制服に着替えろよ、イレーナ」

マーレンがあだ名で呼ぶのをやめたということは、わたしが身に着けたボウの新技に感心した証だ。そこで、さっきのマーレンの言葉を思い出した。「ヴァレクに勝った？　確かにあなたはなかなかのボウの使い手だけど、まさかヴァレクに？」

ヴァレクはイクシア中の人々に試合を挑んできた。好きな武器を使っていいという条件で、勝ったら彼の副官になる権利をもらえるのだ。兵士たちはそのチャンスに飛びついては、あえなく負けた。

「なかなか？」マーレンが笑った。「次におまえを負かすとき、〝なかなか〟が〝すばらしい〟に変わるはずだ」

「万が、一、負かすことができたら、ね。それに、まだ質問に答えてもらってない」

「助《すけ》っ人《と》がいたんだよ。それで満足か？　ヴァレクは一対一の戦いとは言っていない。だから三人で組んで、イクシア領内のどんな地位でも選べる権利を勝ち取ったんだ。で、わたしは最高司令官の顧問官を選んだ。第七軍管区にいるのは……」そこでちらりと兵士たちに目をやった。「ある問題に対処するための特別任務だ」

たとえ三対一でもヴァレクなら勝てそうなものなのに。あとのふたりは誰だろうと考えて、すぐにぴんときた。「まさか、アーリとジェンコと組んだの？」

マーレンの悔しそうな表情がその答えだった。

「そういえば、この間ジェンコときたら恐ろしく鼻高々だったわ。あれじゃみんなに嫌われる」

「あのあと試合はルールが変更になった。アーリとジェンコがヴァレクの副官になったから、副官になりたい兵士は、まずあいつらを負かさなきゃならない。一度に挑戦できるのは六人まで。ヴァレクの副官たるもの、一度に三人は相手にしないとね。もしヴァレクと一対一で対戦したい兵士がいれば、まずはわれわれのひとりを倒さないといけない」

「ヴァレクの留守中はジェンコが責任者だなんて、ずいぶん恐ろしいことをするわね」

「命乞いをするはめになれば、もっと恐ろしいぞ」マーレンがボウで打ちかかってきた。

その一撃を受け止め、はね返す。そしてまた激しいボウの応酬が始まった。

今回は余計なことを考えず、対戦に集中する。マーレンの足を払うと、転がる隙を与えずに彼女のボウを踏みつけた。これで勝負がつき、対戦を見物していたリーフだけが称賛の歓声をあげた。ムーンマンたちは少し離れたところに立っていた。

「同点決勝か？」マーレンは答えを待とうともせず、すぐに三回戦が始まった。

勝負がつかないまま、ボウの応酬が続く。

やがて、リーフの声が試合を遮った。「妹がこてんぱんにされるのを見るのは悪くないが、今は最高司令官と話をするほうが先だ。無駄にする時間はない」

マーレンが胡散臭《うさんくさ》そうにリーフを見た。「兄にしては似ていないな」

わたしはリーフをマーレンに紹介した。「癪《しゃく》だけど、リーフの言うとおりよ。急いで最高司令官のところに行かないと」

マーレンは首を振った。「まずはラスムッセン将軍が話を聞く。ここの兵士たちは、将軍の許可が下りるまで、おまえをこの軍管区から出すなと命じられている」

「でも、さっき説明した――」

「だが、最高司令官に会う真の理由は言っていない」

「機密事項なの」

「それがまずいんだ」マーレンはボウに寄りかかった。「将軍は年齢のせいか……用心深くなっている。おまえがイクシアに来た理由を聞くまで、軍管区を出る許可は出さないだろう」

マーレンが言葉を慎重に選ぶ様子に、何か裏があるのが見て取れた。マーレンは最高司令官の部下だが、ラスムッセン将軍の補佐もしている。そしてヴァレクにも状況を逐一報告しているのだろう。

「じゃあ、将軍と直接話すわ」

「よし。では明日、謁見できるよう手配する」

「明日？　緊急事態なの」

「悪いな。将軍は床に就くのが早いんだ。今夜はもう誰とも会わない」

抗議しようとリーフが口を開いたが、その腕を押さえて黙らせた。マーレンが午後をわたしとの対戦に費やしたのには、それなりの理由があるに違いない。

「わかった。じゃあ明日まで待つわ。将軍の館までどのぐらいかかる？　今晩、発ったほうがいいわよね」

「いや、明朝出発するほうがいい。馬で半日はかかる」マーレンは、近くに馬小屋があるレンガ造りの建物にわたしたちを案内した。「来客用宿舎を使え。ここは第六軍管区の旅人に人気が高い」

最高司令官の城は第六軍管区の南端にある。シティアの城塞から、馬で北に二日半ほどの場所だ。統治形態はまったく違うシティアとイクシアだが、互いの首都が物理的に極めて近いのは興味深い。

宿舎の居間は、置かれている調度は質素だけれど、居心地がよさそうだった。衛兵は表に留まり、中尉がひとり一緒に入ってきた。

「ベッドだ！　羽毛マットレスのベッドがあるぞ」寝室でリーフが叫ぶ。

「薪は裏にある。夕食は兵士たちと一緒にとれ。おまえたちのことは将軍に知らせておく」マーレンは衛兵を戸口に残し、中尉を連れて出ていった。

側面と裏の窓から外を覗くと、さらに大勢の衛兵が見えた。完全に包囲されている。さっきのマーレンの言葉を思い返したが、どうも腑《ふ》に落ちないところがあった。マーレンはいったい何を目論んでいるのだろう。

みんながいる寝室に行くと、マロックは仰向けに横たわり、天井をじっと見上げていた。傍らにはムーンマンが座っている。タウノは落ち着かないのか、椅子に浅く腰かけていた。リーフはベッドで手足を伸ばしていた。その唇から、満足げなため息が漏れる。「最後にベッドで寝たのは……ああ、いつが最後だったかも思い出せない！」

「気を抜きすぎないで」わたしは釘を刺した。

リーフがうんざりした声を出す。「今度は何だよ？」

わたしは指を一本唇に当て、額を指さした。〝壁に耳あり〟と、兄の心に語りかける。

〝どういうことだ？〟とリーフ。

〝将軍なんぞにかまけている暇はないということだ〟ムーンマンの声が割って入った。

わたしはムーンマンを睨みつけた。彼も心で話せるのをうっかり忘れていた。

〝おまえはジェイドを案内役に選んだ。だからわたしは、リーフを通じて話すしかない〟

何のことかわからず当惑しているリーフのことはひとまず放っておくことにした。〝じ

ゃあ、リーフと繋がるのをやめて。わたしはリーフと話しているんだから〞
ムーンマンはしばらく黙りこんでから言った。〝では、控えておこう〞
〝おい、どういうことだ？〞リーフが尋ねる。
わたしはローズとのやり取りを説明した。〝ムーンマンはたぶんスパイよ〞
〝まさか。あり得ない〞
〝ローズが嘘をついたということ？〞
〝そうじゃない、考えすぎだと言ってるんだ。ムーンマンはジェイドがボスだと認めた。ダニのせいで彼らの一族は全滅したんだから、ジェイドとローズの目的は同じだ。きっとジェイドはおまえを見張るためにムーンマンをよこしたんだ〞
〝それをスパイっていうんじゃないの？〞
〝おまえを守るために来たんだよ。おまえの汚名がそそがれるまで守るために〞
〝直接本人に訊けたらいいんだけど、どうせなぞかけみたいな答えしか返ってこないわ〞
〝イレーナ、そういう言い方は意地が悪すぎる。ムーンマンは一族が虐殺されるのを目の当たりにしたんだ。もちろん僕だって昔の彼に戻ってきてもらいたい。人をからかい、曖昧な忠告をし、変なときにふと現れるムーンマンのほうが、陰気臭い今の彼よりずっといい〞兄は頭の下にもうひとつ枕を入れた。〝しばらくはイクシアにいることになりそうだな。リーフ・リアナ・イクシアってのも悪くない。魔術師として処刑されないなら、イク

シアで薬屋を始めてもいいな。薬剤師にも制服はあるのか？〞
〝いずれシティアに戻るのよ〞
〝殺されるのが目に見えているのに？　ごめんだね。最高司令官は僕のハーブ茶を気に入るかもしれない〞
〝とにかく最高司令官と話して、ヴァレクに会わなきゃ〞
〝衛兵にすっかり包囲されてるのに？〞
〝そうね。数では到底勝てない。魔術師なら彼らを眠らせることができるのに残念ね。いっそキュレアを使うという手もあるけど、あいにくわたしの背嚢には矢が入ってないし〞
〝その嫌味な言い方、直したほうがいいぞ〞
〝そっちはあきらめがよすぎるわ〞そしてお人よしすぎると思ったが、言わずにおいた。
〝羽毛のマットレスのせいさ。おかげで、やる気がすっかり失せちまった。薬局の二階に寝心地抜群のベッドを置いた部屋があれば、イクシアに住むのも悪くない〞
〝リーフ！〞
〝わかったわかった。じゃあ、万が一全員を眠らせることができなかった場合に備えて、吹き矢を作ってやるよ〞リーフはぶつくさ言うとベッドから降り、自分の背嚢に近づいた。
さて、タウノとムーンマンにはどう説明しよう。火がそばになければ、ふたりに計画を教えることができる。それにふたりのことは見張っていたいから、離れたくなかった。

「今夜は早く寝ましょう」とふたりに告げた。「明日のために休んでおかないと」

ふたりともこの言葉の意味に気づいたらしい。

イクシアの兵士たちが眠りに就いたら、ここから脱出できる。


脱走が第七軍管区の衛兵に知れる前に、最高司令官の城に入る――それがわたしの計画だった。イクシア人の案内役なしに城の正門に近づいたら即座に怪しまれるだろうが、どうするかはそのとき考えればいい。

兵士たちとの夕食が終わると、わたしたちを見張る警備兵の顔ぶれをじっくり観察した。タウノとムーンマンがイクシア人で通るとは思えない。そうなると最高司令官のもとにたどりつくには、リーフかわたしが軍服を着て兵士になりすますしかない。わたしが変装するのが一番だったが、身長百六十センチほどの身体に合う軍服が見つかるとは考えにくい。

わたしたちは火も熾さず、早めに床に就いた。とりあえず数時間眠ることにする。本物のベッドの寝心地は格別で、途中で起きるのは辛かった。でも寝床から身体を引き剥がすようにして起き、ほかのみんなも起こした。声をたてないよう、仕草で示す。

リーフには見張りの兵士を眠らせる魔力はないけれど、わたしのエネルギーを補充することはできる。わたしは兄の手を握り、兵士たちに意識を飛ばした。見張りについているのは男が三人、女がひとりだ。さらに意識を飛ばし、馬小屋にいる馬たちに声をかけた。

〝用意はいい？〟とキキに尋ねる。

〝うん〟

ふたりの馬番は、馬と一緒に馬小屋の藁束の上ですやすや眠っていた。彼らにとっては、馬の香りや糞や藁の匂いが羽毛のベッドなのだ。

心の目で兵舎をざっと見渡し、異常がないか確かめた。真夜中をすでに二時間ほど過ぎ、駐屯地は静まり返っている。わたしの力では、駐屯地にいる兵士全員を熟睡させることまではできないので、彼らが目覚める前になるべく遠くまで逃げておきたかった。もう一度、馬番のところに戻り、彼らを深く眠らせる。

次に、宿舎を囲む見張りたちの意識に語りかけたが、魔法が全然効かなかった。イクシア軍の鍛錬のせいか、効果はゼロだ。これではキュレアを使わざるを得ない。

そう思って繋がりを断とうとしたそのとき、ひとりがびくりと身体を震わせた。首に何かが刺さっている。薬が血流に入ると、目が回り始めたので、慌てて彼の意識から出た。

リーフがわたしの手を放した。

「さあ、行きましょう」急いで動き始めながら、助っ人の登場に心が弾んだ。わたしが窮地に陥ると、ヴァレクは必ず助けに来てくれる。

しかし、ヴァレクがいるのを期待して勢いよくドアを開けたが、そこにいたのはマーレンだった。マーレンは見張りのひとりをずるずると来客用宿舎に引きずってきていて、さらに部下らしき三人がそのあとに続いていた。それぞれ、ぐったりした見張りをひとりずつ引きずってきて、床に転がす。みな第七軍管区の軍服を着ていた。

「どうやらおまえも同じことを考えていたようだな。わたしの部下が見張りになりすますから、その間に城に向かおう」とマーレンが説明した。

「この人たち、当分目を覚まさない？」床に転がった見張りのひとりをブーツの先でつついた。

「六時間は目覚めない。ヴァレク特製の眠り薬を使ったからな」マーレンの灰色の目がいたずらっぽく光る。

「マーレン顧問官、まさかヴァレクの部隊とつるんで何かこそこそやってるんじゃないでしょうね？」たしなめるように舌打ちしてみせた。「わたしたちが脱出するタイミングがどうしてわかったの？」

「馬たちが馬小屋を出たからさ」

「あなたも一緒に来る？　馬には乗れるの？」

「ああ、一頭近くに用意してある。だがおまえたちが逃げたとばれる前に、将軍の屋敷に戻らないと。とりあえず第六軍管区との境界まで一緒に行って、検問所の兵士にわたしから事情を話そう。そのあとは彼らが最高司令官の城まで送ってくれるはずだ。おまえたちの武器は表にある。さあ、行くぞ」

リーフ、ムーンマン、タウノ、そしてわたしは鞍を抱えると、物音を立てても問題がなさそうな場所まで歩いた。ムーンマンとマロックがトパーズに乗る。マロックはまだ口がきけなかったが、ムーンマンに促されると馬に跨ることはできた。

マーレンの乗馬の腕はなかなかのもので、わたしたちは記録的なスピードで第六軍管区との境界に到着した。マーレンが検問所の兵士に合図をする前に、訊いてみた。「わたしたちが逃げたことをラスムッセン将軍に気づかれたら、どうなるの？」

「おまえが最高司令官の城に入ってしまえば、将軍も引き止めようとしたことは言えなくなる。理由を訊かれたら困るからな。そして部下たちに、この件については他言無用と命じるはずだ。ヴァレクもあえてことを荒立てないだろう。将軍を脅す必要が出てこない限り」

第六軍管区に入ると、わたしたちは速やかにハザール将軍の兵士に引き渡された。新たな案内役は大尉の軍服を着ていたが、ニティク大尉のダイヤ形が黄色だったのと引き換え、こちらは青だ。

そこから最高司令官の城への移動はいたって順調で、わたしたちは無事、城内に迎え入れられた。しかし穏やかに過ぎたこの数時間を、存分に満喫しておくべきだったのだ。

なぜならアンブローズ最高司令官に会ったあとは、すべてが裏目、裏目に出ることとなったから。

19

城に到着したわたしたちは外庭で待たされた。人々が好奇心丸出しでこちらを見ている。この調子なら使用人の間で噂話はすぐに広がり、わたしたちの正体やここに来た目的をネタに賭けが始まるだろう。毒見役の制服を着ていないので、わたしだとわからないのだ。

それから馬番が現れ、馬たちを連れていった。キキと離れたくなかったが、城内で最高司令官を待つようにと指示された。

リーフたちは城の不思議な造りにしきりに感心している。独特の幾何学的なデザインのこの城は、まるで子供が積み木で作ったみたいだ。土台は長方形だが、ほかの階は四角、三角、円柱形とさまざまで、危なっかしいバランスで積み上げられており、その三つの形が一堂に会している階もある。窓も八角形やら楕円形《だえんけい》やらで、建築家の幾何学好きがよく表れていた。

城を最後に見たのは一年前。以前はここで生活していたからこの奇妙な形にも慣れていたけれど、今は見るだけでぎょっとし、不安を覚えてしまう。

城の四隅にはそれぞれ塔が立ち、それらが建物にいくらかの対称性をもたらしていた。塔はほかの部分より数階分高く、窓はステンドグラスで飾られている。そこでふと気づいた。魔術師の養成所も四隅に塔が建っている。この共通点に何か意味があるだろうか？

使用人に案内され、あまり居心地のよくない、殺風景な部屋で待つことになった。出された飲み物を思わず毒見してしまい、ジュースでうがいする妹を見てリーフは目を丸くした。それからリーフはむき出しの壁を見つめた。きっと、その豪華さが語り草となっている絵画や金箔《きんぱく》はどこに消えたのかと考えているのだろう。

そういった王国時代の装飾品は、最高司令官がすべて破壊したのだと思っていた。でも、イクシア国を維持するには膨大な金がいるとカーヒルが言っていたのを思い出し、アンブローズ最高司令官は装飾品を売って国費を賄っているのかもと思えてきた。

「おまえはここに住んでたのか？」リーフが訊いてきた。

「一年半くらいね」そのうちの一年は地下牢で過ごしたのだ。シティア人でレヤードのことを知っている者は少なく、わたしも当時のことは胸の内にしまっておきたかった。だが、イクシア人なら誰でも、わたしがレヤードを殺したことを知っている。

「どこで寝起きしてたんだ？」

「ヴァレクの続き部屋で」

リーフが驚いた顔をした。「やることが早いな」

「早とちりしないで」辛かったあの日々のことは、いつかリーフや両親にも話すつもりだ。でも、今じゃない。

リーフは何か考えこみだした。タウノはといえば、木の椅子に座ってうたたねをしている。サンドシード族でも、狭い場所にいてもそれなりに快適そうだ。わたしたちと一緒に過ごすうちに、だんだん壁に囲まれた場所に慣れてきたようだ。

一方、同じく椅子に座っているムーンマンはそわそわと落ち着かない。閉鎖空間にいるからか、わたしの敵意を感じているからか。わたしには新しい《物語の紡ぎ手》がついたと言っていた。そうなれば、ムーンマンはわたしに真実を語らずにすむというわけだ。

わたしたちがイクシアに向かうのを知ったカーヒルは、マロックをわざと逃がしたに違いない。シティア兵にマロックたちを追わせたのも、その計略の一環だろう。

部屋の中を歩き回りたくてたまらなかった。待ち時間は、首飾り蛇のようにどんどん延びていく。これでは心配事から気を紛らすこともできない。そして最大の心配事がヴァレクだ。いったいどこにいるのだろう？　もうイクシアに戻っていてもいいころなのに。不安が頭の中をぐるぐる回っていた。

気分を変えようと、唯一ある窓のそばの木の椅子に腰を下ろす。兵士が寝起きする兵舎と訓練場が見え、友人のアーリとジェンコを思い出した。当時はふたりとも兵士だったが、マーレンの話では今やヴァレクの副官だという。

じっとしていられず、立ち上がった。いっそ最高司令官の執務室に行こうか。行き方はわかるし、みぞおちで蠢《うごめ》くこの不安を我慢するのも限界だ。でも、なぜこんなにピリピリしてしまうのだろう？

そこではたと気づき、ふたたび腰を下ろした。この城で、わたしは常に囚われの身だった。初めは地下牢の鉄格子の中に入れられ、そのあとは猛毒を飲んだせいで毎日与えられる解毒剤なしには生きられないと思いこまされ、この城から出られなかった。だから今、どんなに自分に言い聞かせても、自由の身だということが実感できないのだ。

ついに顧問官が現れ、わたしたちは彼に従い、城の大廊下を歩いていった。大広間に足を踏み入れたとたん、リーフが息をのんだ。黄金の絹のタペストリーがずたずたに引き裂かれているのを見て驚いたのだろう。それも当然だった。王国時代、各地方を表したこの一連のタペストリーはつとに有名だったが、今や無残にも黒いペンキが塗りたくられ、政権交代の象徴となっていた。王国時代の地方は解体され、直線で境界線が引き直されて八つの軍管区が作られた。

贅沢《ぜいたく》や強欲さを嫌うアンブローズ最高司令官の気質は、この石造りの城全体に表れていた。王室の虚飾が消え、魂を抜き取られて、今や実用一点張りの建物に生まれ変わった。様変わりした謁見室にも、最高司令官の無頓着さが表れていた。豪華な装飾や分厚い絨毯はなく、室内は方々の軍管区から集まった大勢の顧問官や将校たちのざわめきに満ちていた。そこには演壇も玉座も見当たらない。机がきっちり並べられているため、わたしたち五人は敏捷性《びんしょうせい》の訓練でもするかのように机の合間を縫って、部屋の後方に向かった。最高司令官の執務室も、城内のほかの部屋と同じだった。殺風景で、よく整理整頓され、個性のかけらもない。それがかえって、部屋のあるじの人となりを如実に物語っている。

執務室に入っていくと、あつらえの黒い軍服に身を包んだアンブローズ最高司令官が立っていた。軍服の襟には本物のダイヤモンドが輝いている。わたしは仲間たちを紹介しながら、きれいに髭を剃ったその顔をまじまじと見た。サイネ大使の面影はかすかで、同一人物というよりは、いとこ同士程度にしか似ていない。だが、そのまなざしの強さはまったく変わっていなかった。黄金色の瞳でまっすぐ見つめられ、心臓がどきりと跳ね上がる。

「これは予期せぬ訪問だな、イレーナ連絡官。通常の手順を無視してやってきたからには、相応のわけがあるのだろうな」最高司令官は細い眉を片方上げた。

「はい、もちろんです。シティアはイクシアに、攻撃を仕掛けようとしています」

最高司令官はリーフたちを見やると、今の報告を吟味するようにしばし考えこんだ。白髪の増えた黒髪は短く刈りこまれ、キキが食《は》んだあとの草地のようだ。

それから執務室の扉に歩み寄り、部下に声をかけた。「レイドン顧問官、食堂で客人に昼食を出し、そのあと客室に案内せよ」そう言ってからリーフたちに向き直った。「イレーナ連絡官はわたしと食事をともにしてから、そちらに戻る」

物問いたげにリーフがこちらを見た。〝僕たちもいたほうがいいか？〟

〝無理だと思う〟

〝彼は僕の最高司令官じゃない。命令を聞く義理はない〟

なんとも子供じみた言い草だった。のけ者にされた気分なのだろう。〝お行儀のいい客人になって、言われたとおりにして。話し合いの内容はあとで報告する〟

〝本当に援軍はいらないのか？　こいつ気味が悪いよ〟

〝リーフ！〟わたしはたしなめた。

リーフは不機嫌な顔でこちらを睨むと、仏頂面のまま顧問官に連れられ、ムーンマンたちとともに執務室を出ていった。

ふたりきりになると、最高司令官は机の前の椅子に座るよう、わたしを手振りで促した。落ち着かない気持ちで椅子に浅く腰かける。

最高司令官はわたしにお茶を淹れ、自分も椅子に座った。毒が入っていないか確かめるため、お茶を少しだけ口に含む。強力な軍隊の司令官であり、野心的な将軍八人を監督する立場の彼には、側近に毒見役が欠かせない。

「なぜここに来た？」最高司令官が尋ねた。

「先ほど申し上げたとおりです。シティアは――」

そんなことはいいとばかりに彼は手を振り、わたしを遮った。「それは今に始まったことではない。ここに来た本当の理由は何だ？」

「先制攻撃の延期をお願いにあがりました」

「なぜだ？」

一瞬間を置き、考えをまとめた。合理的な理由がない限り、最高司令官を説得することはできない。「イクシアとの貿易と対話を望んでいたシティア議会の空気は突然一変し、今ではあなたを心から恐れています」

「なるほど。だがもともと、連中の態度はころころ変わる」

「でも、あそこまでひどくはありませんでした。おそらく操られているのです」

「魔法か？」魔法という言葉は、口にするのも不快そうだ。

最高司令官は魔法を禁じていたが、かつてわたしを誘拐したブラゼル将軍とムグカンにより、魔力とテオブロマで心を操られたことがあった。彼の魔術師嫌いはいくらかやわらいだものの、今もまだ魔術師は信用ならないと考えていた。わたしをシティアとの連絡官にしたことは、彼にとっては最初で最後の譲歩にほかならない。

最高司令官が魔術師を嫌うのは彼らが元国王の仲間だったからだとヴァレクは言うが、わたしは、最高司令官自ら言うところの〝性転換〟に関係があると思っていた。身体は女でも魂は男だと思っている最高司令官は、それを魔術師に暴かれるのが怖いのだ。けれど女大使サイネになりすました最高司令官を見たとき、わたしはその身体にふたつの霊魂が宿っているように感じた。

だが、最高司令官の心の中を覗きたいという気持ちは抑え、心の表面をざっと調べることも控えた。それは重大な儀礼違反だ。人としてやってはいけないこととも思える。

「魔法でかはわかりませんが、裏で操っている人物がいる気がします。現時点では誰かわかりません。だから調べてみたいんです。今シティアの議員たちを皆殺しにしても問題は解決しませんし、彼らに取って代わる者たちはもっとたちが悪いはずです」

「どうも曖昧だな。本当はもっと詳しく知っているのではないか?」そう言うと最高司令官は巻物をひとつ取り出し、わたしに手渡した。

羊皮紙の巻物を開いて目を通す。一言一言を読むうち、不安と怒りが膨れ上がった。

「ここに――」最高司令官が身を乗り出し、巻物の一番下を軽く叩いた。「議員全員の署名があるが、魔術師範ふたりの署名が抜けている。そこが気になる」

〝気になる〟どころではなかった。まさに〝緊急事態〟だ。アイリスとベインのことが心配だった。議会から署名を強いられ、それを拒んだとしたら、ふたりはどうなったのか?

もう一度、手にした羊皮紙に目を凝らす。要するに、最高司令官宛てのその書状はわたしを裏切り者だと警告し、わたしも同行している仲間も、見つけしだいすぐ殺すようにと告げていた。イクシアも安全ではない、とローズが言っていたのはこのことだろう。

「おまえの信用を落とし、裏ではわたしを攻撃する計画を練っているというわけか。こんな戯言を信じるほど、わたしが馬鹿だと思っているのだろうか？」最高司令官は椅子の背に寄りかかり、ため息をついた。「いったい何が起きているのか、正確に説明してくれ」

「正確なことを知っていれば、こんな曖昧な言い方はしません」今度はわたしがため息をつく番だった。顔をこすり、カーヒルのことをどう説明しようかと考えた。《炎の編み機》のことは話すべき？　でも、彼が今回の件でどんな役回りを演じているかわからない。それが問題なのだ。

そこで、ファードがカーヒルの協力で逃亡したこと、そしてカーヒルがマロックとリーフとわたしにその罪をかぶせたことを説明した。

「議員を皆殺しにしたほうが、シティアのためになりそうだな」最高司令官は言った。

「そんなことをしたら、あなたを疑うカーヒルたちが正しかったことになります。そうなればシティアの人々もカーヒルの側について反撃してきますよ。これにはヴァレクも同意見です。だから彼はまだ議会を標的にしてはいません。そろそろ戻ってくるはずです」

最高司令官は驚いたようだったが、顔には出さなかった。「つまりおまえは、すでにわたしの先制攻撃を遅らせているわけか。それでも証拠はないと言うのか？」

「はい。ですから、今しばらくお待ちいただきたいのです。もっと情報が必要です。ヴァレクとわたしは――」

そのとき執務室の扉が開き、スターが食事をのせた盆を持って室内に入ってきた。最高司令官の毒見役であるスターは、わたしに気づくとぎょっとして立ち止まった。かつての自分の制服を見て、わたしの心臓も大きく跳ねた。それも、着ているのはただの後任ではない。ヴァレクにその悪事が暴かれるまで暗躍を続けていた、スター元大尉だ。

スターはこちらを射るように見た。スターの手下がわたしの殺害に失敗し、それが彼女の捕縛に繋がったのだ。事前にヴァレクの計画を知らされていたスターは、自らの地下組織に身を隠すこともできたのに、愚かな復讐心が仇となり、今や最高司令官の毒見役だ。

「毒見の訓練を無事やり遂げたみたいね」と、スターに声をかけた。

スターは目をそらした。癖のある長い赤毛はだらしなく結わえてある。それから大きな鼻をまっすぐ前に向けて歩き、最高司令官の机に盆を置くと、すばやく毒見をして部屋を出ていった。盆にはふたり分の昼食がのっていたが、ひとり分の毒見しかせずに。

わたしは盆の上の食事に目を落とした。スターはわたしを見て驚いた顔をしたけれど、それも芝居かもしれないし、いまだに復讐心に燃えている可能性もある。最高司令官から皿を渡されると、無作法に見えないよう、ミートパイをそろそろと口に入れ、ゆっくり噛んでから舌で転がした。牛肉はローズマリーと生姜で調味され、毒の味はしない――少なくともわたしの記憶に残っている毒の味は。実践に優《まさ》る学習はなく、情報として教えられたものは簡単に忘れてしまう、というムーンマンの言葉を思い出したら食欲が失せた。

わたしたちはよもやま話をしながら、食事をとった。新しい料理人が作ったレモンのデザートを褒めると、今はサミーが料理人だと教えられた。

「ランドの下働きだった、あのサミーですか？」たしか今は十三歳のはずだ。

「ああ、ランドの下で四年間働いていた。ランドの秘密のレシピをすべて知っているのもサミーだけだった」

「でも、まだ子供なのに」食事時の厨房は上を下への大騒ぎだ。その混乱を、ランドは見事な采配で指揮していた。

「サミーには料理人としての腕を証明する期間を一週間与えた。結果、今も厨房にいる」

最高司令官は年齢など気にしないことを忘れていた。サミーからレシピを聞き出せばすむことなのに、彼は経験や性別より能力を重視したのだ。わたしの幼い友人フィスクも物乞いから起業家になった。ここイクシアに来れば、フィスクなら大成功するだろう。

昼食を終えると最高司令官は盆を脇にどけ、雪豹の彫刻を机に戻した。黒い石が銀色に輝いている。室内で唯一の装飾であるこの像は、ヴァレクが彫ったものだ。雪豹を仕留めるのは不可能と言われ、イクシアの人々は北の氷原に住むこの凶暴な動物との遭遇を避けて暮らしていた。超自然的な力で死を逃れる雪豹の不思議な能力を恐れていたのだ。

その雪豹を狩り、仕留めることができたただひとりの人物がアンブローズ最高司令官だ。そしてそのとき彼は自らに証明したのだ。たとえ女の身体に生まれついたとしても自分は男の世界で生きていける、雪豹の世界で生きていたように、と。最高司令官が雪豹を仕留めたことも、本当は女だということも、知っているのはわたしだけだ。ムグカンによる操りから彼を救い出したとき、わたしはその秘密を絶対に他言しないと誓わされた。

「スターが昼食を運んでくる前、シティア議会の情報を集めると言っていたな。だが今のおまえはお尋ね者の身だ。どうやって情報を集めるつもりだ？」最高司令官が尋ねた。

「城塞に潜りこんで、ある議員から話を聞こうと思っていました。でも、魔術師範の魔力で見つかってしまうかもしれません。だから、ヴァレクと彼の部下を何人か貸していただきたいんです。彼らに手伝ってもらい、その議員と接触します」

「どの議員だ？」

「わたしの一族の族長、バヴォル・カカオ・ザルタナです。わたしの最大の支援者でもあります。この署名をご覧ください」わたしはシティアからの書簡を手に取り、バヴォルの署名を指さした。「苗字のカカオが抜けています。つまり、これは正式な署名ではありません。連絡をよこせとわたしに合図しているのだと思います」

その言葉を吟味するように、あらぬ方を眺めていた最高司令官は、やがてまたわたしに視線を戻した。「情報を得るために、わが国の防衛長官を貸せと言うのか？　シティアが攻撃してこないよう祈りながら、おまえが真相を突き止めるのをひたすら待てと？」

「はい」そう言われたら身も蓋もないが、聞こえのいい言葉でごまかしても仕方がない。ヴァレクにしろ誰にしろ危険になどさらしたくないが、やるしかないのだ。

最高司令官は組んだ両手に顎をのせた。「危険を冒してまでして集めるような情報ではない。どう対処するかは、今後の議会の動きを見て決めればいい」

「でも――」

最高司令官の目が警告するように鋭く光った。「イレーナ、なぜそれほど議会のことを気にする？　連中はおまえを見捨てたのだぞ。おまえはもうシティアには戻れない。ここでわたしの顧問官となったほうが、ずっと貢献できるはずだ」

思いがけない誘いだった。少し考えてから尋ねた。「わたしの連れはどうなりますか？」

「魔術師か？」司令官の額にかすかに不快そうな皺が寄った。

「はい、ふたりは」

「望むのなら、おまえの側近にすればいい。だが、わたしの許可がない限り、イクシア人に対して魔法を使うことは許さない」

「わたしの魔法は？　わたしにも同様の制限をかけるおつもりですか？」

最高司令官のまなざしはひるまなかった。「いや、おまえのことは信用している」

一瞬、驚きのあまり身体が固まった。最高司令官に信用されるのはとても名誉なことだし、シティア議会に受けた仕打ちを考えれば、イクシアの顧問官になるのも悪くない。国境のこちら側に残って、カーヒルを打ち負かす手伝いをしたほうがずっと楽だ。

「即答する必要はない。仲間たちともよく相談しろ。そろそろヴァレクからも報告が届くだろうから、そのときにまた話そう。ところで、何か必要なものはあるか？」

そういえば物資が底をつきかけていた。もしイクシアを出るなら、もっと食料が必要だ。

「シティア硬貨をイクシア硬貨に両替していただけますか？」背嚢をかき回し、細々としたものを机の上に出して、硬貨を捜す。

「硬貨はワッツ顧問官に渡せばいい。わたしの会計士のことは覚えているな？」

「はい」そのとき、オパールのコウモリの包みがほどけて背嚢の底に広がっているのに気づいた。包み直そうとしてガラスの像を取り出すと、最高司令官が息をのんだ。

視線はわたしの手の中のコウモリに釘づけになっていた。手に取ろうとするかのように、指が宙で止まっている。「見てもいいか？」

「もちろんです」

最高司令官はコウモリの像をつまみ上げた。手の中で回し、ためつすがめつ眺めている。

「誰が作った？」

「友人のオパールです。シティアのガラス職人なんです」

「まるで内側で燃えているような輝きだ。どうやって作ったのだ？」

その言葉に驚き、最高司令官をまじまじと見た。彼にもこの内側の輝きが見えているのだ。だが、そんなことはあり得ない。この光が見えるのは魔術師だけだ。

つまり、最高司令官は魔力の持ち主なのだ。

20

最高司令官にはガラスのコウモリの輝きが見えている。でも、内側の光が見えるのは魔術師だけだと思っていたが、そうではないのかもしれない。もっとたくさんの人に見せて調べてみるべきだ。そもそも、最高司令官が魔力を持っていたなら、魔力は彼の中で制御不能となり、今頃燃え尽き《フレイムアウト》を起こしている。シティアの魔術師範ももっと前に気づいただろうし、アイリスだって、隣に立ったときに魔力を感じたはずだ。

ばかばかしいと思い直し、ガラス作りについて尋ねる最高司令官の質問に答えた。

「だが、どうして光るのだ？」

魔力のせいですと言えば、最高司令官は火傷でもしたみたいに像を取り落とすに違いない。だから、一族の秘伝なのだと答えておいた。

最高司令官がわたしに像を返した。「こんなものは見たことがない。次にその友人に会ったら、わたしにもひとつ作ってくれるよう頼んでくれ」

捜していたシティア硬貨が見つかったので最高司令官に渡すと、最高司令官は執務室の扉を開けてワッツ顧問官を呼んだ。硬貨を両替し、わたしを客室に案内するよう言いつける。その間にわたしは背嚢の荷物を詰め直したが、背嚢を肩にかけてから、コウモリをしまい忘れていたことに気がついた。

コウモリの像を手に持ったまま執務室を出て、ワッツに続いて謁見室に入った。両替したイクシアの硬貨をわたしに手渡したワッツは、わたしが持っているコウモリの像に気がついた。「シティアのものか？」

問われて頷く。

「悪くはないが面白みがないな。シティアの職人はもっと創造力があると思っていたよ」

ワッツに続いて城内を歩きながら、コウモリ像を見た最高司令官とワッツの感想について考えた。なぜ最高司令官には像の光が見えるのだろう。その理由を考えるうちに客室に着いたので、あとでじっくり考えることにした。

部屋に足を踏み入れたとたん、リーフが質問を浴びせてきた。客室はイクシアの基準からするとかなり贅沢で、一番大きな部屋には座り心地のいいソファとふかふかの椅子、そしていくつものテーブルと机が置かれていた。室内にはかすかに消毒剤の匂いが漂っている。四つある寝室には、居間の両側にふたつずつ並んだ扉から入れるようになっていた。奥の壁には窓がぐるりと円を描いて並び、差しこむ日光ががらんとした部屋を暖めている。

リーフをじろりと見て黙らせた。「みんなは？」

リーフは右手の二番目の扉を指さした。「休んでるよ。ムーンマンとマロックは、タウノの部屋の隣の大部屋にいる」両開きの扉があるのが、ムーンマンの部屋らしい。

「わたしの部屋は？」

「左のふたつ目、僕の隣だ」

寝室に入ると、リーフが迷子の子犬みたいについてきた。松の匂いが漂う狭い室内には、オーク材を使ったベッドと衣装箪笥、机、小卓があるだけだ。寝具は清潔で寝心地がよさそうで、キルトを撫でてみると柔らかい。埃ひとつない部屋は、ヴァレクの家政婦マージを思い出させた。マージは、わたしが毒見役になったときから部屋の掃除を拒み、積もった埃の上に意地悪なメッセージを書いてきた。今回は顔を合わせずにすんだらいいけれど。

リーフがふたたび質問を始めた。そこで執務室でのやり取りを伝えたが、最高司令官にコウモリの輝きが見えることは言わずにおいた。最高司令官に魔力があると確信できなかったし、リーフにもほかの誰にもそう信じさせる気はなかったからだ。

「黒も赤もぴんとこないな。緑色を使う軍管区はどこだ？　そこでなら薬局を開いてもいい」

兄の冗談にもちっとも笑えない。「第五軍管区が緑と黒よ。以前はブラゼル将軍が統治していたけど、彼は今、城の地下牢にいる」そのあとは誰が将軍の座に就いたのだろう。

「で、これからどうする？」

「わからない」リーフはぎょっとするふりをした。「おまえは怖いもの知らずのわれらが指導者じゃないか。計画はすっかり練ってあるんだろう？」

わたしは肩をすくめた。「まずはゆっくりお風呂に入ろうと思うけど、どう？」

「いいね。僕も行っていいか？」

「一日中、浴場で過ごさないって約束するなら」そう言って清潔な服を探す。

「どうして僕が風呂で一日中過ごすんだ？」

「羽毛のマットレスは最高の贅沢だ、みたいなことを言ってたじゃない。最高の贅沢と言うのは、この城のお風呂を見てからにしたほうがいいわ」


湯が身体の痛みを取り除いてくれた。

廊下で合流したリーフも、満足げな笑みを浮かべていた。「イクシアの生活ならすぐになじめそうだな。あの大きな浴槽も、上にある水の出る送管も……すごいよ。どの町にもあんな浴場があるのか？」

「ううん。こんな贅沢品があるのは最高司令官の城だけ。あれは国王が統治していた時代の名残。最高司令官は馬鹿げていると思ってるけど、そのまま残ってるの」

湯に浸かっている間、わたしは現状と最高司令官の誘いをじっくり考えた。ここに残りたいという思いに負けそうだったが、シティアには戻らなければならない。すでにサンドシード族はダニに滅ぼされ、カーヒルと《炎の編み機》の問題もまだ解決していないのだ。彼らにどう対処するべきか、まだ見当もつかなかった。ムーンマンもタウノもマロックも信用していいかわからない今、ヴァレクとリーフとわたしで、ダヴィーアン族と《炎の編み機》、カーヒル、そして彼の軍隊と戦わなければならない。

まずカーヒルとダニが共謀していることを暴いたらどうだろう。カーヒルが嘘をついていると議会を納得させるには、確たる証拠が必要だ。でもその証拠が、ない。正直なところ、状況を考えれば考えるほど、解決策などないような気がしてきた。

リーフと一緒に客用の続き部屋に戻ると、居間ではムーンマンとタウノが待っていた。

「マロックはどう？」とムーンマンに訊く。

「快方に向かっている」

「話せるようになった？」

「まだだ」

「もうすぐ？」

「おそらく」

いかにも《物語の紡ぎ手》らしい返事だ。無理に話を訊き出すのはやめよう。「マロックの世話をしていて、何かわかったことはある？」

「切れぎれに見えてくるものはある。マロックの心は裏切られたことに傷ついていて、そのせいで近づけない。彼はわたしを信頼していない」ムーンマンがじっとわたしを見つめた。その瞳に、言葉にならない言葉が浮かんでいる。

「信頼はお互いが寄せあうものよ」

「わたしが何も語らないのは、信頼がないからではない。おまえに受け入れる心がないからだ」

「それに、おまえは怖がってる」リーフが割って入り、わたしに言う。「自分が果たすべき役割を認めたら、大変なことになるとわかっているからだろ？」

そのとき扉をノックする音がしたので、問いかけに答えずにすんだ。メイドが、最高司令官の伝言をわたしに手渡した。作戦司令室で食事を一緒にどうかという招待だった。

「おまえは僕の質問に答えていない。じゃあ、最高司令官には答えられるのか？ここに残って彼の顧問官になるつもりか？」メイドが下がると、リーフがまた訊いてきた。

「あのね、リーフ。正直言って何の答えも出ないの。自分が今、何をしているかも、これから何をするつもりかもわからない」わたしは自分の部屋に入り、扉を閉めた。

最高司令官の作戦司令室は城の四つの塔のひとつにある。円形の部屋は、背の高いステンドグラスの窓が角灯の光を反射し、まるで万華鏡のようだ。

雑談をしながら、スパイシーなチキンと野菜スープの食事をとった。がつがつと食べるリーフの横で、わたしはゆっくりすべての料理の毒見をした。最高司令官のそばには、何人かの護衛が立っていた。スターは、新しい料理が運ばれるたびに最高司令官の分の毒見をするため、傍らに控えている。ムーンマンとタウノは食事の間ずっと黙りこくっていた。

第五軍管区の話題になると、新たな将軍には第三軍管区のウテ大佐が昇任したことがわかった。後継者にはほかの軍管区の士官が適任と、最高司令官は考えたのだ。つまり、イクシアの新指導者になろうと企んだブラゼル将軍の息がかかっていない、忠実な人物を求めたということだ。

そのあと、まもなく訪れる猛吹雪の季節をキットヴィヴァン将軍が心配しているという話に移り、わたしは最高司令官にストームダンス族のこと、彼らが海からやってくる嵐にどう対処しているかを話した。

「魔術師なら吹雪を制御できます。そうすれば第一軍管区の人々も暴風で命を失わずにすむようになり、その風力を第八軍管区にあるディンノ将軍の製材所で使うこともできます」第八軍管区の製材所では動力に風を使うため、風のない日は生産量が落ちるのだ。

「だめだ。イクシアで魔術師や魔法を認める気はない」最高司令官は言下に却下した。

かつてはその厳しい物言いに畏縮したものだが、今は違った。「わたしを顧問官にしたいとおっしゃるのに、領民のために魔法を使うつもりはないとおっしゃるのですか？　わたしは魔術師です。魔法を否定されたら、有能な顧問官になどなれません」

「おまえには、シティアの魔術師に対抗する手段を助言してもらう。イクシアでの魔法利用にはまったく関心がない」そう言って手を振った。話はこれで終わりということだ。

でもわたしは食い下がった。「もし将軍の誰かが病や負傷で倒れたらどうしますか？　わたしなら魔法で命を救うことができます」

「そんな必要はない。それで将軍が死んだら、別の大佐を昇進させるだけだ」

複雑な思いでその答えについて考えた。最高司令官が厳格な統治方法を変える気がないのはよくわかっている。イクシア人の行動を厳しく規定する『行動規範』は絶対だ。けれど、魔法が領民にとって有益だとわかれば、考えも変わるのではとわたしは期待していた。

その思いを見透かしたように、最高司令官は続けた。「魔法は人を堕落させる。それは国王お抱えの魔術師たちで証明ずみだ。やつらは人助けから始め、立派な功績をあげ、だがやがて権力に溺れ、力を拡大するためなら何でもするようになった。サンドシード族に何が起きたか考えてみるがいい。ああいう事態が今までなかったことのほうが不思議だ」

「わが一族はまた復活します」ムーンマンが言った。「絶対に」

「だが、たとえシティアのダニが制圧されても、現政権を倒そうとする別の魔術師たちがふたたび現れるのは時間の問題だ。他者の肉体や心を操る能力は、一度使えば病みつきになる。だから魔法を禁じ、魔術師も排除するのが一番なのだ」

自分にも魔術を使う能力があるかもしれないとわかったら、最高司令官の考えは変わるだろうか。オパールのコウモリ像の輝きに彼が気づいたことを思い出し、その意味について考えた。

「つまり、昔ながらの方法で殺せばいいのか」リーフが憤然として言った。「政権交代を目論むなら、魔力より、毒やナイフや剣を使ったほうがましってことですね。僕にはどちらも同じに思える」

「魔法は、人に不本意な行動を取らせる。人の意思を操るのだ」最高司令官は身を乗り出した。瞳が鋭く輝いている。

リーフはその目に射すくめられてたじろいだが、それでも持論を展開し続けた。「じゃあ、あなたの『行動規範』は人々に不本意な行動を強いていませんか？　イクシア人は全員、制服を着たがっているんですか？　結婚したり別の地域に引っ越したりするのに許可を取らなければならないことを、喜んでいると思いますか？」

「飢えも腐敗もない土地で暮らすには、多少の不都合は我慢せねばならない。各自が社会のどの位置にいて、どんな役割を求められているか心得ておくことが目的だ。家柄のよさや性別で特権を得るのではなく、能力や努力が報われることが肝要なのだ」

「だけど、魔力を持って生まれたら死が待っている」リーフが言い返した。「魔力を持つ家族を殺された人には、多少の不都合どころじゃありません。殺す代わりにシティアに送ればいいんだ」

「彼らをシティアに送り、わたしを攻撃させろと?」馬鹿なことをという響きがその声に滲んだ。「なんとも愚かな軍事作戦だな」

リーフが黙りこむ。

「完璧な政府など存在しない」最高司令官は椅子の背にもたれて続けた。「個人の自由を多少失うにしても、イクシアの民の大部分は気に留めない。腐敗した国王の政治に苦しめられた者たちであればなおさらだ。だが、若い者の中にはそれが我慢できない者もいる。その問題については、近々対処せねばならない」将来に思いを馳《は》せるように、最高司令官はじっとリーフを見た。「イレーナ、おまえの賢さは血筋のようだな。ふたりともぜひイクシアに残ってもらいたいものだ」

リーフの口元がぐっと引き締まった。強情な兄のことだ、最高司令官の魔術師に対する考えを絶対に変えてみせると決意したに違いない。

そこに伝令が現れ、最高司令官に巻物を渡した。目を通すと、最高司令官は立ち上がった。「ゆっくり食事を楽しんでくれ。用事ができたので、わたしはこれで失礼する」そう言って、護衛とスターを引き連れて出ていった。

立ち去る直前、スターは狡猾《こうかつ》な視線をちらりとわたしに向けた。

客室に戻る間も、魔法や魔術師についての最高司令官の言葉が、頭の中でぐるぐる回っていた。わたしもリーフと同じように、魔力を持つイクシア人を殺すのはおかしいと思っている。だが同時に、魔力が堕落に繋がりやすいのも事実だと感じていた。シティアで最強の魔力を持つローズでさえ、その例外ではない。《霊魂の探しびと》であるわたしを恐れることと、カーヒルを支援することは別の話だ。

客室に着くと、リーフをわたしの部屋に引っぱっていった。

「どうしたんだ？」とリーフ。

「アイリスと連絡を取りたいの。城塞で何が起こっているか知りたい」

「僕が知りたいのは、おまえに何が起こっているかだ」

「どういうこと？」

「国境を越えてから、おまえは変わった。ムーンマンを裏切り者扱いし、誰のことも信用しない。最高司令官の顧問官としてここに残るなら、おまえのほうがシティアの裏切り者だぞ。おまえは連絡官だろ？　中立の立場じゃなかったのか？」

「連絡官であるためには、両方の側から支援してもらわなくちゃいけないの。アイリスと連絡を取るのを手伝ってくれるの？　それともそうやって説教し続けるつもり？」

リーフは不機嫌そうに唸ったが、それでもエネルギーを分けてくれた。わたしはベッドに横になり、意識を南へ、魔術師養成所へ飛ばした。忙しなく飛び交う城塞の住人たちの意識をよけながら、アイリスを捜す。だが塔には姿がなく、立ち去ったあとに部屋に漂う残り香のように、気配のかすかな名残があるだけだ。おかしい。

魔術師範の誰かを訪問しているのかもしれないと思い、ほかの塔も回ってみた。ジトーラの心は人に覗かれないようしっかりと防御壁で守られていた。ベインの塔には、アイリスの塔と同じ奇妙な気配がある。

ローズの塔に行くと、彼女の意識に張り巡らされた冷たい防御壁に弾き飛ばされた。ところが、突然冷たい風に吸い寄せられたかと思うと防御壁が下がり、ローズが冷たい指でわたしの意識を掴んで引き寄せた。

〝誰かを捜しているのか？〟

答えずにいると、ローズが笑った。

〝イレーナ、おまえは本当にわかりやすいな。おまえがアイリスに接触しようとするのはわかっていた。だがあいにく、アイリスと話すことはかなわない。議会は、魔術師範アイリスとベインが反逆行為を行ったと判断した。今はふたりとも、養成所の牢屋の中だ〟

21

〝アイリスとベインをどうやって陥れたんですか?〟ショックと怒りを必死に抑えこんで、ローズに尋ねた。

〝あのふたりは最高司令官に宛てた書簡への署名を拒んだうえ、おまえとおまえの兄を頑なに庇《かば》った〟兄、という言葉に強烈な蔑みが滲む。〝しかも、カーヒルの言葉を疑った。ダヴィーアンの戦士を寝返らせてわが軍の戦力を強化した、カーヒルの言葉を〟

〝ダヴィーアンの戦士がそこにいるのは、あなたを助けるためじゃない。あなたを利用するためです〟

〝おまえの助言に耳を貸すつもりはない〟わたしの意識を掴むローズの手に力がこもった。〝正気を失う寸前の愚か者の助言など、誰が聞く?〟

それからローズは氷のメスで、わたしの意識を薄く剥ぎ取っていった。冷気が心の奥深くまで突き刺さり、隠していたことが暴かれていく。

〝最高司令官の顧問官か、お笑い草だ。わたしが頭の中を検《あらた》め終えるころには、おまえはもう、赤ん坊に指しゃぶりの仕方さえ教えられなくなるぞ〟

ローズの魔力を振り切ることができず、パニックに陥った。リーフのエネルギーが注ぎこまれてきたが、それでも振りほどけない。凍えるほど冷たいローズの魔力に心を剥《む》かれ、なす術もなかった。

〝ヴァレクは議会を潰そうと、シティアに来ているのか。なるほど……これは面白い〟

このままでは逃げられない。思いきってローズのほうに手を伸ばし、自分が唯一操れるものを探った——そう、ローズの霊魂だ。そのぼんやりしたものを力任せに引っぱると、腐臭が漂い、そこに亀裂が入っていくのがわかった。まるで魂が複数の人格に分裂していくかのようだ。

ローズはぎょっとしたらしく、とっさにわたしを解放した。急いで逃げ出したわたしの耳に、ローズの声がこだまする。

〝ふたりを助けに来るがいい。城塞で手ぐすね引いて待っているぞ〟そしてローズは防御壁を勢いよく引き上げ、わたしとの繋がりを断ち切ってしまった。

疲れ果て、ぼろぼろの状態で自分の身体に戻る。

気がつくと、リーフがわたしを見下ろしていた。「どうした？　どこに行ってたんだ？」

「ローズに捕まってたの……」今しがた聞かされた、アイリスとベインのことが蘇る。

「それで？」

「頭の中をすっかり調べられる前に、振り切って逃げてきた」

「何を知られた？」

最高司令官に顧問官にならないかと誘われたこと、そしてヴァレクがシティアにいるのがばれてしまったことを話す。

リーフは濃い眉を寄せて考えこんだ。「ヴァレクのことが知れたのはよかったのかもしれない。ヴァレクを警戒して、議会も防御策を講じるだろうし」

「ローズが議会に伝えればね。じつはローズは議員たちの死を望んでいるのかも」

「それはあり得ないよ。ローズはいつだってシティアにとって最善の道を考えてるんだ。恐ろしく意志が強いからたいていの議員はローズの意見になびくけど、人殺しや魔法を利用してまで、ローズが自分の主張を通すとは思えない」

わたしは首を振った。さっきの様子では、今のローズは目的のためならそのどちらも厭《いと》わないと断言できる。「あなたはローズの弟子だもの。見方が甘くなるのも仕方ないわ」

「ローズのことは僕のほうがよくわかってる」リーフの声に怒りが滲んだ。「九年間、弟子として一緒に働いてきたんだ。やり方は厳しいが、あの人はいつだってシティアのことを第一に考えている。だからこそ、イクシアの国王になろうとしているカーヒルをずっと支持してきたんだ。ローズにしてみれば、《霊魂の探しびと》であるおまえはシティアの脅威だ。僕もそのとおりかもしれないと思い始めてるよ」そう言い捨てると、リーフは部屋を飛び出していった。

リーフが怒っている本当の理由は何だろう。わたしに言わせればローズは殺人者だった。肉体は殺さなくても精神を破壊し、そのことに良心の呵責《かしゃく》も感じない。マロックがそのいい例だ。でもそれを言ったら、わたしだってファードに同じことをした。ただ少なくとも、わたしは自分が殺人者だと認めている。

だからといって、わたしのほうがましだと言える？　もちろん、そんなことはない。ローズから得た情報を頭の中で整理した。とにかく、アイリスとベインの救出が最優先だ。城塞の壁の内側を探る目と耳、そして養成所内に伝言を届ける手段が必要だ。それも、誰にも見られず、誰も危険にさらさずにすむ方法。

魔力はもう使えない。養成所の近くに意識を飛ばせば、またローズに捕まってしまう。となれば、正攻法でいくしかない。

計画を思いつくと、さまざまな可能性を吟味し始めた。力をここまで使いきっていなかったら、今夜すぐにでも準備を始めたところだ。仕方がないので代わりに、シティアに戻る段取りを考えることにした。

戸口からそっと、ディラナの裁縫部屋を覗きこんだ。最高司令官の裁縫師ディラナは、早朝の日だまりに座り、鼻歌を歌いながらズボンを器用に繕っていた。緩やかな巻き毛が蜂蜜色に輝いている。邪魔をするのも忍びなく、声をかけるのをしばしためらった。

でも、情報が欲しいという気持ちに押されて部屋に入った。ディラナが驚いたように顔を上げ、わたしの心臓は止まりそうになった。憎しみと怒りがぶつけられるのを覚悟して身構えた。

「イレーナ！」ディラナは弾かれたように立ち上がった。「帰ってきたって聞いてたわ」わたしをぎゅっと抱きしめ、そのあと身体を離してわたしの全身をじろじろと見た。「まだ痩せすぎね。それに、なんでそんな格好をしてるの？　イクシアの気候にその生地じゃ薄すぎるわ。ちゃんとした服と何か食べるものを持ってきてあげる。焼きたてのシナモンブレッドがあるのよ」そう言っていそいそと動き出す。

「ディラナ、待って」とっさにディラナの腕を掴んだ。「朝食は食べたし、寒くもないわ。それより、あなたに話があるの」

ディラナのお人形のような美しさは、歳月にも悲嘆にも色褪《いろあ》せていなかった。だが、微笑む瞳にかすかな悲しみが浮かんでいた。

「また会えて本当にうれしい」ディラナはわたしの腕をさすった。「日に焼けて真っ黒じゃない！　さあ、日光浴以外にシティアで何をしていたのか教えて」

日なたでのんびり肌を焼く自分の姿を想像してつい笑ったが、すぐに真顔に戻った。ディラナはあの話をしたくないのだ。きっと彼女に恨まれているとわたしが考えるあの理由について、触れたくないのだ。それでもその話をしないと、先には進めない。

「ディラナ、ランドのこと……本当にごめんなさい」

いいのよとばかりにディラナは手を振った。「謝ることないわ。スターの不埒《ふらち》な行為に加担した彼が馬鹿だったの。あなたのせいじゃない」

「でもスターが狙ったのはランドじゃない。スターはわたしを――」

「ランドはあなたを助けたの。大間抜けだったけど、最後は英雄として死んだ」ディラナは長い睫《まつげ》毛からこぼれそうになった涙を瞬きで散らした。「結婚してなくてよかったのよ。でなきゃ未亡人になるところだった。二十五歳で未亡人にはなりたくないもの」大きく深呼吸をしてから続けた。「さあ、今、パンを持ってくるわ」

わたしが止めるより先にディラナは部屋を出ていき、帰ってきたときにはいつもの落着きを取り戻していた。わたしもそれ以上は言わず、ディラナに最近の噂話を尋ねた。

「アーリとジェンコがヴァレクと一緒に働いてるなんて、信じられる？ふたりも先月、ここに来たのよ。新しい制服を試着して、鏡の前で得意そうにしてたわ」

「ふたりが今どこにいるかわかる？」

「ヴァレクと何かの任務に就いてる。ふたりのために、隠密行動用の上下を仕立てたの。アーリは大柄だから、手持ちの黒い生地を全部使いきっちゃったわ。あんなに図体の大きな人が人目を忍んで動き回る姿なんて、想像できる？」

確かに想像できない。どう考えてもアーリは暗殺者タイプではなかった。むしろ正面切って一対一で戦う戦士だ。それはジェンコも同じで、ふたりとも正々堂々と戦わずに相手を殺すことを潔しとしない。じゃあなぜふたりはヴァレクと一緒にいるのだろう？

ディラナは話し続けた。ふたたび政府の話題になったので、顧問官の制服が欲しいと頼んでみた。「ここに残らないかと最高司令官に誘われているの。それにシティアの服だと目立つでしょ」真っ赤な嘘というわけではないけれど、罪悪感に胸がちくりと痛んだ。

「その珊瑚色《さんごいろ》、あなたによく似合っているけど、でも制服のほうが暖かいわね」ディラナは服の山に歩いていき、黒いシャツとズボンを選び出した。それをわたしに手渡し、着替え用の衝立《ついたて》の後ろにいざなう。「試着してみて」

シャツの襟に縫いつけられたふたつの赤いダイヤモンド模様に触れてみた。ここに立つのはぼろぼろに破けた囚人服を毒見役の制服に着替えたとき以来だ。

シャツを脱ぐと、手首にぐるぐると絡みつく蛇の腕輪が目に飛びこんできた。ふと喉にこみ上げてきた笑いを抑えこんだ。わたし自身、ぐるぐる回ってふたたびふりだしに戻ってきたというわけだ。でも、今回着るのは顧問官の制服。こちらのほうが毒見役の制服よりも似合ったし、皮膚みたいにぴったり身体になじんだ。今、最高司令官はわたしに協力を求め、シティア議会はわたしの死を求めている。一年前は状況がまったく正反対だったことを思うと、虚《うつ》ろな笑い声が口から漏れた。

「どうしたの？」ディラナが尋ねる。

衝立の後ろから出て言った。「ズボンが少し大きいみたい」

ディラナはウエストの生地をつまみ、チャコで印をつけた。「昼食までに詰めておくわ」

もう一度着替えてディラナに礼を言うと、馬たちの様子を見に行った。最高司令官の馬小屋は犬舎の隣だ。訓練場は犬と馬の共用で、城壁沿いに馬用の牧草地が作られている。

キキは清潔な馬房で居眠りをしていた。ほかの馬たちも、手入れの行き届いた毛並みが日差しの中でつややかに光っている。世話が行き届いているようで、みな満足げだ。馬番の少年少女に声をかけて仕事ぶりを褒めると、彼らは手を止めて会釈し、すぐに仕事に戻った。その大人びた態度に、この子たちには子供らしい楽しみがあるのだろうかとふと思う。

城に戻る途中、犬舎長のポーターを見かけた。ポーターは犬を鎖で繋いでおらず、犬たちも異常なほど忠実だ。わたしは足を止め、彼が子犬を訓練する様子を眺めた。

ポーターは犬たちに、訓練場に隠したおやつの見つけ方を教えていた。子犬なので、自分がすべきことをすぐに忘れてしまう。ところがポーターがその鼻に触れてから「探してこい」と命じると、任務を与えられてがぜん張りきった子犬たちは、あたりの匂いを嗅ぎ回り、ご褒美へとまっしぐらに駆けていった。すごい。

ポーターはわたしが見ているのに気づき、こちらに軽く会釈した。彼はランドの友人で、わたしは以前、ポーターについてランドと話したことを思い出した。ポーターと犬たちは魔力で繋がっているという噂が城内にはあったのだが、ランドは信じようとしなかった。ポー証拠なんてないと言って、みなが犬舎長を避けても、彼だけは友人でい続けたのだ。ポーターが有能で、悪目立ちせずにいる限り、最高司令官に仕える彼の仕事は安泰だ。

でも、本当にポーターは魔力を持っているのだろうか。もし魔力があり、ひそかにそれを使えるのなら、イクシアに同じような者がほかにもいる可能性がある。政権が交代する前もポーターは国王の下で長年働いていたから、魔力の使い方やそれを隠す方法を学ぶ時間はたっぷりあっただろう。もしかしたら彼にできるのは、犬と話すことだけなのかもしれない。

突き止める方法はひとつしかない。わたしは魔力の糸をたぐり寄せ、一匹の子犬と心を繋げた。元気いっぱいで興奮しきった子犬は、次から次へといろいろな匂いを嗅ぎ回っている。その心に話しかけても、無視しているのか、聞こえないのか、反応はない。やがてその鼻腔にかすかに鼻をつく、何かぐにゃぐにゃしたものの匂いが広がり、子犬は芋虫を探して懸命に地面を掘り始めた。そのうち温かなやさしい声に呼ばれ、子犬は掘るのを中断して、ポーターのもとに駆け戻った。

ポーターはすべての子犬に棒状の牛皮を与え、一列に並べたボウルに水を注いでいる。わたしは意識を飛ばし、ポーターの心の表面をざっと読んだ。彼は仕事に集中しながらも、不安を覚えていた。どうしてイレーナがここに？　いったい何が目的だ？

〝イクシアを助けるためよ〟と、ポーターの心に語りかけた。

いきなり脚を噛まれでもしたみたいに、ポーターはびくっとして、わたしを睨みつけた。

〝わたしの声が聞こえるんでしょう？　やっぱり噂は本当だったのね〟

ポーターが大股でこちらに歩いてくる。わたしはがらんとした訓練場に目を走らせた。身を守る術は知っているが、背が高くてたくましいポーターは手強い相手に違いない。

「イクシアを助けに来ただと？」ポーターが怒鳴った。もし彼の首に毛が生えていたら、逆立っていたはずだ。「助けたいなら、俺たちにかまうな」

俺たちとは、彼や犬のことではない。わたしの脳裏にほかのイクシア人たちの姿がよぎった。

「何か、わたしにできることはない？」

「ランドにしたようにか？　大きなお世話だ。あんたが何かしたら、こっちが殺される」

ポーターはこちらに背を向けたが、わたしには〝さもなきゃ奴隷にされちまう〟という彼の心のつぶやきが聞こえた。

冷水を浴びせられたように、恐怖で身がすくんだ。イクシアには、魔術師を奴隷にして利用する者がいるのだろうか？　でも、たとえそうでも驚くにはあたらない。魔術に堕落はつきものだ。

いつかわたしも堕落するのだろうか。確かに今は後先考えずに魔法を使っている。ポーターの心に語りかければ彼に死をもたらすかもしれないのに、自分の好奇心を満たすためだけにそうしたのだ。今でさえこれほど無頓着に魔法を使っているのだから、将来どうなるかはわかったものじゃない。依存症のように、魔法を使わずにはいられなくなるのだろうか？　それならいっそ、魔法を使うのはきっぱりやめたほうがいいのかもしれない。

複雑な思いで城内に戻ろうとしたわたしの耳に、キキのいななきが聞こえた。急いで馬小屋に戻ると、キキはすでに扉を開けて、わたしを迎えに通路に出ていた。

〝足、痛い〟とキキ。

わたしに続いて訓練場まで来ると、キキは右前脚を後ろに曲げ、蹄の裏を見せた。蹄叉《ていさ》に石が挟まっている。

〝いつ、こんなことになったの？〟

〝夜。そのときは痛くなかった〟

日なたで見ると、キキの身体には思ったほどブラシがかかっていない。

キキが鼻を鳴らした。〝ラベンダーレディ、やって〟

〝あの馬番の男の子、嫌いなの？〟

〝荒っぽすぎ。ラベンダーレディ、待ってた〟

〝甘えん坊ね〟

キキを訓練場に残し、ピックとブラシを取ってきた。蹄に挟まった石を取り、櫛で銅色の毛を梳いてやる。そうしているうちに暑くなって、外套を脱いだ。終わるころには、汗ばんだ服のあちこちに馬の毛がついていた。

〝あなたはきれいになったけど、今度はわたしがお風呂に入らなきゃ〟とキキに言う。

〝牧草地に行く？　それとも馬房に戻る？〟

〝馬房。お昼寝時間〟

〝さっきの居眠りは？〟

〝お昼寝の準備〟

馬の毎日ときたら。本当に羨ましい。

桶の水がきれいなことを確認して馬小屋を出ようとしたとき、ポーターと鉢合わせした。

「馬の扱いがうまいな」ポーターが話しかけてきた。

何か言いたそうなので、先を待った。

「あんたなら、俺たちを助けられるかもしれん」そう言うとあたりに目を走らせた。そばでは何人かの少年が働いている。ポーターは声を落とした。「今夜、城下町《キャッスルタウン》で会合がある。ピーチ通り四十三番地、裏口。夕食のころに来てくれ。行先は誰にも言うな」

22

それだけ言い、ポーターは大股で行ってしまった。本当は今夜、シティアに向けて発つ予定だった。ポーターに会いに行けば出発は遅れるが、行かないわけにいかないだろう。

客室に戻ると、ちょうど伝令が来たところだった。最高司令官からの伝言で、今日の午後、わたしたちに作戦司令室に来てもらいたいという。居間では、タウノが檻《おり》の中の動物みたいに窓辺をうろうろ歩き回っていた。

「少し外に出てきたら?」と声をかける。「兵士たちは訓練で城のまわりを走ってる。あなたも一緒に走ったらどう?」

タウノは驚いた顔で足を止めた。「顧問官がいなくても、ここを出ていいのか?」

「顧問官は、わたしたちが城内で迷わないように最高司令官が厚意でつけてくれただけよ。ひとりで外に出ても、共用部分にいる限り何も言われないわ。まあ、少しは胡散臭い目で見られるかもしれないけど。でも、最高司令官との話し合いまでには戻ってきてね」わたしはみんなに最高司令官からの言伝《ことづて》を伝えた。

長椅子では、ムーンマンがマロックの隣に座っていた。マロックは真剣な表情でこちらを見ていた。わたしたちのやり取りを理解しようとしているかのようだ。

「顧問官のことをおまえは最高司令官の厚意と考え、タウノは見張りとみなす。面白い」ムーンマンが言った。

ムーンマンの言葉には取り合わず、外に出る道をタウノに教えた。心配ないと言ってもなお、タウノは咎《とが》められるのを恐れるように、そっと扉を開けて出ていった。

「マロックは何か話した？」わたしはムーンマンに尋ねた。

「いや、だがだんだん物事がわかるようになってきた。おまえと違ってな」

ムーンマンを睨みつけた。「それ、どういう意味？」

ムーンマンは答えない。シティアに早く着くため彼らをイクシアに残していくという計画が、ますます魅力的に思えてきた。最高司令官が見張ってくれるから、裏切りを心配する必要もない。

わたしは室内を見回した。「リーフはどこ？」

「部屋にいる」ムーンマンが答えた。

扉越しに答えるリーフのそっけない返事からすると、まだ怒っているのだろう。リーフに最高司令官との話し合いのことだけ伝え、わたしも自分の部屋に引き取った。

わたしを先頭に、みんな無言で最高司令官の作戦司令室に向かった。表から戻ってきたタウノは、エネルギーをいくらか発散できたせいか、さっきより落ち着いて見えた。ムーンマンも穏やかさを取り戻し、リーフは何もかもが、特にわたしのことが気に入らない様子だった。彼は本当にふくれっ面がうまい。

最高司令官はうれしい驚きを用意してくれていた。ヴァレク、アーリ、そしてジェンコが丸テーブルを囲んでいたのだ。三人を見たとたん、うれしくて胸が躍った。

「ヴァレクから、シティアの状況について報告を受けていたところだ」最高司令官が言った。「続けてくれ」

「状況はかなり……特異です」ヴァレクは椅子に背をもたせた。考えこむように唇を引き結び、わたしの仲間たちに目を走らせる。鋭いその表情が緩むのは、微笑むときだけだ。

「特異なんて甘いもんじゃありませんよ」ジェンコが言い、右耳の、かつて耳たぶがあったあたりをこすった。不安がっている証拠だ。

「ただならぬ、というところでしょうか」アーリが付け加えた。

その言葉で動悸《どうき》が始まった。いつもならジェンコの大げさな言い草を、アーリが冷静な理屈で抑える。落ち着きのあるアーリは常にジェンコの鎮め役なのだ。実際、ふたりは見た目も正反対だ。ジェンコの針金のように細い身体には、頭の回転の速さと電光石火の戦闘スタイルがお似合いだ。一方アーリは筋骨隆々でたくましく、力で彼にかなう者はまずいない。

「確かに、ただならぬ、がふさわしいな」ヴァレクが頷いた。「議会を潰しても、ましな指導者が現れるとは限らない。むしろ国民を煽って、全面戦争になる恐れもある。それにその戦いを利用しかねない新たな勢力もいる」

「新たな勢力？　薄気味悪い連中と言ったらどうです？　恐怖の魔術師軍団、邪悪な悪魔ども、でもいい」ジェンコが身震いしてみせた。

ヴァレクがじろりとジェンコを睨む。「脅威の本質を見極めて最善の反撃手段を決めるには、もう少し情報を集めなければ」

「ではなぜ戻ってきた？」最高司令官が尋ねた。

ヴァレクはまたも鋭い視線を投げたが、今回、その視線の先にいるのはわたしだった。

「援軍が必要です。さすがのわたしもひとりでは手に負えない事態になってきました」

これで、ひとりでシティアに戻るという計画はなくなりそうだ。

アンブローズ最高司令官が考えこみ、室内が静まり返る。「援軍に必要なのは？」

「兵士を何人かとイレーナ、そしてイレーナの兄を」

ヴァレクがわたしを連れていきたいと言ったのは想定内だ。でもリーフの唸りを聞き、リーフも自分の名が出たことにわたしと同じくらい驚いたのがわかった。

「イレーナはまだ顧問官になることを承諾していない。となれば、おまえを手伝うよう、わたしが命令することはできない」最高司令官が言う。

「では、わたしが頼むしかない」そう言って、ヴァレクはわたしたちに向き直った。

わたしが了承するのと同時に、断るとリーフが答えた。

「僕はシティア人です。イクシアを手伝ってシティアを倒すことなんてできない」

「わたしはシティアを支配したいわけではない」最高司令官が応じた。「イクシアに攻め入られたくないから、あらかじめ対策を取るだけだ」

「われわれを助けることが、君の祖国を助けることにもなる」ヴァレクも言う。

「自分たちの国は自分たちで守る。あなたもイレーナも必要ない」リーフはわたしに向き直った。「おまえはもともと連絡官になんかなれなかったんだよ、イレーナ。イクシアに来てから、おまえの忠誠心がどちらに向いているかよくわかった」

あまりの言葉にかっとなって言い返す。「本気でそんなふうに思っているの？」

「ちゃんと証拠があるじゃないか。ことが起こるやいなや、おまえはイクシア目指して逃げ出した。城塞に戻って、シティア議会に説明することだってできたのに」

兄の非難はナイフのようにわたしに突き刺さった。

「議会はわたしたちの言葉なんか信じない。アイリスから聞いた話を忘れたの？」

「だがそれが、おまえの嘘だったら？　僕ひとりでは、心で会話できないのをおまえは知っている。おまえが僕らを信用していないのに、どうして僕らが信用できる？」

まずは議会がわたしの敵に回り、今度は兄までが敵に回るのか。「そう思うなら思えばいいわ。ヴァレク、リーフ抜きでもいい？」

「かまわない」

最高司令官はヴァレクを睨みつけた。「ふたたび姿を消す前に、計画をきちんと説明するように」

「かしこまりました」

「よろしい。では、全員下がってよし」最高司令官は立ち上がった。

「僕たちはどうなるんです？」リーフはムーンマンとタウノを仕草で示した。「シティアに戻ってかまいませんか？」

「この嘆かわしい状況が解消するまでは、イクシアの客人だ」ヴァレクが答えた。

「われわれが、もう客人でいたくないと考えたら？」ムーンマンが尋ねる。

「そのときは戦争捕虜の第一号となり、待遇もこれまでほど贅沢なものではなくなると心得よ。どちらを取るか、決めるのはおまえたちだ」最高司令官は部屋を出ていった。

リーフに睨みつけられ、思わず笑いたくなった。今の兄の態度は、十四年ぶりにわたしと再会したときの態度にそっくりだ。ここでもまたぐるっとひと回りしてふりだしに戻ったというわけだ。なんだか眩暈がしてきた。時間と労力を浪費して結局元に戻るなら、最初からここでじっとしていろというお告げだ。

　ヴァレクはアーリのほうを向き、手を小さく動かした。頷いたアーリが立ち上がる。彼のブロンドの巻き毛が揺れた。「部屋までお送りしましょう」

　アーリに続いて部屋を出ていくリーフたち一行の顔には、ありとあらゆる感情が浮かんでいた。リーフは憤りを抑えきれず、タウノは不安げ、ムーンマンは物思いに沈んでいる。ジェンコがその列の最後尾につき、わたしににやりと笑ってみせた。「四時に訓練場で」

「まだ稽古が必要なの？」

「おまえがやりたいならね」

　扉が閉まると、わたしの笑顔は消えた。ヴァレクは硬い表情で、テーブルの一番奥の席に座っている。気まずく、不安な気持ちに襲われた。

「状況はそんなに悪いの？」と尋ねる。

「いまだかつて遭遇したことのない状況だ。心配だよ」

「イクシアのことが？」

「いや、君のことだ」

「わたし？」

「君という人は、権力者たちの不要な注目や怒りをいつも買わずにいられない。だが今回は、なんと国中を怒らせた。わたしが最高司令官なら、シティアの内紛が収まるのを待ってから、君をその勝者に引き渡す。イクシアには手を出すなという交換条件つきでね」

「あなたが最高司令官でなくてよかった」

「ああ。だから最高司令官がそれを思いつく前に、われわれはイクシアを出なければいけない。君の計画は?」

知らん顔でしらばくれた。「わたしの計画? 計画を練っているのはいつもあなたのほうでしょう?」

「じゃあ、ディラナに寸法を直させた顧問官の制服は何なんだ? まさかわたし抜きでシティアに忍びこむ気だったのか?」

ああ、また裏切られた。「ディラナに聞いたの?」

「気に入っているズボンに穴を開けてしまってね。繕ってもらいに行ったら、制服を君に届けてくれと頼まれた。ディラナには思わせぶりな目で見られたよ。今頃使用人たちは、わたしたちが一緒にいるところをいつ見つけられるか賭けてるぞ」ため息をついた。「わが部隊も、使用人の噂話ぐらい効率よく機密情報を仕入れてくれれば苦労はないんだが」

ヴァレクは椅子から立ち上がると、豹のように優雅な身のこなしでわたしに歩み寄った。身体から強力なエネルギーを発散している。わたしの椅子の肘掛けに寄りかかると、こちらの顔から数センチのところまで顔を寄せた。殺気さえ感じさせる表情でわたしを見据える。「もう一度訊く。シティアへはわたしと一緒に行くつもりだったんだな?」

追いつめられ、椅子に深く身を沈めた。

「イレーナ？」厳しい声だ。

「これまで遭遇したことがない状況だと言っていたでしょう。だとしたら、何が待っているかわからない。嫌なのよ」

「何が？」

「あなたを失うような危険を冒したくない。あなたには魔法がきかないから、何かあっても治療もできない！」

「危険を冒すことなど何でもない」

「でも、そうしてほしくないの」

「イレーナ、すまないが、それは君が決めることではない。わたしが決めることだ」

ああ、まったく。事態はどんどん手に負えなくなっていく。またもわたしは堂々巡りをしているだけ。一歩も前に進めていない。

「わかった。あなた抜きでシティアには行かないと約束するわ」とはいえ、この約束に今夜ポーターと会う件は含まれていない。

「ありがとう」ヴァレクの唇がわたしの頰をかすめた。背筋がぞくりとする。

「それで、あなたの計画は？」話を続けようとしたが、ヴァレクの香りに包まれると、その気が失せてしまった。

「これがわたしの計画だ」

ヴァレクはさらに身を寄せると、わたしに口づけをした。全身が熱くなり、喉を締めつけていた緊張が緩んでいく。不安を頭の隅に押しのけ、ヴァレクに抱きついた。彼の身体をシャツ越しに感じるだけでは我慢できなくなり、さらに身を寄せる。その肌に触れたい、肌と肌を触れあわせたい。

ヴァレクが身体を起こした。「誰か入ってきたらどうする?」

「噂話のいいネタになるわ」

「いいネタ?」むっとしたふりをして、ヴァレクが訊き返す。

「そうじゃないなら証明して」

挑戦を受け、ヴァレクの瞳が明るく燃え上がった。

ヴァレクと作戦司令室の丸テーブルの下で抱きあい、穏やかな気分を何週間かぶりに味わった。それから横たわったまま、シティアで起きていることについて話しあった。

「城塞ではろくに動くこともできなかった」ヴァレクが言った。「魔力が充満していて、シロップの中を泳いでいるみたいだったよ」

「でも、気づかれなかったのね」

魔法がきかないというヴァレクの特性は強力な武器だ。わたしがファードを倒せたのも、ヴァレクに魔法がきかなかったからにほかならない。

「ああ、気づかれはしなかったが、見つかるのは時間の問題だった。《編み機》とやらがあれだけ大勢いれば、早晩、わたしのいる場所にできる空白地帯に気づかれていた」

わたしは城塞での急激な状況の変化について考えた。三週間ほど前、ムーンマンはダヴィーアンの中にいる《編み機》の数を八人と見積もっていた。けれど彼らがキラカワの儀式を行っていることがわかると、実際の《編み機》の人数はそれよりずっと多いと考えるに至った。とはいえそれは、犠牲者の数で変わってくるし、儀式の進展の度合いによっても違う。それに《編み機》を作るには、生贄に魔力がなければならない。

もし彼らがこの作戦を以前から進めていたのだとしたら、誰が生贄になっていたのか？いくらダヴィーアンでも一族の人間を使いはしないだろうし、もしサンドシード族の《物語の紡ぎ手》が行方不明になれば、誰か気づいたはずだ。それはほかの一族でも同じこと。どう考えてもわからず、ヴァレクに訊いてみた。

「おそらく宿無しを狙ったんだろう。大きな町で物乞いがひとりふたりいなくなったとして、誰が気づく？」

「でも魔術師じゃないとだめなのよ？」

「魔術師が思春期に差しかかったころは、不安定で狙われやすい。彼らの半数は自分が魔力の源泉から力を引き出せると気づいていないし、あとの半数もその力をどう使うかまったくわかっていない。そんな状況にいる若者を捕まえようと、《編み機》たちは通りをうろついているのかもしれない」

魔力について学べば学ぶほど、そして魔力がいかに悪用されるかを知れば知るほど、魔法を使うのはやめようという思いが強くなる。

ヴァレクとわたしはシティアに戻る作戦を練り、どうすればバヴォル・ザルタナに接触できるか考えた。

「アーリとジェンコはここに残していく。不満に思うだろうが、城塞周辺の警備は厳重だから、われわれだけで行ったほうがいい。城塞内ではすでに、わたしの部下がふたり捕まっている」ヴァレクはしぶしぶといった様子で起き上がった。「片づけなければいけない用事があるから、今夜、わたしの部屋の続きの間に来てくれ。そのときに時間も含めた予定を詰めることにしよう。君の荷物もそちらに運ばせる」

背嚢を取りに戻らなければならなかったが、リーフたちに会いたくないと思っている自分に気づいた。そこでふと思い出した。「どうしてリーフも連れていくと言ったの？」

ヴァレクは首を振った。「どっちみち、君は承知しなかっただろうな」

「承知するって、何を？」

「まずはリーフに捕まってもらい、心で会話できる君が彼と繋がって、養成所内の様子を探り出してもらおうと考えていたんだ。だが、今は君もリーフに腹を立てて――」

「だめよ。そんなことしたらリーフは殺される。わたしだってリーフに対して、そこまでは怒ってないわ」それに城塞の近くで魔力を使えば、どんな備えをしても水の泡なのだ。

「動きは速い、でも攻撃はかわせない」あばらへの一撃を阻止して、ジェンコが歌う。

「顎をもう少し勉強しなさい。それか、わたしが腕を上げるかね」そう言うと、わたしは脳天を殴るふりをしてから、ジェンコの脚を払った。でも、わたしがその隙をつくより先にジェンコはくるりと転がり、体勢を立て直す。

「タイミングを逃したな」アーリが脇から指摘した。「しゃべりすぎて気が散ってる」

再度打ちかかったものの、ジェンコにやすやすとかわされた。ジェンコとわたしが試合を始めるまで、訓練場では兵士たちが剣や刀で打ちあう音が響き渡っていたが、今やわたしたちのまわりには人垣ができていた。

「話しながら戦うなんて無理。礼儀なんかかまってられない」ジェンコはふたたび歌いながらボウをすばやく振り回した。あまりの速さにその輪郭がぼやけた。

わたしは後ずさりしながら、雨あられと降ってくる攻撃を防ぎ続けたが、突然ジェンコの攻撃のリズムが変わり、テンポがずれた。次の瞬間、ジェンコのボウにみぞおちを突かれ、肺の空気が一気に吐き出された。身体をふたつに折って咳きこみ、大きくあえぐ。

「妙だな」ジェンコが言い、山羊髭《やぎひげ》を撫でた。「いつもはこんなに簡単にやられないじゃないか。俺が上手に心を隠したから、読めなかったのか？」

ようやく咳が止まり、構えの体勢に戻ったわたしに、ジェンコがにっこり微笑んだ。前にシティアで試合をしたとき、ジェンコはわたしの集中ゾーンのことを知った。集中ゾーンとは、対戦相手の心を読むことができる半魔術的状態だ。けれど今は、ゾーンに意識を持っていかずに戦っていた。

「違うわ。あなたってやっぱりひとりよがりの自惚れ屋ね」

「喧嘩を売ってみただけさ」

「もう少し休憩がいるんじゃない？　管理職になったんだから、もっと身体を動かして、その太鼓腹をなんとかしないとね」

憎まれ口に応えるようにジェンコはこちらの脚をボウで払い、わたしたちはまた試合を始めた。次もわたしが負けたが、汗だくでくたくたになるまで、わたしは彼に挑み続けた。

「だんだんよくなってきたよ」アーリが頷く。「でも、最善の状態じゃないな」説明を求めるようにこちらを見る。

わたしは肩をすくめた。「別のやり方を試そうとしたの」

「でも、効果は出ていない。元の戦い方に戻したほうがいい」

「俺は新しいほうが好きだね」ジェンコが口を挟んだ。「腕に自信が持てる」

アーリが眉をひそめて、太い腕を組んだ。

「大丈夫よ、生きるか死ぬかになったら持ち技を総動員するから。心配しないで」

　アーリは安心したようだ。わたしも嘘をついたわけではなかった。いざとなれば、また魔法を使うだろう。でも、これもまた問題だった。魔法はわたしを怠けさせる。困難に遭遇すると、考えるより先に魔法を使ってしまうのだ。だが今は、魔術以外の技を磨かなければならない。《炎の編み機》との戦いでは魔術は役に立たないのだ。

　話題を変え、アーリとジェンコの新しい職務について尋ねた。ジェンコの口から語られる、ヴァレクに挑戦した試合の話は傑作で、アーリがやれやれと首を振るたび、ジェンコがあちこち誇張しているのがわかった。

「イクシアの諜報《ちょうほう》機関で副官になるって、どんな感じ？」と訊く。

「ここそこ情報を集めるのは好きじゃない」アーリが答えた。「イクシアでは僕が思っていた以上にいろんなことが起こっている。それにやることが山ほどあるんだ。ヴァレクは人に仕事を振る天才だよ」

「俺は錠前破りの技術にすっかり慣れたぞ」ジェンコはにやりと笑った。その瞳にいたずらな光が輝いている。「それに、すごい情報も掴んだ。たとえばディンノ将軍は――」

「ジェンコ」アーリがたしなめた。「仕事は面白いよ。ただ、想像していたのとは違う」

「どんな仕事もそうよね」とわたしは答えた。

　疲労で節々が痛み、アーリとジェンコに手を振ると、わたしは浴場に向かった。背嚢は訓練場に来る前に取ってきて、更衣室に置いてある。ゆっくり湯に浸かったあと、ポーターを訪ねるために顧問官の制服に着替えた。シティアの服装より制服のほうが人目につかないと考えたのだ。

ズボンのポケットに穴を開け、飛び出しナイフを右腿にくくりつけた。ボウで武装していくつもりはなかったが、万が一に備えてナイフは携帯したほうが賢明だ。髪は一本の三つ編みにして、背中に垂らした。

空腹でお腹が鳴ったが、ポーターは夕食時に来いと言っていた。なるほど、夕食時なら城の住人の大半は食事を出すか食べるかで忙しいし、城下町も比較的静かだ。

途中、牧草地で足を止め、尾行がいないか確かめた。使用人が数人、建物の間を忙しそうに行き来していたが、誰もこちらを気にする様子はない。風を待っているかのように、あたりには冷気がよどんでいる。キキやほかの馬たちのもとへ行くと、林檎を食べさせた。

〝匂う?〟とキキに訊いた。

〝大雪〟

〝いつ?〟

〝半月のとき〟

三日後か。だとすると、ヴァレクとの出発は早いほうがいい。

〝キキも行く?〟

〝もちろん。ガーネットも一緒にね〟

耳の後ろを掻いてやると、キキは満足げなため息を漏らした。誰にも見られていないのを確かめてから、今度は南門に向かう。顧問官の制服にイクシアのウールの外套を羽織っているので、家へと帰る人々の流れにうまく紛れることができた。人々は城壁周囲の草地を急ぎ足で横切っていく。政権を握ったとき、最高司令官は城の周囲八百メートル内にある建物すべてを破壊した。そして町の名前も、ジュエル前女王の名にちなんだジュエルズタウンから、いささか独創性に欠ける城下町《キャッスルタウン》に変更されたのだ。

町はずれに来ると、人々はわが家へと散り、人の流れも消えていった。木造の建物が整然と並ぶ調和の取れた美しさは、城の非対称な建築様式とはずいぶん違う。住宅の合間に商店が合理的に配置されているので、道もわかりやすい。各地区には、その地域が扱う商品にちなんだ名がついていた。目指しているピーチ通りは果樹園《ガーデン》地区にある。

町の住人が何人か足早に歩いていくのが目に入った。みなそれぞれの用事で忙しそうだ。わたしも、通りを見張る憲兵の目に留まらないよう、用があるそぶりで歩いていく。日が沈むにつれて建物は灰色を帯びていった。そのとき急に視界が変わり、色のない影の世界に足を踏み入れた気分になった。並び立つ建物が、幽霊の住む町の水彩画のように見える。

ふと路肩でつまずき、現実の世界に引き戻された。奇妙な幻を振り払い、空腹のせいだと自分に言い聞かせる。街灯の点灯夫が現れる前に、目的の住所を見つけなければ。わたしは足を速めた。ピーチ通りは人っ子ひとりおらず、裏の路地に入って初めて人が住む気配に気づいた。

四十三番地の家から明かりが漏れている。物陰を伝って裏口に近づくと、魔力の糸をたぐり寄せ、ざっとあたりの様子を探った。家の中でポーターがふたりの少女とともに待っているのがわかった。誰かに見つかることを恐れているが、わたしを騙す気はなさそうだ。

そのとき、自分がどれほど魔力に依存しているかに気づいてはっとした。敵を探るときだけでなく、キキに対しても使っている。こんな調子で本当に魔法を使うのをやめられるだろうか？　思ったよりずっと難しそうだ。

小さくノックすると、扉はすぐに開いた。まるで、すぐそばでポーターが待ち構えていたかのようだ。ポーターはわたしを屋内に引きこみ、すぐに扉を閉めた。

「人に見られなかったか？」と尋ねる。

「ええ」答えてから室内を見回した。狭いけれどよく整頓され、居間には長椅子と椅子がひとつ、そして三匹の犬を緊張した面持ちで見ている少女たちがいた。長椅子に浅くかけ、背筋をぴんと伸ばしたふたりは、学校の制服を着ている。簡素な赤いリンネルのジャンパースカートだ。青ざめた顔でポーターとわたしを交互に見比べる。

「わたしなら助けられるかもしれないと言ってたわよね？」わたしは尋ねた。

「一《いち》か八《ばち》かで、あんたを信じてみようと思う」ポーターは犬が齧《かじ》りかけた棒状の牛皮を床から拾い上げた。犬のおやつを握りしめ、じっとわたしを見る。「これから話すことは、ヴァレクにも、ほかの誰にも話さないと約束してほしい」

「〝これから話すこと〟が何かによるわ」

牛皮の棒が、ポーターの手の中でポキッと折れた。彼は少女たちをちらりと見やり、それからため息をついた。緊張が緩んだのか、肩を落とすと、空いている椅子を示した。「まあ、座ってくれ。ちょっと長い話になる」

腰を下ろすとすぐ一匹の犬が近づいてきて、わたしの膝に頭をのせた。ふさふさの灰色の毛の間からこちらを見つめる目が、かまってくれと訴えている。滑らかなその頭を撫で、耳の後ろを掻いてやった。尻尾がやさしく床を叩く。湿った犬の毛と暖炉の煙がまざりあった、むっとする匂いが鼻をついた。

ポーターは牛皮の棒で脚を軽く叩きながら話し始めた。「俺はイクシア各地で協力者を募り、子供たちをひそかに国外に逃す組織を作った」

驚き、思わず身を乗り出した。ムグカンの誘拐組織や、彼がシティアの子供をイクシアに連れてきては己のために虐待していたことを思い出す。「子供たち？」

「俺から見れば、あの子たちはまだ子供のようなものさ」ポーターは祖父のような笑みを少女たちに向けた。「自分に魔力があると気づいたばかりの若者。ここにいるリヴやキーランのような子たちだ。俺は、彼らの魔力が周囲に気づかれる前にシティアに逃がしてやっている。だが、このところ妙なことが起きているんだ」

「何？」ポーターが言葉に詰まったので、わたしは先を促した。

「先月、俺は第七軍管区にいた。ラスムッセン将軍のところのウルフハウンドとうちの雌犬を交配させるためにな。だがそのとき、組織の協力者で、将軍の馬小屋で働いている男から、最近、俺が組織に託した子が向こうに到着しなかったと言われた。さらに、その男が逃がしたふたりも、国境にいた協力者のもとにたどりつかなかった。全員、消えちまったんだ」

胃がぎゅっと締めつけられた。「もしかして、ヴァレクが彼らを殺したと思ってるの？」

「わからない。それに、尋ねて回る危険も冒せない。もし組織のことがばれているなら、リヴとキーランを送るわけにいかない。通報されてしまうからな」

少女たちのただでさえ青い顔がさらに青ざめた。今の話を考えながら、ポーターに訊く。

「あなたの組織はどんな仕組みになっているの？」

「ここから国境までに四人の協力者がいる。俺がしていることを知っている者はごくわずかで、子供たちは見習いとして俺のところに送られてくるんだ。幸い、最高司令官は犬舎の管理を俺に一任しているから、見習いのことは誰も気にかけない。彼らは畜産研修の一環としてやってきて、帰っていくわけだ。ヴァレクの目と鼻の先にいるのは危険だが、逆にどこにいるか把握できるから、ヴァレクが任務で留守のときを見計らって子供たちを送り出す」ポーターは室内を歩き回りながら続けた。「子供たちに案内人を同行させるのは危険すぎる。だから最初の協力者を見つける方法だけを教え、その協力者がまた次の協力者を教え、最終的には国境にいる協力者が彼らをシティアに入れる。衛兵に呼び止められたときのために、研修地変更書類も持たせてある。だから、もしあの子たちが当局に捕まったのなら、俺も今頃捕まっているはずだ」その落ち着かない様子に苛立ちが滲んでいた。

「それで、わたしに何をしてほしいの?」

ポーターの足が止まった。「リヴに付き添い、俺が送り出した子たちに何があったか突き止めてもらいたい。その顧問官の制服を着ていれば、許可証がなくてもイクシアのどこにでも行けるはずだ」

「だめよ。それじゃリヴを危険にさらすことになる。一番の方法は、学生になりすましたわたしを組織に託すことね」

ポーターは驚きに目を丸くした。「そこまでしてくれるのか?」

「ええ。でも残念ながら、今すぐにはできない」

魔力の源泉と繋がる能力が芽吹くのは、ちょうど思春期に入るころだ。たいていは、周囲に魔力が気づかれ、通報されるまでには一年ほどかかる。また、魔力を使いこなす方法を学ぶには、さらに三年から四年は必要だ。魔術師のひよっこの魔力は、きちんと抑制しないと燃え尽きて、世界を覆う魔力の毛布を歪めてしまうことがあり、世界中の魔術師を困らせることになりかねない。その魔力が強ければ強いほど、燃え尽きの影響も大きくなる。一方オパールのように、溶かしたガラスに魔法を封じこめるといった一種類の魔力しか持たない場合は、本人も魔力に気づかない傾向があり、正式な訓練も必要ない。

「この子たちにはあとどれぐらい猶予があるの？」と訊いてみた。

「リヴは長くてもあと一年。キーランのほうが年下だから、あと二年はもつだろうが、できればふたりともなるべく早く送り出したい。だが、いざとなればここに匿《かくま》うこともできる。以前も、犬舎で働く余裕もなかった避難者を匿ったことがあるんだ」

「二、三カ月待っていて。今のシティアは誰かを送りこめるような場所じゃないの。問題が解決したら、戻ってきてあなたに力を貸すわ。ふたりには、とりあえず魔力を制御する方法を教えておく。そうすれば、魔力があることを見つからずにすむから」

リヴとキーランの幼な顔に安堵が浮かんだ。そのあと一時間、わたしはふたりに魔力の制御方法を教えた。アイリスが見たら、教えをこれほど身につけたわたしをさぞ誇りに思ったに違いない。でもアイリスのことを考えたとたん、恐怖でみぞおちがこわばった。どうかアイリスが無事でいますように。

魔力の制御方法を習った少女たちは連れ立って帰っていき、わたしは少女たちが十分遠ざかってからここを出ることにした。養成所の牢屋に監禁されているアイリスとベインが心配で、早くシティアに行かなければと気が焦る。

ポーターの家の外を魔法でざっと探ってみたが、周囲の家は静まり返っていた。路地にも人影はない。

さようならと手を振ってポーターの家を出ると、表で立ち止まり、闇に目を慣らした。少し見えるようになったので、通りに向かって歩きだした。

道中を半分ほど来たとき、背後に人の気配を感じた。飛び出しナイフを掴んですばやく振り返ったがその瞬間、何かが首筋に刺さった。細い吹き矢筒を下ろすスターが目に入る。

喉に刺さった吹き矢をとっさに引き抜いた。「どうして……？」

「何ともご立派な魔術師だね」とスターが言う。「わたしも自分のささやかな魔力が恋しくなったよ」

視界がぐらりと大きく傾き、よろめいたわたしを、スターが抱きとめる。スターの腕を振り払う力も出なかった。「何？」

スターはわたしを抱きかかえた。「ヴァレク特製の〝バブバブジュース〟さ。そう警戒するな、イレーナ。おまえの面倒は、このスターがちゃんと見てあげるよ」

薄れゆく意識の中、わたしはその甘い言葉と邪悪な表情がなんと不釣合いなことかと考えていた。

23

世界が揺れている。思い浮かぶことはばらばらで、筋道が通らない。温かな手に導かれ、でもその手が離れるたび、地面が膨らんで転んでしまう。

恐怖を感じていないと気づいた瞬間、頭の周囲の空気が回り始めた。横になっているのが一番楽だ。身体が動いているのがわかる。馬の匂いを感じる。

ニワトリ用らしき木箱の中で、わたしは何をすべきか考えた。重要なことは何？　やがて日差しが埃を照らし出す。宙に舞う埃を見つめる。すると埃の塊が短剣になった。叩き落としたい。でも両手が背中から離れない。口は、きつく縛った革紐の猿ぐつわで塞がれていた。短剣は日差しとともに消えてしまった。

時が満ち、また干《ひ》く。木箱が開き、また閉まる。いくつもの顔がこちらを覗きこむ。いくつもの口がしゃべりたてる。言葉がわたしの耳の中でこだまする。「食べろ」とか「飲め」とか「眠れ」という言葉は理解できた。でも、ほかの言葉は赤ん坊の片言みたいだ。バブバブ。バブバブ。

腕がちくっとした。いや、首か背中かもしれない。空気はさまざまな色であふれていた。わたしの木箱は目に見えない海にぷかぷか浮いている。

意識のわずかに冴《さ》えた部分が、動きたい、自由になりたいと叫んでいた。けれど圧倒的に優勢なそのほかの部分に支配され、流れゆく世界を木箱の中から眺めることしかできない。わたしの木箱。わたしの木箱？　おかしくてつい笑ってしまう。

火の気配で目覚めた。炎の指がわたしをつつく。思わず身をすくめると、そこはもう木箱の中ではなかった。考えがまとまってひとつになる。空気が見えなくなり、周囲がはっきりと輪郭を持った。

ふたたび何かを刺されるのではと、身構えた。だが何も起こらず、目が焦点を結ぶ。すぐそばにブーツを履いたふたりの衛兵の足があった。わたしは焚き火の前で横向きに転がされている。火明かりの外は暗闇で、わたしは両手を後ろ手に縛られていた。

会話が耳に入ってきた。もうバブバブという赤ん坊の片言ではない。でも、どれぐらい前からだろう？　必死に考えたが、まだ頭はぼんやりしたままだ。

男の声がした。「こんなことしちゃまずい。目的地に着くまで薬で眠らせておかないと。この女の魔力に対抗できるのはジャル指揮官だけだ」

聞き覚えのある声が答えた。「わたしはこの女と約束したんだ。自分が誰に捕われているか、われわれがこれから何をするつもりか、教えてやる」

足音が近づいてきた。聞き覚えのあるこの声が誰の声か考えた。川底の泥にはまりこんだみたいに、意識がずぶずぶ沈んでいく。

「猿ぐつわを取れ」背後で、さっきの聞き覚えのある声がした。

護衛のひとりが革の猿ぐつわをはずした。痛みと安堵がないまぜになってひび割れた唇に流れこんできた。唇を舐めると血の味がした。節々の痛みや腹痛が目覚める。襲ってくる痛みから気をそらしてくれるものは、埃にまみれた黒い乗馬用ブーツの足だけだ。ブーツの足先から乗馬用ズボン、灰色の乗馬用マントへと視線を上げていき、火明かりの中、目を細めて焦点を合わせる。目の前の人物が幻でありますようにと祈らずにはいられない。

横柄な薄ら笑いに心臓が凍った。いきなりあばらを蹴られ、旧交を温めるというはかない希望はついえた。痛みが全身を貫き、大きく咳きこんであえいだ。

「わたしをキュレアで撃ったお返しだ」そう言って、もう一度蹴りつけてきた。「わたしがそういう立場にいることを思い知れ」

息をしようとあえぐわたしの耳には彼の声は遠く、きれぎれにしか聞こえない。カーヒルはこちらを見下ろして立っていた。激痛が鈍痛に落ち着くと、わたしはようやく身体を起こして座りこんだ。あたりを見回すと、一メートルほど先に四人の兵士が立っていた。近くにはダヴィーアン人が三人いたが、《編み機》かどうかはわからない。

「カーヒル」苦しい息の合間に呼びかけた。「あなたはまだ……恐れてる。わたしのことを」

カーヒルの水色の瞳が愉快そうにきらりと光った。

「イレーナ、恐れたほうがいいのはおまえのほうだ」カーヒルはしゃがみこんだ。わたしの顔に顔を近づけ、つまんだ小さな矢を見せた。先端から透明な液体が滴り落ちる。甘い匂いに、胃が縮んだ。キュレアだ。恐怖を悟られないよう、必死に無表情を装う。

「少しの間、おまえの意識を戻してやったのはこのわたしだ。いいか、よく聞け。最後に話したとき、わたしが何と言ったか覚えているか？」

「あなたがわたしをマロックと交換しようとしたときのこと？」

「違う。おまえに約束したときだ。おまえとヴァレクを倒せる者を必ず見つける、と。その約束をついに果たしたぞ。いや、おまえはもう、わたしが見つけたその相手に会ってる」

「ファードのこと？」とぼけて会話を引き延ばす。頭を明晰《めいせき》にして脱出計画を練らないと。

「間抜けのふりをしても無駄だ。おまえが恐怖、そして欲望で冷や汗をかくような相手、《炎の編み機》だよ。やつがこの世界に呼ばれた使命はただひとつ、おまえを捕らえるためだ」カーヒルの顔が満足げに輝いた。「おまえをジャルと《炎の編み機》のもとに連れていく。おまえを生贄にしてキラカワの儀式を行い、ジャルはおまえの魔力を、《炎の編み機》はおまえの霊魂を手に入れる」

カーヒルを止めなければと気が急いたが、いい案がまったく浮かばない。魔力の源泉にさえ繋がれなかった。「じゃあカーヒル、あなたは何を手に入れるの?」

「おまえの死を、おまえの愛人が苦しみぬいた末に同じ末路をたどる姿を、見届ける」

「でも、そのジャルという人間の力は強くなる。それでも本当にあなたを権力者にすると思う?《炎の編み機》だってそう。使命を果たしたあと、満足して元の世界に戻るかしら」

「やつはおまえを求めてやってきた。おまえを手に入れれば戻るさ。そしてジャルはシティアを、わたしはイクシアを支配する」

だがカーヒルの瞳にかすかな不安がよぎった。わたしの意識はようやくバブバブジュースの効力から逃れ、魔力の源泉と繋がった。「さっきあなたは、自分が《炎の編み機》を呼んだと言ってたわ。でも今度は、彼が自ら来たという。本当はどっちなの?」

「どちらだろうが、おまえに関係ない」

「大ありだわ。もしあなたが呼んだのなら、あなたが彼を操っていることになる」

カーヒルは肩をすくめた。「やつにはジャルが対処する。わたしはイクシアさえ手に入れば、ほかはどうでもいい」

「それですむわけがない。魔力への欲望は依存性が強いの。サンドシード族やダヴィーアン山脈で何が起きたか、ダヴィーアンのお友だちに訊いてみて。ジャルがシティアを支配するだけでは満足しないとわかるわ。存在価値が消えれば、あなたも消されるのよ」

「わたしを謀る気だな。そんな戯言を誰が聞く」

カーヒルは、わたしの喉に矢を刺そうとかがみこんだ。魔力を引き寄せながら仰向けに倒れたわたしに、馬乗りになる。首筋に矢が刺さった瞬間、とっさに魔力を首に集中させた。目を閉じ、怪我を治すときのようにその部分を癒す。わたしの心の目には、脈打つ赤い光となったキュレアが、喉全体に広がっていく様子が映った。それを魔力で押し戻し、皮膚に開いた小さな穴から外に排出する。キュレアは首の脇から滴り落ちた。

目を開けると、カーヒルと目が合った。勝利の喜びと憎しみの入りまじった目がこちらを睨んでいる。薬を押し出したことに気づかれませんようにと祈りながら、呼びかけた。

「カーヒル、よく考えて。そうすれば真実が見えるはずよ」そう言うと麻痺したふりを装い、目の焦点をはずして脱力した。

カーヒルが低く唸って立ち上がる。「真実ならちゃんと見えている。だからおまえには死んでもらいたいんだ」

焚き火の横にいたカーヒルにダニたちが歩み寄るのを、わたしは目の端で見守った。

「一瞬だったが魔力を感じたぞ。あの女、あんたに魔法を使ったのか?」ダニのひとりがカーヒルに尋ねた。

「いや。その前に眠らせた」

それから彼らは明朝出発する計画について話しあった。

ほかの者たちがテントを張り始めると、カーヒルが言った。「今、イレーナを殺そう」

それは軽率だと驚く声が返ってきた。皮肉にも、ダニとわたしの意見が初めて一致した。

「ジャルにはこの女が必要だし、《炎の編み機》を怒らせたくない」別のダニが言う。

「やつの機嫌をなぜわたしが伺わなきゃならない？」カーヒルが訊いた。「仕切っているのはこのわたしだ。わたしが命令し、やつはそれに従う。向こうがわたしの機嫌を伺うのが筋だ。密林でのあの失態のあとならなおさらだ」

まあまあ、となだめる言葉が続く。

「イレーナを箱に戻せ」カーヒルがようやく言った。「何かあったときのために、しっかり閉めておけ」

ふたりのダニに抱き上げられる間、脱力状態を保つことに集中した。両手は縛られているし、彼らに気づかれずに魔法を使うこともできない。ダニのひとりは《編み機》だとわかったが、あとのふたりははっきりしない。もっと情報を集めなければ。とりあえず、チャンスが訪れるのを祈って待つことにした。

ダニたちは荷馬車に上がると、わたしを木箱に下ろして蓋を閉めた。暗闇の中、金属の掛け金の閉まる音が肌を掻く。鍵が三つかけられる音に、落胆のうめきを噛み殺した。棺《かん》桶《おけ》形の木箱は恐ろしく窮屈で、気を静めようと何度か深呼吸をする。そのときふと、板の隙間から空気が入ってくるのに気づいた。光もだ。火明かりがちらちらと差しこんでくる。楽な姿勢を探して身をよじり、限られた選択肢について考える。やはり唯一の武器は魔力だ。意識を飛ばし、周囲の様子を見たいという気持ちに駆られたが、薬で眠っていないとばれたら逃げ出す可能性はゼロになる。《編み機》は、睡眠中でもわたしの魔力を感じるだろうか？　わたしひとりの力で、ダニとカーヒルを昏睡《こんすい》状態にできるだろうか？　たとえ箱の中に閉じこめられていても、誰かを呼んで、ここから出してもらうことはできる。でも、いったい誰を？　心の声を届けられるのは魔術師だけだし、ここがどこなのかもわからない。運よく地元住民を見つけることができれば、現在地がわかるかもしれない。

今後の計画を決めあぐねながらも、キュレアを身体から押し出した自分の力にはわれながら驚いていた。あんなことができると知っていたら、そもそもこういう状況に陥ってはいなかったのに。これでキュレアと眠り薬とバブバブジュースの問題は解決した。とはいえ、箱に閉じこめられていては、とてもお祝い気分にはなれない。

シティアに戻ったときは、魔術を学び、自分の魔力の幅を知り、家族と再会することだけを願っていた。それなのにさまざまな陰謀に巻きこまれ、自分の魔力を磨く時間どころか、息をつく暇もなかった。

キュレアを身体から押し出せたのは新発見だった。わたしの魔力は生き物にしか効かず、薬を動かすことはできない。だからキュレアを押し出したのは、きっとわたしの筋肉だろう。

切迫した思いと本能が、この力に気づかせたのだ。できれば、この力を使って今の難局を乗りきりたい。今は魔力を使わざるをえないが、もし運よくこの状況を生き延びられたら、《霊魂の探しびと》は引退し、魔力を使うのはキキと話すときだけにしよう。キキはわたしがさらわれたことに気づいているだろうか。ヴァレクは？　そしてスターはどんなふうにこの策略に加担しているのだろう？

答えの出ないあまりにも多くの疑問が頭の中を駆け巡る。そして、とにかく何か行動しなければという結論に達した。《炎の編み機》のところに連れていかれたらそれで終わり——そんな予感がした。

「さあ、行くぞ。急げば日没までにアヴィビアン平原の領境に着く」

カーヒルの声で浅い眠りから目覚めた。一瞬そこがどこかわからなかったが、まもなく自分の窮状を思い出し、カーヒルの言葉の意味がわかった。とたんにはっとする。ここはシティアだ。きっと、あのババブバブジュースで何日も眠らされていたに違いない。ヴァレクはどこ？　彼を置いてシティアには行かないという約束も、もはや守れずじまいだ。

「女の様子を見たほうがいいか？」イクシア訛《なま》りの声が聞こえた。

「いや、いい。今はキュレアが効いてる。薬の効き目がなくなるまで、呼吸以外何もできない」カーヒルが答えた。「それより娘たちの食事を終わらせろ。儀式の準備をする前に、ジュースの効果が切れるのを待たないといけない」

娘たち？　木箱の隙間から表を覗いた。隣にもうひとつ木箱がある。ぎょっとして胃が凍りついた。いったいあといくつ木箱がある？　中にいる人間を助けられるだろうか？　思わずこみ上げた虚ろな笑い声を押し殺した。自分だって箱に閉じこめられているのに、人を助けようなんてお笑いだ。

荷馬車の扉が叩き閉められ、木箱がガタンと前に揺らいだ。足早に駆ける蹄の音が、荷車の振動音に加わる。馬車が走り出したのだ。

時間がのろのろ過ぎる中、胸の内でさまざまな感情がせめぎあった。ときに恐怖に震え、ときに希望を抱き、ときに退屈し、ときに苦痛を数え上げた。喉が渇いた、お腹が空いた、あばらが痛い、手が痺れた、筋肉が痛い、背中がきしむ。馬車が走る騒音で少しぐらい動いても聞こえないだろうと思い、苦しい体勢をやわらげようと試みた。もぞもぞと身をよじって、身体と脚を両腕の間になんとかくぐらせる。身体が柔らかく、小柄なことが幸いし、縛られた両手を身体の前に持ってくることに成功した。背中に解放感が広がり、安堵で声をあげそうになる。

両手が前に来たので、身体の様子が確認できるようになった。右の腿をそっと叩き、飛び出しナイフがあるか確かめる。残念。ナイフどころかホルダーまではずされていた。両手を縛る革紐の結び目を眺め、歯で引っぱってみる。結び目をいくつか解いたところで荷馬車が止まったが、見つかる危険を冒してでもとさらに続けた。

「ここで野営だ」カーヒルの声がした。「テントを張ったら娘たちを出してこい。そろそろ意識が戻るから、明日のキラカワの準備ができる」

「《霊魂の探しびと》はどうする？」ダニのひとりが尋ねた。

「今夜もう一度薬を打つ。キュレアは使いすぎると、心臓が止まってしまうからな」

革紐を噛んだり引っぱったりしながら、男たちの話を聞いていた。肉を焼くいい匂いが木箱にも届き、お腹が大きく鳴る。しばらくすると、ふたつの木箱が開けられ、怯えたふたりの声が質問するのが聞こえた。木箱の隙間から赤いジャンパースカートがちらりと見える。きっと、イクシアの学生リヴとキーランだ――胸が締めつけられた。

それにしても、カーヒルたちはどうやってわたしたちをイクシアから連れ出したのだろう。おそらく荷馬車に商品を積み、国境を往来する行商人を装ったのだ。

野営地の様子もちらりと見えた。テントが張られ、衛兵が四人、ダニが三人いる。衛兵の中にはカーヒルの部下もいたが、あとふたりは見覚えのない顔で、全員が剣や偃月刀で武装している。背嚢がないかと捜したけれど見当たらない。板の隙間からでは視界が限られるが、おそらくカーヒルが持っているのだろう。

日差しが弱まり、手首の革紐を解く作業を再開した。少女たちの甲高い悲鳴が聞こえるたびに気が焦る。痛みも、恐怖や血の金臭さも無視して、ひたすら結び目を引っぱった。儀式は明日だとカーヒルは言っていた。逃げるとしたら今夜が唯一のチャンスだ。最後の結び目はどうしてもほどけなかったが、唾で濡れたおかげで、動かすと革が少し緩んだ。皮膚が擦りむけるのもかまわず、輪から手を引き抜く。ほっとして浅い息をくり返しながら、自分の木箱が開かれるのを待った。

計画は単純だった。成功の確率は五分と五分。時間は遅々として進まず、何年も待っているように感じる。ようやく鍵がこすれ、カチリという音がした。両手を後ろに回してじっと身体を硬くする。

木箱を開けたダニの姿が、柔らかな黄色い火明かりを背に現れた。片手で箱の蓋を持ち上げ、もう片方の手をこちらに伸ばしてくる。その手は小さな吹き矢を持っている。

動けないふりはここまでだ。

唐突に両手でダニの手を掴むとぐいっと引き寄せ、相手のバランスを崩した。ダニが驚いてうめき、前のめりに倒れてきたところを受け止め、手を後ろにねじ曲げて肩に吹き矢を突き刺す。それから手を離してその口を塞ぎ、叫び声を消す。

ものの数秒で、キュレアはダニの筋肉を麻痺させた。ダニの背中越しに蓋が落ち、身体がわたしに覆いかぶさってくる。誰かに見つかるまであと数秒。わたしはダニの身体を木箱に引きずりこんだ。蓋がバタンと音を立てて落ちないよう気をつけながらダニを引っぱりこむ作業は、なかなかの大仕事だ。

なんとか完全に引きずりこむと、その身体の下から這い出した。蓋を持ち上げ、外を覗く。衛兵は焚き火の傍らにいたが、ふたりのダニの姿は見えなかった。少女たちは服を剥ぎ取られ、焚き火の横で縛られていた。手足に切り傷がいくつもできていて、出血している。でも、今は何もしてやることができない。とにかく問題をひとつずつ片づけなければ。

木箱の端に身体をずらし、何ができるか考えた。木箱から忍び出て夜の闇に紛れこむか、あるいは勢いよく躍り出て、一目散に駆け出すか？

目くらましの騒ぎを起こすのが一番だが、それには魔法が必要だ。魔法の出どころがわたしだと知れる前に逃げてしまおう。うまくいけば、の話だけれど。

そのとき、焚き火の上をちらちら舞う黒い影に気づき、あることを思いついた。蜘蛛《くも》の糸のように細くした魔力の糸を引き寄せ、そのコウモリに意識を飛ばす。コウモリは、炎から立ちのぼる熱気の中をひらひらと飛んでいた。餌になる虫がたくさんいるからだ。そこでわたしは、群れるコウモリたちの意識に、ある光景を送りこんだ。焚き火を囲む男たちに大きくてみずみずしい芋虫が無数にたかっている光景だ。空腹のコウモリたちならわっと飛びつくはずだ。

案の定、空から黒いものが次々と急降下してきた。護衛たちが悲鳴をあげて両手をばたばたと振り回し、カーヒルと《編み機》も何事かとテントから出てきた。魔法だと《編み機》が叫ぼうとしたが、襲ってくるコウモリによってその言葉が遮られる。

わたしは木箱の蓋を大きく押し開け、飛び出した。まわりを見回して誰も気づいていないのを確かめてから、荷馬車を降りる。焚き火から見えないよう荷馬車の陰に隠れながら、全速力で暗闇に向かって駆け出した。

しかし、馬の世話をしていた三人目のダニと鉢合わせしてしまった。走ってくるわたしを見たダニは、偃月刀を抜いて身構えた。その刀が一振りされたとたん、心の防御壁が破られ、わたしは魔法で凍りついた。この男も《編み機》なのだ。相手が大声で仲間を呼んだので思わず悪態をついたが、そこではたと気がついた。身体はやられても、心はまだ操られていない。そこで近くにいた二頭の馬に意識を飛ばした。

疲れ果て、節々が痛み、血の匂いに怯えていた馬たちは、わたしの呼びかけにすぐ心を開いた。助けて、と彼らに頼む。

〝悪いやつらに襲われてるの〟馬たちの心に話しかけた。

〝蹴る？〟

〝お願い〟

すると一頭が後退し、目にも留まらぬ速さで《編み機》を蹴り飛ばした。《編み機》の頭が地面に叩きつけられ、男が意識を失ったとたん、わたしにかかっていた魔法が解けた。

〝ありがとう〟馬たちに礼を言い、駆け出した。

〝ほかも蹴る？〟

追っ手の足音が近づいてくる。わたしが意識を馬たちに向けたので、コウモリに虫が見えなくなったのだ。

〝もしできたらお願い〟走る速度を上げながら頼むと、その後すぐ、蹴りを食らったらしい男たちの悲鳴が聞こえた。

肩越しに振り返ると、追っ手はまだ四人いる。地面はアヴィビアン平原みたいに平坦で、身を隠せる場所がひとつもない。それでも、遠くに見える黒い影は期待できそうだった。林に違いない。

男たちが迫ってきた。林に身を隠す望みがしだいに消えていく。

こうなったら魔力で追っ手の心を惑わせよう。きっと頭を混乱させる光景を四人の心に立て続けに送れる――そんな何の根拠もない思いこみに命運を賭ける。

そのとき左側から、馬を駆ってこちらに向かってくる人影に気づいた。抜かれた剣が月光を受けてぎらりと光る。今のわたしにできるのは、追っ手を混乱させるか、走ってくる馬を止めるか、どちらかしかない。

だが次の瞬間、背中に冷たい痛みがちくりと走り、ただでさえわずかだった逃げきれる可能性は、ゼロになった。

24

頭から地面に倒れこみ、ごろごろと転がった。それまで追っ手を混乱させるのに使っていた魔力のすべてを、感覚がなくなっていく背中に集中させる。心の目に、血流を求めて筋肉に広がっていくキュレアの様子が映った。魔力を箒《ほうき》のように使い、薬を傷穴のほうへと掃いていく。シャツに生温かい液体が、じわっと広がる。

キュレアを押し出してすっかり消耗したわたしは、薬で麻痺したふりをするべきか考えた。蹄の音が地鳴りとなって近づいてくる。馬は追っ手とわたしの間に飛びこんできた。思いがけず、金属と金属がぶつかる音が冷たい夜の空気に響き渡る。わたしはその場で身を縮めた。

馬がくるりと方向を変えてこちらに駆けてきた。はっとした。あの走り方はよく知っている。わたしは勢いよく跳ね起きた。

「イレーナ！」ヴァレクがわたしのボウを投げてよこした。

それを宙で掴んだ。キキが方向転換し、その背からヴァレクがひらりと降りた。剣と剣がぶつかる音が立て続けに響く。ヴァレクは四人を相手に戦っていた。残りのダニとカーヒルが来る前に、加勢しようと走り寄った。いくらヴァレクでも四対一では分が悪い。相手が六人になれば、多勢に無勢だ。

ときおりキキからも蹴りの援護を受けながら、ヴァレクとわたしは四人を相手に戦った。カーヒルと《編み機》は後ろに下がっている。《編み機》が魔法攻撃を仕掛けてくるのがわかり、心の防御壁を強化した。

ヴァレクが衛兵のひとりの腕を切り落とし、わたしたちは優勢になった。衛兵が悲鳴をあげて地面に倒れ、カーヒルが剣を引けと仲間に命じた。衛兵たちが後退する。

ヴァレクは、どうすると問うようにわたしを見た。

「女の子たちがまだ野営地で捕まっているの」

ヴァレクは頷き、後退する男たちにじりじりと迫っていった。

そのとき、《編み機》が両腕を上げて叫んだ。「燃えろ！」

魔力が一気に押し寄せてきた。熱い風が唸りをあげて吹きつけ、地面に倒れていた衛兵が一瞬で炎に包まれる。わたしとヴァレクは飛びのいた。衛兵は悲鳴をあげて身をよじり、やがて強烈な熱に焼かれて動かなくなった。肉の焦げる刺激臭に思わず鼻を覆う。

「さあ来るがよい！　心の友を探すのだ！」《編み機》の声が燃え盛る炎を切り裂いた。

拍動する炎が、人の形になっていく。

「これは、何だ？」ヴァレクが尋ねた。

「行きましょう」叫びながらキキの背によじ登る。ヴァレクもわたしの後ろに乗り、キキが走り出す。

「娘たちはどうする？」

後ろめたさが胸を刺した。「今はまだ助けに行けない」

行先はキキに任せてひたすら走る。たどりついたのは、丹精して整えられた花壇に囲まれた、こぢんまりした農家だった。馬小屋の前でキキが止まり、ヴァレクがその背からひらりと降りる。

〝ここはどこ？〟とキキに訊いた。

〝幽霊《ゴースト》の家。いい藁。いい馬番〟

ぎょっとして、あらためてその木造の家を眺めた。〝幽霊屋敷なの？〟

キキは鼻を鳴らし、〝ゴースト〟とヴァレクを鼻面でつついた。

ムーンマンの話では、魔力を持つ動物には、魔法が効かないヴァレクは幽霊に見えるらしい。わたしはヴァレクを見た。「休暇中の別荘？　この場所、ちょっと危険じゃない？」

ヴァレクが微笑んだ。「わが部隊の隠れ家だ。作戦基地さ」

「ずいぶん便利ね」

馬小屋はがらんとしていた。ヴァレクに手伝ってもらってキキの鞍をはずし、話は後回しにしてブラシをかける。

疲れきってはいたが、わたしが箱の中にいた間、ヴァレクが何をしていたか聞いておかなければ。「どうやってわたしを見つけたの？ いつもどおり絶妙なタイミングだった」

ヴァレクはわたしを腕に抱き寄せた。ぬくもりと心地よさを求めて身を寄せる。今さらながら、ショックに身体が震えた。仲間をあっさりと燃やした《編み機》のおぞましい姿が何度も蘇る。

「それはよかった。本当は今夜忍びこんで、君を箱から出すつもりだった。だが君には何か考えがあったようだね。もっと準備を整えておけばよかったんだが、昨夜、君が薬を打たれたのを見て、必ずあそこから脱出するだろうと思った」ヴァレクが身体を離した。「さあ、中に入ろう。一杯飲みたい」

農家の内部はその外観とは違い、家庭的な温かみはいっさいなかった。質実剛健で実用的。ヴァレクの密偵たちがここで客を接待することはないらしい。ヴァレクはいくつかの角灯に火を入れたが、暖炉に火を熾すのはやめてもらった。ふたりで長椅子に寄り添い、ブランデーをちびちびと飲む。

「キットヴィヴァン将軍の白ブランデー？」と尋ねる。

「よく覚えているな」ヴァレクは驚いたようだった。

「味や匂いの中には、記憶を呼び覚ますものがあるの。白ブランデーを飲むと、最高司令官のブランデー会議を思い出す」

「ああ、そうだった。そして最高司令官のためにすべてのブランデーを毒見させられた君は、酔いに任せてわたしを誘惑しようとした」

「そして断られた」ヴァレクのわたしに対する感情が、いつどの時点で変わったのかはわからない。愛しているとブラゼルの地下牢で告白されたときは、驚愕した。

「受け入れたいとは思ったが、君の誘いが心からのものか、ブランデーのせいかわからなかった。君があとで後悔するかもしれないと思ったんだ」

正装軍服に身を包んだヴァレクを思い出してふたたび誘惑したくなったけれど、今はほかに話さなければならないことがある。

「昔話はあとにして、それより全部話して」ぴしゃりと言う。

ヴァレクはため息をついた。「あまりいい話ではない」

「この何日か……ええと、三日ぐらい？　とにかく、何日かもわからない間にわたしが味わったことに比べたら、たいしたことじゃないはずよ」

「君がとても危ない水の中を泳いでいるのはわかっていた」ヴァレクは話しだした。「だが、その水がこんなに深いとは思っていなかった」

「ヴァレク、単刀直入にお願い」

ヴァレクはためらっている。その様子を見て恐怖に襲われた。きっと何か恐ろしいことが起こったのだ。ためらうヴァレクなんて、これまで一度も見たことがない。

ヴァレクは立ち上がり、室内を歩き始めた。滑らかに、音もたてず。

「君がさらわれた五日前――」

「五日！」それだけ時間があれば、さぞいろいろなことがあったに違いない。そう思ったとたんアイリスとベインのことが頭に浮かんだ。まさか、ふたりとも死んでしまったのか。

ヴァレクは片手を上げ、わたしの質問を遮った。「まずわたしの話を聞いてくれ。君はスターにさらわれた。スターが君をこんな南まで連れてこられたのは……わたしがそれを許したからだ」わたしがその意味を理解するのを待つように、いったん言葉を切った。

驚いてまじまじとヴァレクを見る。「わたしをはめたの？」

「そうだとも言えるし、そうじゃないとも言える」

「もうちょっとましなやり方があったはずよ」

「スターが君に何らかの報復をしたがっているのはわかっていた。スターはまだ地下組織と連絡を取りあっていたが、一連の出来事に誰がかかわっているか知るために泳がせていたんだ。『行動規範』がある限り、違法な品物や偽造書類の闇市はなくならない。だから、スターが暗殺者を雇ってシティアの貿易協定を潰そうとしたときのような行きすぎが起こらないように、地下組織の動静は常に把握しておきたかった。それで――」

「はっきり言って」

「スターは、君がポーターの隠れ家に行くことを知っていた」

「ポーターがわたしをはめたの？」

「いや、違うだろう。それよりまず、わたしの話を最後まで聞いてくれないか？」両手を腰に当てて言う。

続けて、とわたしは仕草で促した。

「ポーターが若者たちを逃がしていることは数年前から知っていたし、それには目をつぶってきた。ただ最近、ポーターが送り出した者たちの行方がわからなくなり、その原因がわたしも気になっていたんだ。だが、ポーターの家を見張っていたのはそのためじゃない。スターとその手下三人を尾行するうちに、あそこにたどりついた。そして、君がいとも簡単に罠にはまったのを見て仰天した。スターの姿が見えなかったのか？」

「すごく弱い魔法を使ってきたから、気づかなかったの」

「スターから魔法の気配を感じたことはない。このところずっと近くにいたのだが」

さらわれた夜のことを思い返した。唯一思い当たるのは、一瞬、ものの見え方が変わった気がしたことだった。だがその後、感覚はすぐに戻った。きっとあのとき、スターはわたしの視覚に何かしたのだろう。「あなたはわたしの魔力も感じなかったじゃない。城内で何回か、手に負えないほどあふれ出したことがあったのに」

「そうだな、よく覚えておこう」ヴァレクが冷ややかに答えた。「スターが君を待ち伏せして襲撃したこと自体は、そう不思議じゃなかった。だが驚いたのは、あの娘たちもさらったことだ。とにかく、やつらが君をどこに連れていくのか突き止める必要があった」

ヴァレクの説明をじっくり考えた。「あの夜、すぐに助けてくれてもよかったんじゃない？」

「危険は承知のうえでの賭けだった。スターの組織の規模や、娘たちを誘拐する理由を突き止めておきたかったんだ。まさか君が国境を越えて、国王気取りのあの男の手に落ちるとは思いもしなかった」

ヴァレクが目の前にひざまずいた。わたしの手を取ろうとしたのだろうけれど、わたしは怒りをこらえきれず頑なに腕組みをしていた。おかげで五日間身動きが取れず、《炎の編み機》はその間にさらに強くなった。

「そもそも、君がポーターと会うことをあらかじめわたしに話していれば、こんなことにはならなかった」

「〝危険は承知のうえでの賭け〟だなんて。結局のところわたしは魔術師なの。仲間の魔術師を助ける方法があるなら当然助けたい。最高司令官お抱えの魔術師殺しに、わざわざ密告したりしない」とはいえ、心の片隅に後ろめたさがあるのも確かだった。残酷に《炎の編み機》の魔力増強に使われるぐらいなら彼らだって、ヴァレクの手にかけられたほうがましなのかもしれない。

ひざまずいていたヴァレクが腰を下ろして胡坐座りになった。表情が鉄仮面のように硬くなる。「魔術師殺し？　わたしのことをそんなふうに思っているのか？」

「最高司令官に命じられた任務のひとつなのは事実でしょ。やり方はよくわかってるわ。しばらく獲物をつけ回し、機会を見つけて飛びかかる。ポーターの組織を泳がせておいたのも、あなたのいつものやり口じゃない」

ヴァレクの顔から表情が完全に消えた。

わたしは話題を変えた。「スターはどうやってわたしたちをシティアに連れこんだの？」

ヴァレクは、最高司令官に報告するかのような事務的な口調で答えた。「君を詰めた木箱の上に物資の入った箱を積み上げ、行商人を装った。連中は正式な書類を用意していたから、国境警備兵はざっと目を通しただけで、すんなり通してしまった」鋭い目に、激しい憤りがよぎる。「国境警備兵たちは懲戒処分のうえ、再教育する」

ヴァレクが立ち上がった。「二、三時間眠ってから、あの娘たちの救出を提案するつもりだった。だが、わたしは魔術師殺しだからな。あの娘たちがどうなろうと関係ない」そう言い捨てると、部屋を出ていってしまった。

25

ヴァレクが出ていくと、部屋は火が消えたように寂しげになった。あんなひどいことを言ったのは疲れていたせいだと自分に言い訳しても、それは嘘だとわかっていた。イクシアに入った瞬間から、何もかも思うようにいかなくなっていた。いや、実際、わたしの思いどおりになったことなど初めから何ひとつない。《炎の編み機》が火の中から現れたあのときから、ずっと恐怖に支配されてきた。なんとかこれまで生き延びてこられたけれど、そのせいでみんなめちゃくちゃになった。ヴァレクとのことまで。

思わずため息が出た。だけど、怖いと思うのは当然だ。《炎の編み機》の力はわたしの力をはるかに上回っているし、バケツ一杯の水で消し去れるわけでもない。

長椅子の上で身体を丸め、少女たちを逃がす作戦を練ることにした。《編み機》に対抗できなくても、ダニが魔力を増強するのを阻止することはできる。

でも、次にイクシアからさらわれてくる若い魔術師たちはどうしたらいい？　ヴァレクの話からすると、スターはポーターの組織の情報に通じ、彼が預かった若者たちを拉致して、キラカワの儀式用にダニに売り払っているようだ。

数時間、浅い眠りを貪ってから、馬小屋に行った。キキは馬房でうたたねをしていたが、わたしが呼ぶと目を覚ました。

〝出かける元気はある？〟と尋ねる。

〝うん。どこに？〟

〝さっきの場所に戻るの〟

〝嫌な匂い〟

〝そうね、でもあの場所に戻って、女の子たちの匂いを追わないといけないの。今頃は平原に入っているはずよ〟

〝急がなきゃ〟

〝わたしもそう思う〟わたしはキキに鞍もつけずに、その背に飛び乗った。持っていくのはボウだけだ。

農家にちらりと目をやった。謝れば、ヴァレクは一緒に来てくれるだろう。でもまだ自分が悪かったと認める気にはなれなかった。それにひとりで行けば、今夜は彼を危険な目に遭わさずにすむ。

まもなくアヴィビアン平原との境界近くにたどりついた。ダニの野営地跡にはごみが散乱していた。カーヒルは大急ぎで出発したらしく、多くの物が置き去りにされている。夜が明けるまであと数時間だ。

〝キキ、彼らがどっちに行ったかわかる？〟

キキは南に向かって走り出した。速足《トロット》で平原まで走り、そこからいきなり疾風走法に切り替わる。地面がぼやけ、風が耳元で唸る。まもなく薪の煙と馬の匂いが強くなり、キキは足取りを緩めた。

平原にはダニの魔法が待ち受けていた。一帯に防御網をかけるサンドシード族と違い、ダヴィーアン族は、足を踏み入れた者を捕らえる罠を好む。キキは危険を察知し、罠をよけていった。

キキの瞳にかすかな火明かりが輝いている。いったんキキを立ち止まらせ、さてどうしようと考えていると突然、キキが棹立ちになって横に跳ねた。強烈な血の匂いに鼻を焼かれたのだ。今にも全速力で駆け出しそうなキキを撫でてなだめながら、わたしもショックで呆然となった。

カーヒルたちは月の出を待たなかったのだ。激しい罪悪感に襲われた。うなだれてキキの背の上にうずくまり、怒りと焦燥感に打ち震える。

〝女の子たち、怪我？〟キキが尋ねてきた。

〝そう〟

〝行こう。止める〟

"え?" キキはわたしの返事を待たずに、全速力で野営地に突進していった。

"キキ！〟

〝助ける。治す〟そう言って、野営地を駆け抜けていく。恐怖で気でもふれたみたいに棹立ちになり、跳ね回る。

突然現れた馬に、野営地にいた者はみな仰天した。衛兵たちはキキの蹄をよけ、わたしが振り回すボウをかわしながら、散り散りに逃げていく。キキはカーヒルのテントを蹴散らし、荷馬車も蹴り飛ばした。驚いた馬たちがてんでに逃げていく。

そのときふたりの《編み機》が、動かなくなったリヴとキーランにかがみこむ姿が見え、わたしは恐怖で固まった。それぞれが拳大の肉塊を両手に捧げ持ち、愛おしそうに撫でている。その肉塊が何か気づいて、息をのんだ。ふたりが手にしているのは人間の心臓――リヴとキーランの心臓だ。

キキに地面へと振り落とされ、ようやくわれに返った。よろよろと立ち上がり、攻撃の構えを取る。だが《編み機》たちは儀式に没頭していた。

〝助ける〟キキが野営地をもう一巡しながら、わたしに命じる。

ちらりと焚き火のほうを見た。まだ《炎の編み機》は来ていない。そんなふうにやつの心配をした自分を内心で蹴飛ばし、魔力の源泉から太いロープをたぐり寄せた。ダニの防御魔法はわたしと源泉との繋がりを切ろうとするが、魔力のロープは太く、撚糸《ねんし》一本切ることができない。

その場にいる《編み機》たちに意識を投げた。彼らは魔法の霧で包まれている。そこで、わたしは本能的に気づいた。《編み機》が魔力を取り入れ、自分のものにするには、心臓から搾り取った血を皮膚に注入しなければならないのだ。

キラカワの儀式はそれ自体に魔力があり、わたしが《編み機》たちに干渉することはできない。魔力を求める彼らのどす黒い欲望に吐き気がし、視界が一瞬、血で染まった。

そのとき、目の端で何かが動いた。リヴの幽霊が自らの遺体の傍らに立ち、胸を拳で叩いて何かを訴えている。わたしは目を凝らした。リヴの幽霊……いや、霊魂？ ふとその仕草の意味に気づき、わたしは自分の愚かさを呪った。たとえ儀式を止められなくても、わたしにしかできないことがある。

少女たちの心臓に神経を集中し、霊魂を探した。儀式によって、霊魂は心臓の心室に閉じこめられている。わたしはその霊魂を吸いこみ、ふたつの遺体だけをそこに残した。これで《編み機》たちは、今夜はもう魔力を増強できない。

キキがゆっくりと近づいてきたので、たてがみを掴んで、その背に飛び乗った。キキは一、二歩歩くと、いつものように一陣の風となって走り出した。

平原のはずれまで来て、キキを止める。少女たちの霊魂を解放してやりたかったからだ。昇り始めた太陽が地面に長い影を落としていた。ふたりのことをもっとよく知っていたら、シティア流の哀悼旗をふたりのために作れたのに。旗を掲げ、その短い一生を悼んであげたかった。

だが絹地も旗竿もなかったので、少女たちを救えなかった深い後悔を口にすることで、旗の代わりにした。ふたりは満足し、解放されることにほっとしていた。けれど、こうしてわたしの中にいる今、ふたりにはそう言うしかないだろう。

そのときふと、わたしの中で下劣な思いが頭をもたげた。ふたりをこのまま取りこめば、わたしの魔力は強くなるのだろうか。もし魔力が強くなれば、《炎の編み機》とも渡りあえるのか。そんなことをちらりとでも考えた自分の浅ましさにぞっとし、わたしはふたりの霊魂を空に解き放った。少女たちが先を争うように飛び出していく。しばらく体内に残響していた少女たちの喜びがようやく消えると、疲れ果てて脱力した。

そこからどうやってヴァレクの隠れ家に戻ったのかは覚えていない。隠れ家に着くとキキは馬小屋に向かい、わたしは残った力を振り絞ってブラシをかけてやった。

馬房の外に積まれた干草の山は素通りするにはあまりに魅力的で、つい横たわると、そのまま眠りに落ちた。

気がつくと、燃える兵士の群れに追われていた。追っ手がすぐ後ろに迫っているが、これ以上速くは走れない。助けに来てくれたリーフは、近づいたとたんに燃え上がり、火の玉になってしまった。残るはヴァレクだけだ。ヴァレクは燃え盛る炎の真っただ中に立っていたが、焼けつくような熱気にも顔色ひとつ変えない。絶体絶命の状況にあるわたしのことなど気にも留めていない様子で、氷のまなざしでこちらを見つめている。

「悪いな、愛しい人」ヴァレクは肩をすくめた。「君を助けることはできない」

「どうして?」

「君が許してくれないからだ」

炎の兵士たちがしだいに迫り、ついにわたしは火に取り囲まれた。炎の舌がわたしの服を舐め、服の生地を掴む。

「イレーナ!」

鮮やかな黄色とオレンジ色が、外套の縁で躍っている。服を燃やしていく炎の動きに、なぜか目が釘づけになった。

「イレーナ!」

ふいに冷水をかけられ、ずぶ濡れになった。煙がシューシューと音をたてる。悲鳴をあげて起き上がると、水で咳きこんだ。傍らではヴァレクが空の水桶を持って立っていた。

「な、何?」服も髪もびしょびしょだ。「どうして水を?」

「悪夢にうなされていたんだ」

「揺すって起こしてくれればよかったのに」ヴァレクはきっとまだ怒っているのだ。

ヴァレクは答えなかった。代わりにわたしを引き起こし、干草の山のてっぺんに残る人《ひと》形《がた》の焦げ跡を指さした。わたしが寝ていた場所だ。

「君は熱すぎて触れなかった」と無表情のまま言う。

わたしは身震いした。もしヴァレクがいなかったら、いったいどうなっていただろう？

「君の昨夜の救出作戦は、力のある連中をずいぶん怒らせたらしい。君はわたしの計画を台無しにし、キキと一緒に野営地を大混乱に陥れた。で、ほかにはいったい何をした？」

ヴァレクは昨夜眠っていたわけではなかった。ちゃんとあの子たちを助けに行ったのだ。わたしとキキも一緒に行けばよかった。一緒に行けば、もっと早く到着し、リヴとキーランを助けられたかもしれない。

罪悪感で胸が塞がり、落ちこんだ。わたしは何ひとつまともにできない。カーヒルとファードを見つけたのも遅すぎた。サンドシード族は滅び、アイリスとベインは監禁された。そのうえ友人や兄、さらにはヴァレクまで怒らせてしまった。

ヴァレクは無表情にわたしを見つめていた。何を考えているかまるでわからない。わたしたちの間には目に見えない壁ができていた。わたしが作った壁、いや、ヴァレクが作った壁だろうか？　わたしは少女たちの霊魂の話をし、儀式の魔力を消したことを説明した。

「あなたにカーヒルを殺させるべきだった」

話題が変わったことに驚いたとしても、ヴァレクは顔には出さなかった。「なぜだ？」

「そうすれば、こんな事態にはならなかった」

「それは違う。カーヒルがこの計画に絡み始めたのは最近のことだ。ダニどもはかなり前から準備を進め、計画を立てていたんだ。カーヒルが狙っているのは君の死と王座だけ。キラカワの儀式など、反吐《へど》が出るほど嫌いだろう」

「でも、あの子たちの誘拐を手伝った」

「君を捕らえたかったからだ。昨夜、やつは野営地にいなかった。おそらく城塞に向かったんだろう」

「どうしてわかるの？」

ヴァレクは硬い笑みを見せた。「君が野営地を襲撃したとき、わたしはカーヒルを殺してやろうとテントに忍びこんでいたんだ。だが、やつがいないとわかったそのとき、テントが潰れ、下敷きになった」

つい笑いそうになったけれど、こらえた。ヴァレクのしかめ面といったら。でもここで笑ったら、火に油を注ぐことになる。

「だが、これを見つけた」ヴァレクは身振りで床を示した。キキの馬房の扉に、わたしの背嚢が立てかけられている。

思わず歓声をあげ、中を確かめようとひざまずいた。その前に礼を言おうと見上げたが、すでにヴァレクの姿は消えていた。追いかけて説明しようかと思ったけれど、自分のまわりに巡らせた防御壁を壊す心の準備ができていない。この小さな繭の中にいれば、愛する人々が《炎の編み機》の脅威にさらされていることを忘れられた。

背嚢には飛び出しナイフとシティアの服、錠前破りの道具、キュレアの小瓶、テオブロマの塊、干し肉、茶葉、そしてオパールのガラスのコウモリ像が入っていた。コウモリの輝きは前より増したように見える。

コウモリの中で流れるように複雑に渦巻く炎の見事さに、目を奪われた。オパールの才能には本当に驚かされる。するとコウモリの中心で渦巻く光が蛇に姿を変え、耳の中で窯の轟音《ごうおん》が轟いた。

両手に持った鋼のピンセットを巧みに使い、細いガラスが熱いうちに像を形作っていく――わたしが見ているのはガラス職人の意識。オパールの意識だった。

竿の先端のガラスの溝に水を滴らせる。パキンと音を立てて竿から落ちたガラスの蛇を分厚いミトンの手で受け止め、もうひとつの窯に入れてゆっくりと冷やす。こちらは最初の窯ほど熱くはない。

〝オパール、わたしの声が聞こえる?〟と話しかけてみた。

返事は返ってこない。

意識が手の中のコウモリに戻り、わたしは自分がブールビーまで飛んでいたことに気づいた。それも、たいしたエネルギーも使わずに。ブールビー?　ここから馬で南に六日はかかる場所だ。ブールビーから城塞にいるアイリスに語りかけることはできなかった。今より距離は近かったのに。もしアイリスがあの像を持っていたらどうだろう？　はるか遠くにいても、力を消耗せずに会話ができるのでは？

冷たい空気がわたしの興奮に水を差した。濡れた髪が風で冷え、雪が降るとキキが言っていたのを思い出す。ここはアヴィビアン平原の北だが、この農家がムーン族領にあるのか、それともフェザーストーン族領にあるのかわからなかった。いずれにせよ、嵐が来るころには雨か霙になるはずだ。西から迫ってくる灰色の雲を見る限り、嵐の到来はそう遠くないだろう。

背嚢を背負って屋内に入る。居間には、ヴァレクが熾した小さな火が燃えていた。階上から彼の足音が小さく聞こえる。徹夜したあとだから、ひと眠りするのだろう。

戸口で考えた。外套はびしょ濡れだから乾かすには火がいるし、身体も温めたい。わたしはシティアの服に着替えると、暖炉の傍らに外套を吊るしてから、お茶を淹れるために鍋に水を注いだ。炎を直接見ないように気をつけながら、火にかける。落ち着かない気持ちで干し肉を齧り、できるだけ火から離れてお茶を飲んだ。これ以上ここにいるのは耐えられない。二階のヴァレクのところに駆けていきたかった。でもそれはできない。

わたしは長椅子の毛布を持って、キキのいる馬小屋に向かった。

キキは、馬房にわたしが藁の寝床を作るのを見て、面白そうに鼻を鳴らした。寝床の横に水を入れた桶をふたつ置く。

〝わたしから煙が出たらこの水をかけて〟とキキに頼んだ。〝馬小屋が燃えると困るから〟

横になるとすぐ、雲がスレート葺《ぶ》きの屋根を叩く不規則な旋律が聞こえてきた。それに垂木の間を吹き抜ける風の唸りが加わる。嵐の音楽に眠気を誘われ、わたしは夢も見ずに眠った。

翌朝、キキとわたしは、馬小屋に入ってきた一頭の馬の気配で目を覚ました。嵐であたりは薄暗く、もう夕方かと焦って飛び起きる。

入ってきたヴァレクは、脚先だけが白い黒馬を引いていた。脚が長く、毛並みもいいその馬は、まるで競走馬のようだ。わたしは魔力の糸を引き寄せ、その馬の心と繋がった。

馬は、見知らぬ馬小屋に連れてこられてそわそわしていた。知らない匂い。知らない馬。自分の馬小屋、自分の友だちのところに戻りたいと思っている。

〝ここはいい匂いがするわよ。新しいお友だちもできる。名前は何ていうの？〟と尋ねる。

〝オニキス〟

わたしはさっそくオニキスにキキを紹介した。

ヴァレクはオニキスを馬小屋に繋いだ。「城塞に行かなければ」そう言ってオニキスに鞍をのせる。「この天候はいい目隠しになってくれる」

胸がぎゅっと痛んだ。自分の馬を連れてきたのは、わたしと一緒にキキに乗りたくないということか。「ここからどのくらい？」
「二日だ。城塞の一キロ半ほど北に、もう一軒隠れ家がある。そこで作戦を練ろう」
わたしたちは一言も話さず、完全な沈黙の中、支度をした。

続く二日間は、十日にも思えた。悪天候、よそよそしいヴァレク、急がなければという焦燥感。これでは最高司令官の地下牢にいたときのほうがましだ。

次の隠れ家に到着してほっと一息と思ったが、ぎくしゃくしたままヴァレクと作戦を練るのは耐えがたい試練だった。わたしは頑なな態度を貫いた。ヴァレクと距離を置いているほうが、生死にかかわる決断もしやすいと考えた。

まずはわたしひとりで城塞に向かうことになった。また雨になりそうな空模様で、周囲の景色は暗く沈んでいる。葉を落とした木々も茶色の丘陵も静まり返り、生命の気配が感じられなかった。それでも魔法で探れば、暖かくなるのを待つ生き物の蠢動《しゅんどう》を感じられただろう。だが魔術師養成所の近くで魔法を使うのは危険すぎる。

わたしは長袖の麻のワンピースに砂色の外套を羽織り、フェザーストーン族の人間になりすました。ボウは隠れ家に置いていき、身に着けているのは飛び出しナイフだけだ。髪はフェザーストーン族が好む洒落《しゃれ》た形に結い、錠前破り用の針金で留めた。

髪を結ってくれたのはヴァレクだ。ヴァレクは不愛想に淡々と作業したから、わたしもその手を掴んで引き寄せたいという誘惑に負けずにすんだ。ヴァレクがわたしの髪を器用にねじり上げる間、わたしの頭には、炎が彼の腕を溶かしてしまう奇妙な光景が浮かんだ。

その光景を頭から追い出し、フードをかぶる。城塞の北門は期待していたほどの人通りはなかった。実際、門を入ると、通りを歩く人はまばらだった。みな荷物を抱えて背を丸め、うつむきがちに歩いている。この天気のせいかもしれないが、雨はすでにやんでいた。いつもなら、次のにわか雨の前に市場に行こうとする市民で通りはあふれ返っているのに。物乞いの数も少なく、そのほとんどが不安げにあたりを窺い、こちらに近づいてもこない。

城塞の白い大理石の壁は薄汚れて、くすんでいた。緑の蔦模様は泥の筋のようで、街全体が埃をかぶっているみたいだ。壁のひびには汚れが入りこみ、土台まで染みこんでいた。かつての街の輝きはすっかり消えている。それは天候のせいではない。

最初に通りでダニを見かけたときはよろけかけたが、まもなく、どこを見てもダニだらけなことに気づいた。市民たちを真似て、背中を丸めてダニのいない裏道、脇道を探して歩く。耳の奥で血流の脈打つ音が響いていた。ダニの視線がわたしの霊魂に焼きつくのがわかる。

市場への近道に入ると、安堵のあまり膝ががくがく震えた。それでも中央広場で屋台を見て回る人々の姿を目にするまでは、人目につかないよう物陰を歩いた。恐怖のせいか、香辛料やロースト肉の香ばしい匂いもいつもほど感じられない。

人が集まっている場所には、ダニも大勢いるということだ。わたしは目当ての人物を見つけると、買い物客の人ごみに分け入った。十歳ぐらいの少年の隣に立って、彼が露店商と値段交渉するのに耳を澄まし、思わずにんまりしそうになるのをこらえる。

「銅貨四枚。これ以上は払えないね」大人顔負けの口調でフィスクが言う。

「それじゃ、俺の家族は飯の食い上げだ」あるじが言い返す。「まあ友だちのおまえになら、銅貨七枚で売ってやる」

「ベラドーラの店じゃ銅貨四枚だよ」

「こいつは質が違うんだよ。うちの女房が自分で刺繍《ししゅう》したんだ。この細かい針目を見てくれ！」露天商が生地を持ち上げた。

「銅貨五枚だね、それ以上はびた一文払わない」

「六枚、これ以上は無理だ」

「じゃあ、いらないや」フィスクは歩き出した。

「ちょっと待てって」露天商が呼んだ。「それなら五枚だ。これで、うちのガキどもは飢え死にだよ」布地を紙で包みながら、露天商はさらにひとしきりぼやいたが、金を受け取ると笑顔になった。

自分の客の元に戻るフィスクをわたしは追いかけた。客の女性はフィスクに銅貨六枚を払い、包みを受け取った。

「坊や、ちょっとお願いがあるんだけど」わたしはフィスクに声をかけた。「手伝ってもらいたいことがあるの」

「どんな手伝いです？」訊き返したフィスクは、わたしを見たとたん目を丸くし、たちまち不安げになった。そうとわからないほど小さな動きで周囲の様子を窺う。「ついてきて」

フィスクは細い路地にわたしを導き、一軒の住宅に入った。屋内は真っ暗だ。フィスクが角灯に火を入れると、窓に厚いカーテンが引かれ、がらんとした部屋に椅子がいくつかあるのみなのがわかった。

「僕ら、ここで集まるんだ」フィスクが言う。

「僕ら？」

フィスクはにっこりした。「助っ人組合《ヘルパーズ・ギルド》のメンバーさ。ここで一日の予定を立ててお金を分配し、お客について情報交換する」

「すごいわね」フィスクの頑張りが誇らしくて、胸がいっぱいになった。初めて城塞に来たときに出会ったあの薄汚れた物乞いの少年が、今では家族を支える立派な稼ぎ手に大変身したのだ。

フィスクの薄茶色の瞳も、誇らしげに輝いていた。「それもこれも、最初のお客になってくれたイレーナのおかげだよ」

物乞いをしていたフィスクや仲間たちは、今や買い物客がお得な買い物をするのを手伝ったり、荷物を運んだり、わずかな手間賃であらゆる仕事を請け負っていた。

だがすぐにフィスクの顔から笑みが消えた。「かわいいイレーナ、こんなところにいちゃだめだ。報奨金が懸けられているんだから」

「いくら？」

「金貨五枚！」

「それっぽっち？　もっと高いと思ってた。十枚とか、十五枚とか」軽口を叩いた。

「金貨五枚は大金だよ。そんな賞金が懸かったら、僕のいとこだって裏切って議会に突き出すかもしれない。ここにいるのは危ないよ。今じゃ、誰にとっても危ない場所だけど」

「何が起こってるの？」

「新参者のダヴィーアン族のせいさ。やつら、すっかりここを占領してしまったんだ。最初は数人だったのに、今じゃ、うじゃうじゃいる。サンドシード族の大虐殺にかかわったのはやつらだって噂もあるから、みんな震え上がってるよ。城塞の住人たちは取り調べを受けて、物乞いの中には消えちゃったやつもいる。議員にはもう何の力もないってみんな言ってる。それなのに議会は戦争の準備を進めてるんだ」

フィスクはやれやれというように首を振った。フィスクは年齢よりずっと大人だ。気の毒なことに、子供として過ごす時期がなかったからだ。物乞いとして育ったため、遊んだり驚いたり、間違ってもかまわない間違いをしたりといった子供の特権が許されなかった。

「養成所はどうなっているの？」と尋ねる。

「閉鎖されてる。武装したダヴィーアン族が同行しない限り、誰も出入りできない」

状況は想像以上に悪かった。「ある議員に伝言を届けてもらいたいんだけど」

「誰？」

「わたしの一族のバヴォル・ザルタナ。でも、手紙にはしないで口で伝えてほしいの。どう？　できる？」

フィスクは険しい顔で考えこんだ。「難しいな。議員が城塞を出るときは、必ず見張りがつくんだ。でも、騒ぎを起こしてどさくさに紛れれば……」腕をさすりながら考える。

「やってはみるよ。でも確約はできない。それから危なくなりすぎたら、僕は手を引く。あと――」

「お金がかかる、でしょ？　その代わり、伝言はほかの誰にも教えないでね」

「わかった」

わたしはフィスクと取引成立の握手をし、伝言を教えた。フィスクはすぐに、手伝ってもらう仲間を探しに出ていった。わたしも買い物と食事のために市場に戻り、目立たないよう時間を潰した。

その間も、養成所の塔につい目が行ってしまう。魔術師養成所は城塞の大理石の塀の中、北東の一角にある。わたしは、桃色の支柱のある養成所の門をどうしても見たくなった。

来る者を温かく迎えていた養成所の壁は、今では人を拒絶する、威圧的な冷たい石でしかなかった。なんとかして養成所の友人や同僚と連絡を取りたい。ダックスやゲルシーはどうしているだろう？　ふたりとも修行を続けられているだろうか？　わたしはひとり孤立し、焦り、途方に暮れていた。国外追放され、二度と彼らには会えないような気がした。

養成所の衛兵の隣には、ダヴィーアンの衛兵が立っていた。市場にいると目立つので、フィスクたちのたまり場で彼らが戻るのを待つことにした。時間は、気が遠くなるほどのろのろと進んでいった。部屋の隅には、黄褐色の蜘蛛が見事な巣を張っていた。虫を捕まえて、蜘蛛の巣にのせてやろうと思いつく。

椅子に乗って蛾《が》を捕まえようとしていたところに、フィスクが戻ってきた。フィスクは誇らしげに胸を張り、任務完了を報告した。

「今夜、家のほうに来てほしいとザルタナ議員が言ってたよ」そして、少し心配そうに言葉を続けた。「でも、家は《編み機》に見張られてるって。《編み機》って何？」

「ダヴィーアンの魔術師よ」これは面倒だ。「何時に行けばいいと言ってた？」

「いつでもいいってさ。でも、真夜中過ぎに通りに出たら、衛兵に逮捕される。行くなら夕食のあとにしなよ。店じまいの片づけや家に帰る人で道がごった返すから」そこでフィスクはため息をついた。「昔は、物乞いにとって最高の時間帯だったんだ。暖かい寝床に帰る人にとっちゃ、家のない子の前を素通りするのは後ろめたいのさ」

「昔は、でしょ、フィスク。過去のことよ。今ではあなたにもちゃんとした家がある」

フィスクはうれしそうに胸を張った。「うん、最高の家さ！　ああ、それで思い出した。助っ人仲間が戻ってくる前にここを出たほうがいいよ。僕ら、朝ここに集まって、午後にもう一回集まるんだ」

フィスクに礼を言い、手間賃を払った。「もし衛兵に捕まったら、わたしのことは全部話していいのよ。わたしのせいで痛い目に遭ってほしくないから」

フィスクはまごついた顔でこちらを見た。「そんなことしたら、イレーナがダヴィーアンに捕まって殺される」

「あなたがそうなるよりいいわ」

「そうはいかないよ。状況はどんどん悪くなってる。もしイレーナが殺されたら、僕だってもう生きていても仕方がないって気になるよ」

城塞内を歩く間も、フィスクの警告が頭から離れなかった。裏道を選んで建物の陰に隠れ、フィスクに言われたように、通りが帰宅の人々であふれるまで待つ。

空が暗くなって点灯夫が街灯に火を入れ始めると、人の流れにまじって歩き出した。バヴォルの家の前を通りかかったところで足取りを緩め、バヴォルが留守なのを確かめる。もう一度通りをぐるっと回ってから、家の裏手に入りこんだ。錠前破りの針金で勝手口を開ける。とたんに扉の反対側で女性が悲鳴をあげた。

「ひゃあ！」女性は火掻き棒を取り落とした。棒は石造りの暖炉の前に転がり、掻き熾されていた火が小さくなる。

「ごめんなさい、驚かすつもりじゃなかったんです」慌てて言い訳を考えた。「ザルタナ議員と急に会う約束をしたものですから」

「お客が来るなんて聞いてないよ。それに、勝手口から忍びこむ客がどこにいるんだい！」女性は火掻き棒をすばやく拾い、たくましい両手でそれを構えた。着ている服はザルタナ族が好むゆったりしたチュニックらしいが、薄暗いのでよく見えない。

一か八かで言ってみた。「会う約束をしたのは今日なんです。〝わが一族〟のことで話があって」

「そうなのかい？」女性は暖炉にかがんで石炭をつついた。炎がぱっと立ち、その火で角灯をつけると、光の輪の中でこちらを見た。「それは悪かったね。じゃあお入り。扉を閉めとくれよ。こんなことは本当にめったにないんだけど、あたしもどうして驚いたのかねえ。今は何が起きてもおかしくない時代だってのにさ」

もうすぐ帰ってくる議員の夕食の用意を急がなくちゃと言い、女性は厨房で忙しく立ち働き始めた。わたしも彼女を手伝い、食堂と居間の角灯に火を入れる。バヴォルの家は密林の絵やヴァルマーの像で飾られていた。ホームシックで胸が締めつけられた。

玄関に人の気配がし、わたしは厨房に隠れた。

「大丈夫。議員の番犬は家の中には入ってこないから」女性が言った。「議員が許さないんだよ。あの犬が家に入るときは、シティア議会が終わるときさ」

でも《編み機》は魔法で屋内を調べるのでは？　その魔力を感じ取れるだろうか？　万が一に備え、わたしはドアの陰に隠れた。

「あたしのことはペタルと呼んどくれ」と女性は言い、夕食に招いてくれた。時間がないからというわたしの言葉など聞こうともしない。「何言ってるんだい。今あんたが来てることを、議員にお伝えしてくるよ」

「待って、ペタル」彼女を引き止めた。「できれば、議員にここに来てもらえないかしら？　犬はすごく耳がいいから」

ペタルはおでこを軽く叩き、頭がいいねという表情でわたしを指さしてから出ていった。すぐにバヴォルがペタルを従えて入ってきた。疲れた顔でわたしを迎えた。

「わたしが帰る前にここに来たのは賢明だったな」バヴォルは小声で言い、目の下の隈をこすった。重荷に必死に耐えているかのように、眉間に深く皺が刻まれている。「もしおまえが見つかったら……」腰かけに浅く座った。「ここでのんびりしてはいられない。異変に気づいたら、《編み機》どもはすぐに家に押し入ってきて、わたしはすべてを話さなければならなくなる」

淡々と語るバヴォルの口調にぞっとした。議員たちから情報と協力を引き出すために、《編み機》はいったい何をしているのだろう？

「では手短に話します。議会はなぜダヴィーアンたちが城塞に入るのを許したんです？」

バヴォルの顔に警戒の色がよぎり、彼は膝の上で両手を握りしめた。「ペタル、ウィスキーを一杯もらえるかね？」

ペタルが不本意そうにこちらを見た。厨房の反対側でシチュー鍋をかきまぜながらも、こちらに身体を傾け、話に耳をそばだてていたからだ。

ペタルが不機嫌な顔で厨房を出ていく。

バヴォルはつかのま目を閉じ、顔をしかめた。でもふたたびわたしを見たその瞳には、かつての自信に満ちたバヴォルが戻っていた。

「われわれは、彼らを見殺しにすべきだったのかもしれない」

26

「見殺しって、誰を?」

　わたしの質問をバヴォルは無視した。

「初め、ダヴィーアンどもが彼らを生かしておくために要求してきたのは、ささいなことだった。あれやこれやの投票権だ。だが要求はしだいに頻繁に、危険なものになっていった。連中は大挙してやってき始め、ふと気づくとわれわれはすっかりやつらの言いなりになっていた」

「生かしておくためにって、誰をです?」

「われわれは過ちを犯した。だがおまえが来たからには、まだ遅くないかもしれん」

「バヴォル、わたしにはさっぱり——」

「ダヴィーアンたちはわれわれの子供たちを人質にしているんだ」

　言葉を失い、まじまじとバヴォルを見た。「どうやって?」

　バヴォルは肩をすくめた。「方法を知ってどうなる?　家族は一年を通じてほとんど一族のもとで暮らしているんだ。ここにいるわれわれには守ることができない」

「人質に取られているのは誰？」

「娘のジェニキラだ。イリアイス市場で姿を消した。誰にも言うなと指示されたが、ほかの議員の顔を見て、やつらは全員から人質を取ったのだとわかった。やがて、仲間内で話す機会を持った。子供がいる議員はひとりずつ連れ去られた。子供がいないグリーンブレイド議員は夫を、ストームダンス議員は妻を誘拐された」

「どこに囚われているんですか？」

「知っていれば、ここでおまえに話などしていない」

「すみません」事態の意味を考えていると、ペタルがウィスキーを満たしたグラスをふたつ持ってきて、わたしにひとつ差し出した。それからまた鍋をかきまぜに台所へ戻った。

「いつのことですか？」ヴァレクは、カーヒルが加担する前からダニが計画を進めていたと言っていた。

「十四日前だ」バヴォルは囁いた。

あれだけのことがあったあとでは、十四日が十四年にも思える。つまりダニは、わたしが城塞から逃げた直後に議員たちの家族を捕らえたらしい。議会を思いのままにしているのはローズではなかったのだ。

「魔術師範たちは知っているんですか？」

「ブラッドグッドとジュエルローズ両魔術師範は、われわれ議会が司令官に書簡を出したときに疑い、署名を拒んだが、フェザーストーン魔術師範はふたりの拒絶を裏切り行為と解釈した。そしてダヴィーアンたちはわれわれに、フェザーストーン魔術師範に同調してふたりの逮捕状に署名して養成所の牢屋に入れるよう強要した」バヴォルはわたしの顔に浮かんだ不安を見て、付け加えた。「フェザーストーン魔術師範に意見するにはカーワン魔術師範がまだ若すぎるのが残念だ」

「ローズはダヴィーアンたちと一緒に何か企んでいるんでしょうか？」

「いや。決断を下しているのがやつらだと知ったらぞっとするだろう。われわれはフェザーストーン魔術師範に賛同票を投じているから、それでご満悦なんだ。ダヴィーアンたちは彼女の反司令官運動を支援している」

「ジレンマを抱えているあなた方の気持ちが、ローズには読めないのかしら？」

バヴォルがわたしをじろりと見た。「それは魔術師の『倫理規範』に違反する行為だ。フェザーストーン魔術師範が人の心を覗き見するなんてあり得ん」

ローズの倫理基準がそんなに高いとは思えなかったけれど、反論できる証拠もない。

「もうひとり分、夕食を用意しますか？」ペタルが尋ねた。

バヴォルもわたしも首を横に振った。バヴォルの不安げな表情から、すぐにでもここを立ち去らなければならないことを思い出す。ペタルは舌打ちし、厨房から皿の山を運んだ。

議員たちの家族を見つけ出し、救出することが今は先決だ。手がひとつだけあるけれど、それには魔術を使わなければならない。

「バヴォル、あなたを通じて娘さんを見つけられるかもしれません。でも城塞内ではできない。ここを出る機会はありませんか？」

「無理だ。見張りがいつもそばにいる」

「裏口から脱け出すことは？」

「毎時間、見張りと連絡を取らねばならないんだ。そうして初めてプライバシーが許される」

「あなたが眠っている間は？」

「やつらが居間で見張る。ペタルは早めに寝室に退いてぐっすり眠ってしまうから、そんなことは知らないがね。ジェニキラがさらわれてから、満足に眠れないんだ。日の出前に起き出せば、見張りを外に追い出せるかもしれない」

「ということは夜間に決行する必要がありますね。わたしが手筈を整えます。明日の夜、寝室に誰かいても驚かないで。それから裏窓を開けておいてください」

「裏窓はペタルの部屋にある」

「ペタルが熟睡していることを確認してからだったら、できるのでは？」

バヴォルはため息をついた。「物事がもっと単純だったころが懐かしいよ。サンドシード議員の強情さにも、ジュエルローズ議員の小さな問題にも、二度と文句を言うまい」

「夕食ができました」ペタルが呼んだ。

「もう行ったほうがいい」バヴォルが促す。

「養成所に入る方法を知っていますか?」

「非常用トンネルがある。だが、崩れてしまったかもしれないし、すでに封鎖された可能性もある。遠い昔、部族戦争中に魔術師たちが養成所を作ったとき、掘り進めたそうだ。最近までわたしもその存在を知らなかったが、第四魔術師範とともに捕らえられる前に、第二魔術師範から聞いたんだよ」

「ベインとアイリスは今もまだ養成所の牢屋にいるんでしょうか?」

「わたしの知る限りでは」

「トンネルがどこにあるか、ベインから聞きましたか?」

「養成所の東側にあって、馬が通れるくらい広いとかなんとか言っていた」バヴォルは立ち上がった。「長話をしすぎた。また連絡をくれ。気をつけて」そう言い残して食堂に入っていった。

わたしは少し待ってから裏口のドアを開け、暗い通りを覗いた。人の気配はない。魔術を使えないと確信は持てないが、思いきって外に出た。通りがあまりにも静かなので、不安になる。歩いている人は数人しかおらず、ほとんどがダニだった。酒場さえ真っ暗で、人気がない。

誰にも見つからずに北門から出るのは難しそうだ。宿屋に泊まろうかとも思ったが、よそ者に注意しろという指示がダニから出ているかもしれない。だが通りで長居すれば、それだけ見つかる可能性が高くなる。

必死にきょろきょろしていると、狭い路地に続く外階段がある家を見つけた。なるべく音をたてないように階段の最上段まで上り、手すりに乗って屋根の縁に手をかける。壁を伝って屋根によじ登ろうとしたが、大理石の建物だとこれが難しい。足が滑って、四階の高さから真っ逆さまに落ちないようバランスを取るので精いっぱいだった。

とうとう軽業の練習の成果を頼りに、思いきって屋根に跳び上がった。大理石の壁にはいいところもあって、その分厚さのおかげでドスンという音がかき消された。

息を切らしながら平らな屋根に横たわり、無様な姿をヴァレクに見られなくてよかったと思った。最高司令官の城の壁でもするすると登るヴァレクの能力に、あらためて感心する。わたしが戻ってこないことを心配するだろうか。でも、バヴォルのところに長居しすぎたのはむしろ吉と出るかもしれない。門を何度も出入りすれば疑われる。

夜気が冷たくなったので、外套にくるまり、眠りについた。そして炎の夢にうなされた。どこに逃げようと、どこに隠れようと、炎は必ずわたしを見つける。そう、必ず。

朝日の中で目覚めたときには汗まみれで、頭が痛んで熱っぽかった。人に見られないように屋根から下りてフィスクを捜すという離れ業に挑戦するのは、水風呂に入るのと同じくらい気が進まない。まあ、上るより下りるほうが楽だったのはせめてもの慰めだった。無事に階段から路地にたどりつく。ただ、頭は相変わらずずきずきと痛んだ。

目がかすみ、疲れていたけれど、市場でフィスクを捜す。たまり場の場所を思い出し、その近くに隠れて、フィスクが現れるのを待つことにした。

子供たちの一団が建物から出てくるのを見て、わたしは微笑んだ。みな、その日すべき仕事に向けてすでに集中し、真剣な雰囲気だ。一団の姿が見えなくなったとき、フィスクが横に現れた。「何かあった?」フィスクが尋ねた。

「じつはまた仕事をお願いしたくて」依頼の内容を話すと、なんとかできると思うとフィスクが請けあった。「でも、無関係な人を巻きこみたくないの」

「心配ご無用。今夜で運がよかった」

「どうして?」

「冬至の夜だからね。寒い季節のちょうど中間点をお祝いするんだ。みんなで欲しいものをプレゼントしあう」フィスクがにっこりした。「イクシアにはそういうのなかった?」

「あったわ。年に一回、氷祭《アイス・フェスティバル》をするの。みんなで手作りの工芸品を飾って、集まって意見交換するの。こんなに季節が進んでたなんて、全然気づかなかった」

「今年は派手にお祝いするようなことはなさそうだけど、それでもいくつか行事はあるだ

ろうから、僕らが行動しても目立たない」フィスクはまたにやりとした。今度の笑みには
いたずら心が滲んでいて、ふとジェンコを思い出した。

子供のときのジェンコはきっと相当ないたずらっ子だったはず。イクシアを出たとき、少なくともアーリとジェンコは怒らせずにすんだ。いや、ふたりを一緒に連れてこなかったのだから、やっぱりわたしを怒っているかも。

綿密に計画を立てたあと、フィスクはわたしに、夜になるまで待てるような場所を教えてくれた。フィスクが立ち去ると、わたしは議事堂に近づいた。その四角い建物に関心があると見せないように、あたりを一周する。

一階に続く広い階段では忙しく人が行き来していた。議員の執務室、大広間、図書室、城塞の牢屋はすべてこの中にある。用があるのは記録室だ。あらゆる部族から集められた情報はすべてそこに保管されており、非常用トンネルについて触れている記録がないか探したかった。あるいは、図書室のどこかに魔術師養成所の見取り図があるとか?

情報のありかとして最も可能性が高いのはベインの個人蔵書だった。ベインがバヴォルにトンネルの話をしたのは、おそらくわたしが最初に接触する相手が族長のバヴォルだとわかっていたからだろう。とっておきの情報だとバヴォルは考えたようだけれど、じつはこれはベインからわたしへのメッセージだったのだ。

問題は、情報が断片的すぎることだった。養成所の東側と、馬が通れるほど広いという

ことだけでは調べようがない。

議事堂を出入りする人の流れは途切れる様子がない。それでもダニが何人かうろついていたので、探りを入れて自分の身を危険にさらすような真似はやめておいた。

市場に引き返す途中、背中に妙な違和感を覚えた。千匹もの小さな蜘蛛が整列して背筋を這い上がっていくような感じだ。わたしは道の角を曲がりながら脇に視線を向けた。ダヴィーアン族の男がすぐ後ろを歩いていた。赤いぴったりしたズボンと頭巾つきの短い外套を身に着けている。わたしはまた角を曲がったが、男はまだ後ろをついてくる。日光を受けて男の偃月刀がぎらりと光った。急いで市場に入り、ダニがそのまま行き過ぎることを祈って野菜売りの店の前で足を止めたが、男は街灯柱に寄りかかっている。わたしはにわかに焦り始めた。もしこの男が《編み機》なら、絶対に撒けない。買い物中の女性の一団を見つけて輪に紛れてみたが、男もあとをついてきた。気をそらさなければ。それもすぐに。

一団の中のひとりがビーズの首飾りを買った。屋台から屋台へと歩く間、うるさく意見を並べ立てていた女性で、輪にくっついてくるわたしを邪魔に思っていることがありありとわかった。

屋台の店主が品物の包みを渡すとき、わたしは身を乗り出して彼女の耳に囁いた。「あの店主、先週わたしの友人にまったく同じ首飾りを銀貨二枚で売ってたわよ」

その女性は銀貨四枚を支払ったところだった。予想どおり彼女は銀貨を二枚返せと大声で主張し、店主は戸惑い顔で説得しようとした。続いて起こった口論がかなりの野次馬《やじうま》を呼び、わたしはその隙に人波を縫って逃げた。これで追っ手を撒けることを願いながら。だめだった。男はわたしに気づき、あとを追ってくる。数人の買い物客がつかのま男の行く手を遮ったところで、わたしは屋台の陳列台の下に潜りこんだ。

最善策とは言えなかったが、ほかにどうしようもない。陳列台の下で身体を丸める。台を覆う紫色の布は地面まで垂れていて、その陰には在庫品の生地が数反とボタンの入った箱が置いてある。

いつまで待てばいいんだろう？　うっかり顔を出してダニと鉢合わせたら元も子もない。だからもうしばらく待機するため、身体をもぞもぞ動かして少しでも楽な体勢を探した。

ふいに紫色の布が横にすっと引かれた。ぎょっとしてその場に凍りつく。

隙間から店主らしき男の顔が覗いた。「友だちなら行っちまったよ。もう出てきて大丈夫だ」

店主が身を引き、わたしは外に出た。「ありがとう」礼を言い、外套についた泥を払う。

「やつらの注意を引くのは利口のすることじゃない」店主の丸顔には険しい表情が浮かんでいる。「このあたりでは近頃次々に人が姿を消している。その首に金貨五枚が懸かっていりゃあ、なおさらだ」

心臓が激しく打ちだす。店主はわたしが陳列台の下に隠れていることを知りながら通報しなかった──少なくとも、今はまだ。取引しようというのだろうか？　口をつぐんでおくから、代わりに金貨六枚をよこせと？

「心配するな。あんたはフィスクとその組織の仲間だろ。そして、ダヴィーアンたちがあんたを捕まえた人間に金貨五枚を払おうとしてるってことは、誰あろう、連中があんたを怖がってるって証拠だ。つまり、あんたには俺たちの暮らしを元通りにしてくれる力があるからだと、家族のためにも期待してる」

「確かに彼らはわたしを怖がっていると思う」《霊魂の探しびと》ではないかとわたしを疑ったとき、シティア議会がどんなに怯えていたかを思い出す。「でも、あなたの暮らしを元通りにできるかどうかはわからない。わたしひとりの力ではとても」

「フィスクが手を貸すさ」

「お金を出せなくなったら終わりよ」

「確かに。あのいたずら小僧め、見てると真面目に働かなきゃと思わされるよ！」店主は言葉を切り、思案した。「ほかに助けてくれるやつはいないのか？」

「あなたが助けてはくれない？」

店主は目をぱちくりさせた。「どうやって？」

「ダニたち全員が魔力を持っているわけじゃない。偃月刀や槍《やり》を所持しているけど、まわりを見て。あなたたちのほうが数で勝るわ」

「それでも、やつらの魔術は強力だ」

「あなたたちの中に魔術師はいない？　養成所から逃げてきた人とか、ほかの部族から来た人とか？」

店主の目がなるほどというように光った。「だが、みんな城塞内に散らばっている。怖くて隠れてるんだ」

「不安に震えている人々を説得し、奮い立たせる人材が必要だわ。彼らを組織化し、ここぞというときに先頭に立てる人が」

「あんたならできる。あんたは《霊魂の探しびと》だ」

わたしは首を横に振った。「わたしがいたら、せっかくの努力も水の泡になる可能性がある。それに、ほかにやらなくちゃいけないことがあるの。あなたがその気になれば、適任がきっと見つかるわ」

店主は陳列台の上の布地の皺を伸ばした。「城塞には年中行商人が出入りする……商品が次々に運びこまれて……」

「でも、くれぐれも気をつけて」わたしは立ち去ろうとした。

「待ってくれ。ここぞというときがいつか、どうやったらわかる？」

「誰も見逃すはずがない、そんな悪い予感がするわ」

夜の帳が下りたあと、わたしはフィスクとそのおじと会った。すでに夜が深まり、ダニたちの監視があるとはいえ、通りを歩く人々は冬至の夜を楽しんでいる。フィスクがそのあとの準備をしに行く間、わたしは彼のおじを屋根の上に導いた。

　それから家々の屋根を伝って、バヴォルの部屋に向かった。外出してお祭り騒ぎに加わっていない者たちは、すでに就寝している時間だ。背嚢からフィスクが用意してくれたロープを取り出し、煙突にしっかりくくりつけ、反対の先端を壁に垂らす。

　表通りの街灯の灯りは裏道には届かず、バヴォルが忘れずに裏窓を開けておいてくれたことを祈るのみだ。ロープを掴んで家の壁を伝い下り、窓が開いていることを知ってほっとする。細心の注意を払ってペタルの部屋に忍びこむと、しばらくじっとして、ときどきいびきのまじるペタルの規則正しい呼吸に耳をそばだてた。それからロープをぐいっと引き、フィスクのおじが下りてくる間しっかり引っぱって固定した。ドスンという音とともに、彼が部屋に入ってきた。ペタルの寝息がまた安定するまでふたりとも動かなかった。

　すでに準備を整えたバヴォルがわたしたちを部屋で待ちかまえていた。フィスクのおじがベッドに入って首まで毛布を引っぱり上げ、バヴォルはわたしと一緒に裏窓に向かう。生まれたときから密林の樹上で暮らしてきたバヴォルには、ロープをよじ登るなどお手のものだ。わたしもそのあとに続いた。

屋根伝いに移動するのは名案だった。しばらくして地上に下りると、北門が見えてくるまで進み、それから身を隠した。人通りはない。不意に心配になった。このまま誰も通らなかったらどうしよう。不安は膨らむばかりだ。

こうなったら強行突破するしかないと思い始めたとき、どう見ても酔っぱらっている男女の一団が近づいてきた。城塞の外に出ようと何人かが大声でわめき、やがて言い争いになって、しまいに喧嘩が始まった。

衛兵も騒ぎに巻きこまれ、バヴォルとわたしは誰にも気づかれずに門を通り抜けた。番所が見えなくなるや、すぐに駆け出す。時間は限られているのだ。

ヴァレクの小屋にたどりつくと、キキが馬小屋でいなないた。

〝ラベンダーレディ、無事〟キキはほっとした様子だった。〝ゴースト、かんかん〟

〝話はあと。今は時間がないの〟わたしはバヴォルを小屋に急き立てた。ヴァレクは長椅子に座り、顔に冷ややかな怒りを浮かべていた。

わたしはその態度を無視した。ヴァレクならこの作戦がそもそも不測の事態にいかに左右されやすいか、十分承知しているはずだ。でも、長椅子に座るヴァレクの姿が目に入ったとたん、バヴォルの顔が青くなった理由は理解できた。

「わたしを騙したな」バヴォルが後ずさる。

「安心して、バヴォル。ヴァレクが議員を暗殺するつもりなら、あなたは今頃とっくに死んでいる。ヴァレクはわたしを手伝ってくれているの」

ヴァレクは鼻を鳴らした。「わたしが？　おかしいな、そんな覚えはないぞ。それともわたしのほうが忘れられていたのか」言葉のひとつひとつに皮肉が滲んでいる。

皮肉な態度は無視して、バヴォルから聞いた話をヴァレクに伝えた。新たな情報について考えを巡らせるうちに、ヴァレクの表情も少し緩んだ。

「バヴォル、座って。目を閉じて娘さんのことを考えて」わたしは指示した。

バヴォルが長椅子に腰を下ろすと、わたしは魔力の源に手を伸ばした。触れたとたん、どっと安堵感があふれた。二日間魔術を使っていなかったから、ふたたび源と繋がれたことで、母の腕にぎゅっと抱きしめられたような感じがした。

意識をバヴォルに投げかける。バヴォルの心の中は幼い愛娘《まなむすめ》ジェニキラのことでいっぱいだ。見たところ、八歳ぐらいだろうか。長い褐色の髪に金の房がまじり、糖蜜色のやさしい頬にそばかすが散っている。とてもかわいらしい。樹液キャンディをもらって、大喜びでくるくる回っている。

わたしはバヴォルを通じてジェニキラに意識を飛ばした。ジェニキラの記憶の中で、キャンディをもらった喜びは、父親と一緒に過ごす喜びと重なっている。わたしは記憶の奥へと分け入り、少女自身を見つけようとした。

ジェニキラは痛々しいほど父親を恋しがっていた。寒さに震え、お腹を空かしているけれど、食事やぬくもり以上に両親を求めている。少女は身体を前後に揺らし、腕に抱いた子供をあやしていた。二歳の男の子が泣きだし、それが室内にいる子供たちに伝染していく。女性が一歳の女の赤ん坊を抱いて歩き回り、男性は別の二歳の子供をなだめている。

部屋の中がぼんやり明るいのは、壁の木板のわずかな隙間から光が差しこんでいるからだ。家具はなく、破れた衝立の背後に便器代わりの壺《つぼ》がふたつ置かれているだけ。つんと鼻をつく匂いからすると、壺はしばらく掃除されていないらしい。ジェニキラの肌は垢《あか》だらけで、お風呂に入りなさいと母親に言われても二度と文句は言いませんと心に誓っていた。凍てつく冷気が土の床から脚や背中に這《は》い上がってくる。

〝ジェニキラ〟わたしは少女の心に呼びかけた。〝そこはどこ?〟

誰に名前を呼ばれたのだろうと、ジェニキラはあたりをきょろきょろ見回した。誰もいないので、リーヴィに歌を歌い続ける。

〝あなたのはとこのイレーナよ。そこがどこか教えて。そうすれば助けに行ける〟

はとこはずっと昔に誰かに誘拐され、最近戻ってきたことをジェニキラも覚えていた。

〝だったら、あたしだって逃げられるはず〟と考えている。

ジェニキラは魔力の源に近づくにはまだ幼すぎて、わたしと直接やり取りすることはできないようだ。とはいえ、わたしの意図は感じ取ったらしい。ジェニキラは誘拐されたときのことを思い返していた。市場でいつのまにか母の姿を見失った。母を捜してうろうしていると、サンドシード族のゆったりしたチュニックを着た男に抱き上げられた。叫ぼうと思ったが、その前に甘い匂いのする布切れを口と鼻に押しつけられた。

目が覚めると箱の中にいた。母を求めて泣きわめくと、男が木箱を叩き、おとなしくしないと殺すぞと脅してきた。移動しているのがわかり、動きが止まって箱が開くと、さっきと同じサンドシード族の男に引きずり出され、饐《す》えた匂いのする荒れ果てた小屋に連れてこられた。小屋の中には別の小屋があり、そこは切り出されたばかりの木の匂いがして、扉にぴかぴかした南京錠《なんきんじょう》が取りつけられていた。

中に押しこまれると、隅のほうに見えた黒っぽい塊が動きだしたので、ジェニキラは怖くなって泣きだした。その黒い塊のひとつが女性の姿となり、ジェニキラを抱きしめてくれた。いくぶん気持ちが落ち着くと、ゲイル・ストームダンスという名のその女性が、みんながそこに連れてこられた理由を説明してくれた。

〝ゲイルに、そこがどこか尋ねてみて〟わたしはジェニキラを励ました。

だがゲイルにもはっきりしないようだ。「ブラッドグッド族の土地のどこかだと思うわ」

今度はゲイルに意識を飛ばしてみたが、防御壁にぶつかった。ゲイルはぎくっとしてジェニキラを見たあと、おずおずと心の防御壁を下ろした。

〝助けに来ました〟とゲイルに告げ、自分が誰で、どうやって彼女を見つけたか説明した。

〝ああよかった。養成所の魔術師が捜しに来てくれると思っていたの。でも、どうしてこんなに時間がかかったの？〟

自分の知る限りの事情を話し、あらためてそこがどこか尋ねる。

はっきりと位置がわからずもどかしそうなゲイルに、促す。〝小屋の周囲の景色を思い浮かべてみてください〟

小屋の背後には森に覆われた丘が迫り、右手には石造りの大きな農家。左手にちょっと変わったものが見えた。真っ赤な池が日差しを浴びてきらきら光っている。しかし、変わっているのは色ではなく、その形だった。ゲイルの心は、木箱から引きずり出されて小屋に押し入れられた恐怖とパニックの中を縫い進みながら、目的のイメージを探した。

〝ダイヤモンドよ〟ゲイルは声をあげた。〝池はダイヤモンドの形をしていた〟

これが取っかかりになる。わたしはゲイルに礼を言い、必ず見つけると約束した。

それからゲイルから意識を引き、ジェニキラからも離れ、バヴォルの意識に戻った。帰ってくる間、わたしの心には細い糸のようなものが巻きついていた。わたしを別の力が捕らえ、しがみついて一緒にくっついてきたかのように。

戸惑うバヴォルの心から、わたしは自分の身体に戻った。ヴァレクの姿はそこになく、煙の匂いがわたしの鼻を焼いた。慌てて窓に飛びついた。

馬小屋が燃えていた。

27

「キキ！」わたしは叫び、駆けだした。キキが馬房から出られないまま炎にのみこまれるイメージで、頭の中がいっぱいだった。

わたしの名前を誰かが呼んでいる。牧草地に黒い馬が一頭たたずんでいる。

ダヴィーアンの《編み機》が炎をさらに赤く、高く、熱く舞い上がらせている。

でも、そんなことはどうでもよかった。心にしがみついてきた寄生パワーに主導権を握られていた。

わたしは馬小屋を包む炎の中にそのまま突進した。

熱が顔を焦がし、鼻の中を焼く。外套の表面で炎が大喜びで躍り、遠慮のえの字もなしに繊維を食い尽くしていく。ブーツの底が溶け、煙が肺の空気を奪い、喉が詰まる。身体を覆う肉体の層が燃え、じりじりと剥ぎ取られていく。血の沸き立つ音が耳の奥で響く。

突然、痛みのあとに歓喜が訪れ、世界は白熱と目のくらむような黄色から、鮮血の赤と冷えた漆黒に色を変えた。

呆然とあたりを見回した。柔らかな灰色の光に照らされた平らな土地がどこまでも広がっている。わたしはおそるおそる自分の身体に目を向けた。焼け爛《ただ》れた焼死体がそこにあるとばかり思っていたのに、なぜか傷ひとつない。ふわふわとした浮遊感がこそばゆく、腕や脚がなんとなく透きとおっている。

幽霊になってしまったのだろうか？　ここは影の世界？　じゃあ、みんなは？　大勢のサンドシード族たちがここで待っているはずなのに。それともあれはムーンマンの想像の産物にすぎなかったの？

背後で小さな笑い声がした。

「おまえには彼らが見えない。見ないという選択をおまえがしたからだ」

わたしが何より恐れている声――横に《炎の編み機》が立っていた。今は炎のマントを脱ぎ捨て、普通の人間のように見える。広い肩、短い暗褐色の髪。背丈はムーンマンと同じくらいで、石炭から彫り出したかのように肌が黒光りしている。

彼はわたしに腕を差し出した。「さあ、触れるがいい。石炭みたいに硬くはないぞ」

わたしはためらった。「心を読んだのね？」

彼はまた笑った。「いや。おまえの顔に書いてあった。恐ろしいのに、好奇心もある。見上げた性格だ」

《炎の編み機》が指先でわたしの腕を撫でた。びくっとして飛びのく。

「火傷でもすると思ったか？　わたしのかわいいコウモリを呼び寄せるには大火が必要だとわかっていた。悪くなかっただろう？」

「最悪よ」こうして捕らわれてしまった今、恐怖はあきらめに変わった。

彼はわたしの反応に満足したようだった。周囲を身ぶりで示した。「わが黄泉の世界をどう思うかね？　退屈か？」

「そうね。想像していたのは、もっと……」何の特徴もない平原。黒い台地と真っ赤な空。

「熱い場所？　焼かれて身悶える霊魂たちで埋め尽くされている？　おまえをかつて虐げたレヤードが出迎え、永久にレイプと虐待をくり返すとでも？」

「霊魂で埋め尽くされているとは思ってたわ」わたしは彼の言葉に同意した。以前炎の中に引き入れられたとき、霊魂たちを見たのだ。

「あのときはムーンマンが一緒だったからだ。ムーンマンはあの不幸な霊魂たちを見ることを選んだ。みなさまざまな人生を歩んできた連中だ。一方、おまえは彼らを拒絶した。見るまいとし、ムーンマンにも見させまいとした」

「影の世界で見たし、ムーンマンをあの辛い記憶から救ったのよ」と言い返す。

「本当に？　何度も悪夢を見たのでは？　彼らを救うためムーンマンに協力するつもりか？」――わたしが答えずにいると《炎の編み機》は微笑んだ。「するわけがない！　おまえは彼らを退けた。ムーンマンや兄を退けたように。そのうちヴァレクだって締め出すさ」

「少なくとも、そうすればみんなの身は安全だわ」

「安全でいられる者など誰もいない」

言葉遊びにうんざりして、何が望みなのかと尋ねた。

相手はたちまち真顔になった。「空だ」

わたしは彼をまじまじと見た。

「わたしは黄泉の世界を支配している。ダヴィーアンたちのおかげで、今では影の世界も。だが、影の世界は黄泉と空の間にある中間地だというのに、いまだ空には近づけない」

「なぜ空に行きたいの？」

「空を支配することさえできれば、生者の世界に戻れるからだ」

恐怖が全身に広がった。「空には何があるの？」

「あらゆる魔力の源だ」

どういうことかわからなかった。どんな魔術師でも魔力の源に近づける。彼は自分以外の誰にも魔力を使わせないつもり？

「おまえは魔力のことを何もわかっていないな」呆れたと言わんばかりだ。

滑らかだった彼の顔が火傷で覆われた。肌が溶け出したかのように波打つ。

「なぜわたしが必要なの？」

「わたしを空に連れていけるのはおまえだけだからだ」

「なぜわたしがあなたの言いなりになると？」

「でないと、おまえの家族や友人たちをこういう目に遭わせるからさ」

彼がわたしの腕に触れた。焼けるような痛みが肩に走り、頭を包みこんだ。目が火照り、乾く。揺らめく熱のベール越しに、黄泉の世界のほかの住人たちの姿が浮かび上がった。薪を食らう炎のごとく身体をよじり、痛みに悶える魂たち。彼らの苦しみがねじれ、歪みながら波のように押し寄せてくる。強烈な感情がわたしを叩きのめした。よろよろと後ろによろめき、《炎の編み機》の腕に抱きとめられた。

彼は別の霊魂たちを指さした。「もともとここにいた霊魂はわずかで、ほかはすべてダヴィーアンたちがわたしに与えてくれたものだ。力をつけたわたしは、影の世界に移動して霊魂を盗んでこられるようになった」苦痛の海の中、彼がわたしを引き回す。「おまえの兄がコレクションに加われば願ってもない。強力な魔力の持ち主だからな。そしてムーンマンは青く冷えた魔力をもたらしてくれるだろう。おまえの両親が揃えばそれこそ鬼に金棒だ。だが、おまえが手を貸してくれれば、全員助けてやろう」

「もしわたしが手を貸せば、あなたは生者の世界を牛耳る力を得る。それでどうやって助けてくれるわけ？」

「特別に優遇するさ」

彼らがそんな立場に甘んじるはずがない。とはいえ、苦痛を味わい続ける永遠の時間だってできれば遠慮したいだろう。

《炎の編み機》がわたしを放すと、霊魂たちの姿が消え、鈍い痛みが蘇ってきた。

「どうだ、悪くないと思わないか？」彼が尋ねた。「ここが永遠におまえの居場所になるかもしれない。あまり楽しくはないかもしれないが、安全ではある。あるいは……空に住むこともできる。あそこは平和だ。常に満ち足りて、楽しく暮らせるぞ」

「あなたが加わるまではね」

「しばらくの間、空の住人たちを利用させてもらうだけさ。わたしが生者の世界に戻ったあかつきには、連中の幸せな世界をおまえに治めさせてやってもいい」

魅力的な提案に聞こえるが、彼が言ったり約束したりすることは何ひとつ信用できない。こうして死んでしまった今も、わたしにはまだ責任があるのだ。もし空に昇れれば、魔力の源に直接触れて、この男を留められるかもしれない。

「わたしは何をすればいいの？」

「空に昇る途中で霊魂を見つけ、それについていけばいい」

「あなたは？」

「おまえと一緒に行く」

わたしは解せずに彼を見た。

「空に行けば、ありとあらゆる魔力を探究することができる。だが、そもそもそこに行くためには、霊魂を身体に取りこむ必要があるのだ。やり方はわかるだろう。そうして霊魂を取りこんだら、炎の中に入ってこい。わたしのもとに来て、ともに空に昇ろう」

「でも、わたしはもう死んでいる。どうしてここに属している霊魂を取りこむのではだめなの？」

《炎の編み機》は首を横に振った。「おまえは自分の意思でここに来なければならない。それにおまえはまだ死んでいない。焼かれる前に身体を炎から避難させておいた。ちなみにあの霊魂たちはみなここに属していて、空に昇るに値しない連中だ」

また矛盾したことを言っている。もう何を信じていいかわからなかった。それに彼の動機がはっきりしない。だから尋ねた。「なぜ生者の世界に帰りたいの？」

火傷だらけの顔が怒りで歪んだ。両肩に炎が噴き上がる。「やつにここに送りこまれて、惨めな永遠を味わわされることになったからだ。だがやつの子孫がわたしを解放し、知識と服従と引き換えに、わたしに力を与えた。わたしのあるじは強いが、最強とは言えない。わたしはすでにわたしの救済者の力を超えた。今こそ奪われた人生を取り戻したいのだ」

「あなたをここに送りこんだのは誰？」

「エフェ族の反逆者、ガイヤンだ。さあ、契約成立かな？　拒否するなら、おまえはここに残ることになり、家族や仲間は死ぬ」

ガイヤンの名はこれまでにも何度か聞いた――ジェイドの祖先だ。つまりわたしの新たな《物語の紡ぎ手》は《炎の編み機》と共謀していたのだ。たぶんジェイドこそが彼らの頭領、ジャルなのだろう。

平原を眺め渡し、赤みがかった光に目をやった。そのとき宙に灰色の何かがふっと現れ、舞い降りてきた。そこにある塊に向かって急降下し、上をひらひら舞っている。わたしは少し近づいた。灰色の何かはコウモリだった。しかし、コウモリを誘うような昆虫もいないし、熱源もない。なのにコウモリはそれをつつき、ぐいっと引っぱったりしている。哀れな霊魂をまたいじめているの？

「さあ、おまえの未来はどうなる、イレーナ？」《炎の編み機》が尋ねる。

「決まったと思う」

「わたしのもとに戻ってくるか？」

「ええ」

彼が手を差し出し、わたしはそれを握った。とたんに周囲でぼっと炎が燃え上がり、世界が熱で溶けたかと思うと一瞬で冷えて、あたりは舞い上がる灰と煙ばかりとなった。

気がつくと、焼け落ちた馬小屋で横たわっていた。黒焦げの梁《はり》の残骸は傾き、床には歪んで真っ黒になった金属のかけらが散らばり、焼けた革の匂いが漂っている。

いまだに熱い木片の堆積の上からよろよろと起き上がった。服は焼け焦げだらけで、肌には煤が筋を作っている。外套は見当たらなかった。頭に手をやったものの、切り株のような髪の焼け残りに触れてはっとした。

歩き出すと、無残なブーツが馬小屋の残骸を踏んでバリバリと音をたて、わたしは一面の灰の中を足を引きずるようにして進んだ。キキを捜したが、心で呼びかけても、声に出して呼んでも、応答はない。

突然、背後でバンと大きな音が響いた。振り返ると小屋の戸口にヴァレクが立っていた。

唖然としたその表情を見て、思わず笑った。そして、《炎の編み機》との約束を守ったら何を失うかにふいに気づき、脚が萎えた。ヴァレクを、そしてみんなを救うことばかりが頭にあって、その代償まで考えていなかった。わたしは崩れ落ちた。

瞬時にヴァレクが横に駆けつけた。不安げな顔で、羽根のようにやさしくわたしの頬を撫でている。

「本物か？　それとも残酷な幻か？」

「本物。本物の間抜けよ。ごめんなさい、ヴァレク。あんなこと言わなければよかった……あんなことすべきじゃなかった」大きく息を吸う。「許してくれる？」

「二度としないと約束するか？」ヴァレクが尋ねた。

「申し訳ないけど、それはできない」

「じゃあ、間違いなく本物だ。手に負えない問題児だが、わたしはそんな君に恋をしてしまった」ヴァレクがわたしを抱き寄せた。

たくましい胸に耳を押しつけた。揺るぎのない確かな心臓の鼓動が、安らぎをもたらしてくれる。その奥に隠れたヴァレクの霊魂に魔術は届かない。でも、ヴァレクはそれをわたしに惜しげもなく差し出してくれた。

「なぜあんなにわたしを拒もうとした？」

「怖かったから」

「君はこれまでも恐怖に立ち向かってきた。何が違ったんだ？」

いい質問だ。その答えに思い当たってぞっとした。わたしはずっと《炎の編み機》から友人や家族を守ろうとしていると思いこんでいた。でも、本当は違った。

「自分の魔力が怖い」口から言葉がこぼれ出し、ヴァレクとの間に築いた見えない壁を壊した。「必要な数の霊魂を集めれば、すべての《編み機》を……そう、《炎の編み機》さえ打ち負かす力をわたしは手に入れることができる。心をそそられた。すごくそそられて、あなたをわたしから守らなければと思った」

ヴァレクは身を引き、わたしの顔を上げさせて目を合わせた。「だったらそう頼めばよかったんだ。《編み機》を倒すためなら、われわれは喜んで霊魂を君に差し出した」

「いいえ。彼を倒す方法なら、きっとほかにあるわ」

「で、どんな方法だい？」

「わかったら最初にあなたに報告する」ヴァレクが何か言う前に続けた。「それより、わたしの質問に答えてないわ。わたしを許してくれる？」

ヴァレクは芝居がかったため息をついた。「許すよ。さあ、中に入りなさい」

ヴァレクに支えられて立ち上がった。脚ががくがく震え、一瞬よろける。「キキはどこ？」

「君が馬小屋から姿を消すと、どこかに逃げて、それきり戻ってこない」

キキを捜し出して安心させたかったけれど、今はその体力がなかった。

わたしたちは小屋に向かって歩き出した。空には真昼の太陽がまぶしく輝いている。今となっては、空を見るたびに《炎の編み機》との取引を思い出さずにはいられなかった。

不安が胸を締めつける。

「バヴォルはどこ？」気を紛らせようと尋ねた。

「わたしが馬小屋の火を消そうとしている間に、ダヴィーアン族の《編み機》に捕らえられた。殺されてしまうだろうか？」

「いいえ。やつらにはバヴォルをはじめとする議員たちが必要だわ。取り仕切っているのは議会と魔術師範だという芝居を打っている限りは」

「どれぐらいその芝居を続けるつもりだろう」

「そう長くはないと思う」

「やつらはわれわれにも追っ手を差し向けるだろうか」

《炎の編み機》は求めるものをすでに手に入れている。「追ってはこないと思う。でも、わたしたちの手に主導権を奪い返さないと」

「わたしたち？　主導権を握っていたのは君ひとりだと思っていたが」

《炎の編み機》をなんとかするのはわたしの役目だけれど、ほかのことにはみんなの協力が必要だ。「わたしが間違っていたわ」

それから、ヴァレクが湯を沸かして鋳鉄製の浴槽を満たし、焼け焦げた服を脱がせてくれた。入浴を終えるころ、彼が清潔な服を持ってきてくれた。

「これは？」ヴァレクの手の中にはオパールのガラスのコウモリがあった。

わたしはオパールを訪ねたことを話した。「同じ職人として、作品をどう思う？」

ヴァレクはガラス像をためつすがめつ眺めた。「とても精巧に作られている。色合いが密林に棲む小型コウモリの一種と同じだ。たっぷり魔法が使われているな。目には見えないが、感じる。君は？」

「溶けた炎が氷に閉じこめられているみたいに、内側が輝いているの」

「それは一見の価値がありそうだな」

「魔術師にだけ見えるの」それに最高司令官も、と心の中で付け加える。

「それはいい。これで例の論争に終止符が打てる。わたしはやはり魔術師ではない」

「じゃああなたは何？　普通の人とも違うわ」

ヴァレクはむっとしたふりをした。

「だってそうでしょう？　あなたの戦闘技術は神がかっている。音をたてずに移動できるし、影や人々の中に紛れる能力も並はずれている。遠くにいてもわたしの心に話しかけられるのに、わたしのほうからはできない」

「反魔術師といったところか？」

「かもしれない。でもベインの蔵書で調べればきっとわかるわ」わたしはヴァレクに秘密のトンネルのこと、議員の家族のことを話し、池についても説明した。

ヴァレクはしばし考えた。「ジュエルローズ族の土地にあるダイヤモンド湖かもしれないな。ブラッドグッド族領との境界近くにある湖だ。ジュエルローズ族は宝石の形に似せた湖をいくつか作り、水にもその宝石の色をつけた」

「どうして赤いの？」

「ジュエルローズ族はルビーをダイヤモンド形にカットする技術で知られている。最高司令官さえ六カラットのルビーの指輪を持っている。政権奪還以来、つけるのをやめてしまったが。おそらく……」またヴァレクのまなざしが遠くなった。

「何？」

何か重要なことを話す覚悟を決めたかのように、わたしを見据えた。「そのコウモリを最高司令官に見せたか？」

「ええ」

「それで？」

わたしはためらった。〝性転換〟のことは秘密にすると最高司令官に約束したのだ。コウモリのことをヴァレクに話したら、その信頼を裏切ることになるのでは？

「最高司令官のことならとっくに知っているよ、愛しい人。二十一年間もそばに仕えて、知らずにいられるわけがないだろう？」

「あの、わたし――」

「それに結局のところ」ヴァレクは厳めしい顔をしてみせた。「わたしは反魔術師だ」

思わず笑った。「どうして話してくれなかったの？」

「君が話さなかったのと同じ理由だよ」そう言ってコウモリの像を包み、わたしの背嚢に戻した。

「最高司令官にも炎が見えていたわ。彼の身体にはふたつの霊魂が入っているんだと思う。でも、なぜ、どうやってそれに魔力が伴うのかはわからない。そしてもし魔力があるなら、なぜ思春期に入ったあと燃え尽きを起こさなかったのか？」

「霊魂がふたつ？　じつは最高司令官の母親は出産で亡くなったが、そのときに混乱があったんだ。生まれたのは男の子だと助産師は言い張ったが、父親が抱いていたのは女の子だった。双子が生まれたのかと形跡を探したけれど見つからず、結局、母親が死んだことに助産師が動揺したせいで性別を間違えたのだとされた。最高司令官は何か厄介事が持ち上がるたび、この姿の見えない双子が悪さをしたと言い訳したそうだ。話を聞くと、しょっちゅうだったらしい。彼が男の子の服を着てアンブローズと名乗り始めたとき、家族は好きにさせた。ほかのもっと変わったさまざまなふるまいと比べれば、それはささいなことだったらしい」

「最高司令官のお母様は魔術師だったの？」

「治療師だったと聞くが、魔術で治していたのか、世俗の治療法を使っていたのかは知らない」

ヴァレクが浴槽の湯を流す間、わたしは悲惨な状態の髪をなんとかしようとした。長いままの部分もあれば、焼けてほとんど残っていないところもある。

「わたしに任せなさい」ヴァレクはわたしの手からブラシを取り、浴室内から剃刀《かみそり》も見つけてきた。「残念だが、ほかにどうしようもないのでね」

「髪の扱いがどうしてこんなに上手なの？」

「季節ひとつ分の間、ジュエル女王専属の髪結いに化けて諜報活動をしたことがあるんだ。女王の髪はとても豊かできれいだったよ」

「待って、女王の侍女たちは全員女の人じゃ？」

「幸い、誰もスカートをめくってこなかったからな」ヴァレクはわたしの髪を切りながら、にやりと笑った。ばさっ、ばさっと髪が床に落ちていく。わたしはそれを見つめ、髪をなくしたってたいしたことじゃないと自分に言い聞かせた。第一、黄泉の世界に行けば髪なんかそもそも必要ない。

切り終わると、ヴァレクが言った。「これなら正体を隠す役にも立ちそうだ」

「正体を隠す？」

「誰もが君を捜している。男に変装すれば、それだけ見つかりにくい。ただ……」わたしの顔をしげしげと見た。「少々化粧をしよう。男に扮《ふん》したほうが人目を引かないだろうが、眉毛があったほうがいい」

指先で目の上に触れてみた。滑らかな肌があるだけだ。いつか元に戻るだろうか。でもすぐにそんな考えは捨てた。結局のところ、どうでもいいことだ。

「まず何をする？　あればの話だけど、養成所に抜けるトンネルを探すか、あるいは議員たちの家族を助けに行くか」わたしは尋ねた。

「そうだな……」ヴァレクは何か危険な匂いに気づいたかのように、鼻をぴくぴくさせた。

「その前に、誰か来た」

28

　ヴァレクはわたしに待てと身ぶりで示し、音もたてずに立ち去った。

　飛び出しナイフを手に、そろそろと居間を横切っていった。台所から囁き声が聞こえてくる。戸口までたどりついたとたん、ドアが唐突に開き、がっしりした身体が現れた。

「どうしたんだ、その髪？」アーリが尋ねた。「大丈夫なのか？」

　続いてジェンコが入ってくる。「ほら見ろ、ひとりで勝手に脱け出したりするからこういうことになるんだ！」

「捕まって、箱に閉じこめられてシティアに連れていかれることを、脱け出したとは言えないと思うけど」わたしが言い返す。

　ジェンコは首をあちこちに傾《かし》げ、まじまじとわたしの頭を見た。「へえ！　第四軍管区にある棘植物の茂みみたいじゃないか。首だけ出して地面に埋めたら、それこそ――」

「ジェンコ」アーリが叱る。

「ふたりとも、話が終わったら、なぜわたしの命令に背いたか説明してもらおうか」ヴァレクが割って入った。

ジェンコが捕食動物を思わせるいつもの笑みを浮かべた。その質問は想定内で、すでに答えは用意してあるらしい。「命令にはいっさい背いていません。イレーナの兄、不気味な巨漢、その他の連中を見張れとあなたはおっしゃった。だからそのとおりにしました」

ヴァレクは腕組みし、相手が先を続けるのを待った。

「でも、シティアに入って以降については具体的な指示を受けていません」とアーリ。

「彼らはいったいどうやって城を逃れ、国境を越えた？」ヴァレクの顔には究極の苛立ちが浮かんでいる。

ジェンコの目がきらりと光った。「それはいい質問です。アーリ、シティア人たちがどうやって脱出したか、われらが勤勉なる隊長殿に話して差し上げてくれ」

アーリは相棒をじろりと睨んだが、ジェンコはちっともこたえたようには見えない。

「ちょっとした協力があったんです」

またヴァレクは返事をしない。

アーリはそわそわし始め、わたしは手で口を押さえて笑いをこらえた。まるで、これから相当困ったことになると気づいた十歳の少年のようだ。「われわれが助けました」

「われわれ？」ジェンコが訊き返す。

「僕だよ」アーリはしょげている。「これで満足か？」

「まあな」ジェンコは揉み手をした。「これは面白くなるぞ。続けろよ、アーリ。隊長に理由を説明しろ――まあ、連中は彼に魔法をかけたんだと思いますけどね」ジェンコは指を細かく動かしてみせた。

「連中は魔法を使ったんじゃない。常識と論理を駆使したんだ」

ヴァレクが眉を片方吊り上げる。

「ここではおかしなことが起きている」アーリが言った。「だから、われわれがそれを正さなければ、疫病のように広がってすべての人々が死ぬことになる」

「誰がそう言ったの？」わたしは尋ねた。

「ムーンマンだ」

「彼らは今どこに？」ヴァレクが尋ねた。

「ここから一キロほど北あたりで野営しています」アーリは答えた。

ヴァレクが何か言う前に、馬の蹄の音が聞こえてきた。窓越しにキキが、その後ろにトパーズとガーネット、ルサルカが見えた。

「なぜ連中にここがわかった？」ヴァレクの声が冷たいナイフのように尖る。

ジェンコも驚いた様子だった。「俺たちがどこに向かったか、知らなかったはずです。待っていろと言ったのに」

「誰も命令に従わないと、いらつくものだろう？」ヴァレクが言う。

わたしたちは外に出た。タウノがキキに乗り、まっすぐにわたしのところに来た。キキがわたしの胸に鼻面をぶつけてきた。

〝火に飛びこむの、二度とだめ〟キキが言う。

答える代わりにキキの耳の後ろを掻いてやった。タウノはキキから降り、わたしに冷ややかに挨拶すると、みんなのもとに戻った。リーフ、ムーンマン、マロックがそれぞれ馬から離れないまま、アーリとジェンコに話をしている。

リーフの変化に富んだしかめ面やタウノの軽蔑の表情を見れば、彼らがまだわたしのことを怒っているのは間違いなかった。彼らを責められない。わたしの行動は最悪だった。マロックの顔には生気が戻ったようだ。ムーンマンが彼の心をひとつに紡ぎ直してくれたことを祈るばかりだった。

全員小屋に入っていったが、わたしは残って、半分焼けたブラシと焦げた干草で、できる限り馬たちの世話をした。牧草地の柵も部分的に燃えて、倒れている。躾《しつけ》が行き届いたサンドシード族の馬なら柵は必要ないし、オニキスとトパーズが仲間から離れることもないだろう。それでもわたしは壊れた部分を修理しようとした。日が沈み、夜気が冷たくなっても、作業を続けた。そう、馬たちでさえ、開けたところにいては寒いから、近くの茂みで暖かい場所を見つけようと牧草地から立ち去ったというのに。

重い石で杭を叩いていると、ヴァレクが現れた。振りかぶったところを止められ、石を手から奪われた。

「中に入ろう。これからどうするか、話しあわなければ」

気が進まず、べたべたした泥の中を歩いているかのように足が重い。

居間の会話はわたしが現れたとたんにやんだ。こちらに向けられたムーンマンの目は悲しげだった。《炎の編み機》との取引について知っているのだろうか？　それともわたしの行動に失望しているだけ？

火が熾されていた。もはや炎を恐れることもなく、そばに腰を下ろし、血の滲むかじかんだ指を温める。火に囚われた霊魂が身をよじっている。そこに彼らがいること、その痛みは明白なのに、なぜ今まで気づかずにいられたのだろう。

目を背けると、全員がわたしを見ていた。アーリとジェンコは立ち上がり、すぐに行動を起こせるようにと身構えている。

「わたし、テストに合格した？　炎に飛びこまなかったから」

「そうじゃない」とジェンコ。「おまえの腕に、やけに醜いコウモリがくっついている」

確かにいつの間に止まったのか、左の上腕から、手のひらサイズのコウモリがわたしのほうを覗いていた。賢そうな目が光り、爪を袖に食いこませている。

右手を差し出すと、コウモリはそちらに飛び移った。外に運んで放とうとしたが、できなかった。離れたがらなかったのだ。コウモリはわたしの肩に留まり、それで満足そうだったので、わたしはまた室内に戻った。

突然現れたわたしの新しい友人について、それ以上誰も何も言わなかった。リーフは考えこむような顔でコウモリをしげしげと見ている。

ほかの人々は、ただ待っていた。そうして時間が経ち、ふと、わたしが切り出すのをみんな待っているのだと気づいた。わたしが決断し、物事を前進させることを。最高司令官の虜囚として置き去りにしたというのに、みんなまだわたしを頼りにしてくれているのだ。今度は彼らを追い返したり押しのけたりはせず、しっかり責任を負おうと決めた。彼らが傷ついたり殺されたりする危険があることを受け入れ、この命を引き換えにしてでも《炎の編み機》をこの世に戻すまいと。

「リーフ」兄に呼びかけた。

何かに食いつかれたかのように、リーフがびくっとした。

「あなたとムーンマンには議事堂の図書室に行ってもらい、養成所に通じるトンネルに関する資料をできる限り見つけてほしい」それからベインの話を伝える。「ムーンマンはダニに変装できそうだけど、あなたには捕まらないように用心してもらうしかない。今後、魔法は使わないこと。彼らに気づかれてしまうだけだから」

ムーンマンとリーフは頷いた。

「マロック？」

「ああ」

「戦える？」

「準備はできている。望むところだ。もちろん戦える」

感極まって言葉に詰まってしまい、わたしは一瞬口をつぐんだ。みんなの決意に満ちた表情を見れば、全員が同じ思いなのだとわかる。ヴァレクが取り澄ました笑みを向けてきたけれど、「ほら言っただろう」と言われるよりはましだった。

「よかった。マロックとタウノはヴァレクとわたしと一緒に来て。人質を解放するため南に向かう」

アーリが抗議するように咳払いをした。

「ふたりのことも忘れてないわ。あなたたちは城塞に行って、レジスタンスを組織するのを手伝ってほしい」

「レジスタンス？」ヴァレクが尋ねた。「初耳だぞ」

「ある商人に、反乱を起こしてはどうかと提案しておいたの。アーリとジェンコも行商人に変装すれば、城塞内を動き回れると思う。アーリは髪を染めたほうがいい。それと、フィスクという名前の男の子を見つけて。わたしの友だちだと言えば、きっと渡りをつけてくれる」

「で、われらが全能なるイレーナ、いつどこで決起するんだ？」ジェンコが訊く。

「魔術師養成所の入口で。日時についてはわからないけど、きっと何かが起きて、今がそのときだとわかるはず」

ジェンコとアーリは目を見交わした。「たいした自信だな」ジェンコが言う。

「それで、いつ始める？」とヴァレク。

「今夜はみんなゆっくり寝て、朝になったら準備を始めましょう。出発は早朝。変装用の服は四人分ある？　それともどこかで手に入れなければならない？　あと、お金は？」

ヴァレクは微笑んだ。「どこかに干してある洗濯物から失敬するってことか？　そして財布を盗む？　その必要はない。この隠れ家にはあらゆる備品がいくらでも揃っている」

その言葉にぎょっとしたのはリーフだけだった。

室内のあちこちで会話が始まった。計画が練られ、行動指針が決まっていく。タウノはムーンマンと別行動を取ることが不満らしかった。なぜ自分が必要なのかと訊かれ、優秀な斥候が欲しいのだと説明した。

「しかし、マロックがいるじゃないですか」

「マロックをこちらのチームに入れたのは、すでに人質がほかに移されていた場合を考えてのことなの。追跡を得意とする彼なら、移送先を見つけられる」それにマロックには、ファードを逃がしたとリーフとわたしを非難した理由を聞きたかった。

翌朝、馬に乗って出発した。アヴィビアン平原を移動するわけではないので、ヴァレクがオニキス、タウノがガーネット、マロックがトパーズに跨った。ヴァレクはわたしたちをクリスタル族に見事変身させた。彼らが好む明るい灰色のチュニックと黒っぽい毛織のレギンス、それに頭巾つきの短い外套と黒い膝上のブーツを合わせた。

出発前にリーフがわたしにハーブを一袋くれた。「魔法が使えないんだから、持っておいたほうがいい。それぞれの使用法が袋の中に入っている」

「リーフ、わたし――」

「わかってる。辛辣で信用ならないイクシアでのおまえは好きになれなかったが、炎の洗礼で本物の妹が戻ってきた。だから気をつけてくれ。まだ妹と別れたくはない」

「あなたも気をつけて。捕まったりしないでね。母さんに言い訳ができないもの。きっとかんかんになるわ」

リーフはアーリとジェンコに目をやった。どちらが馬車を操り、どちらが見張り役をするかで喧嘩をしている。「いつもあの調子なのか？」

わたしは笑った。「ああいうところも、ふたりの魅力なの」

リーフがため息をつく。「誰にも見つからずにシティアに到着できたのが、今でも信じられないよ」それから言葉を切り、思案した。「でも、彼らが恋しくなるような気もする」

「わたしはいつも恋しいわ」

小屋はもはや安全ではないので、わたしたちは全員が落ちあう場所と時間を決めた。リーフやその他のメンバーに別れを告げ、西を目指す。できれば夜になる前にクリスタル族の領地に入りたい。そのあと南のストームダンス族領、ブラッドグッド族領へと向かえば、ジュエルローズ族領との領界にたどりつく。

途中で止められたときのために話をでっち上げ、わたしたちはジュエルローズ族に水晶の見本を運ぶ業者ということにした。アイリスの種族はあらゆる宝石や鉱石をカットし研磨する。シティアの宝飾品の大部分を作っているのは彼らなのだ。

男に扮するため、わたしは〝エリオン〟と名乗り、みんなにもそう呼ぶように頼んだ。

やがてまぶしいくらいの日差しで空気が暖まり、足取りを速めた。好天につられて人通りが増えることをヴァレクは望んだ。

「どうしてです？」タウノが尋ねた。

「がらんとした中を行くより、大勢に紛れたほうが目立たない」

トパーズをずっと恋しがっていたキキは、トパーズのそばを離れなかった。自分の馬を失って、カーヒルも悲しんでいるだろうか。トパーズとは幼いころからずっと一緒だったはずだ。それからわたしは、ガーネットに目を留めた。厩舎長に叱られるかと思うと身がすくんだ。ガーネットをずっと借りっぱなしだし、厩舎長のご機嫌取りのために買ったアヴィビアン蜂蜜もなくしてしまった。きっと何週間も馬具磨きと馬房掃除をやらされるだろう。もし《炎の編み機》とともに永遠を過ごすことになってひとつ利点があるとすれば、それは厩舎掃除をしなくてすむことだ。

　それにコウモリも消えてくれるだろう。わたしの新しい友だちは頭巾の縁にぶら下がっていた。その重みが背中の窪《くぼ》みにちょうどよくおさまっている。昼間はそうしてわたしのそばで眠るのが気に入っているようだった。

　マロックはずっとおとなしかったが、わたしは城塞で何があったのか知りたかった。

「カーヒルにはめられたんだ」わたしが尋ねると、そう答えた。「ファードと一緒にいるのはダヴィーアン側の作戦を見極めるためだという彼の嘘を信じ、ファードを城塞におびきよせるという計画に賛同してしまった。途中でその嘘に気づかされたが。それから今度は、おまえとリーフが共犯だったことにして自白しろとカーヒルに言われ、そのとおりにした。そうすればイクシアを攻撃するよう議会を説得する助けになると」言葉を切って右頬を撫でた。「そして、自白したあと裏切られた。高くついた失敗だ……」身震いした。

「いや、今もその代償を払っている」

「裏切りは人の道にもとる行為よ」同意した。

　マロックが驚いた顔でわたしを見た。「われわれをイクシアに残したのは裏切りではないと？」

「違う、あなたたちを守りたかっただけ。最初からあなたたちに嘘なんてついていなかった。嘘をついていたのは自分に対して。大きな過ちだった」

「そして、今も代償を払っている？」マロックが微笑んだ。その笑みで、ごつごつした顔から懸念と年月が刻んだ皺が消え、若返って見えた。

「ええ。過ちを犯した後悔は、なかなか消えないものね。でも、ダニとカーヒルを止めることができれば、やっと過ちの償いが果たせる」

マロックがわたしを怪訝そうに見たが、詳しく話す気はなかった。代わりに尋ねた。

「城塞から救出されたときのことを覚えてる？」

マロックは苦笑いした。「悪いが覚えていない。あのときはものが考えられる状態ではなかった。ムーンマンはすごい男だ。命の恩人だよ」あたりを見回して声を低める。「彼がそばにいないとなんだか……心細い。ベテラン兵としては認めがたいことだが」

そのあとは無言のまま先へと進み、真夜中ごろに野営を敷いた。不思議なことに話しあってもいないのに、それぞれが勝手に作業を分担した。タウノは兎を狩り、わたしが馬の世話をする。ヴァレクは薪を探し、マロックが食事の準備をした。

「行軍中の食事は一種の業務だから、リーフみたいにうまいものができるとは期待しないでくれ」マロックは彼なりに作った兎のシチューを配りながら言った。ほとんど味はなかったが、お腹はいっぱいになった。食事のあと寝茣蓙《ねござ》を並べ、見張りの順番を決めた。わたしはヴァレクのそばにいたくて一緒の毛布にくるまり、たくましい身体にしがみついた。

「どうした？」耳元でヴァレクが囁く。「珍しくおとなしいな」

「議員たちの家族が心配なだけ」

「今のところは順調だ。人質を見つけたら、わたしが見張りに眠り薬を、君が《編み機》にキュレアを与え、不意をつく形で迅速に救出する」

「でも、もし人質の中に病人がいたら？　死にかけていたら？　魔法を使えばわたしの居場所がダニに知られてしまうかもしれない」

「優先順位を考えることだ――人ひとりの命か、シティアの未来を救うか。心配しても仕方がない。それより、あらゆる事態を想定し、どう対応するか考えることにエネルギーを使ったほうがいい。悩むよりも、心の準備をしておくほうが賢明だ」

そのとおりだ。やがてわたしは眠りについた。

影たちがわたしの眠りにまつわりついてきた。彼らは怯え、あてもなく影の世界をうろついている。熱い炎が現れるたびに身を隠し、燃え盛る狩人がいなくなるまで待つ。

狩人は、炎の網で彼らを次々に捕らえる。なぜ狩人がやってくるのかも、空に昇る架け橋についても、彼らは何も知らない。ただ影の世界にしがみつき、復讐と正義を求めている。自ら呪縛を解く勇気を与え、導いてくれる案内役を、必要としている。

「エリオン……エリオン……イレーナ！　起きろ！」

眠りを妨げる腕を押しのけ、寝返りを打とうとした。「疲れてるの」とつぶやく。

「ああ、われわれみんなが疲れている。だが君の番だ」ヴァレクの声だ。

わたしは目をぱちくりさせた。まぶたがなかなか開かない。

「ほら、お茶のポットが火にかけてある」それでも動かずにいると、ヴァレクはわたしを無理やり茣蓙から押しのけ、そこに潜りこんだ。「ああ、まだあったかい」

「意地悪ね」文句を言ったが、ヴァレクは寝たふりをしている。

出発して四日が経っていた。七日かかるところを五日で行こうとする強行軍だった。しかも夕食前にタウノが斥候として先発したから、見張り役がひとり少ないのだ。

わたしのコウモリは燃え上がる炎の上を舞っていた。昼間はわたしのそばにいて、夜になると食料を調達に出かける。一緒に飛んでいって、空から地上を眺めたい。

翌朝タウノが戻ってきて、ジュエルローズ領境に続く道に怪しい動きはないと報告した。

「領境の三キロ南にいい野営地があります。そこで会いましょう」そう言い残して発った。

どうして寝ずに起きていられるんだろう？　タウノと違って、わたしは昨夜、二、三時間は眠った。文句など言える立場ではないのだろう。

わたしたちは荷物をまとめ、タウノのあとを追った。その日も特に何事もなく、野営地は難なく見つかった。タウノは腰に夕食の兎を吊るして現れた。

「人質が捕まっている小屋を見つけました」タウノは兎をさばきながら言った。「ここから六キロほど西の、小さな窪地にあります」

ヴァレクはタウノから詳しい様子を訊きだした。「闇に紛れて攻撃しよう。真夜中過ぎに行き、馬は木陰に置いて、それから急襲だ」

タウノが同意し、肉をぶつ切りにして鍋に入れた。「では少し寝かせてもらいます」

マロックがシチューをかきまぜる間、ヴァレクが葦《あし》で吹き矢を作り、わたしは馬に鞍をつけた。鞍帯を締めると、ガーネットがため息をついた。

「そう遠くないわ」わたしは口に出してなだめた。「そうすれば休めるから」

それから、焚き火のそばに座るマロックとヴァレクに加わった。ふたりはシチューを食べており、わたしも自分の椀《わん》によそった。肉汁がいつもよりおいしい。香辛料の味がする。

「おいしい」マロックに顔を向ける。「料理のコツを掴んだみたいね。何を入れたの？」

「新しい材料だ。何だと思う？」

もう一匙《ひとさじ》口に入れてみて、飲みこむ前に口の中で転がした。後味がランドのお得意だったクッキーを思い起こさせた。「生姜？」

突然、ヴァレクがシチューを取り落とした。弾かれたように立ち上がってよろける。

顔に恐怖を浮かべ、額に皺を寄せる。「バターの根だ」

「毒？」

「いや」ヴァレクががくりと膝をつく。「眠り薬だ」

29

ヴァレクは地面に倒れた。だが目を閉じる直前に、わたしに目配せをしてみせた。あたりを見回すと、マロックは椀を持ったままうなだれ、眠っている。わたしも全身にずっしりと疲れが広がるのを感じたが、意識はあった。バターの根をまだそれほど飲みこんでいなかったおかげだろう。

起きていることを気づかれないよう、飛び出しナイフを手のひらに隠し、ボタンに親指を置いた。それからどさりと上半身を横様に倒した。シチューが膝から地面にこぼれ、ズボンを濡らす。よし。

わたしは寝たふりをした。筋肉がこわばり、冷気が肌に染みる。身震いしないようにしながら耳を澄ます。馬たちが警戒していななき、わたしは数日ぶりにキキに心を開いた。この程度の魔法なら誰にも気づかれないことを祈りながら。

〝嫌な匂い〟キキが言う。〝静かな男《クワイエットマン》、手綱を繋いだ〟

〝静かな男？〟

キキはふーっと鼻を鳴らし、タウノのイメージをわたしに見せた。

〝どうしてタウノがそんなことを？〟

〝ガーネットに訊いて〟

〝ねえ、ガーネット、今日どこに行ったの？〟わたしは尋ねた。

〝何人か人に会った。不安の匂いがした〟

声が近づいてきたのに気づき、わたしは馬たちとの繋がりを断った。

「楽なもんだ！《霊魂の探しびと》だの《幽霊戦士《ゴーストウォリアー》》だの言ったって、このざまさ！　赤ん坊みたいにぐっすりだ」男の声が聞こえた。

「信用は強力な味方だ。言ったよね、タウノ？」女の声。サンドシード族の口調だ。タウノは彼らの仲間なの？　それとも今日捕まって、言うことを聞けと脅された？

「そうだな」タウノの声だ。「そして信用は人の目をくらます。平原での奇襲のあとでさえ、誰も俺を疑わなかった」タウノは笑った。「信用なんてものを振りかざすのは馬鹿な連中だ。サンドシード族の長老たちさえ気づかなかった。ダヴィーアン族の野営地を見つけた俺の能力に、みんな舌を巻いたってわけさ」

いかにも楽しそうな彼らの笑い声を聞きながら、わたしの血は怒りで沸き立った。タウノは自分のしたことをきっと後悔する――そう信用したほうがいい。

連中が今後の対策を決める間、わたしは四つの声を識別した。男がふたりと女がひとり、それに裏切り者のタウノ。彼らはマロックを利用して議会を懐柔し、わたしをダヴィーアン族の指揮官ジャルのもとに連れていくつもりだった。

「《幽霊戦士》は殺せ」ダニのひとりが命じた。「喉をかっ切って血を集めるのを忘れるな。アレアとその兄の敵討ちだ」

じっと待った。伸びてきた腕に胴体を抱えられ、別の手に足首を捕まれる。ふたりがかりでわたしは地面から持ち上げられた。

「今だ！」ヴァレクが叫んだ。

わたしはナイフを飛び出させ、足首を掴んでいたダニごと膝をぐいっと胸に引き寄せ、ダニの腹部にナイフを突き立てた。もうひとりのダニがわたしを地面に取り落とす前に、腹に刺さったナイフをすばやく抜く。

急いで立ち上がる間に、もうひとりのダニが偃月刀を抜いた。飛び出しナイフ対偃月刀。分が悪い。刃に塗ったキュレアも最初の敵で使ってしまった。長引けば負けだ。

ヴァレクのほうを見ると、彼はタウノと女を相手にしている。ヴァレクの剣に対し、ふたりは槍。こちらは分がいい。ヴァレクがこちらに手助けできるようになるまで、もてばいいのだけれど。

「武器を捨てろ」ダニがわたしに命じた。

従わずにいると、男が攻撃してきた。わたしの首を狙って刀を薙《な》ぎ払《はら》う。男は刀を次々にくり出し、わたしは身を躍らせてその攻撃をかわした。

ダニはすっかり息を切らしていた。「降参すれば、怪我をしないですむぞ」

また一突きされて、わたしも事情を察した。「わたしを殺してはいけないと命じられてるのね。生かしたままわたしを《炎の編み機》の餌にするために」

ダニはかっとなり、刀を払うペースが速くなった。余計な一言だったらしい。「それでも、存分に痛めつけることはできる。切り刻み、苦しめてやる」

刃がわたしの頭巾を切り裂いた。飛びすさったが、腕にできた傷から血が滲んだ。本当に余計な一言だった。

わたしはじりじりと後退していった。偃月刀はさらにわたしの肌に縦横に傷をつけ、腕も脚も今では血まみれだ。頭がふらつき、足の動きがいつになく遅くなる。驚くほどの速さで体力が奪われていく。

ふいにあのコウモリが現れた。ダニに急降下したかと思うと、髪を引っぱりだす。

慌てたダニが両腕を振り回し、つけ入る隙ができたが、ナイフがやけに重くて身体が反応しない。このダニは強力な《編み機》に違いない。気づかぬうちにわたしの心の防御壁を弱めていたのだ。《編み機》が睨みつけると、哀れなコウモリは地面にぽとりと落ちた。

「隠し玉はおしまいか？　偉大なる霊魂魔術はどうした？　《炎の編み機》ががっかりするぞ」ダニは肩をすくめた。「命令は命令だからな」

刀が振りかざされる。とっさに腕を上げたが防ぐことはできず、偃月刀の柄でこめかみを殴られた。

視界がぼやけ、わたしは地面に崩れ落ちた。世界が回っている。《編み機》から転がるようにして逃れ、キキの蹄のところまでたどりついたところで、闇にのみこまれた。

頭蓋骨の脇を金槌が叩き、起きろと急《せ》かす。目を開けろと。

無視していると、忘却の闇にどくんどくんと鈍い脈動が割りこんできた。さあ、目を開けろ。頼むから。

わたしは目を開けた。まるでまな板になったようで、腕も脚もひりつき、頭も痛む。ヴァレクが身をかがめ、わたしの傷口を水で洗っていた。傷口が燃えるように熱くなる。

「痛い！　やめて」わたしは訴えた。

「やっと起きたか」ヴァレクは水を注ぐのをやめない。傷口を軽く押さえてきれいにしてから、身体を起こしてわたしを見た。「今はこれでよしとしよう。さあ、行くぞ」

それでも動けずにいると、ヴァレクに引っ張り起こされた。なんとか座る姿勢になったが、とたんに吐き気がこみ上げてきた。

「さあ」ヴァレクがわたしの手に赤い葉を押しつける。「君の鞍嚢《あんのう》に入っていた。説明書によれば頭痛に効くらしい」

渡された葉を噛んでみる。吐き気はすっと落ち着いたが、視界はまだぼやけた。薄闇に目を凝らすと、空に白い塊が見えた。どうやら月らしい。一日中眠っていたの？

そのときやっとヴァレクの言葉を理解した。「行くって、どこへ？」わたしは尋ねた。

ヴァレクがぐいっとわたしを引っぱり上げた。「早く小屋を見つけないと」

樹液に浸されているかのように、頭が回らない。「小屋？」

ヴァレクは水筒の残りの水を、短く刈ったわたしの頭に振りかけた。濡れた頭に冷たい風が吹きつけたとたん、身体がぞくっとした。

「ダニがわれわれを連れて戻ってこなかったら、何か起きたとわかり、人質を殺すか、ほかの場所に移動させるだろう」ヴァレクは、頭の回転が悪い相手に話すかのように、一語一語はっきりしゃべった。「さあ」と言って服を差し出す。「急いで」

あたりを見回すと、野営地に転がっている死体が目に入り、また胸が悪くなって赤い葉を噛んだ。ヴァレクは女とタウノを――憎き裏切り者を、始末していた。マロックは眠ったままで、わたしを殴りつけた《編み機》がその隣に横たわっている。《編み機》の頭は形が歪んでいた。馬にでも蹴られたかのように。

〝キキ？〟わたしは尋ねた。

〝悪いやつ。誰にもラベンダーレディ、傷つけさせない〟

〝ありがとう〟

〝ペパーミント?〟

〝全部終わったらね。もちろん林檎も〟

渡された珊瑚色のシャツと揃いのスカート風ズボンに着替えたが、鮮やかな色は月光を反射してしまい、これでは闇に紛れるのは難しい。一方のヴァレクは《編み機》の服を着て、肌の色も化粧で似せた。彼が何を企んでいるのか気づくと、背筋を恐怖が這い上がった。少なくとも、わたしが首飾り蛇の餌食になることはないだろう。今回は。

わたしたちはほかの馬たちの繋ぎ綱も解いた。馬たちは血の匂いが嫌らしく、疲れているにもかかわらず喜んで出発した。ヴァレクとわたしはキキとオニキスに乗り、ほかの馬を引いた。人質が捕まっている小屋までの六キロを、無言のまま進む。

小さな森の中を進んでいくと、やがてダイヤモンド湖が見えた。湖面が不気味な赤い光を放っている。そばに立つ小さな建物には人気がなさそうだったが、そう思った次の瞬間、戸口を監視している人影が見えた。

「どっちの馬で行く?」ヴァレクに尋ねた。

「オニキスで。キキは知られすぎている」

わたしはキキから降り、キキとほかの馬たちに、呼ぶまで森の中にいてと伝えた。

「頭巾をはずして、わたしの前で横になるんだ」ヴァレクが言い、鐙《あぶみ》から足をはずした。

オニキスに乗って鞍に横たわると、ヴァレクが飛び出しナイフを渡してくれた。血は拭き取られ、刃は引っこめてある。

「キュレアが塗ってある」ヴァレクは左手で手綱を握り、右手に偃月刀を持っていた。

「気絶しているふりをして」そうわたしに命じ、オニキスに出発の合図をした。

森から、開けた場所に出た。戦利品を持ち帰った《編み機》に見えますようにと祈りながら。

意識のない人がそうなるように、わたしはオニキスの鞍の上で身体が弾むに任せた。だんだん気分が悪くなってくる。わたしたちが近づいていくと、歓声があがった。ヴァレクの合図に向けて心の準備をした。

「ほかの連中はどうした?」男の声が尋ねた。

「あとから来る」ヴァレクがぞんざいに答える。

「ついに小娘を手に入れたぞ!」別の男が言い、わたしの脚を引っぱった。「手を貸せ」

ヴァレクは鞍の反対側に滑り降り、ダニと自分の間にオニキスを挟むようにした。

別の誰かが一緒にわたしを引っぱる。「ジャルのところに連れていくまで眠らせておこう。おまえが馬車で今夜出発しろ」男はヴァレクに命じ、わたしを腕に抱えた。

「ジャルはどこだ?」ヴァレクが尋ねた。

男の動きが止まり、わたしは危険を冒して薄目を開けた。ヴァレクの偃月刀がダニの首にあてがわれていた。ダニも背中に偃月刀と槍を装備しているが、わたしの身体を抱えているため手が自由にならない。「魔術師養成所だ。捜しに行くといい。ただし、この小娘も連れてな」ダニはそう言うなりわたしをヴァレクのほうに放り、助けを呼んだ。

あまりに距離が近すぎたのでさすがのヴァレクもよけきれず、わたしたちふたりは一緒に倒れこんだ。地面を転がり、ようやくすっくと立ち上がって振り返ると、ちょうどヴァレクがダニの攻撃をよけたところだった。

もう四人のダニが武器を手に駆け寄ってくる。

わたしは飛び出しナイフを出し、ヴァレクを攻撃しているダニに投げた。ナイフは肩に食いこみ、男がうめく。刃に塗ってあったキュレアはたちまち男の身体の筋肉を麻痺させた。わたしは男の槍を奪い、ヴァレクも立ち上がって武器を手に取った。

すぐさま仲間が到着した。

丁々発止《ちょうちょうはっし》の長い戦いが始まった。わたしは襲いかかってくる偃月刀を、槍の長さを利用して身体に届かないところで食い止めた。それから、胴を突くと見せかけて相手の足を薙ぎ払い、倒れた相手の喉笛にためらうことなく槍先を埋めた。ダニの身体から霊魂が脱け出し、頭上に漂う。あの霊魂を助けるべきだろうか？

心を決める前に別の男が近づいてきた。だが男はつと立ち止まり、とたんに槍が魔法で引っぱられるのを感じた。物体を移動させられる《編み機》だ。槍はわたしの手から浮き上がり、方向を変えてわたしに狙いを定めた。

「あなたたちの指揮官は、わたしを生け捕りにしたがっているはずよ」と指摘する。

男が一歩近づいた。「なぜ魔力でわたしを止めない？　行動を、《炎の編み機》からジャルに報告されるのが怖いのか？」

「なかなか頭がいいのね。ご褒美をあげないと」

槍先がいよいよ近づいてきて、喉の窪みに押しつけられた。「降参しろ。さもないと小娘は串刺しだ」《編み機》がヴァレクに告げる。

ヴァレクは動きを止め、問いかけるようにこちらを見た。

「この人たちにわたしは殺せない」わたしはヴァレクに言った。

「おまえの言うとおりだ。では、降参しないと小屋に火をつける。それならどうだ？」

《編み機》は建物を指さした。「九人の子供が死ぬ。その責任を取れるのか？」

30

「だめ！　やめて！」慌てて叫んだ。「人質は解放して。わたしが一緒に行くから」

「そう言うと思ったよ」《編み機》が言う。「問題はこいつのほうだ」とヴァレクに目を向けた。「武器を置け」

ヴァレクは言われたとおり偃月刀を地面に置いた。が、次の瞬間、身体を起こすと同時に手をさっと二度振った。小さな矢が、呆然とした《編み機》の首に突き刺さっている。

「よけろ」ヴァレクが命じた。

身を翻して槍の切っ先をよけたが、一瞬遅れたせいで首に切り傷ができ、ひりつくような痛みが走った。しかしその痛みも、《編み機》が小屋へと振り返るのを見たとたんに忘れた。たちまち小屋の扉の下から炎が噴き出す。男は火をつけると、とうとうヴァレクの眠り薬に負け、仲間たちの横に倒れた。

煙の匂いが漂ってきて、恐怖の記憶が呼び覚まされた。「ヴァレク、行って！」ヴァレクに手を振って合図し、口笛で馬たちを呼ぶ。

馬たちが来ると、小屋に向かって走りだした。〝キキ、助けて！〟

ヴァレクが燃える扉を開け放ったが、炎はすでに屋根にまで這い上がっていた。トパーズとオニキスは鼻をつく煙に恐れをなしたが、キキとガーネットは果敢に炎に挑んだ。

「みんなに、左に移動するよう伝えて」わたしは轟音に負けじと、中に駆けこんでいくヴァレクに叫んだ。それからキキとガーネットを建物の右側に導いた。

〝キキ、ガーネット、ここを蹴って〟

馬たちはその力強い後ろ脚で壁を思いきり蹴り、穴を開けようとした。

大人でも出られるぐらい穴が大きくなったところで、馬を止めた。砕けた板をいくつかはずし、中に入って人質を呼ぶ。炎は煌々と燃えているが、室内は煙で霞《かす》んでいた。ふと、小さな手がわたしの手を掴んだ。咳きこむ子供たちを次々に引っぱり出し、数を数える。

煙の色が濃くなり、炎がますます燃え上がる。グリーンブレイド議員の夫が小さな子供を背中に背負い、赤ん坊を胸に抱いて這い出してきたところで、合計で子供が九人、大人がひとりとなった。「ゲイルはどこですか？」わたしは尋ねた。

肺から煙を吐き出すのに苦労しながら、彼は穴の奥を指さした。「崩れた」ぜいぜいと息を吸いこむ。「全員は……連れてこられなかった」

中に入ろうとしたわたしを彼が引き戻す。「屋根が……」咳きこみながら言う。

急いで子供たちを小屋から遠ざけた直後、屋根は火花をあげ、爆音とともに崩れ落ちた。

もう一度出てきた人数を数える。子どもが九人。大人がひとり。ゲイルがいない。

そして、ヴァレクも。

ヴァレクもまだ小屋の中だ！　喉が締めつけられ、心が引き裂かれた。燃え盛る建物にとっさに飛びこもうとしたが、中は熱波が渦巻き、押し返されてしまう。屋根の梁が倒れていたダニたちの上に落ちた。炎が彼らの身体を抱き、吸い取られた霊魂は灼熱《しゃくねつ》の地獄へと送られていった。

呆然と立ち尽くすわたしの前に、炎の世界――黄泉の世界への入口が開いていた。

ダニの霊魂に掴まり、《炎の編み機》のもとに戻ることもできた。でも、まだ覚悟が決まっていない。片づけなければならないことがあるし、さよならを言いたい人もいる。でも、それがすめば喜んで炎を求めよう。もしヴァレクがいなくなったのなら、この世界で生きるのは辛すぎる。

炎は一晩中荒れ狂い、朝になってようやく、煙のくすぶる燃え殻の山と化した。

ヴァレクやゲイルの痕跡を探したくてもまだ熱すぎて近寄れず、その代わりに子供たちを湖に連れていき、汚れを洗い流させた。心を引き裂く悲しみには向きあうまいとした。

グリーンブレイド議員の夫ケルは、子供に食事をさせ、傷の治療を手伝ってくれた。キキとガーネットの毛についた煤も洗い流してやり、湖の水を飲ませる。湖の水は澄んでいて、赤い色味は、誰かが色を塗ったかのような湖底の岩や石の色が映りこんだものだった。

実際、塗ったのかもしれない。なにしろこれは人工湖なのだから。

全員それなりに落ち着いたところで、野営地に戻った。マロックは、遺体を埋めるというあまり心浮き立つとは言えない作業にいそしんでいた。

「わたしは戦闘の間中眠っていたらしいな。で、勝ったのか？」タウノの遺体のほうにかぶりを振った。「それとも負けたのか？」

「どっちとも言える」わたしは答えた。ヴァレクを失った悲しみが喉からあふれ出しそうになる。唇をぎゅっと噛んだせいで、血の味がした。

「説明してもらえるか？」

タウノの裏切りを知ると、マロックは皮肉っぽく鼻を鳴らして唇を歪めた。信用というものについて、どうやら彼もあまり好意的でないらしい。

「少なくとも、あんたの小さなお友だちは無事だ」すべて聞き終えたマロックは、近くの木を指さした。「死んでると思ったんだ。だから拾おうとしたら飛び去った。びっくりしたよ」

コウモリは低い枝に逆さまにぶら下がっていた。近づいていくと半ば目を開けたが、わたしを見て満足したのかすぐにまた閉じた。なぜかこのコウモリとの間に、キキとのそれと似た心の繋がりができたらしい。

でも、動物たちとの繋がりについて考えるのは後回しだ。今はもっと差し迫った問題がある。ヴァレクの遺体を見つけるのがひとつ。それから——。「議員たちの家族のために、安全な場所を見つけないと」

バヴォルの娘ジェニキラが、わたしの頭巾を引っぱった。「おうちに帰りたい」自由の身になってうれしそうではあったが、目が悲しげで、幼い顔に疲労が窺えた。

ジェニキラの横にしゃがんだ。「そうね、でももう少しの間、まだ人質のふりをしていてほしいの。とても大事なことなのよ。協力してくれる？」

ジェニキラの目に決意があふれ、その様子はフィスクを思い起こさせた。それから年かさの子供たちにちょっとした仕事を与えると、全員が新たな使命感を持って行動し始めた。

「わたしは何をすればいい？」ケル・グリーンブレイドが尋ねた。

グリーンブレイド族の領地はブラッドグッド族領の東にある。「わたしたち全員が身を隠せる場所をご存じないですか？」

ケルの目が遠くなった。背がひょろっと高いところは、同じ種族の友人ダックスに似ている。ダックスとゲルシーも無事だといいけれど。ふたりがキラカワの儀式の生贄になっていたらと思うと、居ても立ってもいられなくなった。

ケルはわたしの焦りに気づき、意識を戻した。「妹がブールビー郊外の農場にいる。そこなら全員受け入れられるかもしれない」

「カーワン族の領土ということですか？」

「ああ。妹は平地人と結婚したんだ。だが気のいい旦那だから、助けてくれるだろう」

わたしはぼろぼろの様子の子供たちを見た。ブールビーはここからかなり東にある。思ったより長い旅になりそうだ。しかも、のろのろとしか進めないだろう。

キキがわたしに向かって鳴いた。〝馬車を使う〟

〝馬車は火事で焼けたわ〟

キキはもどかしげに鼻を鳴らした。〝馬たち逃げた。馬車と〟

〝みんなはどこ？〟

〝はまってる。来て〟キキは尻尾をさっと振った。

マロックもついてきた。わたしたちはキキに跨り、木立の中を南西に進んだ。

〝オニキスとトパーズはどうしたの？〟とキキに尋ねる。

キキの悲しみが伝わってきた。〝匂い、しない〟

しばらくして馬車のところに到着した。炎が上がってパニックを起こした馬たちは森の中をでたらめに走り、車両部分が二本の木の間に挟まってしまったらしい。馬たちはすでに落ち着いていたが、首を上げて耳を立てているところを見ると、まだ怯えているようだ。

馬車の中は棺に似た空の木箱でいっぱいだったが、床下に道具箱があった。車両はなかなか自由にならず、時間ばかり食った。

壊れた車輪を直していたマロックは、もう辛抱ならないとばかりに、とうとうわたしを追い払った。「そんなに急かされたら直るものも直らない。散歩でもしてこい、イレーナ。どっちみちひとりでやる仕事だ」それでもためらっていると、マロックが続けた。「あいつを捜しに行け。さもないとおまえはいつまでも落ち着かない。わたしもだ」

忙しくしていたほうが気を紛らせられるのに。静かな森を歩いていると、どうしても心の中で燃え上がる思いを意識してしまう。胸の奥の締めつけるような痛みは鎮まろうともしない。真っ赤に熱せられた石炭を、丸のみしたかのようだった。

焼け落ちた小屋の灰が風に舞っている。建物の端で形がまだ残っている梁は数本しかなく、ほかはすべて灰色と白の燃え殻となっていた。まだ煙が立ち上っている火の気のある場所もあるが、それ以外のいがらっぽい煙は松の匂いのする風でみな吹き飛ばされた。

ブーツが灰を踏む音はやけに寂しく聞こえ、世界が終わったような気持ちになる。焼け跡にヴァレクの小刀が落ちているのが見つかると、最後の希望も消えた。柄の部分は歪み、黒ずんだ刃は半分溶けている。

その場にくずおれ、四つん這いになって泣いた。あえぎ、胸が痛み、喉は腫れ、わたしは身体にくすぶる悲しみを全部吐き出そうとした。身体中の水分という水分がなくなってしまったとき、嗚咽《おえつ》はようやく止まった。身体を起こし、煤と涙で汚れた顔を手で拭った。

ヴァレクの小刀の近くの灰を手ですくい上げ、風が運ぶに任せる——すぐよ、愛しい人。すぐにわたしもそっちに行く。別の世界でまた会えるということだけが唯一の慰めだった。

呼吸を落ち着かせてからマロックのもとに戻ると、車輪はもう直っていた。マロックはわたしの顔を見やり、それから肩をぎゅっと掴んだ。顔の泥は水で流してきたけれど、赤く泣き腫らした目はごまかせなかったのだろう。

マロックが馬車の御者を務め、みんなのもとに戻ったときにはもうあたりは真っ暗だった。野営地では、ケルが子供たちを火のそばで寝かせていた。すぐにでも出発したかったが、今子供たちを起こして夜間は箱に身を隠せと指示したら、みんな動揺するとケルに説得された。箱に詰めこまれたときの恐ろしい記憶が蘇り、同意した。

もしヴァレクが《編み機》に矢を放たなかったら、わたしもあの箱に押しこまれていたのだ。今頃まだ議員の家族は人質のままで、ヴァレクとゲイルは生きていただろう。

眠っている子供たちを眺めた。ジェニキラは幼い女の子を守るように身体に腕を回し、その隣で丸くなっている赤ん坊はうとうとしながら親指を吸っている。子供たちはまさに無垢《むく》さと平和と喜びと愛の象徴だった。

ヴァレクは危険を承知しながら、ためらわずに小屋に飛びこんでいった。そのたったひとつの無私の行為が、命を救ったのだ。十もの命を。

馬車を使っても、ブールビーまでは四日もかかった。不安とストレスと空腹と眠れない夜と騒音の四日間。無事に到着したときには、ケルの妹がわたしたちを見て喜んだのと同じくらい、わたしたちも喜んだ。彼女は長いことケルを抱きしめていた。わたしは唇を噛んで、ふたりから目をそらした。空っぽの腕が辛かった。

ブールビーから約三キロ南に位置するその農場は人里離れた場所にあるように見えたが、それでも彼女の夫はわたしたちを急いで中に案内し、子供たちは数週間ぶりに温かい食事を口にした。マロックとわたしは、仲間たちとの合流場所に戻る計画を立てた。少しでも気を抜くと内側から悲しみにのまれてしまいそうで、わたしは計画を練ることに集中した。

多少危険でも、アヴィビアン平原の西端に沿って行くことにした。ガーネットとキキの疾風走法なら、ブールビーに寄って余計にかかった時間を取り返せるだろう。

出発前、ケルがわたしに尋ねた。「子供たちを家に帰していいと、どうやって判断すればいい？」

わたしは考えた。「すべてうまくいったら伝言を送ります」

「もしうまくいかなかったら？」

ケルの声が震えている。そう、ケルの妻は議員なのだ。作戦が失敗したら、彼女が最初の死傷者のひとりになる可能性もある。

「十四日経っても何の連絡もなかったら、ダヴィーアン族が勝ったということです。子供たちをそれぞれの家に送り返し、あとは祈ってください」

「祈るって、何を？」

「いつかダヴィーアンに反旗を翻して勝てる、強い人間が現れることを」

ケルは顔に疑問を浮かべた。「四人の魔術師範に《霊魂の探しびと》までいながら、連中は権力の座を奪ったというのに？」

「同じことは過去にもありました。たったひとりでも、シティアに平和をもたらすことはできます」

その過程でダヴィーアン山脈が平らにされたことには触れなかった。でも考えるうちに、その伝説の戦士がやったことは本当に意味があったのだろうかと思えてきた。ムーンマンから聞いたサンドシード族の起源について思い返し、伝説の戦士の名がガイヤンだったことを思い出した。ガイヤンは《炎の編み機》を封印し、ガイヤンの子孫であるジェイドが解放した――完璧に環が閉じたわけだ。

マロックとわたしは、ケルと子供たちに別れを告げた。北西を目指し、ブールビーを迂回して平原に向かう予定だった。わたしの小さなコウモリはキキのたてがみにしがみつき、振動も気にしていない様子だ。

だが予定は変更になった。遠くにオパールの家族のガラス工房を見つけ、ふといいことを思いついたのだ。自分が何をするつもりかはっきりわからないまま、わたしたちは門の前にたどりついた。マロックはその寄り道を問題なく了承した。

「ここで待っていようか？」

「ええ。すぐに戻るわ」

家の玄関のほうに向かうと、オパールが工房から現れた。オパールはマロックとわたしを訝《いぶか》しげに見ながら、おずおずと近づいてきた。

「あの、何かご用でしょうか？」オパールが尋ねる。

髪を刈ったことをすっかり忘れていた。少なくとも変装は成功しているということだ。

わたしは何日かぶりににっこりした。

オパールが目を細めた。「イレーナ？」と言って不安げにあたりを見回す。「中に入って！　あなたの首には賞金が懸かってるのよ！」すぐさまわたしを家の中に入れた。

「無事でよかった」オパールはわたしをすばやく抱きしめた。「その髪は？」

「話せば長いの。ご家族はいらっしゃる？」

「いいえ。町に行ってます。父は、出荷されてきた砂が石ころだらけだったから文句を言いに。母は――」

「オパール、あなたのガラスの像をもっと欲しいの」

「本当に？　コウモリの像を売ったの？」

「いいえ。でもあなたのガラスの像があれば、魔法を使わなくても離れたところにいるほかの魔術師と連絡を取りあえるかもしれないの。あるだけ全部買うわ」

「へえ！　知りませんでした」

「今いくつある？」

「六個。工房にあります」

オパールとわたしは急ぎ足で庭を横切り、工房に入った。窯の熱でたちまち口の中がからからになる。熱気のこもった空気と炎の咆哮《ほうこう》の中をオパールについて進んでいくと、奥の壁の台にガラスの動物像が六個並んでいた。どれも内側で炎が輝いている。

ガラス像を六つとも包装してもらい、代金を渡して包みを受け取る。そこでまたひとつ思いついた。「作っているところを見せてもらってもいい？」

オパールは承諾した。長さ百五十センチほどの金属製のパイプを手に取り、窯の小さな扉を開ける。とたんにまぶしいばかりのオレンジ色の光と強烈な熱気が噴き出したが、オパールはひるむことなく、窯の中にある溶けたガラスの入った巨大な陶器の壺にパイプの先端を浸した。パイプを回しながらどろっとしたガラスを集めて取り出し、お尻で扉を閉じる。溶けたガラスは、生きているかのように赤く輝きながら脈動している。

「吹き竿は常に回していないとだめなんです。ガラスが垂れてしまうから」オパールは轟音に負けじと大声を出した。パイプを回しながら熔融《ようゆう》ガラスを金属製の台に置く。ガラスを形成し、切り離すのだ。パイプの先端に透明なボールがくっついているような感じだ。

オパールの動きはすばやく、パイプを台の縁に手早く置くと、反対側から息を吹きこんだ。オパールの頬が膨らむと同時に、魔力がわたしの腕をかすめていった。パイプの先のガラスは膨らまず、代わりにその中心に一筋の魔力がこめられた。

「普通は膨らむはずなのに、わたしがやると膨らまなくて」オパールはまた窯に戻り、最初のガラスの上に別の熔融ガラスを加えた。それからパイプを専用のベンチに持っていく。ベンチのそばにはガラスの成形に必要な金属製の道具と、水入りの桶が置かれている。

オパールは鋼のピンセットを右手に取ってガラスをつまんだ。その間も左手はずっとパイプを回している。「すぐに冷えてしまうから、急がないとだめなの」数秒もしないうちに、球状だったガラスは、後ろ脚を折って座る猫に変身した。釜の前に戻って猫形になったガラスを中に入れ、壺の上でパイプを回す。

ベンチに戻り、今度はもっと大きくて、上腕ほどの長さがある別の道具に持ち替えた。

「洋バシです。偉大なる万能道具。線を入れて、パイプからガラスを切り離します」好みの溝が作れたら、また洋バシを手に取り、それを桶の水に浸す。溝に数滴、水を滴らせる。

「作品のほうに水がつかないように注意して、パイプから切り落とすんです」

やがてガラスからシュッという音がして、蜘蛛の巣のような亀裂が広がった。

それからパイプを窯の近くにある別の炉に運んだ。中にある棚にトレーがいくつも並んでいる。オパールがパイプにあてがった洋バシに力を加えると、ゴンという音とともに猫がトレーの上に転がった。「冷えるのが早すぎると割れてしまう。これは焼きなまし用の炉なんです」オパールは扉を閉めると、炉の下のレールを指さした。「作品をゆっくり冷ますため、この炉はこれから十二時間かけて窯から遠ざけます」

「なぜ膨らまないのに、パイプで息を吹きかけるの？」わたしは尋ねた。

「必要な一工程なの」ぴったりの言葉を探すように、両手を曖昧に動かした。「姉のマーラがやると美しい花瓶や瓶ができるのに、わたしのはいつも動物になってしまう。しかも息を吹きこまないと、もはや動物にすらならない」

　オパールは作業場を掃除し、水から取り出した道具を拭いて所定の場所に戻した。

「もの作りが大好きなんです。こんなに楽しいこと、ほかにないわ」わたしにというより、自分に言い聞かせているようだった。「ガラス細工は炎を氷に変える技術よ」

　作業を見学させてもらったことをオパールに感謝し、マロックのもとに戻った。彼はガーネットに寄りかかっていた。「おまえの〝すぐ〟はわたしのと定義が違うらしい。また計画変更か？」

「ええ。悪いけど、慣れてもらったほうがいいと思う」

「承知しました《イエス・サー》」マロックはにやりとした。

「それは皮肉？　リーフと一緒にいすぎたようね。命令に無心に従うベテラン兵はどこへ行ったの？」

　マロックは真顔になった。「一度心を失ったんだ。また取り戻したとき、優先順位が以前とはがらりと変わった」

「いい方向に?」

「そのうちわかる」

　わたしたちはまた馬に跨り、アヴィビアン平原の西端を目指した。平原に入ると、キキとガーネットは疾風走を始め、たちまち何キロも進んだ。夜は平原で野営をした。わたしたちの行動が誰にも見咎められないことを祈るばかりだった。わたしはその間、オパールのガラス細工作りについてずっと考えていた。ヴァレクのことを思うたびに襲いかかってくる圧倒的な絶望に負けるよりはましだ。

　合流場所までの移動には三日かかった。その間にマロックは、北にある城塞に向かってアヴィビアン平原を進む大軍勢の気配に気づいた。夜になると遠い空がたくさんの松明の光で照らされ、燃える薪の匂いが漂ってきた。

　落ちあう場所はフェザーストーン領にある小さな町、オウルズヒルだった。リーフによると、〈クローバーリーフ荘〉のあるじならわたしたちのことを通報する恐れはないという。「ひとつ貸しがあるんだ」とリーフは説明した。

　オウルズヒルは、城塞から北東に五キロほどの小さな丘にある。町に入る道からも魔術師養成所の四つの塔が見えた。養成所の壁に明るいオレンジ色の光が垣間見える。《炎の編み機》の居場所を示す炎だろうか?

マロックとわたしはクリスタル族の行商人に扮して町に入った。町一番の交差路に近いせいか、〈クローバーリーフ荘〉の談話室は人で混みあい忙しなかったが、馬小屋は半分しか埋まっていなかった。馬番によればここは隊商がひと休みするのに人気だというが、夕食には早い時間に到着したおかげで、まだ空いているらしい。

「一晩分の糧食が浮きますからね」若者はキキのブラッシングを手伝いながら言った。「みんな城塞で夜を過ごすより、この近くで野営するのを好むんです」

「どうして？」わたしは尋ねた。

「いろいろな噂が飛び交っているので、何が本当かわからないんですよ。でも戻ってきた商人たちはみな、ダヴィーアンたちは恐ろしい、どうやら議会を説得して戦争の準備をさせているらしい、と言っています」

「戦争って、イクシアとの？」

「さあ。体格のいい男はみんな徴兵されてます。聞いた話ではダヴィーアン族はイクシアと同盟を組んでいて、徴兵されると全員催眠術をかけられるそうで。集めた兵士を使ってシティアを攻め、イクシアのもうひとつの軍管区――第九軍管区にするつもりだとか！」

突拍子もない憶測ですっかり楽しませてもらった。最高司令官がダヴィーアン族と同盟など組んでいないことは確かだが、シティアの人々にシティアを攻撃させるのがダニの戦略という可能性はある。

馬の世話が終わると、宿屋の中に戻った。マロックがすでに今夜泊まるふたり分の部屋の料金を払ってくれていた。「懐が寂しくなってきたな」

「ほかのみんなはもう来てる？」わたしは尋ねた。

「アーリとジェンコは食堂にいる。リーフとムーンマンはまだだ」

心配な知らせだった。人質を救出してからすでに十三日が経過している。養成所の非常用トンネルについて、何かしらわかっていてもいいころだ。

談話室の暗い隅にいるアーリとジェンコの周囲には、人だかりができていた。ふたりは大ジョッキでエールを飲み、商人たちと話している。誰もが厳しい表情を浮かべ、入ってきたわたしとマロックを怪訝そうに見た。

マロックとわたしは部屋の奥のテーブルについた。やがて人々が散り、アーリとジェンコもわたしたちに加わった。アーリは髪を黒く染め、ふたりとも日焼けしている。

「ジェンコ、そばかすができてるんじゃない？」わたしは思わずにやついた。

「笑うなよ。南の太陽のせいだ。寒い季節の真っただ中だってのにこの陽気だ！　まったく」ジェンコはわたしの頭を見た。「でも、頭を丸めるよりそばかすのほうがましだよな」

わたしは髪を撫でた。「伸びてきてるわ」

「そこまでだ」アーリの言葉でたちまち静かになった。「で、うまくいったのか？」

その質問は燃える短剣のようにわたしを突き刺した。なんとか考えをまとめ、決して消えない悲しみを追い払おうとする。なかなか答えられずにいるわたしを見て、マロックが代わりにタウノのこと、人質の救出、そしてヴァレクについて話した。友人たちの目にわたしの痛みとショックが映っているのが耐えられず、わたしは席を立って外に出た。

ひんやりした夜気を深々と吸い、通りを歩きだす。未舗装の通りを人々が角灯を手に歩いていた。ふいに外套をぐいっと引っぱられ、顔を向けると、例のコウモリが腕に留まった。何か訴えるようにこちらを見たあと、左に飛んでいく。戻ってきたかと思うと頭の周囲を飛び回り、また左方に遠ざかる。

意図を察してコウモリについていくと、一軒の廃屋に着いた。歪んだドアをおそるおそる開けたが、コウモリは、ここで待ちますというように屋根に留まった。出ようとしたとき、木製のボールを踏んづけた。子供のおもちゃだ。手に取って眺め、考えた。コウモリはここでわたしに、何かを見つけてほしがっている。

募るもどかしさを押し殺し、視覚以外の感覚を研ぎ澄ました。目を閉じて息を吸う。黴《かび》臭《くさ》さや腐臭ばかりがたちこめているが、かすかにレモンの匂いがした。その清々《すがすが》しい匂いをたどって、障害物をなんとかよけながら、部屋の奥にまで行く。

肌がちくちくし、腕の毛が逆立った。とっさに「出ておいで」と囁き、目を開けた。灰色の光がふいに現れ、幼い少年に姿を変えた。樽の上にちょこんと座っている。

幽霊――迷子の霊魂だ。

「ママはどこ?」少年は、ためらいがちなか細い声で尋ねた。「ママも病気だったの。外に出ていったっきり、ママって大声で呼んでも帰ってこなかった」

わたしは少年に近づいた。彼の光が室内を照らしている。錆《さ》びたベッドの枠などの家具を見る限り、遠い昔、ここは少年の寝室だったらしい。そこへコウモリがぱたぱたと入ってきて、少年の頭上で円を描いた。「大丈夫、もうわかったから」

やっとわかったのかと言わんばかりに一声鳴くと、コウモリは飛び去った。

母親や家族について少年に尋ねた。案の定、大昔に少年たち一家はここで暮らしていて、そしてみんな死んでしまったのだ。「みんながどこにいるか知ってるわ」わたしは言った。「そこに連れてってあげる」

少年はにっこりした。わたしが差し出した手を、そっと握る。

わたしは少年を抱き寄せると、魂を吸いこんでから空に送った。

そして気づいた。これこそが《霊魂の探しびと》の務めなのだ。

霊魂を無理やり身体に戻してやるのではなく、本来属している場所に導いてあげること。ようやく、わたしがこの力を持つ意味がわかった。ストノとゲルシーは空に返してあげるべきだった。無理に生かされて不幸せだったから、人格が変わってしまったのだ。

死は終わりではない。ヴァレクはわたしを待っていてくれるはずだけれど、本来いるべきでない場所にいる迷える霊魂たちをわたしが見つけ、正しい行先に送ってあげたあとでなければ、会ってくれないだろう。

百二十五年前に裁かれて以降、《霊魂の探しびと》は現れなかった。シティアは迷子の霊魂だらけでも不思議ではないのに、なぜあまりいないのだろう？　めったに迷子にならないのだろうか。

《炎の編み機》に勝つ方法を必ず見つけなければと決意を新たにし、建物を出た。通りのあちこちに五人の迷子の霊魂がいるのに気づき、足を止める。

コウモリがどこからともなく飛んできて、肩に留まった。

「あなたが彼らを呼んだの？」わたしはコウモリに尋ねた。「それとも、呼んだのはわたし？」さっきの少年に、どちらなのか訊いておくべきだった。あるいは、いつのまにかそういう能力を習得し、自分ではどうしようもないのかもしれない。

宿に戻る間に霊魂を集めて解放した。ほとんどは空に向かったが、憎しみにまみれていたひとつは地面へと沈んでいった。《炎の編み機》の力を強めてしまったかもしれない。

宿屋に入ろうとしたとき、背後で蹄の音がした。振り返ると、リーフがルサルカを止めたところだった。話を聞く前から、兄が焦っているのがわかった。

「ムーンマンが」リーフはあえいだ。「ムーンマンが捕まった」

31

わたしたち五人は宿の談話室に集まり、情報を整理した。ムーンマンは今日の午後に捕まったらしい。

「議事堂の図書室にはトンネルについて書かれた書物はなかった」リーフが言った。「でも、養成所の建物についてよく知っているという魔術師を見つけた。残念ながらトンネルについては大雑把《おおざっぱ》なことしか知らなかったけど、代わりに零の盾の作り方を知っていたから教えてもらったんだ。それが失敗だった。魔力を《編み機》に気づかれ、魔術師の家を出るときに襲撃された」

「あんたはどうやって逃れたんだ？」ジェンコが尋ねる。

リーフは降参というように両手を上げた。「一度はダニに降参したんだ。すると商人や子供たちが大声で叫びながら、文字どおりやつらに襲いかかった。大混乱だったよ。途中で男に手を掴まれ、騒ぎの外に引っぱり出された。そのまま暗くなるまで隠れていたんだ。そして、助っ人組合の子供からムーンマンが捕まったと聞かされた」

「ダニにわれわれがここにいることが知れてしまう」アーリが言った。「今すぐ出よう。この三キロ北で隊商が野営している。彼らと一緒にいればいい」

「隊商はどちらの方角に向かうの?」アーリに尋ねた。

「明日城塞に荷物を届け、そのあと南下してグリーンブレイド族領に行くそうだ。なぜ?」

「おいおい」リーフはわたしの目を見て唸った。「今度は何を企んでるんだ、わが妹よ?」

「養成所に入らなきゃ」

「無理だよ。養成所は防御魔法に包まれてるし、トンネルの入口は見つからなかった。《編み機》の中には師範級の力を持つ者もいる。おまえも強力だが、連中とはレベルに開きがある。たちまち捕まるよ」これで議論はおしまいというようにリーフは腕組みをした。

「それ、名案だわ」わたしはつぶやいた。

「何だって?」

リーフの戸惑いを無視した。「アーリ、城塞の人たちはどれくらい蜂起の準備ができてる?」

「組織化されてるし、武器も用意した。魔術師も何人か揃っている。本当は何度か訓練をしたいけど、それは無理そうだからな。これ以上ないくらい準備は万端だ」

「隊商は馬車を一台貸してくれるかしら?」

「交渉できると思う」

ジェンコは理解したという表情を浮かべた。「おまえを城塞内に侵入させるのに成功したら、金貨五枚は俺たちのものだろうな？」

「城塞からまた無事に出してくれたらね」

「それは分が悪すぎる」ジェンコはにっこりした。「だが、たまには負け犬もいいもんだ」

「分が悪いも何もない。自殺行為だぞ」リーフが言う。

「じゃあこう考えてみて。わたしたちが死んだら、あなたの勝ち。あなたが死ななかったら、わたしの勝ち」

「なるほど、すごくすっきりした」

ジェンコが舌を鳴らす。「皮肉はチームの士気をくじくぞ」

アーリが言う。「〝わたし、わ、わたしたちが死ななかったら〟じゃないのか、イレーナ？」

わたしは答えなかった。ヴァレクが向こうで待っている。死ぬのはむしろ、ご褒美だ。

隊商の行商人たちはわたしたちを受け入れてくれ、その晩は野営地で馬車の準備をして過ごした。積荷の変更を終えると、それを囲んで翌日の計画について話しあった。

「マロック、あなたはガーネットに乗って。ジェンコはキキに、アーリは馬車の御者をお願い。アーリ、何があってもわたしたちに養成所の門をくぐらせて」

「承知した」

「おまえと僕は？」リーフが尋ねた。

「わたしたちは積み荷」例の木箱には二度と入りたくなかったけれど、ほかにどうしようもない。「アーリはわたしを利用してわたしたちを中に通す。わたしを捕らえてダニに引き渡す代わりに金貨五枚を要求する」

「首飾り蛇をおびき寄せる餌だったときが恋しくなるとは思わなかったよ」とリーフ。

「いざ中に入ったらどうする？」アーリが尋ねた。

「それが城塞内の人たちが反乱を起こす合図よ。その騒ぎでかなりの数のダニや《編み機》を引きつけておける」

「だが、例の力の強い《編み機》たちはどうする？」リーフが尋ねた。

「零の盾を作れる？」

リーフはためらった。「ああ」

「反乱が始まったらこちら側の魔術師全員で、あなたが零の盾を作って維持するのを手伝う」

「だがそう長くはもたない」

「少しの時間でいいの」

「何のための時間だ？」

「わたしが《炎の編み機》のところに行くまでの」リーフはわたしをじっと見つめた。「やつに勝てるのか?」

「いいえ」

「なぜこれが自殺行為じゃないと言えるのか、もう一度説明してくれ」

「わたしならあいつを黄泉の世界に留めておけると思う。そうしながら、《編み機》たちの力を弱められるかもしれない。もしベインとアイリスがまだ生きていたら……そして、できるだけ大勢の魔術師を集められたら、《編み機》たちに対抗できるはずよ」

「〝もし〟とか〝かもしれない〟ばっかりだな」ジェンコが言う。

「なのに、〝いつ〟がない」アーリが指摘する。

「いつって?」リーフが尋ねた。

「いつイレーナが戻ってくるのか。〝いつ〟は存在しないんじゃないのか、イレーナ?」アーリが尋ねる。

「あいつを黄泉の世界に留めておく唯一の方法は、わたしもそこに留まること」言葉が口の中で灰のようにぱさついた。考えることとそれを口に出すことはまったく別だ。言ってしまったらそれで決まり。でも、ヴァレクはあそこにいるはずだし、たとえどこにいようと必ず彼を見つけてみせる。〝もし〟も〝かもしれない〟も〝いつ〟も、ない。

「ほかにも方法があるはずだ」リーフが唸った。「おまえはいつだって天才的な戦略を考え出すじゃないか」

「今回は無理みたい」

全員が黙りこんだ。

今のうちに眠っておこうと提案しようとしたとき、リーフが口を開いた。「《編み機》に対抗できなかったら？」

「魔法に影響されない人間をそばに置くことだ」馬車の向こう側から声がした。

わたしたちは全員顔を見合わせた。同じ疑問が唇で固まっている。今のは幽霊の声？

「ただし、今回は置き去りにするのはやめてもらいたい」

ヴァレクが馬車の裏から現れた。その姿は実物のように見える。不遜な笑みを引きしまった顔に浮かべ、かすかな月明かりが坊主頭を光らせている。ブラッドグッド族らしい茶色のチュニックとズボン姿だ。

驚きに続き、まさかという思いがこみ上げた。おずおずと手を伸ばすと、ヴァレクがわたしを抱き寄せ、わたしの世界はヴァレクの存在と匂いと感触で埋め尽くされた。

秒、分、日、季節――どれだけの時間が過ぎたとしても気づかなかっただろうし、気にもしなかっただろう。わたしは断崖絶壁にぶら下がっているかのように、ヴァレクにしがみついた。ヴァレクの心臓の音が耳に響く。ヴァレクの血がわたしの血管に流れこむ。身体を彼の頑丈な肉体にぴたりと重ねてそのまま溶けあわせた。何も、そう空気さえも通すまいとするかのように。

安堵と歓喜が胸の中で躍り、くすぶっていた悲痛を吹き飛ばす。だがそれも《炎の編み機》との約束を思い出すまでのことだった。

強烈な悲しみが湧き出し、全身にあふれた。《炎の編み機》のベビーシッター役がご褒美になるのは先延ばしだ。やはりヴァレクには、この世界にいてほしい。

わたしは落ち着きを取り戻そうとした。いつの間にかほかのみんなはその場を離れ、わたしとヴァレクのふたりきりにしてくれていた。彼の唇がわたしの唇に重なり、ふたりの魂が寄り添う。心にぽっかり開いた穴が満ちていく。

呼吸が苦しくなったところでヴァレクが身を引いた。「落ち着いて、愛しい人」息切れが咳の発作に変わる。

「どうやってあの炎から生き延びたの？　屋根が落ちて、あなたは……」

「同時にふたつのことが起きた——少なくともわたしはそう思った」ヴァレクは苦笑した。「ゲイルを抱えていたときに、屋根が崩れてきたんだ。すると屋根が落ちた勢いで床が抜けた。そこは小さな地下貯蔵室だった」ヴァレクは脇腹をさすって顔をしかめた。

「ひどい怪我じゃない！　あなたの傷は治せないのに……」ヴァレクの側頭部には深い傷が走っている。

「梁がぶつかったんだ。ただのかすり傷だ」ヴァレクはそっと頭に触れた。「煙と熱で死んでいてもおかしくなかったが、ゲイルが周囲を冷気で包んでくれた。ゲイルも小屋が崩れたとき壁の木片が当たって気を失ったが、意識を回復したあとで魔術を使ったんだ。空気のクッションを周囲に作り、燃え殻が穴に入ってくるのを防いでくれた」

「翌朝、どうしてあなたを見つけられなかったの？　声をあげてくれればよかったのに」

「屋根の下敷きだったし、火が消えるまで君には何もできなかった」ヴァレクの手がまた脇腹に触れる。「叫ぶには空気が足りず、ゲイルは魔力を維持するので精いっぱいだった」

「火を消すことはできなかったの？」

「ゲイルの魔力には限界があるんだ。すべては天候を操る力の一部だそうだ」ヴァレクは馬車の向こうを指さした。「本人に訊くといい。一緒に連れてきた。この先、味方は多ければ多いほうがいい」

　馬車の向こう側を見ると、ゲイルがオニキスとトパーズの手綱を持ってたたずんでいた。キキがすでに彼らを見つけ、トパーズに鼻面をこすりつけている。ガーネットも近くにいる。ゲイルの困った顔を見れば、馬たちに囲まれて戸惑っていることがわかる。

「ほかに何かわかった？」ヴァレクに向き直って尋ねた。

「ああ。半裸の人間が服を見つけるのは思った以上に大変だということ。怯えた馬はとんでもない方向に意外なほど遠くまで逃げてしまうということ」馬たちに目をやった。「オニキスとトパーズも俊足だが、サンドシード族の馬の駆け足には遠く及ばないな。君たちはブールビーに寄ったようだが、それでもなかなか追いつけなかった」

「無事だと知らせる方法が何かあったでしょ。ずっと、抜け殻みたいになってたのに」

「これで君が馬小屋の火事に飛びこんだとき、わたしがどんな気持ちだったかわかったはずだ。《炎の編み機》のもとから君が戻らなければ、どんな気持ちになるかも」

口を開きかけて、閉じた。「立ち聞きしてたのね」

「みんながどれだけわたしの自己犠牲の精神を讃え、恋しがっているか、確認しておきたくてね」にやりとした。「ところが君たちは明日のための計画ばかり立てていた。まったく、人生とは思うに任せないものだ」ヴァレクは真顔になり、わたしを見つめた。「それだけ計画を立てれば、きっと戻ってくる方法は見つかるさ、愛しい人」

「わたしがもっと賢ければよかったのに」もどかしくて胸が締めつけられ、大声で叫びだしたくなる。「魔法についても、わからないことだらけ。たぶんみんな同じなの。手探りしながら使って、濫用しているだけ」

「本気でそう思っているのか?」

「ええ。偽善者だって認めるわ。自分だって厄介事の種が見つかればすぐに魔術に頼るのに」でも霊魂を導くときには、魔術を使うときと違って体力を消耗しなかった。魔力の源から糸を引く必要もなく、呼吸のように自然な行動だった。「でも考えてみれば魔術は、いつだって世界に危害を及ぼしてばかり」

「それは君が誤った場所を見てるからだ」

魔術に耐性を持つ人からそんなことを言われても。わたしは目の当たりにしたのだ――キラカワの儀式、血の魔術、力の腐敗、サンドシード族の虐殺、苦しむ霊魂たち。魔術は禁じるべきものなのだ。

ヴァレクはわたしの表情を探った。「魔術について自分が最高司令官に言ったことを、考えてごらん」

「今なら、魔術が人を堕落させるという最高司令官の意見に賛成したいわ」

「魔力を武器として使うのではなく、吹雪の力を利用して人々を救うこともできる――そう言ったそうだね。魔術が人を堕落させるなら、なぜ君は堕落しない？　アイリスは？　ムーンマンは？　リーフは？」

「そうしないようにしてきたからよ」

「そのとおり。つまり選択肢があるんだ」

「でも魔力は人を誘惑し、虜《とりこ》にする。時間の問題なのよ」

「もちろんだとも。シティアは大昔から《編み機》と戦ってきたからね。平和と繁栄を謳《おう》歌《か》している様子からは想像できないだろうが」ヴァレクの言葉から皮肉が滴る。「魔術師はどれくらい前から血の魔術を使ってきた？　ムーンマンは二千年前だと言っていた。だとすれば君の言うとおりだ。時間の問題だよ。もう二千年も経った。いつ魔術に支配されても不思議じゃない」

「そんなに憎たらしい人だと思わなかった」

「わたしが正しいと、君にはわかっているはずだ」

「あなたが間違っていると証明できるわ。わたしだって堕落する可能性はあるもの」今度にやりとするのはわたしのほうだった。

ヴァレクは仲間たちのほうに目をやった。彼らは小さな焚き火のまわりに集まり、知らん顔をしているが、こちらの話に耳を澄ましていることは間違いない。

「子供たちの前ではやめておこう。だが、この話はまだ終わりじゃないぞ」

夜は急ぎ足で過ぎ去った。荷馬車の準備を終えると、わたしたちはヴァレクとゲイルも含めて、計画を再確認した。

誰もがヴァレクの帰還をさらりと受け入れたが、ジェンコだけは髪をなくした頭について一言言った。「似た者夫婦って言葉、知ってました？」

ヴァレクは受け流した。「ああ。じつは、おまえとトパーズが最近似てきたなと思ってたんだ。不思議だな」

アーリはジェンコの悔しそうな表情を見て笑い、それから言った。「隊商はまもなく出発します。あなたはどの列に入りますか？」

「詰所が視界に入ったら、進行を止めるように」と指示したのではない。

「しんがり近くに。だが最後尾でないほうがいい」ヴァレクは指示した。「詰所が視界に入らなくなったら、養成所に向かえ」

「承知しました」アーリはぱっと気をつけの姿勢を取った。

わたしは一行を見回した。マロックはヴァレクを不快そうに見ているが、命令を待つ兵士役を受け入れていた。リーフは唇を噛んでいる。神経質になると出る癖だ。ゲイルは不安で顔が真っ青だったが、覚悟を決めたように唇を引き結んでいる。天候を操れる魔術師《ストームダンサー》ほどの力はないと彼女は話したが、颪を起こして砂埃を巻き上げ、ダヴィーアンたちの目をくらませることぐらいならできるという。

「養成所内で何が待っているかわからない。指示をよく聞き、意味がわからなくても命令に従うこと」ヴァレクが命じた。

「了解」ゲイルも含め、全員がいっせいに言った。

所定の位置につく前に、わたしはオパールのガラスの動物をリーフに三つ、ゲイルに残りの三つを渡した。

「これは？」リーフが尋ねる。

「ひとりひとつずつ持っていて。ほかはムーンマン、アイリス、ベイン、ダックスに渡して――もし彼らが生きていればだけど」そう口にすると喉が詰まった。「このガラス像を使えば、わたしが黄泉の世界にいても連絡を取りあえると思う」

リーフは悲しそうにわたしを見たが、無言のまま目をそらした。

「さあ、リーフ、あなたからよ」わたしは木箱を示した。

リーフ、ゲイル、ヴァレクが順に、馬車後方の三つの箱に隠れ、わたしたちは別の空箱や本物の商品をその上に置いた。それからわたしが一番上の箱に入った。

マロックが蓋を閉めると、心臓がどきっとし、ふいにパニックに襲われた。上に敷物が重ねられ、馬車ががくんと揺れて動きだす。

罠にはまった気分だった。外に出たい。ほかの人たちは馬車の床板をはずせば外に出られる手筈になっているけれど、上にいるわたしにはそれができない。こんな作戦うまくいきっこない。養成所に着く前にダニに見破られてしまったら？

震える息を吸いこむ。そうなればわたしたちは捕まり、望みどおり、わたしは《炎の編み機》の餌食となるだろう。結局、奇襲でなくなるだけ。わたしが言いなりになっても、仲間たちが生き延びる可能性はないに等しい。

悲観的なことばかり考えていては、ますます気分が暗くなる。だから馬車の動きに意識を集中することにした。精神的に消耗する長い夜だった。わたしはいつしか眠っていた。

聞き慣れない声で目が覚めた。馬車は止まっていて、外の会話からするとそこは城塞の北門らしい。声が近づいてきて、誰かがわたしの箱を叩いた。わたしはぎくっとして、悲鳴をあげないよう唇をぎゅっと結んだ。

「これは何だ」男が尋ねた。

「ムーン族が作った世にも美しい絹です、旦那」行商人が答えた。「おひとついかがです？　一度触れれば、奥様がぜひとも欲しがるとおわかりになるはずです」

男は笑った。「女房との熱い一夜のためにひと月分の給料を棒に振る気はないよ。そのために結婚したんだ」

笑い声が遠ざかり、衛兵が行商人に城塞内に入る理由を尋ねる。何時間とも思える時間が過ぎ、やっと馬車が動きだした。アーリが速度を上げたところを見ると、わたしたちの馬車は隊商から分かれたらしい。

市場の音が聞こえてくると、馬車の速度が落ちた。アーリが屋台の店主たちに呼びかけ、反乱準備を開始するよう指示している。伝令がその知らせを広め、みなが決起の合図を待つのだ。

わたしたちの馬車が養成所内に入った瞬間、戦いが始まる。

馬車が角を曲がった。とそのとき、突然停止した。

アーリが悪態をつき、たくさんの馬に囲まれたのが音でわかった。聞き覚えのある声が響く。「おやおや。そう簡単にはいかないぞ」

カーヒルだ。

32

カーヒルと部下たちに見つかってしまった。木箱の中にいるわたしには何もできず、避けられない結果を待つしかなかった。馬車に隠れているヴァレクたちがこっそり逃げてくれることを祈った。

「馬車のどこかにイレーナが隠れているんだろう？」カーヒルが尋ねた。

「誰ですって？」アーリはしらばっくれた。「ここには市場に卸す品しか積んでません」

「市場？　荷解《にほど》きもせずに通り過ぎたのに？　違うな。変装して、説得力のない理由を並べても、わたしにはおまえたちが誰か、なぜここにいるかお見通しだ。実際、おまえたちを養成所にお迎えするよう、ジャルに遣わされてきたんだ」

アーリが御者台で座る位置を変えたきしみが聞こえ、さらに下方のかすかな物音に気づいた。ヴァレクが脱出口を開いたのだろう。

「落ち着け」カーヒルが言う。「捕まえに来たわけではない。仲間になりに来たんだ。われわれ全員の命のためにも、おまえらの計画がまともだといいんだが」

カーヒルの言葉を理解するのに時間がかかった。仲間に、ですって？

「計画って何のことです、旦那？」アーリが尋ねる。

カーヒルは苛立たしげに鼻を鳴らした。「イレーナ！　リーフ！　出てきて、この北の巨漢のお友だちに説明してくれ。よく見ろ、わたしの部下たちは武器も手にしてな――」

甲高い悲鳴に続いてどすんという物音が聞こえた。わたしの木箱の上の敷物が取り去られ、箱が開く。とっさに飛び出しナイフを構えたが、覗きこんでいるのはアーリだった。手を貸してもらって立ち上がる。地上にいるヴァレクはカーヒルの喉に小刀を押しつけている。カーヒルの部下たちはみな馬に乗っており、緊張して身構えてはいるものの、武器は抜いていない。リーフとジェンコはアーリに加わり、三人とも剣を手にしている。マロックはガーネットの上だ。

「喉をかっ切るべきでない理由を説明してみろ」ヴァレクがカーヒルに言う。

「わたしなしでは養成所に入れないぞ」カーヒルは両手を上げたままじっとしている。

「なぜ急に気が変わったの？」カーヒルに尋ねた。

カーヒルはわたしと目を合わせた。その目はまだ憎しみにぎらついていたが、苦しみも滲んでいた。「おまえが正しかった」一言発するたびに、カーヒルの胸の傷が深くなるかのようだった。「やつらはわたしを利用した。あんな儀式や人殺しにはもう耐えられない……これ以上、手を貸したくないんだ」それからマロックを見た。「わたしは殺人者としてではなく指導者として育てられた。できれば昔ながらのやり方で王座を取り戻したい」

マロックの表情は変わらなかったが、身体の緊張は解けた。

「あんたが嘘を言ってないとどうしてわかる？」アーリが尋ねる。

「イレーナに魔力で調べさせればいい」

わたしは断った。「魔力は使えない。ジャルに気づかれて、計画が水の泡だわ」

「おまえがここにいることはジャルももう知っている。おまえは何度も彼女の裏をかいたが、もうそう簡単にはいかない。彼女はキラカワの儀式ですでに強大な力を手に入れた」

「彼女？」ヴァレクとわたしが同時に尋ねた。

「ジェイドがジャルだと思ってたわ」わたしはつぶやいた。

カーヒルは目をぱちくりさせた。「知らなかったのか？　ほかに何を知らない？　おまえたちは養成所を攻撃するつもりだったんだろう？　すべて知っているとばかり――」

「誤解よ。養成所内のことは想像するしかなかった」

「じゃあ、これがわたしの誠実さの証になるだろう。内部の事情を教え、おまえたちが中に入る手伝いをする。どうだ？」

ヴァレクとわたしは目を見交わした。

「それでも殺してかまわないか」とヴァレクが尋ねる。

「裏切りの兆候が少しでも見えたら」わたしは答えた。

「すべてが終わったあかつきには？」

「あなたの好きにして」

カーヒルはわたしたちをまじまじと見た。「待ってくれ。わたしは命懸けでおまえたちを助けようとしているんだぞ。命の保証ぐらいしてくれ」

「命の保証なんて、今はどこにもないわ。わたしたちの誰にも」

「じつにありがたい言葉だ」カーヒルが言う。

「当然よ。火遊びをすればどうなるか知っておくべきね。いつかは火傷するのよ。さあ、知っていることを話して」

ヴァレクがカーヒルの喉からナイフを離して後ろに退くと、カーヒルはあたりを見回した。まわりにはかなりの人だかりができていたが、ありがたいことにダニの姿はない。

そのとき、はっとした。どうしていないのか？　わたしはカーヒルに尋ねた。

カーヒルは皮肉めいた笑みを浮かべた。「全員養成所だよ。ローズがお気に入りの《編み機》たちみんなに一度に力を与えるべく、捕らえた魔術師全員を使って大々的にキラカワの儀式をする予定なんだ。そして、おまえが最後の仕上げとなるというわけだ」

全身の血が凍りついた。「ローズ？」

カーヒルの顔に得意げな表情が浮かぶ。「そう。第一魔術師範ローズ・フェザーストーン、そして初代《編み機》にしてダヴィーアン族の創始者である、ジャリラ・ダヴィーアンの名でも知られている」

リーフの顔から一気に血の気が引いた。「でも……どうやって？　なぜ？」

「ファードが捕まるまではわたしも知らなかった。ローズから、イクシア攻撃を議会に承諾させてやるからファードを救出しろと、頼まれたんだ。最初は、ファードの企みにほかに誰が協力しているかを知るための囮工作だとばかり思っていた。だが、ローズと《編み機》たちが仲間だと知ったときも、じつはたいして気にならなかった。とにかく約束してくれたからな、イクシアを攻撃することと、わたしを王にすることを」

「中には何人《編み機》がいて、儀式の生贄は誰なの？」わたしは尋ねた。

「ローズとジェイドを含め、強力な《編み機》は六人。誰の力を高めるか、彼らはとても慎重に選んでいる。キラカワの儀式の秘密はごく一部の人々しか知らないんだ。ダニの兵士は五十人、中程度の実力の《編み機》が十人。今度の一大儀式でふたりの《編み機》に師範級の力を与えることになっている。儀式の生贄になるのは、養成所の牢屋にいるほかの三人の魔術師範とムーンマン、それに議員たちだ」

「学生たちは？」

「実習生たちは牢屋に繋がれている。年若い連中は怯えてすっかり言いなりだ」

「ローズはどうやって魔術師範たちを従わせるつもりなの？」

「ローズにはその力がある。だが、自分の力を温存するためにキュレアを使うつもりじゃないかな。そうやって拘束したあと、テオブロマを与えて防御力を弱める」

「まるでキュレアがいくらでも手に入るみたい」思いが声に出た。

「ジェイド・ダヴィーアンが薬を供給しているんだ。ジェイドは、一族に不満を持つサンドシード族をダヴィーアン族に取りこむ手伝いもしていた。さらに《炎の編み機》を手なずけることで、ダヴィーアンの中で最も重用されるようになったというわけさ」

わたしは今の情報について考えた。「で、わたしたちをどうやって中へ入れるつもり？」

「虜囚として。わたしがおまえたちを捜しに行ったことはローズも知っている。おまえを憎む気持ちに変わりはないから、ローズのところにおまえを連れていっても、わたしは芝居を打つ必要がない。ローズも何も怪しまず、残りの連中を……」アーリとジェンコを指さした。「牢屋に連れていけと命じるはずだ」

「どうしてわたしがあなたに素直に協力することになるの？」

「リーフが人質だからさ。兄の身の安全と引き換えに、おまえを従わせたことにする」

さまざまな選択肢と可能性を吟味する。初めて友人たちの命を救う希望が見えた気がした。「カーヒル、ふたりを牢屋に連れていったら、中にいる者全員を解放できる？」

「ローズが忙しくしている限りは」

ヴァレクが微笑んだ。「で、どういう計画でいく、愛しい人？」

わたしたちは養成所の門にのろのろと近づいた。わたしはカーヒルとともに馬に乗り、アーリとマロックは後ろ手に縛られた格好で馬車に座っている。ヴァレクとジェンコは奥に積んだ木箱に隠れ、リーフはキキに乗り、後ろでカーヒルの部下がナイフを突きつけている。

怖がっているふりをしたり、友人たちを心配する様子を見せたりする必要はなかった。わたしたちはすんなりと門を通された。アーリは城塞の市民に、十分間待ってから養成所の入口に押しかけろと伝えた。カーヒルたちが囚人を解放し、わたしが炎に飛びこむのに必要な十分間。それだけあればどうにかなると信じたかった。

馬車は養成所の管理棟を迂回して、学生たちの宿舎が広場を丸く囲んでいる場所に向かった。仕事を任されているらしい何人かの学生が、目を伏せてそそくさと通っていった。

芝生の窪地はすっかり様相が変わっており、その荒れ果てた様子にわたしはショックを受けた。篝火があるのは予想どおりだったが、炎の周囲の芝生には砂がかぶされ、そこには赤茶色の染みがあり、いくつもの杭が立っている。キラカワの儀式のための殺戮場だ。そして、次の生贄がすでに杭に縛りつけられ、儀式の始まりを待っていた。

身体や手足は切り傷に覆われ、血まみれだ――それなのに、ムーンマンは笑みを浮かべようとした。「さあ、パーティの始まりだ」ムーンマンが言う。

だが横にたたずむローズがじろりと睨むと、ムーンマンは苦痛に身をよじった。ローズの脇にはジェイドがいる。《編み機》たちは凶暴そうな目を輝かせ、篝火を囲んでいる。

「ようやくまともな仕事をしたな、カーヒル」ローズがこちらを見て言った。「さあ、連れてこい」

カーヒルが鞍から滑り降り、わたしの腰を抱えた。わたしに手を貸す必要はないと知っているはずだから、何か目的があるのだ。カーヒルにぐいっと引かれ、地面に落ちた。

「どこに運ぶ?」カーヒルはわたしを無理に立たせるふりをしながら、耳元で囁いた。

「できるだけ火の近くに」

「本気か?」

「ええ」しかし鼓動は別の答えを叫んでいた。だめ! やめて!

カーヒルはわたしの腕を掴んでローズのほうに引っぱっていき、炎から一メートルほどのところで立ち止まった。熱波が押し寄せ、背中を汗が滴る。

ローズがふたりの《編み機》を手招きした。「木箱にふたり隠れている。連れてこい」《編み機》たちと数人の兵士が馬車に近づいた。ひとしきりどたばたという音とののしり声が続いたあと、ジェンコとゲイルが引きずり出された。

「箱は三つありますが、ひとつは空です」《編み機》が大声で言った。

ローズが尋ねるようにわたしを見る。

「わたし用です。そこに隠れて城塞内に入ることができた」これは事実だ。わたしは目の前の使命に集中し、ヴァレクのことをいっさい頭から締め出した。

「イレーナ、これだけ近いと、おまえの心の防御壁など薄っぺらな紙切れ同然だとわかっているのか？　おまえが嘘をつこうと考える前に、もう嘘が見える。それを忘れるな」

わたしは頷き、防御壁を強化した。

ローズは笑い、ほかの仲間を牢屋に連れていくよう兵士たちに命じた。「やつらはあとで始末する」馬車が片づけられると、ローズはわたしとカーヒルを見た。「捕まるのが簡単すぎたな。わたしをよっぽどの馬鹿だと思っているらしいが、いずれにせよ、おまえが何を企んでいるか知るには魔力で探ればいいだけの話だ」強力な魔力が心に侵入してきた。

ムーンマンやリーフたちを救うことだけを考えながら、心へのローズの攻撃を避けようとした。だが失敗した。ローズの気をそらすために尋ねる。「どうしてこんなことを？」

「いい反撃だ」ローズの魔力が防御壁を破り、わたしの身体の自由を奪う。「これでおまえを拘束した。シティアは救われる」

「わたしから救われるということ？」少なくともまだ話はできる。実際、ローズほどの力があっても、わたしの心と身体を一度に支配することはできない。

「おまえや最高司令官、ヴァレクから。わたしたちらしくこれからも暮らせる」

「シティア人を殺すことで？　血の魔術を使って？」

「繁栄を維持するためのわずかな犠牲だ。最高司令官の侵略を許すわけにはいかない。議会が問題を見過ごしにするから、予備軍たるダヴィーアン族を作ったのだ。非常時の隠し玉としてな。これが功を奏した。議会は結局わたしに従った」目に得意げな笑みが浮かぶ。

わたしは心の繋がりを通じて、ローズが真実のすべてを知っているわけではないこと、あるいはあえて無視していることを知った。「ダヴィーアンたちは、あなたに従うよう議会に強制したのよ。彼らの子供を人質にしたの」

まさかというようにローズの額に皺が刻まれ、ジェイドをじろりと睨んだ。ジェイドは賢明にも無言を通したが、傍目にも身体がこわばったのがわかった。

「本当にあなたは、ダヴィーアンたちを支配しているんですか？」

「当然だ。そして新しい議員を選んだあかつきには、イクシアを攻撃して民衆を解放する。彼らはわたしたちの生活様式を歓迎するだろう」ローズは微笑んだ。

「それでシティアを救えると？　議員を生贄にすることと、ヴァレクが彼らを暗殺することと、どう違うというんです？」

ローズがわたしを睨んだとたん、身体を衝撃波が駆け抜けた。全身を容赦なく締め上げられ、意識が遠のく。気がついたとき、わたしは砂に横たわり、ローズを見上げていた。

「新しい議員を選ぶことは、将軍を任命することと同じでは？」なおも問いかける。

また背筋を衝撃波に焼かれ、のけぞって悲鳴をあげた。全身に汗が噴き出し、服を濡らす。心臓が自ら命を繋ごうとするように激しく鼓動する。あえぎが漏れる。

「ほかにも何か訊きたいか?」ローズの目がぎらりと光った。

「ええ。あなたと最高司令官の行動はどこが違うの?」ローズが黙りこんだ隙に、さらに追及した。「あなたはシティアを最高司令官から守ろうとして、自ら彼になった」反論しかけたローズを遮って続ける。「最高司令官に侵略され、シティアがイクシアの軍管区のひとつになるのを恐れたあなたは、イクシアを攻撃して軍管区を種族に変えようとしている。それのどこが違うの? さあ教えて!」

ローズは首を振りながらわめいた。「わたしは……」そこで、突然笑いだす。「なぜわたしがおまえの言葉を聞かなければならない? おまえは《霊魂の探しびと》、シティアを支配するのが目的だ。そうして御託を並べ、わたしを惑わせようとしているだけだ」

ジェイドも緊張を解き、ローズとともに笑った。「この者はあなたの言葉をねじ曲げようとする。今すぐ殺すべきです」

ローズが息を吸いこんだ。

「ちょっと待って! あなたが欲しがるものをわたしは持っている」急いで言った。

「おまえの持っているものなど何だって奪える」

「儀式の際、自ら進んで生贄になった者は、強制された者より多くの力を放出する」

「では、何と引き換えならわたしに従う?」

「わたしの友人たち全員の命と」

「無理だ。ひとりだけだな。おまえが選べ」

「では……ムーンマンを」弱りきったムーンマンを見やる。ほかのみんなはなんとか自力で脱出してくれるよう祈った。

ローズがわたしの拘束を解く。そして立ち上がったわたしを指さす。「砂に横になれ」

「その前に、もうひとつ訊いていいですか？」

「ひとつだけだ」

「この儀式が終わったら、《炎の編み機》はどうなるんです？」

「おまえが死んだら契約は完了する。おまえの力をやつに与える代わりに、血の魔術の秘密を明かしてもらう。そうしてやつは、欲しがっていた強大な力を得る」

叫び声が聞こえてきて、魔法攻撃の波を感じた。

ローズは騒動のほうに目を向け、《編み機》たちに合図した。「騒ぎを静めろ」動じる様子はまったくない。「連中はここに近づけない。《編み機》とわたしには止める力がある」

「ええ、わかっています」

「だが信じていないようだな。わたしの力を見せてやる。かつてこれをするには体力をすっかり消耗したが、今は造作もない」そう言ってちらりとムーンマンを見た。

突然、ムーンマンの顔が真っ青になり、身体が硬直したかと思うと動かなくなった。目の光がどんより曇り、霊魂が身体から脱け出した。

33

わたしはすぐさまうつ伏せになったムーンマンに飛びつき、彼の霊魂を吸いこむと、砂に倒れこんだ。

ジェイドが息をのむ。「儀式に必要なのに」

ローズが笑った。「心配するな。この女の心臓をえぐり出せば、力の源がふたつ同時に手に入る」

「取引をしたはずよ、ローズ。ムーンマンの命と引き換えに言うことを聞くと」

「だが、リーフの喉にナイフを突きつければ、結局言うことを聞くのでは？」わたしの表情を見て、答えはイエスだと悟ったらしい。「おまえはやわすぎるぞ。おまえなら、霊魂を抜かれたでく人形の軍隊だって作れるのに。無敵の軍隊だ。彼らに魔法は効かないからな。炎で焼くしかない」

別の叫び声が聞こえたが、今回は別の方角からだった。ダニがこちらに走ってきた。

「今度は何だ？」ローズが尋ねる。

「養成所の門が攻撃されています」息を切らしながらダニが報告する。

ローズは養成所の魔術師と戦っている《編み機》たちに目をやった。戦闘の様子がわたしの心にも映し出される。戦いの勢いはしだいに衰えつつあった。人を惑わす無数の魔術イメージは消え、ゲイルの砂嵐も静まっていた。キュレアの吹き矢が当たると、次々に人が倒れていく。リーフ、アーリ、マロックは麻痺して横たわっている。ジェンコはひとりの兵士と戦いながら、彼を吹き矢の盾にしていた。しかし、別の《編み機》が魔法で攻撃し始め、動きが鈍った。ローズの《編み機》たちが優勢だった。敗北は時間の問題だ。

「おまえを助けに来る者はもう誰もいない」ローズはそう言うと、《編み機》の何人かを呼び寄せ、門で起きている騒ぎの加勢に送りだした。

でも、ひとりだけ見当たらない人がいる。それが最後の望みだった。「ローズ、あなたにも見えていないことがある」

ローズは怪訝そうな顔をした。「何を見過ごしているというんだ？　ヴァレクか？　あ、やつがここにいることはわかっている。魔法は効かないかもしれないが、キュレアを使えばそれでおしまいだ」

「違うわ。《炎の編み機》よ」

「やつがどうした？」

「あいつには別の計画があるということを、あなたはわかっていない」

「馬鹿なことを言うな。ジェイドとわたしがやつに餌を与えているんだ。力をつけてやったのはわたしたちだ。ほかに誰がやつを助ける?」

「わたしよ」

そう言うなり、わたしは炎に向かって駆けだした。ローズの叫び声も炎の咆哮にかき消され、灼熱がわたしを愛しげに抱く。肌が焼ける痛みはちくちくする快感に変化した。だが今回、目の前に広がる世界は平坦な黒い大地ではなかった。霊魂が埋め尽くし、苦痛に身をよじり、泣き叫んでいる。あたりには腐敗と汚染の匂いがたちこめていた。

〝助けて！ 助けて！〟彼らがわめく。

《炎の編み機》が黙れと彼らに命じ、わたしから遠ざけた。「イレーナはわたしのためにここに来たのだ。おまえたちを助けるためじゃない」それからわたしを見つめた。「わたしにご褒美を持ってきてくれたのだな。空に昇るための霊魂のみならず、ムーンマンの輝かしいパワーはわたしの力を強化してくれる」

ムーンマンはわたしの隣に立っていた。軽い興味を浮かべて黄泉の世界を眺めている。

「一緒に連れてきてしまってごめんなさい。そういう予定じゃなかったんだけど」

「かまわないさ。わたしはおまえの案内役だ、イレーナ。生きていても死んでいても、それは変わらない」

「でも、わたしの新しい《物語の紡ぎ手》はジェイドだと言ったわ」

「あのときのおまえは、楽な道を探していた。それをジェイドが与えた。いつでもわたしをおまえの《物語の紡ぎ手》に戻すことはできたのだ」

「どうやって？」

「そう頼めばいいだけだ。あるいは戻ってきてと懇願するか。そのほうがわたしの自尊心は満足しただろう」

《炎の編み機》がわたしたちの間に割りこんできた。「いやはや、すばらしい。さあ、わたしを空に連れていけ」

「いやよ」わたしは答えた。

「拒むことはできない。契約したのだから」

「ここに戻ってくると約束はしたわ。でも、空に連れていくとは一言も言ってない」

「ではおまえとムーンマンはここで惨めな永遠を過ごせ。わたしはおまえの力を使って空に向かう」《炎の編み機》がわたしの腕を掴んだ。

　肌がかっと熱くなり、焼けた短剣を突き刺されたかのような痛みが全身に広がった。わたしは悲鳴をあげたが、彼には欲しいものを手に入れるだけの力がなかった。わたしのほうから差し出さなければだめなのだ。

《炎の編み機》は別の手を試した。手をさっと振ると炎の窓が開き、ローズや《編み機》たちが見えた。リーフ、ベイン、アーリ、ジェンコ、ゲイル、カーヒル、マロック――みんな砂の上で磔《はりつけ》にされている。

「彼らは負けた。まだ何人か残ってはいるが、捕まったら最後、お楽しみが始まる。だがおまえがわたしを空に導けば、わたしがローズを止め、友人や家族を解放してやれる」

わたしはムーンマンを見た。

「おまえが《炎の編み機》を助けなければ、われわれはここに閉じこめられ、ローズが彼らをひとりひとりここに送りこむことになるだろう。そして永遠に苦しみ続ける」

そのシナリオだけは避けたかった。「じゃあ、助けろと言うの？」

「いや。わたしは物事の成り行きを明かしただけだ」

「でも、どうすればいい？」

「おまえが決めることだ。おまえは《霊魂の探しびと》だ。自分の霊魂を探せ」

首を絞めてやりたかったが、考えてみればムーンマンはもう死んでいるのだ。「一度でいいからはっきりと答えられないの？」

「答えようと思えば答えられる」

もどかしさに胸を締めつけられ、目をそらす。わたしが迷っているのに気づき、《炎の編み機》は霊魂たちをわたしに近づかせて、友人たちの行く末を見せつけた。彼らの悲鳴が耳をつんざく。熱がわたしの肌を焼き、集中できない。悪臭で感覚が狂う。

「見ろ」《炎の編み機》は窓の向こうの光景を指さした。「ローズがアイリスを魔術で虜にしたぞ。これから砂に横たわらせ、縛り上げるだろう」

そのとおり、アイリスはローズに近づいていき、その前でひざまずいた。しかし《編み機》によって砂の上に押さえつけられる前に、ちらりと横を見た。その視線をたどると、そこにヴァレクがいた。

ヴァレクは四人の《編み機》と剣で戦っていた。連中は彼にこれでもかと魔法をかけているはずだし、ローズの意識的な視線からすると、彼女もヴァレクに魔力を集中させているというのに。だがたとえ魔力が効かなくても、ヴァレクはローズの存在を感じ、動きが鈍くなっている。近くに吹き矢を構える兵士がいて、ヴァレクを狙う機会を待っていた。

「そして次はヴァレクだ」《炎の編み機》が言う。「さあ、どうしたい？　お友だちや恋人が死ぬのをただ見ているのか、わたしを空に連れていくのか？」

わたしは心を決め、ムーンマンと《炎の編み機》に手を差し出した。「来て」

34

勝ち誇ったような笑みが《炎の編み機》の顔に広がった。

一方、ムーンマンは動じることなくわたしの手を掴んだ。見た目は煙のようだが、繋いだ手には確かな感触がある。こちらに向けられた卵形の目はローズとよく似ていた。なぜ今まで気づかなかったのだろう?

ローズの言葉が頭の中でくり返し響く。ムーンマンの霊魂を空に連れていったあと、地上に残ったその身体を操る力がわたしにあるのだろうか? ローズによれば霊魂のない身体は魔法の影響を受けないという。アイリスとヴァレクを助けるため、小隊を作れるの?

気がつくと、例のコウモリが頭上を飛んでいた。変なの。どうしてここに来られたの?

ムーンマンがため息をついた。そうだ……問題はコウモリがどうやってここに来たかではなく、なぜここにいるのかだ。コウモリ——オパールが作った、ガラスのコウモリ。

ポケットに手をやって像に触れようとしたが、そのときふと答えを思いつき、動きを止めた。オパールの姉、トゥーラだ。

ファードが霊魂を盗むためにトゥーラの首を絞めたあのとき、わたしは魔法で呼吸を助けたが、魔力を送るのを止めたとたんトゥーラの呼吸は止まった。

わたしには、霊魂を持たない、でく人形の軍隊を作る力はない。

百五十年前に生まれたのは《霊魂の探しびと》ではなく、《霊魂の盗びと》だったのだ。

わたしこそが本物の《霊魂の探しびと》だ。自分のすべき任務が何かはわかっている。

《炎の編み機》はわたしがぐずぐずしていることに痺れを切らし、もう一方の手を取ろうとした。それを振り払うと、コウモリが歓声をあげ、姿を消した。

心の目でローズを捜し、ローズの霊魂と、その中に囚われている生贄たちの霊魂を見つける。ローズは彼らの血液を皮膚に注入することで、生贄たちを取りこんでいた。わたしはその血を押し戻し、ローズの毛穴からじわじわと抜いていった。そして、解放した霊魂を空へと送った。

ローズがぎゃっと声をあげて袖をまくった。黒い液体が腕からどんどん染み出し、砂に滴り落ちる。腐った血の匂いが、ローズを霧のように包んだ。ひとり解き放つごとにローズは弱っていき、最後に残ったのは彼女自身の力のみだった。

ジェイドの身体からも同じように霊魂を取り戻し、空へと送る。《編み機》たちからもひとつ、またひとつと霊魂を抜いていく。

《炎の編み機》は大声で悪態をつき、わたしに飛びかかってきた。ムーンマンが間に入り、必死に抗う。わたしはその隙に養成所に意識を向けた。ローズの魔力が衰えたおかげで自由になったアイリスは、魔力でナイフを引き寄せてロープを切ると、同様に魔術で囚われていた人々のもとに駆けつけた。ゲイルとマロックもアイリスに加わり、それからローズを攻撃し始めた。

ヴァレクは、相手が周囲に気を取られていた隙に一気に片をつけ、ヴァレクを狙っていた吹き矢の男はそれを見てそそくさと逃げていった。ヴァレクの次の相手はローズだった。

友人たちがすっかり盛り返したことに安堵して、わたしも《炎の編み機》に向き直った。彼はムーンマンを羽交い絞めにし、その霊魂を黄泉の世界に繋ぎとめようとしていた。

「やめなさい」わたしは告げた。「今日、あなたはこれ以上力を手に入れられない」魔力でムーンマンを引き寄せ、《炎の編み機》から離した。「わたしの役目は霊魂を見つけ、彼らをいるべき場所に送り届けること。ムーンマンはここには属していない。でも、あなたの居場所はここよ」

そう言って《炎の編み機》の横を通り過ぎた。《炎の編み機》はわたしを止めようとしたが、しょせん彼は、ここにいるみんなと同じ霊魂。わたしには勝てないのだ。

わたしは黄泉の世界を動き回り、そこに属さない魂を見つけては空に放った。そのたびに《炎の編み機》がわめいたが、無視した。長い時間をかけてやっと全員を解放し終わったけれど、疲れるどころか、わたしのエネルギーはひとり助けるたびに増していった。

「わたし、なぜ疲れてないの？」とムーンマンに尋ねる。

ムーンマンは微笑んだ。「今日学んだことを考えてごらん」

あたりを見回した。《炎の編み機》の力は、霊魂が解放されるごとに弱っていった。つまり、彼の力をわたしが奪っているの？

「いや、違う」ムーンマンは、わたしの鈍さが信じられないと言わんばかりに、少々苛立って見えた。その顔を見て、なんだかうれしくなる。ちょっとやそっとのことでは彼を動揺させることなどできないのだから。

《炎の編み機》がわたしを睨みつけてきた。「わたしはどうせすぐに力を取り戻す。もっと力が欲しいと望む者はいつだっている。そういう誰かを待つだけだ」

「わたしが目を光らせている限り、そんなことさせないわ」

「では、わたしとともに永遠を生きなければならないな。わたしのことを今や誰もが知るところとなった。どこかの馬鹿が、炎を通じてわたしと接触する方法をまた見つけるさ」

なるほど一理ある。だがわたしは《霊魂の探しびと》だ。使命をまっとうするためなら、この黄泉の国に留まって、霊魂を本来の居場所に送り返し続けるだろう。

そう考えるうちに、ムーンマンとの約束を思い出した。

「わたしを影の世界に案内してくれる？」とムーンマンに尋ねる。

「わたしにはできない。だが、おまえがわたしを先導すればいい」

「案内役はあなたじゃなかった？」

ムーンマンは穏やかに微笑んだ。

「本当に憎たらしいんだから」わたしはムーンマンの手を掴んだ。

灰色の大地と空が広がる影の世界を思い浮かべる。炎の赤い輝きが消えていき、まもなくがらんとした空間が目の前に現れた。

「ここは世界と世界を結ぶ通路にすぎないのだ、イレーナ。目を凝らしてごらん。本物の影の世界が見えてくるから」

また例の謎めいた指示だ。どんなに頑張っても、わたしはムーンマンから明確な答えをもらえないらしい。

苛立ちを押しやり、見つけなければならない人たちに意識を集中した。アヴィビアン平原でダニに殺された、サンドシード族だ。

平らな大地がうねりだし、平原に姿を変えた。小さな岩がところどころに顔を出し、滑らかな地面に草の茂みや低木が生えだした。焚き火を中心に、帆布のテントが丸く並ぶ。サンドシード族の野営地に似ていた。でも色味がなく、黒と白、それにあらゆる灰色のグラデーションだけだ。サンドシード族はこのもうひとつのアヴィビアン平原に作った野営地で身を寄せあい、現実世界が投げかける影の中で暮らしているのだ。記憶の中の生活にしがみつき、空で彼らを平穏が待っていることも知らずに。

わたしは歩き回って彼らに話しかけた。人数がどんどん増え、ダニの襲撃と虐殺の恐怖を追体験しそうになる自分を止めなければならなかった。わたしは彼らに、襲撃のとき身を隠していたサンドシード族の生き残りを見守ると約束した。先に進もうと説得を続けるうちに、何日も何週間も過ぎたような気がした。時間の感覚がなくなっていた。

霊魂をひとつひとつ空に送るたび、全身に力が漲っていく。「影の世界にはもっとたくさんの霊魂が閉じこめられているわ」わたしはシティアやイクシアにある無数の町や都市のことを考えながら、ムーンマンに言った。「まずはあなたを身体に戻すから、ほかの人たちにわたしのこれからについて伝えて」

「わたしはもう戻れない。おまえと違って、わたしの身体はもう死んでしまった。たとえおまえに治してもらったとしても、その辛さから死を望むようになるだろう」

「ストノやゲルシーみたいに？」

「ああ。いずれふたりも、本来属する場所に戻ることになるだろう」

「じゃあ、あなたを空に送るわ。あなたはそこにいるべきよ」

「おまえがすべてを理解するまでは、行けない」

「理解してるわ。わたしは使命を果たしているの。自分のことはどうでもいいから、シティアとイクシアを《編み機》から守るために、ここで暮らすと決めたの」わたしは、訳知り顔のムーンマンの太い首を発作的に絞め上げたりしないよう、両手を握りあわせた。

「本当に、自分のことはどうでもいいのか？」

「わたしは……」言葉が続かなかった。もちろんヴァレクやキキ、両親、リーフ、アイリス、アーリ、ジェンコら友人たちのもとに戻りたい。ようやく使命が何かわかったとはいえ、自分の魔力やさまざまな魔術についても、もっと多くを知りたい。オパールの独特の力を思い浮かべたとき、ふとガラスのコウモリのことを思い出した。

ポケットを探ると、指が滑らかな表面に触れた。外套から像を取り出す。芯の部分が魔力で光っている。

光を見つめるうちに、ふいにリーフの沈んだ顔が見えた。悲しげにこちらを見つめていたが、わたしが微笑みかけると目を丸くした。

「黄泉の世界からごきげんよう」と話しかけてみる。

「イレーナ！　いったい、おまえ……どこにいる？　戻ってこい！」

「戻れないわ。それより、そっちがどうなったか教えて」

わたしが炎に飛びこんでから戦いがどうなったか、リーフは手早く説明してくれた。《編み機》はほとんどが死に、生存者はローズとジェイドのほか四人。全員が養成所の牢屋に入れられ、裁判を待っているという。「おそらく反逆罪と殺人罪で絞首刑になると思う」リーフの顔が暗くなった。「それから、先週ムーンマンを埋葬した」

「先週？　でも――」

「おまえが失踪して何週間も経つんだ。戻ってくることを祈って、篝火は燃やし続けている。なにしろヴァレクが消すことを許さない。ヴァレクは、議会や魔術師範たちが体制を立て直し、サイネ大使を通じて最高司令官と関係を回復するのに協力しているよ。シティアの天敵だったヴァレクが、今じゃ英雄だ」リーフは皮肉っぽく笑った。

ヴァレク。永遠をともにしたいと思える、たったひとりの人。

リーフは続けた。「僕らもみんな、後処理を手伝っている。学生たちの多くはダニに殺されてしまった。誰が残っているかは今もまだ調査中だ。おまえの友人のダックスは無事だったが、ゲルシーは《編み機》に抵抗して死んだ」

ムーンマンの言うとおりだ。ゲルシーは帰る方法を見つけたのだ。ストノも天に戻るとき苦しまないといいのだけれど。

「シティア軍は逃げたダニを狩り出している。サンドシード族は平原でまた暮らし始めたよ」リーフがため息をついた。「みんな、おまえの帰りを待ってる。なぜ戻れない？」

「《炎の編み機》が力を吹き返さないよう、誰かが見張ってないといけないの」

リーフは顔をしかめて考えこんでいたが、ふいにその顔に希望が見えた。「それなら、血の魔術をこれ以上人に広めないよう、ベインがエフェ族の古文書を燃やしたぞ」

「でも儀式のやり方をすでに知っている人たちがいる。たとえ彼らを処刑したとしても、黄泉の世界に送りこまれた彼らは、それを求める連中にここから伝えることができる」

「おまえは《霊魂の探しびと》だ。そういうやつらを、誰とも接触できない場所に送ることはできないのか？」

「彼らには空に行く資格はないわ」

「なぜ？」ムーンマンが横から尋ねた。

わたしは空についてのあるかなきかの知識を探り、ムーンマンに向き直った。「連中は天を穢《けが》すことになる。彼らの堕落した行いが純粋な場所を汚してしまう」

「やっと核心にたどりついたな。空とは何だ？」

何だろう、いったい？　そこに霊魂を送ると、魔力を使っているというのに、身体が回復し、力が漲っていく。普通は、魔力を使えば疲労するのに。

わたしは空に霊魂を加えた――世界を覆う魔力の毛布に、力を加えたということ？

そう、魔力の源だ。

空は、世界の霊魂なのだ。

ムーンマンはにっこりした。「さあ、これでわたしをそこへ送れるぞ！　そしておまえは、自分の人生を取り戻せる」

わたしの怪訝そうな表情を見て笑った。「おまえなら道を見つけるさ、イレーナ。いつだって見つけられる」

「最後の謎めいた助言？」

「ささやかな餞別《せんべつ》だ」

一瞬ためらった。ムーンマンがいなくなったら、完全にひとりぼっちになってしまう。

「それもまた、ここから脱出する理由になる」ムーンマンが言う。

「あなたがいなくなってよかったと思えることがひとつだけあるわ」

「何だ？」

「もう勝手に心を読まれて、訳のわからない謎を解かされなくてすむ」

「何と言っても、わたしはおまえの《物語の紡ぎ手》だからな。それはこれからも変わらない。ときどきわたしの声が頭の中で聞こえ、わたしならではの助言を与えるだろう」

わたしはうめいた。「永遠に黄泉の国で暮らすのは最悪だと思ってたけど、そうでもなさそう」

空へと送る前にムーンマンの顔をじっと見つめ、しっかりと頭に刻もうとした。そしてその姿が消えると、肌をじわじわと氷が覆うように喪失感を覚えた。ふと気づくとまだ手にガラスのコウモリを持っていたが、リーフとの繋がりはすでに切れていた。

影の世界を歩き回り、迷子の霊魂を探した。ときどき黄泉の世界を覗き、《炎の編み機》の様子が相変わらずかどうか確認する。《炎の編み機》はそのときの気分に応じてわたしに悪態をついたり、なじったり、おべっかを使って丸めこもうとしたりした。

アイリス、リーフ、ベインはガラスの像を使って、しばしばわたしに話しかけてきた。

それを使える力があるのは彼らだけだった。その通信で、ローズ、ジェイド、《編み機》たちがまもなく絞首刑になると知った。わたしは彼らを黄泉の世界に迎える準備をした。そうする間もときどきコウモリを覗きこみ、ヴァレクと繋がろうとしては、失敗した。彼に会いたい、彼に触れたい――思いは募るばかりで、じりじりする。

連絡が取れないもどかしさのあまり現実世界との間に窓が開き、わたしのために燃やされている篝火の周囲を見ることができた。だがローズたちが絞首刑になれば、その炎も消される。窓は永遠に閉じるのだ。

議会は、血塗られた砂の上に絞首門を作ってローズらを処刑し、わたしの炎で遺体を焼く予定にしていた。逆賊のみに与えられる屈辱だ。

そのあと砂は取り去られ、庭師がそこに花か木を植えるだろう。あるいは記念碑か。城塞にある翡翠の像や噴水と同じような何か。わたしとムーンマンを記念して。

どうやらすっかり感傷的になっているようだ。このままでは、記念碑のデザインまで始めて、砂の上に下絵を描きだしているかもしれない。あの砂をどうするのだろう？　ブールビーに送って溶かし、ガラスにする？　そうしてオパールが炎を氷に？

そのときとんでもない考えが頭に浮かんで、はっとした。何度も考え直して、それがうまくいかない理由を探してみる。でも成功するにしろしないにしろ、やってみる価値はある。そうして前向きに努力していれば、ムーンマンも小言は言わないはずだ。

35

わたしはコウモリを通じてリーフを呼び出しながら、間に合いますようにと祈った。計画を話すと、リーフは喜んで手伝うと言ってくれ、手配をするために急いで立ち去った。成功させるためには、順序が大切だ。わたしは黄泉の世界に戻った。最初のテストは《炎の編み機》で行うことに決めた。コウモリを覗き、リーフが戻ってくるのを待つ。

黄泉の世界は嫌いだった。轟音が頭にがんがんと響き、腐臭がたちこめている。影の世界のどんよりした静けさのほうがまだましだ。

《炎の編み機》はわたしの不安を嗅ぎつけて喜んだ。「戻りたくて仕方がなさそうだな。おまえの苦しみだけが楽しみだ。おまえをここに縛りつけることにも、やがて喜びを見出《みいだ》すだろう。自分を痛めつけた連中に復讐を誓う不満分子の存在をすでに感じている。復讐心が強くなれば、わたしの声が届くようになるだろう。おまえに邪魔されない限りは」

ふと、自分の計画に疑念が湧いた。勝手すぎるだろうか？　影の世界で迷子になっている霊魂たちをこれからも救出できる？　オウルズヒルにいた幽霊たちを助けたように。あらゆる不安を抑えつけ、わたしは《炎の編み機》の言葉を無視した。

わたしには二週間ぐらいに思えるけれど、一カ月、あるいはそれ以上の月日が経ったのかもしれない。養成所の様子を見る限り、寒い季節は終わって、すっかり暖かくなったようだ。リーフから進捗状況を聞かされたが、脱出の機会を手にした今、うずうずしていた。そして、ついにすべての要素が揃った。絞首門が設置され、必要な道具が持ちこまれた。オパールの姿を見たときは、自分でもびっくりするくらいほっとした。道具を準備する彼女の唇はきつく結ばれ、決意のほどが窺える。

そのとき別の不安に襲われた。黄泉の国にいる間は寒さも暑さも空腹も喉の渇きも感じなかった。でも、炎を通じて現実世界に戻ったそのとき、身体はどうなる？　答えはすぐにわかる。《炎の編み機》がにやにや笑いながら近づいてきた。

オパールが長い金属製の吹き竿を手に取り、窯に差し入れた。彼らはいったいどこからそんなものを探してきたのだろう？　とにかく、オパールは竿を回しながら取り出し、ガラスの動物を作り始めた。

オパールがパイプに息を吹きこもうとしたそのときだ。わたしは《炎の編み機》の霊魂を吸いこんだ。

驚いてぎゃっと悲鳴をあげると、《炎の編み機》はわたしの肌を焼いたが、わたしはものともせずにオパールを通じて彼をガラスに送りこんだ。彼は大声でわめき抵抗したが、わたしの力の前では手も足も出ない。しょせん《炎の編み機》も霊魂なのだ。オパールは火傷でもしたかのように身をすくめたが、すぐに作業に戻り、世にも醜いでっぷりした豚が出来上がった。

豚を焼きなまし用の炉に入れて、待つ。わたしたちの実験は成功したのか？《炎の編み機》がこれで本当にガラスに閉じこめられれば、血の魔術のやり方を知る《編み機》を全員同じようにして封じこめ、情報の拡散を防げる。そうすればわたしも家に帰れるのだ。

今までで一番長い十二時間が経ったのち、オパールがガラスの豚の像を取り出して、全員に見えるように掲げた。そのとき初めてずいぶん大勢の見物人が集まっていることに気づいた。リーフ、魔術師範たち、議員がいるのは当然としても、フィスクら助っ人組合のメンバーも全員揃っている。両親の顔も隅のほうに見えた。母ははらはらした様子で首に手をあてがっているが、オパール同様覚悟を決めているように見えた。

カーヒルと、マロックを含む部下の兵士たちも注目している。アーリとジェンコはリーフと一緒に待機していた。ジェンコのしかめ面を見れば、どんなに魔法を毛嫌いしているかよくわかった。

ヴァレクは内側で燃える自らの炎で輝いて見えた。ヴァレクのそばに行けるなら、炎を通過するときの熱にだって耐えられる。

わたしはオパールの作品に目を向けた。くすんだ赤い光が内側で脈打っている。《炎の編み機》は中にしっかりと閉じこめられていた。

人々が歓声をあげた。オパールは豚の像を砂に置き、パイプに溶けたガラスを集めて次の霊魂に備えた。

三人の魔術師範に拘束されたローズは絞首門の階段を上らされた。死刑執行人がその首にロープをかけて退く。ローズは怒りに顔を歪ませて、大声でわめいた。

一瞬、時間が止まった——怯えながらそこに立ち、床が開いて、首がぽきっと折れて事切れるのを待つ気分を、自分のことのように味わった。

地下牢からヴァレクの執務室に連れていかれたあの日、最高司令官の毒見役ではなく絞首刑を選んでいたら、すべてが違っていたのだろう。

ローズはスローモーションで落ちていった。ロープがぴんと張り、その先端で身体が痙攣する。霊魂がふわりと出てきたところを、わたしは捕まえた。

憎しみに満ちたローズの思いがわたしの中にあふれる。

〝黄泉の国の番人がおまえにはお似合いだ、イレーナ。おまえはここに属しているのだ。まさか戻れるなどと思っていまいな？　みんなに恐れられ、たちまち追放されるだろう〟

〝もしわたしが《霊魂の盗びと》なら、あなたの言うとおりになるでしょう〟わたしは言った。〝あなたのことなど怖くないわ、ローズ。怖いと思ったことは一度もなかった。あなたにはそのことのほうが、わたしが《霊魂の探しびと》だということより、はるかに忌々しかったのよね〟

オパールが息を吹きこむ。わたしはローズを最後の旅路に送りだした。次にジェイドを。そして四人の《編み機》たちを。《炎の編み機》を含む七人全員を。

《編み機》全員をガラスに封じ終えると、オパールは疲れきって地面に倒れこんだ。

これでわたしも、出発できる。

周囲を見渡し、災いの種になりそうな霊魂が残っていないか確かめた。ローズの言葉にも一理ある。わたしが何を説明しても、シティア人たちはわたしを恐れるだろうし、議会はいつまでもわたしを疑い、存在に不安を覚えるだろう。

でも、どんな困難も受け入れよう。

生きるとはそういうことだし、一瞬一瞬を楽しめばいい。

養成所に通じる窓に足を踏み入れたとたん、最初に音が聞こえてきた。炎の唸り。そして、リーフがわたしを呼ぶ声。次の瞬間、強烈な熱にのみこまれて息が奪われた。鮮やかな黄色とオレンジが目を刺す。外套に火が燃え移る。

わたしは砂地に飛びこみ、地面に転がって火を消した。

われながら、ずいぶん派手な登場だ。

36

戻って最初の数時間は、喜びに沸く友人や家族に囲まれて過ごした。ヴァレク以外、全員がそこにいた。でも、人々がいなくなればきっと彼に会えるとわかっていた。

わたしの炎は、逆賊を灰にするというぞっとする仕事を終えると、消火された。濃い煙がしつこく渦巻いていたが、ゲイル・ストームダンスが巻き起こした新鮮な風がそれを吹き飛ばした。

面白いもので、日常というのはすぐに戻ってくるものだ。わたしの帰還を喜んだのもつかのま、議員らは議会を始めるために立ち去り、フィスクの仲間たちも市場での仕事に急いだ。

フィスクは行く前にわたしににっこり微笑んだ。

「かわいいイレーナ、暑い季節用の新しい服がいるよね。城塞一の仕立屋を知ってるから、その気になったら僕を見つけて」

暑い季節？　アーリが教えてくれたところによると、ちょうど始まったばかりだという。

わたしは黄泉の国に七十一日間こもり、暖かな季節を丸々逃したのだ。時間については複雑な思いが交錯した。黄泉の国での感覚が現実とは違っていてよかったと思う一方、ダニたちがもたらした混乱を正常化する手伝いができなかったことが悔やまれた。

アーリとジェンコは蒸し暑さについてこぼし、早くイクシアに帰りたいと漏らした。

「ダヴィーアンたちを一掃するのは楽しかったけど、マーレンが俺たちを恋しがってるだろうからな」ジェンコが言った。

その意見には、アーリは訝しげだった。アーリは黒く染めた髪を元に戻し、白い肌がシティアの太陽で焼けていた。ジェンコも日焼けして、シティアの服が似合うようになっている。

「ああ、これか?」わたしが肌のことを指摘すると、ジェンコが言った。「おまえは一番いい季節を見逃したな」

「ジェンコは暇さえあれば日光浴してたんだ」アーリはあからさまに顔をしかめてみせた。

「篝火の番をしてると主張していたが、砂の上でいびきをかいてるのを何度も見かけた」

「一度だけだろ!」ジェンコが言い返す。

ふたりが喧嘩を始めたので、わたしは笑って引き上げようとした。するとアーリが声をかけてきた。「訓練場で五時に」

それから、キキのいる厩舎に急いだ。戻ってからずっと、早く来てというキキの訴えが気にかかっていたのだ。もしかしたらヴァレクもそこに現れて、干草の上で再会を果たせるかもしれない。

だがヴァレクの姿はなく、わたしは久しぶりにキキの耳を掻いてやり、ペパーミントを与えた。厩舎長がわたしを捜しに来たときには、干草の俵の陰に隠れた。長い間ガーネットを借りっぱなしにしたことを叱るつもりだったにちがいない。

〝ラベンダーレディ、もう行かないで〟キキがわたしの心に話しかけてきた。

〝そうしたいけど、約束はできないわ〟

キキは鼻を鳴らした。〝次はキキも行く〟

〝《馬の探しびと《ホースファインダー》》？〟

〝ラベンダーレディを助ける〟問答無用というようにキキが言った。

厩舎を訪れたあと、今度は養成所の客室棟にいる両親に、どうしてもと呼ばれた。リーフ、アイリス、ベインもわたしについてきて、六人が居間でお茶を飲んだ。

わたしは長椅子で父と母にしっかりと挟まれ、囚人になった気分だった。ヴァレクを捜しに行くのはもう少し先になりそうだ。

ベインとアイリスは、炎と影の世界で何があったのか、それが知りたいようだった。簡単に説明すると、ベインは執筆中の本のために詳しく話を聞かせてほしいと言った。

「おまえは師範試験に合格した」とアイリスが言った。

「え？」突然話題が変わったので、わたしはお茶にむせかけた。

「黄泉の国に入って案内役の精霊とともに戻ってきたじゃないか。《炎の編み機》と会ったのがおまえの試練であり、おまえは見事打ち勝った」

「でも、案内役の精霊なんてどこにもいませんでした」

リーフが吹きだす。「あのコウモリだよ！　おかしいなと思ってたんだ。ずっとおまえにへばりついてるからさ」

「リーフ、そういう態度はよしなさい。妹に世話になったというのに」母が叱る。

「ああ、そうだった。忘れられっこないね。僕は蛇の餌にされ、イクシアでは監禁され、棺桶に入って養成所に潜りこむはめになった。それにあのときは……」

わたしはリーフの文句を無視した。でも、どうしてコウモリなの？　炎のドラゴンとか首飾り蛇みたいな迫力のあるものじゃなく？　アイリスは鷹《たか》、ベインは風豹、ジトーラは一角獣だ。ジトーラのことが頭に浮かんだとき、医務室にお見舞いに行かなければと心に刻んだ。彼女は《編み機》との戦いで重傷を負い、回復が遅れていた。

リーフが並べる泣き言を遮ったのはベインだった。「われわれの決まり事からすると、イレーナは第四魔術師範だ」

勝手な憶測がそれ以上続いてはたまらないと思い、わたしは手を上げた。「魔術師範だなんて無理です。わたしは師範たちみたいに火もつけられないし、物も動かせない。わたしはただの《霊魂の探しびと》です。迷子の霊魂を見つけて、本来の場所に帰してやるのが使命。それはイクシアにいる霊魂たちも一緒です。二国には今も連絡官が必要です。わたしはふたたびその職務に就くつもりでいます」

そして連絡官としての最初の任務は、カーヒルの思惑を確かめることだろう。ローズを倒し、ダニの居場所をすべて暴くうえで、彼の貢献は議会にとってとても貴重なものとなった。だからといって彼がまたイクシアの王座を狙わないとは限らない。

リーフが尋ねた。「そういえば、あのガラスの監獄をどうするつもりなんだ？ 厳重に監視されているけど、間違った人間の手に渡ったらまずいだろう」

「割れたらどうなるの？」母が尋ねる。

全員の目がわたしに向けられた。「解放された霊魂は黄泉の世界に行くはずよ。ほかに《霊魂の探しびと》が現れて、彼らをよそに移さない限り」

「よそに？」リーフが眉を吊り上げる。

「ほかの身体か、空に」わたしはため息をついた。「どこか厳重に隠しておける場所を見つけないと」

「養成所だな」ベインが言う。

「イリアイス密林には大きな洞窟がいくつかある」父も提案する。

「エメラルド山脈の麓という手もあるぞ」アイリスが言った。

「深海に沈めるとか」とリーフ。

「北の氷の下に埋めるのはどう？」母が勧める。

「どれも名案だけど、議会で話しあう必要があるでしょうね」

わたしの視線がアイリスとぶつかった。彼女は顔を歪めて微笑んだ。話し合いは何カ月も続き、結局どこに隠すかはわたしに託されることになるだろうとお互いわかっていた。

その日の午後はずっと家族と過ごした。両親は、また訪ねるとわたしに約束させた。

「でもそのときはゆっくりすること」母が告げた。「ダニを追いかけたり、誰かを助けたりするのはなし。おしゃべりをして、わたしがあなたに新しい香水を作る」

「はい、母さん」

そのあと、急いで訓練場に向かった。今度こそヴァレクがいるかもしれないと期待したが、そこにも彼の姿はなかった。きっと、わざと意地悪しているのだ。わたしはヴァレクを二カ月以上待たせた。これはそのお返しなのだ。

アーリとジェンコは剣で模擬試合をしていた。ジェンコはいつものように歌を歌い、アーリは豪腕ぶりを発揮して、形勢は五分五分だ。わたしに気づくとふたりは動きを止めた。

「さあ、一戦交えよう」ジェンコが言う。「おまえが向こうで怠けていなかったか、出発前に確かめておきたいってアーリが言うんだ」

「僕が？」

「ああ、そうだ。さもないとイレーナのことが心配でたまらないんだろう?」

「僕が?」

「もちろん」ジェンコはアーリの問いかけを軽くいなした。「第一今は、次に来る嵐の前の小休止にすぎない。いつだって備えをしておかないとな!」

今度はわたしが口を挟んだ。「次の嵐?」

ジェンコが大げさにため息をついた。「嵐は必ずまた来る。それが世の中ってもんだ。吹雪、暴風雨、砂嵐、火事場旋風。大嵐もあれば、軽くすむときもある。自分で対処しなければならないけど、次はどんな嵐か常に用心していなきゃならない」

アーリは天を見上げた。「ジェンコ独特の人生観だ。昨日は人生を食い物にたとえた」

「腹いっぱいにしてくれる食い物もあれば、そうでもないのもあって――」

「ジェンコ、わたしの嵐に油断は禁物よ」わたしはボウでジェンコの足を払った。

ジェンコがひらりと跳んでそれをかわす。手にしていた剣を放って代わりにボウを手に取ると、対戦が始まった。

黄泉の国から戻って以来、わたしは新たな視覚を手に入れた。一度瞬きするだけで人の身体を見透かし、直接その霊魂を見ることができる。まるで自分自身のことのように、相手の考え、気持ち、意図がわかった。魔力の源から力を引き出し、意識を飛ばす必要もない。そうしようと思ったその瞬間に繋がりができる。

わずか三つの動きで倒したときのジェンコの驚いた顔が面白くて、それだけでも黄泉の国に行った甲斐《かい》があったというものだ。いや、大げさでなく。

ジェンコは憤慨し、わめき散らし、言い訳を並べた。第二戦は、わたしが霊魂を見つけ、それを空に送る間見合わせとなった。養成所内にこれだけ霊魂がたくさんうろついているところを見ると、城塞をひと巡りしてこなければならないだろう。

わたしの魔力を見て、ジェンコはいかにも不快そうな顔をした。「少なくとも体力を消耗したことは確かだな。これで負かしやすくなった」と言ってにやりと笑う。

「前向きね」

その後四試合連続で負けたところで、ジェンコはとうとう降参した。

「次の嵐のために、わたしも準備が必要？」にっこり笑って尋ねる。

「次の嵐はおまえだよ」

傷ついたプライドを脇に置き、ジェンコとアーリはわたしの戦闘技術を褒めた。

「君は自分の芯を見つけた」アーリは感心したように言った。「自分が何者か、恐れずに認めたようだ。もうジェンコも心配する必要はなさそうだな」

「心配はアーリひとりに任せるよ。いや待て、最初からそうだったっけ」

「ここ何週間も、イレーナはどうした、大丈夫かってずっと気を揉んでいたのはおまえじゃないか」

くるのが見えた。

ふたりはまた喧嘩を始めた。その口論を楽しんでいると、カーヒルが訓練場に近づいてくるのが見えた。

カーヒルはいつもの幅広の長剣を持っていた。こちらにやってくる彼を見ながら、必要ならいつでも身を守る態勢を取った。もうひとつの視覚で彼の感情を読む。憎悪、決意、不安。

カーヒルは囲いのところで立ち止まった。「戦いに来たわけじゃない。話をしに来た」

アーリとジェンコはカーヒルに気にせず口論を続けている。わたしはボウを手にし、木製の柵を間にしたまま近づいた。

「話って何の？」と尋ねる。

カーヒルは大きく息を吸いこみ、ふうっと吐き出した。「わたしは、その……」

「何よ。早く言いなさいよ」

カーヒルの水色の目に苛立ちがひらめいたが、彼はそれを抑えた。「説明したいんだ」

「いいわ。じゃあ説明して。どうしてあなたがあんなに卑怯《ひきょう》で、冷酷で、日和見主義だったか――」

「イレーナ！　いい加減にしろ」しかしわたしの表情を見てぎくりとしたらしく、慌てて続けた。「おまえにはいつもかっかさせられる。聞いてくれ」言葉を切る。「お願いだ」

「いいわ」

「自分が王家の血を引いてはおらず、人生を懸けた目的が大嘘だったと知っても、わたしは信じるのを拒んだ。わたしは一介の兵士の息子だとマロックが認めたあとでさえ、耳を貸さなかった。代わりに、その怒りをおまえとヴァレクに向け、何としてもイクシア攻撃を議会に認めさせる方法を探すと決意した」カーヒルは手に持った剣を見下ろした。「あとは知ってのとおりだ。わたしは道を踏みはずし、ローズの嘘をすべて鵜呑みにした」

カーヒルはわたしに剣を差し出した。イクシア王の剣だ。王が暗殺されたのちに持ち出されたその剣は、自らを国王の甥と信じさせる策略の一環として彼に渡された。

「わたしの代わりに最高司令官に渡してくれ。本来、彼のものだ」

「じゃあ、イクシアの政権奪還はあきらめるの？」

カーヒルはわたしを見た。その霊魂に新たな目的意識が垣間見えた。

「いや。今もイクシアを最高司令官の厳格な支配から解放すべきだと思っている。ただ、王座を継ぐ気はもうない。その座を自ら手に入れようと考えている」

「これからわたしたち、面白い議論ができそうね」わたしはカーヒルを見つめて言った。

「確かに」

熱い風呂に長々と浸かったあと、サイネ大使から呼び出しがあった。焼け焦げた外套と煙臭い服から清潔な綿のシャツとズボンに着替えて、大使のもとに向かう。黄泉の国にいる間、髪は伸びなかった。でも三センチぐらいにはなったので、撫でつけることはできた。

大使は養成所の管理棟で待っていた。滞在の間、大使は執務室と会議室をひとつずつ使う。今度こそヴァレクがいるはずだという期待を胸に階段を駆け上がり、大理石の建物に入る。結局彼の姿はなく、失望のあまり胃が締めつけられた。ヴァレクはわたしを避けているの？

サイネ大使はわたしを温かく迎え、体調を気づかった。わたしは大使の顔を探った。繊細な顔立ちは最高司令官にとてもよく似ているが、彼の金色の瞳に宿る力強い火花はそこにはない。新たな視覚で眺めると、ふたつの霊魂が支配権を競っているのがわかった。それらは交互に表に出てくるのだが、争いの赤い渦が見える。

「アイリス・ジュエルローズから、あなたがまた連絡官の役職に就きたがっていると聞きました。本当ですか？」

「はい。最高司令官の顧問官になるのはとても魅力的ですが、わたしは自分の能力をイクシアとシティア両国のために使うべきだと感じています。両者の関係を開かれたものにし、両国間の相互理解を深めていきたく存じます」

「なるほど。では、最初の仕事は報酬の交渉ですね」

「報酬？」

「魔術師や議会からのみ報酬を得るのは考えものです。中立を保つには、シティアとイクシア両方から等しく賃金を受け取るべきですよ。これまでにあなたがやり遂げたことを考えれば、かなりの額を請求していいのでは？」

「確かに、新たな役職に就いたあかつきには、考えることがいろいろありそうです」

「では、学び終えたのですね？」

わたしは笑った。「学び終えるときなんて永遠に来そうにありません。でも、自分の能力を理解することはできました」

「それはよかった。交渉を始めるのが楽しみです」

大使に下がってよしと言われる前に、わたしは告げた。「最高司令官にお持ちいただきたいものがあります」

言葉を続けるのを待つように大使はわたしを見た。

「あなたの衛兵が持っています。携帯を禁じられたので」

大使は国王の剣を持ってこさせ、護衛を下がらせた。

「最高司令官とお話しできますか？」わたしは頼んだ。

大使から最高司令官への変身は一瞬の出来事だった。身体さえ女性から男性に変化した。以前にも目撃したが、今回は別の視覚で眺めた。それで多くのことがわかった。

「これは何だ？」最高司令官が尋ねた。手の中の剣をしげしげと見ている。

「カーヒルがあなたに返却したいそうです。十七年以上前に、それを持つ権利はあなたの手に移ったのです」

剣を机に置きながら、考え深げな表情を浮かべる。「カーヒルか。やつをどうすべきか」

わたしは最高司令官にカーヒルの考えを話した。「ゆくゆくあなたにとって面倒な存在になるかもしれませんが、彼の気持ちを変える努力をするつもりです」

「ヴァレクなら喜んでやつを暗殺してくれるだろう」最高司令官はその可能性について思案した。「だが、利用できるかもしれないな。特に若い世代に対して」わたしがよくわからないという表情をしたのだろう。最高司令官が続けた。「彼らが追うべき標的ができる」

「あるいは、この人についていこうと彼らが思えるリーダーになるかも」

「それもまた面白い。さて、話はそれだけか」

「いいえ」わたしはオパールのガラスの動物のひとつを最高司令官に渡した。

彼は森豹を感心したように眺め、わたしに礼を言った。

「あなたが見ているその輝きは魔力なんです」わたしは言った。

最高司令官の視線がわたしを貫いた。よくも裏切ったなと思っているのがわかる。まるでわたしが彼に毒でも盛ったかのように。最高司令官はガラス像を机に置いた。わたしは、なぜ彼に炎が見えるのか、理由を説明した。

「あなたの身体にはふたつの霊魂が見えます。あなたのお母様は亡くなったときわが子を独りにしたくなくて、あなたのもとに残った。彼女の魔力が光を見せているのです。そして自らの存在が発覚するのを恐れるが故に、あなたにあらゆる魔術を厭わせている」

アンブローズ最高司令官は、少しでも動けばばらばらに砕け散るとでもいうように、身体をこわばらせた。「なぜそれがわかった？」

「わたしは《霊魂の探しびと》です。迷子の霊魂を見つけ、空に送るのが務め。お母様は行きたがっていますか？　あなたはお母様を行かせたい？」

「わたしは……わからない」

「よく考えてみてください。わたしがどこにいるかはご存じのはずです。期限はありません」

わたしは立ち去る前に振り返った。最高司令官は森豹を眺めて物思いに沈んでいた。

最高司令官と話をするうちに夜になっていた。静まり返った構内を歩きながら暖かな風を胸に吸いこんで生活の匂いに浸り、風の感触を肌に感じた。周囲を見渡し、ヴァレクの気配を探す。

アイリスは塔の角灯をすべてつけていた。わたしは塔の三階分を与えてもらっていたが、いつしか報酬のことを考えていて、やがて思いはフェザーストーン領にあるヴァレクの小屋にたどりついた。夜になったら議会や最高司令官の政治的かけひきから離れ、キキの近くにいられる暮らしはすてきだろう。あの小屋はイクシアとの国境にも近い。まさに中立地帯だ。

わたしの居場所。今までは部屋にしろ監房にしろ住まいにしろ、自分のものは持てなかった。これが初めてそうなるかも。なんだかわくわくしてきた。

重い足を引きずるようにして、寝室まで塔三階分を上った。家具はほとんどなく、埃もたまっていて、おもてなしの雰囲気はないが、寝具は洗いたてだった。

鎧戸を開けて新鮮な空気を入れたそのとき、背後に誰かいるのがわかった。振り返らずに尋ねる。「どうしてこんなに時間がかかったの？」

背中にヴァレクを感じ、腰に両腕が回された。「同じ質問を君に返すよ」わたしは彼のほうに顔を向けさせられた。「君を人と分けあうのは嫌だったんでね。わたしたちはたくさんの遅れを取り戻さないと」

ヴァレクは身を乗り出し、わたしに口づけした。彼のエキスを取り入れて、心が落ち着く。やがてわたしは唇を離し、彼の胸に頭を預けた。頬に彼の鼓動を感じるだけで満足だった。

「君を見失ったのはこれで二度目だ。もう慣れたはずだと思うかもしれないが、燃えるような胸の痛みは消せなかった。心臓を串刺しにされ、炎で焼かれている気分だった」わたしがするりと脱け出すのを心配するように、たくましい腕に力がこもる。「もう二度と消えたりしないと約束してほしいが、無理な相談だとわかっている」

「約束はできないわ。あなたが最高司令官への忠誠を捨てられないように。わたしたちにはそれぞれ別の義務がある」

ヴァレクはふんと鼻を鳴らした。「仕事は辞めればいい」

「連絡官は辞められても、《霊魂の探しびと》は辞められない。案内役を必要としている迷子の霊魂がたくさんいるの」

いつだって分析を欠かさないヴァレクらしく、身を引いてわたしをしげしげと見る。

「たくさんというのは、いくつだ？　かつて《霊魂の探しびと》が裁かれたのは百二十五年も前だ。では、数百か？」

「さあ。歴史書に記録されている《霊魂の探しびと》は、実際は《霊魂の盗びと》だった。この二千年の間に存在した本物はガイヤンだけ。ベインなら喜んで調べてくれるでしょう。でも、わたしはシティアとイクシア中を回って彼らを助けなければ。一緒に来る？　きっと楽しいわ」

「君とわたしと数百もの幽霊たちと？　ひどい混雑だな」とふざける。「少なくとも君はすでに霊魂をひとつ見つけたよ、愛しい人」

「ムーンマンの？」

「わたしの霊魂だ。君なら決してなくしたりしないと信じている」

「悪名高いヴァレクに効く唯一の魔術ね」それでずっと考えていた疑問を思い出した。黄泉の国にいる間たっぷり時間があったから、彼のあらゆる面について考えたのだ。「国王の部下たちがあなたの兄弟を殺したとき、あなたはいくつだった？」ヴァレクは怪訝そうな表情を浮かべたが、わたしは無視した。「ねえ、いくつだった？」

「十三歳」昔の悲しみが蘇ったのか、口元が歪む。

「やっぱり！」

「やっぱりって？」

「わかったの、あなたに魔術が効かない理由が。十三歳ごろ、人は魔力の源と繋がれるようになる。兄弟が殺されるのを目撃したショックで、あなたはきっと、魔力を大量に引き出して零の盾を作り上げたのよ。とても強力な盾だったから、以来あなたは、いっさい魔力に近づけなくなった」

「季節ひとつ分黄泉の国で過ごしたせいで、今や魔術のことなら何でもお任せの達人になったようだ」

ヴァレクはわたしの指摘をすぐに否定したものの、目を丸くしているのを見れば、愕然としているのがわかった。

「ヴァレクのことなら何でもお任せの達人よ」

「じゃあこれについて分析してごらん」彼はわたしを抱き寄せ、キスをした。

彼の手がわたしのシャツをたぐり寄せたとき、わたしはその手を止めた。「ヴァレク、ひとつお願いがあるの」

「何なりと」

わたしはヴァレクの信頼がうれしくて、微笑んだ。何を頼まれるか知りもしないうちに、躊躇《ちゅうちょ》なく引き受けてくれた。「例のガラスの監獄を盗みだしてほしいの。そして、誰にも見つからない安全な場所に隠してほしい。わたしにも、ほかの誰にも場所を教えないで」

「君も知りたくないのか?」

「ええ。わたしもいつ魔力に溺れるかわからない。だからたとえわたしが尋ねても、絶対に教えないで。たとえ何があっても。約束して」

「仰せのままに」

「よかった」わたしはほっとした。

「おそらく数日から数週間かかるかもしれない。君はどこにいる?」

連絡官を続けようと思っていることをわたしは話した。「フェザーストーン領に立っているある小屋を接収して、その土地を中立地帯にするつもり」

「接収?」ヴァレクはにやりとした。

「そう。イクシアがシティア領に諜報員用の隠れ家を持つのは穏やかじゃないわ。お互いにスパイしあっていては、わたしが両国の間で目指す開かれた対話に繋がらない」

「厩舎を建て直す必要がある。使用人も雇わないと」ヴァレクがからかった。

「心配いらないわ。候補がいるから。忠誠心が強くて、すてきな人。ちょっと来てとわたしが呼べば、すぐに駆けつけてくれる」

ヴァレクが眉を吊り上げた。「なるほど。その男は早く任務につきたくてうずうずしているはずだ」

ヴァレクの唇がわたしの唇を探した。ヴァレクの愛撫《あいぶ》にあらゆる感覚を任せるうち、ガラスの監獄に対する不安も消え去った。全身が彼の芳しい香りと滑らかな肌触りに集中する。肺はヴァレクの息を吸い、心臓はヴァレクの血を押し出した。彼の思いはわたしの思いに重なり、歓喜を分かちあった。

満ち足りた平穏と喜びがふたりの身体にあふれる。強く抱きしめあったとき、わたしたちは空のかけらを手に入れた。

訳者あとがき

スタディ三部作の第三弾をついにお届けします！

前作『イレーナの帰還』で、イクシアとシティアを結ぶ連絡官に就任し、両国の架け橋となる決意をしたイレーナですが、《霊魂の探しびと》という新たな肩書きに違和感を拭えず、しかも人々からは恐れられ、遠巻きにされる始末。そのうえ《霊魂の盗びと》ファードは、イクシアの王座奪還に執念を燃やすカーヒルの協力で魔術師養成所の牢屋から脱獄したまま、行方知れずです。

自分のアイデンティティに対する迷いを抱えながらも、ファードとカーヒルを追って、彼女の人生の案内人たる《物語の紡ぎ手》ムーンマンや兄リーフらとともに、新たな冒険に旅立つイレーナ。そんな彼女の行く手を阻むダヴィーアンのダニたちや《編み機》。そして新たな強敵の出現。この敵は、本作の原著の題名が『Fire Study（炎の研究）』だということからも察せられるように、どうやら火と関係がありそうです。そしてまたイレーナの壮絶な戦いが始まります。

どんなに辛い目に遭っても、どんな窮地に陥っても、どんなに傷ついても、もがき、歯を食いしばって這い上がる、そんな必死で懸命なイレーナの姿がこのシリーズの一番の魅力でしょう。そして今回の彼女のもうひとつの敵は、〝力への欲望〟だったのではないかと思います。魔力には依存性がある、と本書の中で何度もくり返されているように、力を手にした者はさらなる力を求め、そうして力に溺れていく。ファードらダヴィーアンたちが血の儀式を通じて求めたのはそれであり、大昔に存在した《霊魂の探しびと》もみな、その力の強大さゆえに腐敗して滅びました。新たな敵たちも、その欲望に支配されています。

イレーナも、身を守るためだったとはいえ、人の霊魂を操り、めちゃくちゃにしてしまうという経験をします。おのれの力におののくイレーナ。そうして自分もいつしか魔力に依存するようになるのかもしれない。しまいには、これ以上魔力を使うまいと自分の力を封印しようとさえします。しかし終盤、彼女が自分の本来の役割に気づき、魔力を使う意味を知ったとき、わたしは読んでいて、何とも言えない感動を覚えました。そこには救済のカタルシスさえあるような気がしました。

イクシアの防衛長官であるヴァレクは、そんな彼女を陰になり日なたになり支え続けます。クールな神出鬼没さは相変わらずで、なかなか登場しないので気を揉んでいると、思いがけないときにすっと現れる。そうして折に触れ、イレーナと心の絆を確かめあうわけなのですが、じつはそんなふたりにも暗雲が……。そのあたりは、どうぞ読者のみなさんが読んで確かめてください。そして、どんなラストが待ち受けているのか……。

また、この〈スタディ・シリーズ〉には続篇《ぞくへん》〈ソウルファインダー・シリーズ〉三部作があり、今年一月に第二部の『Night Study』が発刊されました。こちらもとても楽しみです。

二〇一六年七月

宮崎真紀

訳者紹介　宮崎真紀
英米文学・スペイン文学翻訳家。東京外国語大学スペイン語学科卒。主な訳書にスナイダー『イレーナの帰還』(ハーパーBOOKS)、リーバス／ホフマン『偽りの書簡』(東京創元社)、ヒル『よき自殺』(集英社)などがある。

ハーパーBOOKS

最果てのイレーナ

2016年 7月25日発行　第1刷
2019年10月15日発行　第2刷

著　者　マリア・V・スナイダー
訳　者　宮崎真紀《みやざきまき》
発行人　フランク・フォーリー
発行所　株式会社ハーパーコリンズ・ジャパン
東京都千代田区外神田3-16-8
03-5295-8091 (営業)
0570-008091 (読者サービス係)
印刷・製本　中央精版印刷株式会社

ISBN978-4-596-55030-9